Angela Lautenschläger

Kalter Neid

Angela Lautenschläger veröffentlichte bei dotbooks ihre *Engel und Sander*-Reihe:

Stille Zeugen. Der erste Fall
Geheime Rache. Der zweite Fall
Tödlicher Nachlass. Der dritte Fall
Blindes Urteil. Der vierte Fall
Gerechte Strafe. Der fünfte Fall
Brennende Angst. Der sechste Fall
Stummer Zorn. Der siebte Fall

Weitere Bände der *Sommer und Kampmann*-Reihe sind in Vorbereitung.

Über die Autorin:
Angela Lautenschläger arbeitet seit Jahren als Nachlasspflegerin und erlebt in ihrem Berufsalltag mehr spannende Fälle, als sie in Büchern verarbeiten kann. Ihre Freizeit widmet sie voll und ganz dem Krimilesen, dem Schreiben und dem Reisen. Sie lebt mit ihrem Mann und zwei Katzen in Hamburg.

Angela Lautenschläger

Kalter Neid

Ein Fall für Sommer und Kampmann

dotbooks.

Druckausgabe 2021

Copyright © der Originalausgabe 2021 dotbooks GmbH, München
Alle Rechte vorbehalten. Das Werk darf – auch teilweise – nur mit
Genehmigung des Verlages wiedergegeben werden.
Redaktion: Philipp Bobrowski
Umschlaggestaltung: HildenDesign unter Verwendung mehrerer
Motive von Shutterstock.com
Printed in the EU

ISBN 978-3-96655-117-5

Prolog

»Hören Sie, ich habe einen wichtigen Termin. Ich muss dringend in mein Büro.« Der hagere Mann sah demonstrativ auf seine Armbanduhr.

Polizeiobermeister Zimmermann kannte sich mit Uhren nicht aus, aber sie sah wertvoll aus. »Sie sind Zeuge eines Verkehrsunfalls mit Todesfolge. Ihre Aussage ist deshalb von immenser Bedeutung«, belehrte er den Mann.

Der Hagere ließ die Arme sinken und verschränkte die Hände vor dem offen stehenden Trenchcoat. Darunter trug er einen grauen Anzug, ein weißes Hemd, aber keine Krawatte.

Zimmermann fragte sich, in was für ein Büro er zurückkehren musste. »Ihre Aussage und die Ihrer Begleiterin.« Zimmermann warf einen Blick zu der nicht ganz schlanken Frau, die an dem Wagen lehnte, aus dem der Hagere ausgestiegen war.

»Selbstverständlich.« Der Mann nickte in Richtung von Zimmermanns Tablet und gab seinen Namen, sein Alter und seinen Beruf zu Protokoll. Dann wartete er ab, während Zimmermann die Angaben in das Tablet eingab, das er auf der Kühlerhaube des Streifenwagens abgestellt hatte.

Das Blaulicht hatte Zimmermann ausgeschaltet, weil es ihn nervös machte. Über die Kreuzung zuckten ohnehin genug Blaulichter der Polizeiwagen, die die vier Straßen absperrten.

Die beiden Unfallwagen waren vermutlich ziemlich exakt in der Mitte der Kreuzung zusammengeprallt, der Mercedes hatte den Smart dann noch ein ganzes Stück weitergeschoben. Der weiße Smart der Carsharingfirma lag auf der Seite. Die Feuerwehrmänner hatten nur kurz darüber diskutiert, ob es sinnvoll wäre, den Wagen aufzurichten, um den Fahrer zu bergen. Der Wagen lag auf der Fahrerseite, und der eingeklemmte Fahrer war schwer erreichbar. Man hatte sich dann dazu entschlossen, die Lage des Wagens nicht zu verändern und den Fahrer durch die Beifahrertür zu bergen. Für den fünfundzwanzigjährigen Mann kam jedoch jede Hilfe zu spät. Der Leichnam war bereits abtransportiert worden.

Das zweite Fahrzeug, ein glänzend schwarzer Mercedes-Benz GLC 250 war nahezu unbeschädigt. Ein ungleiches Kräfteverhältnis, bei dem der kleine Smart durch den Aufprall des großen, schweren SUV auf die Seite gekippt war. Zu schnell dürften sie beide gewesen sein. Der Fahrer des Mercedes war mit einem Schleudertrauma zur Untersuchung ins Krankenhaus gebracht worden.

Zimmermann hatte Verständnis für die Ungeduld des Zeugen. Seit dem Unfall war mittlerweile eine Stunde vergangen, und während Polizei und Sanitäter ihre Arbeit machten, hatten die Zeugen untätig abwarten müssen, bis sie dran waren.

»Gut«, sagte Zimmermann. »Und welche Angaben können Sie zu dem Unfallhergang machen? Danach können Sie gehen.«

»Also, wir kamen aus Richtung Innenstadt.« Der Zeuge deutete auf den grauen Ford Focus, den zweiten Wagen vor der Straßenmündung. Die Beifahrertür war offen. Vermutlich war der Mann sofort nach dem Unfall aus dem Wagen gestürzt, um zum Unfallort hinüberzulaufen. Die Frau stand jetzt in der geöffneten Fahrertür, jederzeit bereit einzusteigen. »Der Mercedes war bereits in die Kreuzung eingefahren, als der Smart von dort drüben mit überhöhter Geschwindigkeit auf die Kreuzung raste. Der Fahrer muss schon Rot gehabt haben. Der Mercedes ist wie ein Panzer gegen den Smart gestoßen und hat ihn umgekippt. Ich bin ausgestiegen und zusammen mit anderen Leuten auf die Kreuzung gerannt.«

Zimmermanns Finger flogen über die Tastatur, um mitzuschreiben. »Konnten Sie am Unfallort etwas ausrichten?«

Der Mann schüttelte den Kopf. »Leider nicht. Man kam an den Fahrer des Smart ja nicht heran. Ich habe mit zwei anderen Männern darüber diskutiert, was wir am besten machen. Einer schlug vor, den Wagen aufzurichten, aber das erschien mir zu unsicher.« Er rang die Hände. »Gott sei Dank hörten wir dann schon das Martinshorn, und die Feuerwehr traf ein.«

»Können Sie noch etwas zu dem Fahrer des Mercedes sagen?«

»Nein, ich glaube, dem waren andere Passanten zu Hilfe geeilt.«

»Fällt Ihnen sonst noch etwas ein, was Sie zu dem Unfall angeben können?«

»Nein. Aber falls mir etwas einfällt, werde ich die Polizei natürlich unterrichten.«

»In Ordnung. Sie müssten morgen ins Präsidium kommen, um Ihre Aussage zu unterzeichnen.« Zimmermann nickte in Richtung seiner Begleiterin. »Könnten Sie Ihre …« Er sah den Mann an. »Ist die Begleiterin Ihre Frau?«

»Einen Augenblick, ich hole sie eben.« Der Mann entfernte sich mit federndem Schritt, sprach einige Worte mit der Frau und fasste dann ihren Ellenbogen. Sie stand vermutlich unter Schock, jedenfalls schien sie ihm ein wenig widerwillig zu folgen.

Zimmermann nickte der Frau zu. »Können Sie bitte eine Aussage zu dem Unfallhergang machen? Ach so, und ich benötige noch Ihre Personalien.«

»Ich kann Ihnen wirklich gar nichts sagen. Ich habe auf meinen Vordermann geachtet.« Sie rieb sich den Nacken. »Ich glaube, ich habe ein Schleudertrauma. Ich würde das gern untersuchen lassen.«

»Natürlich. Wenn Sie wollen, rufe ich Ihnen einen Krankenwagen.«

»Das ist wohl nicht nötig. Danke. Ich werde meinen Arzt aufsuchen.«

»Ach, bitte kommen Sie morgen beide aufs Präsidium, um Ihre Aussage zu unterschreiben.«

»Das machen wir.« Der Mann legte der Frau fürsorglich den Arm um die Schultern.

»Dann danke ich Ihnen für Ihre Geduld. Auf Wiedersehen.« Zimmermann speicherte die Angaben ab und sah dem Paar nach.

Die Kollegen waren immer noch mit der Spurensicherung befasst, Schaulustige schossen Fotos. Die ersten Unfallzeugen kehrten in ihre Wagen zurück und wendeten. Dieser furchtbare Unfall hatte das Zeug, es auf die Titelseite der Tageszeitungen zu schaffen. Ein junger Mann war gestorben, der Unfallgegner fuhr einen SUV, dessen bloße Existenz die Gemüter erhitzte, auch wenn den Fahrer eher eine geringe Schuld traf. Das Szenario auf dieser Eppendorfer Kreuzung wirkte geradezu filmreif, und schließlich würde die Sperrung dieser verkehrsreichen Kreuzung zu erheblichen Verkehrsbehinderungen führen.

Zimmermann sah sich um und steuerte dann den nächsten Unfallzeugen an, um ihn zu befragen.

Kapitel 1

Peinlich.

Theresa verkniff es sich, ein weiteres Mal auf die Uhr zu sehen. Es wäre das gefühlt tausendste Mal, und zwar unter Beobachtung des Richters und des gegnerischen Rechtsanwalts. Sie sah auf und begegnete dem Blick von Richter Bartholomäus, der ihr ein nachsichtiges Lächeln schenkte. Theresa bemühte sich, eine zuversichtliche Miene aufzusetzen. »Es kann wirklich nicht mehr lange dauern«, versicherte sie.

Der Richter nickte ihr zu und vertiefte sich wieder in seine Akte. Vermutlich hielt er sie für völlig unprofessionell, weil sie es nicht schaffte, ihre Mandantin dazu zu bewegen, pünktlich zu ihrem Scheidungstermin zu erscheinen. Dabei hatte Julia Sagmeister ihr wochenlang damit in den Ohren gelegen, dass sie nicht schnell genug geschieden werden konnte. Es kam schon mal vor, dass Theresa Mandanten zu Hause abholte, um dafür zu sorgen, dass sie überhaupt vor Gericht erschienen. Aber nie im Leben wäre sie auf die Idee gekommen, dass Julia Sagmeister nicht erscheinen würde.

Theresa blies die Backen auf. Sergej Novok, der Rechtsanwalt des Ehemannes, trommelte leise mit allen fünf Fingern der rechten Hand auf den Tisch. Dieser aufgeblasene Wichtigtuer genoss diese unangenehme Situation natürlich. Und sein Mandant litt offenkundig unter Bluthochdruck. Theresa befürchtete wirklich, dass er gleich platzte.

»Wo bleibt die denn?«, rief Michael Sagmeister. »Die lässt uns jetzt alle warten, oder wie?«

Sergej Novok legte seinem Mandanten die Hand auf den Unterarm, nicht ohne Theresa einen vorwurfsvollen Blick zuzuwerfen. »Ich kann den Unmut meines Mandanten verstehen, Frau Kollegin. Erst ging es Ihrer Mandantin nicht schnell genug, und jetzt sitzen wir uns hier alle den Hintern platt.« Novok deutete auf die Richterbank. »Und wir halten hier zudem das verehrliche Gericht auf.«

Theresa zog die Manschetten ihrer Bluse unter den Ärmeln ihrer Anwaltsrobe hervor. »Möglicherweise scheut meine Mandantin auch die Begegnung mit Ihnen, Herr Sagmeister. Sie soll ja von Ihnen geschieden werden.« Sie seufzte. »Ich werde noch einmal nachfragen. Vielleicht erreiche ich Frau Sagmeister jetzt auf dem Handy.«

Theresa verließ den Saal und trat in den Gerichtsflur. Durch die offen stehende Tür konnte sie den hämischen Blick des Kollegen deutlich im Rücken spüren. Dieser blöde Kerl konnte sie mal. Theresa drückte die Wahlwiederholung, aber nachdem es eine Weile geläutet hatte, sprang erneut Julia Sagmeisters Mailbox an. Theresa verzichtete darauf, zum fünften Mal daraufzusprechen, und wählte die Nummer ihres Büros.

»Hallo?« Die Stimme am anderen Ende der Leitung klang verhalten, beinahe schüchtern und wie die einer älteren Frau. Nicht wie die Stimme ihrer energiegeladenen Mitarbeiterin Miranda.

Verdutzt nahm Theresa das Handy vom Ohr und sah auf das Display. Nein, sie hatte sich nicht verwählt und war mit der Kanzlei Winkler, Harms und Sommer verbunden. »Theresa Sommer hier, mit wem spreche ich?«

»Ach, Liebes, Gott sei Dank, dass du anrufst. Hör mal, hier ist ja kein Mensch in deinem Büro, und die Tür ist nicht abgeschlossen.«

»Tante Hedwig?« Theresa machte einige Schritte vom Gerichtssaal weg und ging zum Fenster. »Was machst du in der Kanzlei?«

»Ich wollte dich besuchen, Liebchen, aber als ich hier reinkam, war alles verwaist. Kein Mensch ist da. Sie könnten euch in aller Ruhe ausrauben.«

Seufzend schloss Theresa die Augen. Dass keiner ihrer Kollegen da war, überraschte sie nicht sonderlich, aber ihre Sekretärin könnte schon an ihrem Platz sein. »Ist Miranda vielleicht auf der Toilette?«

»Hab ich schon nachgesehen. Dort ist auch niemand. Ich war sogar auf dem Herrenklo.«

»Okay.« Theresa versuchte, ihre Gedanken zu sortieren. »Tante Hedwig, kannst du mir einen Gefallen tun?«

»Sicher. Hier könnte ein bisschen Staub gewischt werden. Und vielleicht sollte die Ablage in Ordnung gebracht werden.«

»Später, Tante Hedwig. Kannst du dir bitte eine Adresse aufschreiben?«

»Mach ich. Moment.« Am anderen Ende der Leitung rumpelte es kurz. »Schieß los!«

Theresa diktierte ihrer Tante den Namen und die Adresse ihrer Mandantin. »Nimm dir bitte ein Taxi und fahr dorthin. Du holst Frau Sagmeister ab und kommst dann mit ihr hierher ins Gericht. Könntest du das tun?«

»Natürlich kann ich das tun. Ich frage mich nur, warum die Frau das nicht allein bewältigen kann. Stimmt etwas nicht mit ihr?«

»Tante Hedwig, ich weiß, dass ich dich um etwas Merkwürdiges bitte, aber du bist im Augenblick die einzige Person, die mir helfen kann. Die Kosten für das Taxi erstatte ich dir nachher natürlich, und bei einer Tasse Kaffee erkläre ich dir später alles. Ach so, Tante Hedwig, es eilt. Ist das in Ordnung?«

»Natürlich. Man hilft ja, wo man kann. Bis später, Liebes.«

Theresa beendete das Gespräch. Tante Hedwig. Ein vages Schuldgefühl überkam sie. Die Schwester ihres Vaters war seit einem Jahr Witwe, und Theresa hatte es gerade mal geschafft, sie seitdem dreimal anzurufen. Oder, wenn sie ganz ehrlich war, zweimal. Einmal hatte sie Hedwig nicht erreicht und es nicht wieder probiert. Offenbar hatte ihre Tante jetzt selbst die Initiative ergreifen und sie im Büro besuchen wollen. Und was tat Theresa? Sie spannte sie für die Arbeit ein, weil sonst niemand da war. Und mit Miranda würde sie auch noch ein Wörtchen reden. Außer der Portokasse gab es in der Kanzlei zwar nicht viel zu stehlen, aber das war noch kein Grund, einen Tag der offenen Tür abzuhalten.

Theresa atmete tief ein und kehrte in den Gerichtssaal zurück. »Herr Vorsitzender, ich habe eben meine beste Mitarbeiterin darauf angesetzt, bei Frau Sagmeister nach dem Rechten zu sehen. Ich mache mir allmählich wirklich Sorgen, weil ich meine Mandantin nicht erreiche. Meine Mitarbeiterin wird sie zu Hause aufsuchen.« Sie vermied es, einen Blick in Richtung des Tisches zu werfen, an dem Novok und der Ehemann ihrer Mandantin saßen. »Wenn es möglich ist, könnte das Gericht vielleicht den nächsten Termin vorziehen?« Sie schenkte Richter Bartholomäus ein entschuldigendes Lächeln.

»Wenn die Parteien anwesend sind, können wir das von mir aus machen.« Der Richter wandte sich an Novok. »Herr Rechtsanwalt?«

Sergej Novok warf mit einer empörten Geste die Hände in die Luft, als würde man von ihm verlangen, den Rest der Woche umsonst zu arbeiten. »Wenn wir die Sache dann endlich abschließen können, bitte.«

Michael Sagmeister schnappte nach Luft, schwieg aber nach einem Seitenblick seines Rechtsanwalts.

Theresa nahm ihre Akte vom Tisch und setzte sich in die erste Stuhlreihe für das Publikum. Novok und sein Mandant räumten ihren Tisch mit größtmöglichem Aufwand und nahmen ebenfalls im Publikum Platz, während Richter Bartholomäus die Parteien des nächsten Verfahrens aufrief.

Hedwig Fröhlich legte den Hörer auf. Das Telefonat anzunehmen, war keine Schwierigkeit gewesen. Davon, wie sie einen Anruf tätigen sollte, hatte sie hingegen keine Ahnung. Sie besaß immer noch ihren alten Apparat mit Wählscheibe. Dieses Ding hingegen hatte viel zu viele Tasten und blinkte. Hedwig nahm probeweise den Hörer auf, aber in der Leitung blieb es still. Vor der Eingangstür aus Milchglas, in das die Namen der Kanzleiinhaber geätzt waren, erschien ein Schatten. Hedwig hoffte sehr, dass jetzt kein Mandant oder der Paketbote auftauchte. Dann wäre sie aufgeschmissen.

Die Tür wurde aufgeschoben, und eine junge Frau taumelte herein. Sie ließ sich erschöpft in den Drehstuhl hinter dem Empfangstresen plumpsen und warf eine kleine Papiertüte mit dem Aufdruck einer Apotheke zwischen die Akten auf dem Tisch. Erst jetzt schien sie Hedwig zu bemerken. »Hey, was machen Sie hier?«

»Mein Name ist Hedwig Fröhlich. Ich bin die Tante von Frau Sommer. Und Frau Sommer hat Sie eben schmerzlich vermisst.«

Die junge Frau auf dem Stuhl nahm Haltung an. »Ja, mir ist furchtbar schlecht, deshalb bin ich kurz rüber zur Apotheke.«

»Sie sehen tatsächlich ein wenig grün aus im Gesicht. Hören Sie, Liebes, Theresa hat mich um einen Gefallen gebeten. Ihre Mandantin, diese Frau Sag...« Hedwig rang die Hände. »Wie hieß sie noch gleich?«

»Sagmeister. Was ist mit ihr?«

»Sagmeister, richtig. Sie ist wohl nicht zu einem Termin erschienen. Deshalb bat Theresa mich, sie zu Hause aufzusuchen und ins Gericht zu bringen. Sie könnten mir wohl nicht kurz ein Taxi rufen?«

»Julia Sagmeister ist nicht erschienen? Merkwürdig.« Die junge Frau griff zum Telefonhörer. »Klar kann ich Ihnen ein Taxi rufen. Und danach gehe ich mich übergeben.«

»Danke, meine Liebe.« Hedwig griff nach ihrer Handtasche und nahm den Notizzettel an sich. »Ich werde unten vor dem Haus warten.«

Sie fuhr mit dem Fahrstuhl nach unten und war gerade aus der Tür getreten, als ein cremefarbenes Taxi vorfuhr. Sie stieg hinten ein und zog die Tür zu. Hedwig beugte sich vor und reichte dem Taxifahrer ihren Notizzettel. »Bringen Sie mich bitte zu dieser Adresse.«

Der Taxifahrer stieß beinahe mit der Nase auf das Papier. »Mann, was soll das heißen? Ist der erste Buchstabe ein B?«

»Ein L, mein Lieber.«

»Sieht eher aus wie ein besoffenes B.«

»Es heißt aber nicht Biebermannstraße, sondern Liebermannstraße.« Hedwigs Blick fiel auf das am Armaturenbrett angebrachte Kärtchen. »Herr Yildirim.«

Mustafa Yildirim warf ihr über den Rückspiegel einen Blick zu und legte den ersten Gang ein.

»Und ich sage es nur ungern, aber ich habe es eilig. Wir sollten uns dem Ziel sozusagen mit Siebenmeilenstiefeln nähern.«

Das ließ sich der Mann nicht zweimal sagen und nutzte jede Gelbphase bis zur letzten Sekunde aus. Hedwig schluckte eine kritische Bemerkung hinunter und gab stattdessen einem wohligen Gefühl nach. Dem Gefühl, gebraucht zu werden. Sie ruckelte sich im Sitz zurecht und stellte die Handtasche in ihren Schoß. Und das war doch eine ganz leichte Aufgabe. Diese Frau Sagmeister fürchtete sich vielleicht vor ihrem Gerichtstermin. Oder vor ihrem Mann. Oder davor, ihrem Mann vor Gericht zu begegnen. Es würde ja einen Grund für die Scheidung geben. Wie dem auch sei, wenn sie ihrer Nichte behilflich sein konnte, würde sie niemals zögern und tun, was getan werden musste. Eigentlich hatte sie Theresa einfach nur besuchen wollen, auch wenn ihr bewusst war, dass das Mädchen sehr beschäftigt war. Aber telefonisch erreichte sie Theresa kaum, und zu Hause ging nie einer ran. Nicht mal Theresas Ehemann Tim, ein ständig geistig abwesender Schriftsteller. Abgesehen davon verliefen Gespräche mit ihm immer sehr einsilbig, und das, was Hedwig wissen wollte, erfuhr sie von ihm ohnehin nicht. Die Aussicht darauf, später mit Theresa in Ruhe eine Tasse Kaffee trinken und ein wenig plaudern zu können, hob Hedwigs Laune.

Als sie die letzte Kurve nahmen, wusste Hedwig, wie die junge Frau in der Kanzlei sich fühlte. Hedwig tätschelte die Schulter des Fahrers. »Das haben Sie prima gemacht, junger Mann.« Sie legte die Hand auf den Türgriff. »Bitte warten Sie kurz hier. Ich komme gleich mit einer Dame zurück, und dann bringen Sie uns in demselben Tempo zum Gericht.« Hedwig schob die Tür auf und setzte einen Fuß auf den Asphalt.

Mustafa Yildirim wandte sich um. »Zum Gericht? Machen Sie Witze?«

»Keineswegs, mein Lieber. Das ist eine sehr ernste Angelegenheit. Und wichtig.« Hedwig stellte den zweiten Fuß aus der Tür. »Und Sie können gewiss sein, dass ich Sie auch bezahlen werde.«

Yildirim zögerte einen Augenblick, dann sagte er: »Okay.«

Hedwig stieg aus und schlug die Wagentür zu. Sie öffnete die Gartenpforte und ging auf das rot geklinkerte Giebelhäuschen zu. Hinter dem Jägerzaun blühte in einem Beet eine bunte Mischung Blumen. Sie entdeckte Mohnblumen, Margeriten, gelbe Astern, Kamille und Vergissmeinnicht. Allerdings wuchs auch Unkraut dazwischen, und der Rasen musste ebenfalls gemäht werden. An den Fenstern waren keine Gardinen angebracht, was das Haus von außen unbewohnt wirken ließ, an der grün gestrichenen Haustür hing ein etwas zerfledderter Kranz aus Trockenblumen.

Hedwig drückte auf den Klingelknopf und wartete. Es erfolgte keine Reaktion. Von drinnen war nichts zu hören, und sie läutete noch einmal. Um den Taxifahrer nicht zu beunruhigen, wandte Hedwig sich zur Straße um und schenkte dem Mann ein zuversichtliches Lächeln. Dann drehte sie sich wieder zur Haustür und betätigte noch einmal die Klingel. Hedwigs Zuversicht, die vermeintlich einfache Aufgabe lösen zu können, schwand. Frau Sagmeister war offenbar nicht zu Hause, und Hedwig hatte keine Idee, was sie in diesem Fall tun sollte. Ein Handy hatte sie nicht, und Telefonzellen gab es heutzutage auch nicht mehr. Sie würde noch einen letzten Versuch unternehmen und in die Fenster sehen. Und wenn das auch nichts brachte, würde sie ins Gericht fahren und Theresa die schlechte Nachricht überbringen müssen.

Um das Haus herum führte ein Plattenweg, in dessen Ritzen Unkraut wuchs. Die Fenster waren so hoch angebracht, dass Hedwig sich auf die Zehenspitzen stellen musste. Nach vorn raus lag die Küche, aber darin war niemand zu sehen. Hedwig bog rechts um die Ecke. In der rechten Hauswand gab es keine Fenster. Auf der Rasenfläche hinter dem Haus trocknete Wäsche auf einer Wäschespinne, und auf der Terrasse stand eine gemütliche Sitzgruppe. Auf dem Tisch stand ein Windlicht mit einer halb abgebrannten Kerze. Durch eine große Glasfassade hatte man einen schönen Blick in den Garten.

Hedwig legte die Hände an die Schläfen und sah durch das Fenster nach drinnen. Erst konnte sie nicht viel erkennen, aber als sie sich an die Lichtverhältnisse gewöhnt hatten, traute sie ihren Augen nicht.

Mustafa Yildirim schrak zusammen, als sie gegen das Beifahrerfenster klopfte. Sein Smartphone, auf dem er herumgespielt hatte, fiel in den Fußraum. »Scheiße!«

Hedwig bedeutete ihm, das Fenster herunterzulassen. »Sie haben doch sicher so ein Telefon bei sich«, sagte sie hastig. »Rufen

Sie die Polizei und am besten auch einen Krankenwagen, und dann kommen Sie mit mir.«

»Was?«

»Nun machen Sie schon!«

Yildirim beugte sich vor, fummelte zwischen seinen Füßen herum und hob sein Handy auf. Dann sah er sie fragend an.

»Herrje, jetzt machen Sie endlich. Es geht um Leben und Tod.« Hedwig wandte sich um. »Vielleicht auch nur noch um Tod.«

Yildirim stieg aus. »Ich denk, wir fahren zum Gericht?«

»Junger Mann, tun Sie einfach, was ich sage. Die Dinge haben sich geändert.« Hedwig eilte zurück auf das Grundstück.

Yildirim war ihr auf den Fersen und bog um die Ecke, als Hedwig sich damit abmühte, die Terrassentür aufzuschieben. »Ey, wir brechen da aber nicht ein, oder?«, fragte er.

»Haben Sie die Polizei gerufen? Den Krankenwagen?« Hedwig deutete in das Wohnzimmer. »Es ist dringend.«

Yildirim folgte ihrem Blick. »Ach du Scheiße!« Er wählte 110.

Hedwig gab es auf. Die Terrassentür ließ sich nicht öffnen. Während sie ungeduldig wartete, bis Yildirim den Beamten die Situation beschrieben hatte, ließ sie den Blick schweifen. In der Terrassenumrandung entdeckte sie einen großen Stein. Sie stellte ihre Handtasche auf den Platten ab und machte sich an dem Stein zu schaffen.

»Helfen Sie mir doch mal! Wir müssen die Scheibe einschlagen«, forderte Hedwig Yildirim auf.

»Ey, hier kommen gleich die Bullen.«

»Es geht um Sekunden.« Hedwig deutete auf den Stein. »Jetzt machen Sie schon.«

Yildirim blies die Backen auf. Erleichtert sah sie zu, wie sich der Taxifahrer bückte und den faustdicken Stein aufhob. Im Stillen bewunderte sie seinen Bizeps unter dem weißen Shirt. Sie schätzte den Mann auf etwa dreißig, und wenn er kein Taxi fuhr, verbrachte er seine Zeit vermutlich im Fitnessstudio. Das Training hatte sich gelohnt, der Stein durchschlug mühelos die

Glasscheibe neben dem Türgriff der Terrassentür. Yildirim griff hindurch, klappte den Hebel um und zog die Tür auf. Dann blieben sie beide einen Augenblick unschlüssig stehen. Schließlich ließ Mustafa Yildirim Hedwig den Vortritt. Sie atmete einmal tief durch und betrat dann das Wohnzimmer von Julia Sagmeister.

Lukas Kampmann stieg aus seinem Dienstwagen. Vor dem Haus, in dem eine Frau tot aufgefunden worden sein sollte, standen ein Taxi, dahinter ein Polizeiwagen und ein Krankenwagen. Die Kollegen waren eben dabei, ein Flatterband vor dem Grundstück anzubringen. Tatsächlich hatten sich bereits einige interessierte Nachbarn eingefunden. Aber da sie sich in einer ruhigen Wohnstraße befanden, handelte es sich um eine überschaubare Menge. Gefolgt von seinem Kollegen Kai Lehmann, trat er durch das Gartentor. Merkwürdigerweise war die Haustür geschlossen, und auch sonst war keine Menschenseele zu sehen.

»Soll sich alles auf der anderen Seite des Hauses abspielen«, erklärte Kai und überholte Lukas. Lukas sah seinem jungen Kollegen nach, der um die Hausecke verschwand.

Lukas folgte ihm, und tatsächlich stand hinter dem Haus eine Gruppe aus zwei uniformierten Beamten, zwei Rettungssanitätern und einer älteren Dame im beigefarbenen Trenchcoat. Neben ihr stand ein großer Kraftprotz mit dichtem schwarzem Haar. Die Terrassentür war halb aufgeschoben, auf dem Parkettboden dahinter lagen Scherben, die Scheibe war eingeschlagen. Etwa drei Meter entfernt im Innern des Hauses befand sich eine weibliche Leiche auf dem Boden zwischen Couchtisch und Sessel. Sie lag auf dem Bauch, ihr rechtes Bein war angewinkelt, und unter ihrem Kopf hatte sich eine Blutlache gebildet.

»Kriminalhauptkommissar Lukas Kampmann, mein Kollege Kai Lehmann«, stellte Lukas sich und seinen Kollegen vor. »Ich nehme an, die Frau ist tot?«

Einer der beiden Rettungssanitäter nickte. »Keine Vitalzeichen. Sie muss schon eine Weile tot sein. Das Blut ist teilweise getrocknet, und die Leichenstarre geht bereits wieder zurück.«

Lukas wandte sich an die ältere Frau. »Und Sie sind eine Nachbarin?«

»Nein, mein Name ist Hedwig Fröhlich. Ich bin von der Kanzlei Winkler, Harms und Sommer. Frau Sagmeister, das ist die Tote, hat heute ihren Scheidungstermin. Und weil sie nicht vor Gericht erschienen ist, bat mich Frau Sommer, das ist die Rechtsanwältin von Frau Sagmeister, nach ihrer Mandantin zu sehen.«

»Verstehe.« Lukas wandte sich an den Muskelprotz. »Und Sie?«

»Mustafa Yildirim. Ich hab sie hierhergefahren.« Yildirim deutete mit dem Daumen auf die alte Dame, was ein beachtliches Muskelspiel an seinem Oberarm auslöste.

Lukas verspürte das dringende Bedürfnis, mal wieder was für seine eigene Fitness zu tun. »Okay, und die Scheibe, war die schon eingeschlagen?«

»Nein, das war der Herr Yildirim«, antwortete Hedwig Fröhlich. »In meinem Auftrag. Ich wollte ja wissen, ob wir noch etwas für die arme Frau tun können.«

»Okay. Außer Scheibe einschlagen und reingehen, haben Sie da noch was gemacht?«

Ihm entging nicht, dass die Alte und dieser Yildirim einen Blick wechselten, aber wenn die beiden hier etwas angefingert oder sogar eingesteckt hatten, würde er das ohnehin rausfinden.

»Selbstverständlich nicht«, erklärte die alte Dame. »Das überlassen wir der Polizei, getreu dem Motto: Schuster, bleib bei deinem Leisten.«

»Gut.« Lukas wies auf Kai. »Mein Kollege wird Ihre Personalien und Ihre Aussagen aufnehmen. Dann können Sie erst mal gehen.« Er wandte sich zur Terrassentür. »Ach so, diese Frau Sommer muss ich dringend sprechen. Können Sie die mal anrufen?«

Hedwig Fröhlich schlug sich gegen die Stirn. »Ach du Schande, die Theresa habe ich ja völlig vergessen. Sie reißt mir den Kopf ab.« Sie wandte sich an den muskulösen Türken. »Kann ich mal Ihr Mobiltelefon ausleihen?«

Mustafa Yildirim zog sein Smartphone aus der Gesäßtasche seiner Jeans und gab es ihr.

Nachdenklich musterte die alte Dame das Gerät. Mit den Worten »Äh, wenn Sie vielleicht so freundlich wären?« reichte sie es ihm zurück.

Lukas wollte nicht so lange warten, bis die beiden ihren Anfängerkurs Handybedienung für Senioren abgeschlossen hatten, und warf Kai einen Blick zu. Sie arbeiteten schon so lange zusammen, dass Kai ihn auch ohne Worte verstand. Kai war ein kleiner Sonnenschein, der immer gut informiert war. Und Kai kam auch mit etwas schwierigeren Kandidaten zurecht.

Lukas zog sich Überschuhe über seine Sneakers und betrat das Wohnzimmer der Toten. Er würde in jedem Fall von der Spurensicherung eins auf den Deckel kriegen, aber da hier schon zwei Nasen durch den Tatort gelatscht waren, konnte er nicht mehr viel verhunzen.

Die Tote trug eine graue Jogginghose, ein rosafarbenes T-Shirt und war barfuß. Schmuck entdeckte er nicht. Sie war brünett, die Haare vermutlich schulterlang. Jetzt lagen die Haare um ihren Kopf herum ausgebreitet und verdeckten das Gesicht. Auf dem Hinterkopf waren die Haare von Blut verklebt, denn dort prangte eine hässliche Wunde. Lukas sah sich nach einer möglichen Tatwaffe um. Es musste etwas Schweres mit einer scharfen Kante sein. Lukas nahm an, dass die Frau von hinten erschlagen worden war. Möglicherweise war sie im Fallen gegen den Couchtisch gestürzt, denn dort lag ein umgekipptes Rotweinglas, dessen Inhalt über das Holz gelaufen und auf das Parkett getropft war. Die Weinpfütze auf dem Boden war bereits eingetrocknet. Zusammen mit der Diagnose des Rettungssanitäters nahm Lukas an, dass die Tat am Vorabend geschehen war. Die Kleidung des

Opfers wirkte, als habe es einen gemütlichen Fernsehabend genossen und sei dann von dem Mörder überrascht worden. Deshalb stellten sich gleich zwei Fragen: Wie war der Mörder hereingekommen, und wer hatte den Fernseher ausgestellt?

Er sah sich um. Die Einrichtung wirkte wie im Paket aus dem Möbelhaus gekauft. Auf einem zum Couchtisch passenden Sideboard stand ein Schild mit dem Wort »Home«. Überhaupt sahen die Einrichtungsgegenstände aus wie frisch aus dem Möbelhaus. Am liebsten hätte Lukas sich auf das Sofa gesetzt und die Umgebung auf sich wirken lassen. Dabei kamen ihm die besten Ideen, und er hatte das Gefühl, dass er das, was in einem Raum geschehen war, in sich aufnehmen konnte. Mochten ihn die anderen für überspannt halten. Ihn hatte diese Art der meditativen Ermittlung schon häufig inspiriert.

Lukas warf einen Blick durch die Terrassentür nach draußen. Der uniformierte Kollege verabschiedete die Sanitäter, deren Personalien er aufgenommen hatte. Der Taxifahrer fuhr sich gerade mit der Hand durch die Haare und wirkte einigermaßen verzweifelt, während diese Frau Fröhlich sein Smartphone bearbeitete, als befürchtete sie, es würde sie gleich beißen. Kai war aus seinem Blickfeld verschwunden und tauchte kurz darauf wieder auf, im Schlepptau die Kollegen von der Spurensicherung. Lukas lief schnell zur Terrassentür.

»Haben Sie hier etwa etwas angefasst?«, fragte ihn der Spurensicherer und kniff die Augen zusammen.

Lukas trat so würdevoll über die Türschwelle, wie es ihm möglich war. »Selbstverständlich nicht. Schließlich wurden die Spuren noch nicht gesichert.« Er entfernte sich einige Meter und stellte sich neben Kai.

»Was ist da los?«, fragte er Kai und machte eine Bewegung mit dem Kinn in Richtung des Taxifahrers und der alten Dame.

Kai grinste. »Der Türke hat der Lady jetzt praktisch eine halbe Stunde lang die Technik des Smartphones erklärt, und als sie es ausprobiert hat, war sie plötzlich mit der Freundin von dem Türken verbunden. Hat vermutlich die Wahlwiederholung gedrückt. Dann wollte sie es wiedergutmachen und hat verschiedene Knöpfe gedrückt, dabei einen Teil der gespeicherten Telefonnummern gelöscht und eine SMS an die Mutter des Türken geschickt.«

Lukas schüttelte den Kopf. »Mann, haben die es inzwischen geschafft, diese Anwältin zu erreichen? Wir hätten so schön mit ihr sprechen können, während die Jungs da drinnen ihre Arbeit tun.«

Kai verschränkte die Arme vor der Brust. »Also, ich finde es witzig. Und ich kann ein bisschen Spaß im Leben gut gebrauchen.«

Lukas seufzte. Jetzt wählte der Taxifahrer eine Nummer und reichte Hedwig Fröhlich das Handy. Sie befürchtete offenbar, dass dieses kleine Teil ihre Stimme nicht übertragen konnte, und brüllte hinein.

Verstohlen warf Theresa einen Blick auf ihre Armbanduhr. Wo blieben die denn nur? Hoffentlich war nichts passiert. Aber was sollte schon passieren. Julia Sagmeister war nicht der Typ, der sich und ihr Haus in die Luft sprengte. Ihr Blick wanderte zu Sergej Novok, der die Beine übereinanderschlug und gelangweilt einen Fussel von seiner Robe schnippte. Dadurch, dass Julia Sagmeister nicht aufgetaucht war, hatte sie der Gegenseite in gewisser Weise einen Vorteil verschafft. Sowohl Michael Sagmeister als auch sein Anwalt würden das gesamte Verfahren über keine Gelegenheit auslassen, sie daran zu erinnern, dass sie alle hier auf Julia Sagmeister warten mussten. Novok würde sich wie eine beleidigte Primaballerina aufführen, die nur durch ein Bonbon besänftigt werden konnte, und Michael Sagmeister würde vermutlich doch noch einen Infarkt erleiden. Theresa versuchte, sich durch die laufende Verhandlung abzulenken, aber was sich dort vor der Richterbank abspielte, war eher ein Trauerspiel. Die Ehefrau wollte partout nicht geschieden werden, obwohl Theresa ihr gern zugerufen hätte, dass alles besser war, als mit diesem ungehobelten Kerl verheiratet zu bleiben.

Sie fuhr erschrocken zusammen, als ihr Handy läutete. Hastig erhob sie sich, warf Richter Bartholomäus einen entschuldigenden Blick zu und eilte aus dem Verhandlungssaal. Die Nummer im Display kannte sie nicht. Vielleicht hatte Julia Sagmeister sich dazu durchgerungen, ihren Aufenthaltsort mitzuteilen oder besser noch ihre baldige Ankunft im Gericht anzukündigen.

»Sommer.«

»Theresa!« Tante Hedwigs Stimme drang so laut an ihr Ohr, dass sie das Handy auf Abstand halten musste.

»Tante Hedwig, was ist los?«

»Ja, Liebes. Du musst jetzt sehr stark sein.«

»Ist dir etwas passiert? Bist du verletzt? Gab es eine Explosion?«

»Eine Explosion? Nein. Es ist nur so: Diese junge hübsche Frau, deine Mandantin, also, sie wird nicht zum Gerichtstermin kommen.«

»Gib sie mir mal. Ich muss sie vielleicht nur daran erinnern, warum sie sich von diesem Mann scheiden lassen will.«

»Liebes, Theresa.« Hedwigs Stimme wurde leiser. »Sie kann nicht kommen. Sie ist tot.«

Theresa lehnte die Stirn gegen die kühle Scheibe des Fensters, durch das man in den Innenhof sehen konnte. »Tot?«

»Tot?«

Theresa fuhr erschrocken herum. Sie hatte nicht bemerkt, dass Novok ihr auf den Gerichtsflur gefolgt war.

»Ja, Liebes. Sie liegt in ihrem Wohnzimmer, und auf dem Boden ist Blut, und ich würde sagen, dass da jemand nachgeholfen hat.«

»Du meinst, sie wurde ermordet?«

»Sieht so aus, ja.« Hedwigs Stimme klang plötzlich nicht mehr verhalten, sondern klar.

»Ermordet?«, wiederholte Sergej Novok.

Theresa warf ihm einen Seitenblick zu. »Hedwig, ich muss hier mal eben etwas klarstellen. Wir sprechen uns gleich wieder.« Sie beendete das Gespräch. Julia Sagmeister tot? Ihre Mandantin war keine vierzig Jahre alt. Wie konnte sie da tot sein? Und was hieß überhaupt ermordet? Wer brachte denn Julia Sagmeister um? Und dann ausgerechnet genau vor ihrem Scheidungstermin?

Theresa richtete sich auf und stellte sich vor Sergej Novok auf, der sie immer noch mit einem durchdringenden Blick anstarrte. Plötzlich fühlte Theresa Wut in sich aufsteigen. Sie stach mit dem Finger auf Novoks Brust ein. »Ihr Mandant ist soeben Witwer geworden.« Sie kniff die Augen zusammen. »Aber falls er sich gedacht hat, er würde sie auf diese Weise loswerden und auch noch beerben, hat er sich geschnitten. Sie haben ihm hoffentlich erklärt, dass er nichts erbt, sobald der Scheidungsantrag gestellt ist.«

Novok umfasste Theresas Handgelenk. »Wovon sprechen Sie, Frau Sommer? Julia Sagmeister wurde ermordet? Und Sie glauben tatsächlich, dass es ihr Ehemann war? Meinen Sie, ich berate meinen Mandanten für den Fall, dass er vorhat, seine Noch-Ehefrau umzubringen?«

»Ich weiß nicht, was ich glaube.« Theresa löste ihren Arm aus seinem Griff. »Ich werde dem Richter sagen, dass sich das Scheidungsverfahren erledigt hat.«

Theresa fasste sich einen Augenblick, bevor sie den Gerichtssaal betrat, um Richter Bartholomäus mitzuteilen, dass ihre Mandantin nicht mehr geschieden werden musste.

Novok stand immer noch auf dem Gerichtsflur, als Theresa wieder aus dem Saal herauskam. Er öffnete den Mund, um etwas zu sagen, aber im selben Augenblick läutete ihr Handy erneut.

»Sommer.«

»Frau Sommer, hier ist Mustafa Yildirim.«

»Herr Yildirim, kennen wir uns?«

»Nein, bisher nicht. Ich stehe hier mit Ihrer Tante Hedwig. Sie wollte Ihnen noch etwas sagen.«

»Hedwig? Ist alles in Ordnung?«

»Liebes, mit mir ist alles in Ordnung. Das ist hier vielleicht eine Show, Polizei, Spurensicherung, das volle Programm. So wie im Fernsehen. Na ja, ist natürlich ein schlimmer Anlass, aber spannend ist es schon. Wie auch immer, Liebes, der Kommissar würde dich gern sprechen. Könntest du herkommen?«

»Natürlich. Ich mache mich gleich auf den Weg. Ach, sag mal, wer ist denn dieser Herr Yildirim?«

»Ach, das ist ein freundlicher junger Mann, den ich heute kennengelernt habe. Er hat mir sehr geduldig die Funktionen seines Handys erklärt.« Eine Weile war am anderen Ende der Leitung nichts zu hören. Hedwig sprach offenbar zu jemand anderem, bevor sie sich wieder Theresa zuwandte. »Der Herr Yildirim meint, dass ich noch lange nicht alle Funktionen seines Handys kenne, aber er glaubt, dass er die gelöschten Nummern neu einspeichern kann.«

Plötzlich spürte Theresa etwas in ihrer Brust aufsteigen, von dem sie nicht wusste, ob es Trauer oder Heiterkeit war. Das hatte sie manchmal. Nur sehr, sehr selten, aber immer dann, wenn sich ihre sonst so gut verborgenen Gefühle Bahn brachen. Und bevor Sergej Novok in den Genuss kommen konnte, ihr dabei zuzusehen, wie sich ihre Augen mit Tränen füllten und sie einen hysterischen Anfall bekam, verließ sie mit schnellen Schritten das Gerichtsgebäude.

Theresa stellte den Wagen in der Liebermannstraße hinter einem Polizeiauto ab. Bis zu diesem Augenblick hatte sie gehofft, dass Tante Hedwig in der Zeit, in der sie keinen Kontakt hatten, ein bisschen tüdelig geworden war und sich diese ganze Geschichte nach übermäßigem Fernsehkonsum einfach nur ausgedacht hatte. Aber das Großaufgebot von Polizei, Leichenwagen, einem Transporter der Kriminaltechnischen Untersuchung und einer

Handvoll Schaulustiger raubte ihr diese Hoffnung. Eigentlich hätte Julia Sagmeister jetzt eine freie Frau sein und den Tag genießen sollen. Stattdessen war die junge Frau tot. Was würde Tante Hedwig, die eine Vorliebe für Sprichwörter hatte, sagen? Der Mensch denkt, Gott lenkt.

Theresa warf einen Blick in den Rückspiegel. Tatsächlich sah sie immer noch verheult aus, nachdem sie ihren Gefühlen während der Fahrt freien Lauf gelassen hatte. Kurz entschlossen kippte sie den Inhalt ihres kleinen Schminktäschchens auf dem Beifahrersitz aus und suchte den Concealer heraus.

Fünf Minuten später stieg sie mit abgedeckten Augenringen und frisch aufgetragenem Eyeliner aus dem Wagen und ging auf den uniformierten Beamten zu, der den Zugang zum Grundstück sicherte. »Guten Tag, mein Name ist Theresa Sommer, ich bin die Anwältin der To… von Frau Sagmeister.«

Der Polizist deutete auf die Gartenpforte. »Sie können reingehen. Sie werden hinter dem Haus erwartet.«

Nachdenklich betrat Theresa den Gartenweg. Sie war noch nie hier gewesen, und nach Julia Sagmeisters äußerem Erscheinungsbild hätte sie ein Grundstück erwartet, das besser in Schuss war. Hinter dem Haus stand Hedwig mit einigen Männern, die Theresa unbekannt waren. Theresa ging auf sie zu. »Guten Tag.«

Hedwig Fröhlich wandte sich um. »Theresa, Liebes.«

Die alte Dame kam auf sie zugelaufen, und Theresa schloss sie in die Arme. Die zierliche Person roch wie immer nach einer Mischung aus Haarspray und Maiglöckchenduft. Sie schob ihre Tante ein Stück von sich weg und sah ihr ins Gesicht. »Geht es dir wirklich gut, Hedwig?«

»Natürlich, einen alten Klepper wie mich kann so leicht nichts erschüttern.« Hedwig kam etwas näher. »Aber hier ist einiges nicht in Ordnung, und der Kommissar macht mir doch einen sehr müden Eindruck«, sagte sie mit leiser Stimme.

»Guten Tag.« Neben sie war der große, schlanke Mann getreten. »Kriminalhauptkommissar Lukas Kampmann. Frau Sommer?«

Theresa war nicht klein, aber sie musste zu Kampmann aufsehen. Er wirkte wirklich ein wenig verträumt, mit hellen blauen Augen, und sein braunes Haar sah aus, als sei er gerade mit der Hand hindurchgefahren. Er trug ein blaues Jackett, darunter ein weißes Shirt, dazu Jeans und weiße Sneaker. Keine unsympathische Erscheinung, aber für Theresas Geschmack ein wenig zu brav und nicht ihr Typ. Innerlich schüttelte Theresa den Kopf über sich. Ihre Gedanken waren völlig deplatziert.

»Liebes?« Hedwig berührte Theresas Arm.

»Äh, ja, ich bin Theresa Sommer.« Sie gab Kampmann die Hand. »Scheidungsanwältin.«

Lukas Kampmann nickte, und Theresa hoffte wirklich sehr, dass er jetzt nicht so etwas sagte wie »Scheidungsanwälte kann man immer gebrauchen« oder »So eine wie Sie suche ich gerade«.

»Gut, Frau Fröhlich hier sagt, dass sie Frau Sagmeister zu ihrem Scheidungstermin abholen wollte. Ist das bei Ihnen so üblich? Ich meine, dass Sie Ihre Mandanten von Ihrer Mutter abholen lassen?«

»Tante. Und nein, das ist nicht üblich. Aber Frau Sagmeister ist nicht zum Termin erschienen, und deshalb habe ich meine Tante gebeten, nach Frau Sagmeister zu sehen.«

Kampmann sah zum Haus hinüber. »Ihre Tante«, murmelte er. »Wenn ein Mandant einfach nicht erscheint, dann müssen Sie ihn doch nicht gleich abholen.«

»Herr Kommissar, Gerichtstermine sind etwas anderes als ein Kaffeekränzchen, zu dem man einfach mal nicht hingeht, weil man Migräne hat. Ich nehme an, dass Ihnen das auch bekannt ist und Sie mich mit Ihrer Nachfrage einfach nur provozieren wollten, was Ihnen auch gelungen ist.« Theresa atmete aus. »Dieser Scheidungstermin wurde vor Monaten anberaumt, Frau Sagmeister als Antragstellerin muss persönlich erscheinen. Die Geschichten, die im Internet kursieren, wonach man sich über Smartphone scheiden lassen kann, wenn man sich die richtige App runterlädt, ist eine Mär.«

»Verstehe. Und dass Frau Sagmeister es sich vielleicht anders überlegt haben könnte, wäre keine Option?«

Theresa hielt den Griff ihrer Handtasche mit beiden Händen fest. »So ein Typ war Frau Sagmeister nicht. Für sie war die Scheidung sehr wichtig. Sie wollte nicht länger mit ihrem Ehemann verheiratet sein.«

»Ist das nicht der Hauptgrund für eine Scheidung?«

Er mochte verträumt aussehen, war aber schlagfertig. Das gefiel ihr. »Wenn ich meine Tante richtig verstanden habe, ist Frau Sagmeister deshalb nicht zum Termin erschienen, weil sie tot ist. Ermordet. Ich weiß deshalb nicht, worüber wir hier eigentlich sprechen.«

»Nun, es kommt immer wieder vor, dass der Täter aufgebracht an den Tatort zurückkehrt und sich überrascht zeigt.« Kampmann hob die Hand. »Womit ich selbstverständlich weder Sie noch Ihre Tante verdächtigen will. Es ist nur sehr ungewöhnlich, dass eine Leiche von der Tante der Anwältin und einem Taxifahrer aufgefunden wird.« Kampmann machte eine Pause. »Wir bräuchten noch jemanden, der Frau Sagmeister identifiziert. Sehen Sie sich dazu in der Lage?«

»Selbstverständlich.«

Kampmann fasste Theresas Ellenbogen und wandte sich an den neben ihm stehenden Rothaarigen, der zwei Köpfe kleiner war als er. »Die anderen Herrschaften können eigentlich gehen. Du hast ihre Personalien doch aufgenommen?«

Der Rothaarige schüttelte den Kopf. »Dazu war keine Zeit.«

Kampmann sah ihn irritiert an.

»Es gab technische Probleme.«

»Gut, dann macht ihr das jetzt.«

»Du wartest hier, Tante Hedwig. Ich nehme dich natürlich mit«, sagte Theresa.

»Ey, und was ist mit mir?«

Theresa sah den Mann an. Das musste Herr Yilmaz sein. Oder wie hieß er noch gleich?

»Wir müssten Herrn Yildirim noch bezahlen«, erklärte Hedwig.

»Natürlich.« Theresa löste sich aus Kampmanns Griff und öffnete ihre Handtasche. »Wie viel?«

»Tja.« Er kratzte sich am Kinn. »Müsste ich mal auf das Taxameter gucken. Die Uhr läuft.«

»Wie?« Theresa hob eine Augenbraue. »Seit Sie die arme Frau gefunden haben, kassieren Sie hier Taxigeld?«

Yildirim breitete die Arme aus. »Na, seit ich die alte Lady hierhergefahren habe, hab ich erst gewartet, dann eine Scheibe eingeworfen, die Bullen gerufen, wieder gewartet, rumgestanden. Auf alle Fälle bin ich nicht Taxi gefahren.«

Theresa zog einen Zweihunderteuroschein aus dem Portemonnaie und drückte ihn Yildirim in die Hand. »Stimmt so.«

Yildirim betrachtete den Schein in seiner Hand. »Krass. Das geht in Ordnung.«

Kampmann hatte die Unterhaltung verfolgt und wirkte ein wenig ungeduldig. Theresa nickte ihm zu und ging über die Terrasse zur offen stehenden Glastür.

»Bereit?«, fragte Kampmann.

Theresa nickte und schritt über die Schwelle. Polizeibeamte waren nicht mehr im Wohnzimmer. Auf dem Parkettboden waren die Umrisse des Leichnams markiert, aber Julia Sagmeister lag nicht mehr in der aufgefundenen Position. Jemand hatte sie auf den Rücken gedreht und ihre Augen geschlossen. Sie wirkte friedlich, was Theresa angesichts der Umstände ihres Todes für unpassend hielt. Musste man nicht ängstlich oder wenigstens überrascht aussehen, wenn man ermordet worden war?

»Ist das Frau Sagmeister?« Kampmanns Stimme klang sanft, und Theresa hatte ein mulmiges Gefühl im Magen.

»Ja.« Sie schluckte. »Ich verstehe das nicht.«

»Was verstehen Sie nicht?« Kampmann sprach in einem Tonfall, der auch für die Aufnahme von CDs für autogenes Training geeignet war.

»Wer hat das getan?«

»Exakt die Frage, die ich mir auch stelle. Wie ist es denn mit dem Ehemann?«

Theresa sah den Kommissar an. »Ob Michael Sagmeister das war?«

»Wenn das der Ehemann ist, ist das meine Frage.«

»Also nein, das glaube ich nicht. Michael Sagmeister ist nicht besonders sympathisch, aber er hat eben mit mir, dem Richter und seinem Anwalt im Gerichtssaal auf seine Frau gewartet. Und er war ziemlich aufgebracht darüber, als seine Frau nicht erschien.«

»Erinnern Sie sich an das, was ich Ihnen über den Täter sagte, der an den Tatort zurückkehrt?«

Theresa deutete auf die eingetrocknete Blutlache. »Ich mache kein Strafrecht, und ich kenne mich nicht mit Tatorten aus, aber das Blut ist doch schon eingetrocknet.«

»Ich habe auch nicht gesagt, dass Herr Sagmeister seine Ehefrau heute Vormittag umgebracht hat. Der Gerichtsmediziner geht davon aus, dass die Tatzeit zwischen einundzwanzig Uhr und dreiundzwanzig Uhr gestern Abend liegt.«

»Dann müssen Sie ihn nach seinem Alibi befragen.« Theresa ertrug den Anblick ihrer toten Mandantin nicht mehr und sah sich um. Der Raum wirkte ungemütlich, irgendwie nicht vollständig eingerichtet. Es fehlte jeder Hinweis auf etwas Persönliches.

»Seit wann hat Frau Sagmeister hier gewohnt?«

»Seit einem Jahr. Seitdem sie sich dazu durchgerungen hat, sich von ihrem Mann zu trennen.«

»Gut. Sie sehen etwas blass aus. Vielleicht nehmen Sie jetzt Ihre Tante und gehen erst mal nach Hause. Mein Kollege und ich werden Sie morgen in Ihrer Kanzlei aufsuchen.«

Theresa hatte das Gefühl, dass der Kommissar sie loswerden wollte. So als wäre sie ihm lästig. Aber ihr sollte es recht sein. Sie fühlte sich plötzlich erschöpft wie nach einer Stunde Powertraining. Sie nahm eine Visitenkarte aus ihrer Handtasche und reichte sie Kampmann.

Der Kommissar betrachtete die Karte und steckte sie dann in die Brusttasche seines Jacketts. »Danke. Und erholen Sie sich von diesem Schock.«

Lukas sah der Anwältin hinterher. Eine gut aussehende Frau. Extrem beherrscht und klug. Er stellte sich vor, dass es Spaß machte, mit ihr über einen Fall wie diesen zu diskutieren. Aber erst einmal würde er sich ganz allein damit befassen. Auf seine Weise. Er entdeckte Kai auf der Terrasse und deutete auf den Leichnam. Kai nickte und gab dem Bestatter ein Zeichen. Die Männer trugen einen Sarg herein und transportierten die Tote ab. Kampmann schob die Terrassentür hinter den Männern zu und setzte sich auf das Sofa. Abgesehen von den Umrissen des Leichnams war der Tatort wieder in seinen ursprünglichen Zustand zurückversetzt. Die Aufsteller mit den Nummern der Beweismittel waren entfernt worden. Neben allen verdächtigen Gegenständen, die eine Rolle in dem Mordfall spielen konnten, hatte ein Zentimetermaß gelegen, um die Größe auf den Fotos zu dokumentieren. Der Polizeifotograf hatte alle Einzelheiten in einem Bericht und auf Fotos festgehalten, aber das war totes Papier. Die Spurensicherung hatte Fingerabdrücke genommen und DNA-Spuren sichergestellt.

Sein Kollege Kai, der an seinem Tablet festgewachsen zu sein schien, legte bei einem Mordfall als Erstes eine digitale Akte an, erstellte Unterordner und legte jedes Foto und jedes Dokument an der richtigen Stelle ab. Von Ordnung verstand Kai etwas. Das musste man ihm wirklich lassen. Er war pünktlich und strukturiert, und wenn man ihn fragte, wo dieses oder jenes Schriftstück zu finden sei, hatte Kai es im Handumdrehen gefunden. Mit seinen achtundzwanzig Jahren war er zehn Jahre jünger als Lukas, und Lukas erschienen diese zehn Jahre wie eine ganze Generation. Er selbst musste die Atmosphäre eines Tatorts in sich aufnehmen, ein Gespür dafür entwickeln, was an diesem Ort geschehen war. Jetzt, da alle Spuren gesichert waren, konnte er sich hier auch frei bewegen. Dafür, dass er nicht gestört wurde, würde Kai schon sorgen.

Lukas spürte, dass er gleichmäßig atmete, sein Pulsschlag langsamer wurde, und er allmählich die wirren Gedanken zu den beteiligten Personen und Mutmaßungen ausblenden konnte. Erst einmal musste er herausfinden, was für ein Mensch Julia Sagmeister gewesen war. Lukas konnte keine richtige Persönlichkeit in ihr erkennen. Seit der Trennung von ihrem Mann vor einem Jahr hatte sie dieses Haus eingerichtet, ohne ihm eine persönliche Note zu geben. Abgesehen von fehlenden Fotos gab es auch so gut wie keine Dekorationsgegenstände. Die Einrichtung wirkte, als hätte es sie im Paket im Möbelhaus gegeben, ohne dass irgendeine eigene kreative Leistung bei der Zusammenstellung erforderlich gewesen wäre. Der technisch produzierte und ebenfalls gekaufte Schriftzug *Home* wirkte darin geradezu wie Hohn. Ob Julia Sagmeister heimlich der gescheiterten Ehe nachgetrauert und es nur zu einer anständigen Einrichtung gebracht hatte, weil man nun einmal so wohnte? Und weil dieses Haus nur eine Station in ihrem Leben war, ehe sie wieder zu ihrem Mann zurückkehrte? Oder bevor sie einen Schritt weiter ging? Zu einem anderen Mann? Ins Ausland? Ihm war aufgefallen, dass der Garten vielleicht nicht gerade einen verwahrlosten Eindruck machte, aber doch ein bisschen Pflege oder gestalterisches Geschick gebraucht hätte. Nach seiner Erfahrung waren das eher die Lebensumstände eines Mannes als einer Frau.

Einen Unfall hatte der Gerichtsmediziner bereits bei der ersten äußeren Leichenschau ausgeschlossen. Nach der Hutkrempentheorie konnte sich Julia Sagmeister die Kopfverletzung nicht infolge eines unglücklichen Sturzes zugezogen haben. Jemand hatte ihr von hinten oben den Schädel eingeschlagen, und dann war sie gestürzt. Wie die Kopfverletzung genau aussah, ließ sich erst bei der Obduktion feststellen, aber schon jetzt stand fest, dass ein einziger Schlag mit einem schweren Gegenstand innerhalb kurzer Zeit den Tod herbeigeführt hatte. Der Täter musste dann vom Tatort geflohen sein, oder er hatte noch abgewartet, bis sein Opfer auch wirklich tot war.

Aber was war davor geschehen? Lukas sah sich um. Julia Sagmeister hatte vermutlich ferngesehen und dabei Rotwein getrunken. Er zog sich Latexhandschuhe über und griff nach der Fernbedienung, die auf dem Couchtisch neben der Weinflasche lag. Beim Einschalten flackerte eine Telenovela über den Bildschirm, in dessen rechter oberer Ecke das Logo eines Privatsenders erschien. Lukas zog sein Smartphone aus der Tasche und rief die Webseite des Senders auf. Am Vorabend hatte es erst eine offenbar nicht allzu ernst zu nehmende Serie über einen Lehrer gegeben, anschließend eine Serie über einen Kommissar, der mehrere Jahre im Koma gelegen hatte und jetzt wieder ins Leben zurückgekehrt war. Julia Sagmeister konnte zufällig bei diesem Sender gelandet sein oder war vermutlich bei der Krimiserie gestört worden. Kai hatte das Handy der Toten zur Untersuchung mitgenommen, aber er hatte schon feststellen können, dass Julia Sagmeister am Vorabend keinen Anruf erhalten hatte. Lukas nahm deshalb an, dass sie durch die Türklingel gestört worden war. Das spätere Opfer war zur Tür gegangen und hatte den mutmaßlichen Täter hereingebeten, was bedeutete, dass es ihn gekannt haben musste. Allerdings schien der Grad ihrer Bekanntheit nicht so eng gewesen zu sein, dass Julia Sagmeister ihrem späteren Mörder ebenfalls ein Glas Wein angeboten hatte. Oder sie war nicht mehr dazu gekommen. Aber wie sollte sich innerhalb so kurzer Zeit eine Situation entwickelt haben, die zum Mord führte? Oder war der Täter bereits mit Mordabsicht hereingekommen, weil er die Tat nicht in der offen stehenden Haustür begehen wollte? Als Lukas den Fernseher eingeschaltet hatte, war der Ton nicht abgestellt gewesen. Julia Sagmeister hatte den Fernseher also nicht einfach nur leise gestellt, sondern ganz ausgeschaltet. Lukas nahm an, dass sie das getan hatte, als sie mit ihrem Besucher ins Wohnzimmer zurückkehrte. Sie war vom Läuten der Türglocke gestört worden und hatte geöffnet, weil sie dachte, dass nur ein Nachbar etwas fragen oder leihen wollte. Deshalb hatte sie das Gerät weder ganz ausgeschaltet noch den Ton abgestellt. Mit einem Gast, der sie länger aufhalten würde, hatte sie nicht gerechnet. Die beiden waren in das Wohnzimmer zurückgekehrt, wo Julia Sagmeister den Fernseher ausstellte und erschlagen wurde, bevor sie Gelegenheit hatte, sich wieder zu setzen. Beide Personen mussten also auf dem Weg von der Haustür ins Wohnzimmer in einen echten Streit geraten sein, ohne dass sich Julia Sagmeister allerdings bedroht fühlte. Wenn sie sich vor ihrem Besucher gefürchtet hätte, hätte sie ihm weder den Rücken zugedreht noch sich die Zeit genommen, den Fernseher auszuschalten. Der Täter musste aber jemand gewesen sein, dem sich ganz widmen wollte, ohne dass ein flackernder Bildschirm sie ablenkte. Das sprach eher dafür, dass der Besucher keine Julia Sagmeister nahestehende Person war.

Lukas seufzte. Es konnte natürlich alles auch ganz anders gewesen sein. Aber dass Julia Sagmeister die alte Tageszeitung, die ebenfalls auf dem Couchtisch lag, gelesen hatte, glaubte er nicht.

Er stand auf, um sich den Rest des Hauses anzusehen. Im Erdgeschoss gab es außer dem nach hinten gelegenen Wohnzimmer eine Küche und ein Gäste-WC neben der Haustür. Die Treppe knarrte, als er hochstieg. Auch die Wand des Treppenhauses war nackt. Dort hing kein einziges Bild oder ein anderes Zeichen dafür, dass hier ein Mensch gelebt hatte. Im oberen Stockwerk gab es zwei Zimmer und das Bad. In einem der Räume standen ein Kleiderschrank, ein aufgestelltes Bügelbrett und ein Hometrainer. Die über das Lenkrad und den Sattel geworfenen Kleidungsstücke waren die ersten echten Lebenszeichen in diesem Haus.

Als Letztes warf Lukas einen Blick in das Schlafzimmer, und hier gab es die größten Anzeichen für Leben in der Bude. Alle Schranktüren standen offen, die Schubladen waren herausgezogen, und der Inhalt lag auf dem Boden verstreut. Hier hatte die Spurensicherung am meisten zu tun gehabt. Aber einen Hinweis darauf, was der Täter gesucht haben konnte, gab es nicht. Und das Dumme daran, wenn etwas gestohlen worden war, war ja, dass das, was gestohlen wurde, jetzt weg war.

Lukas stieg die Treppe hinunter und ging zur Terrassentür. Während er die Glastür aufschob, schaute er im Garten nach Kai. Sein Kollege hatte sich einen Gartenstuhl unter einen üppig wachsenden Strauch in den Schatten gestellt und befasste sich mit seinem Tablet.

»Kai?«, rief er.

Sein Kollege sah auf. »Hm?«

»Ich mache hier jetzt zu. Wie sieht es aus mit einem Glaser?« Lukas deutete auf die eingeschlagene Glasscheibe.

»Soll demnächst eintrudeln.«

»Kann ein Kollege hierbleiben, bis er kommt?«

»Ich sag Bescheid.«

»Gut. Und hinterher soll er alles abschließen und die Haustür und die Terrassentür versiegeln. Und wir beiden fahren jetzt ins Präsidium zurück.«

Theresa räumte ihre Schminkutensilien vom Beifahrersitz, und Tante Hedwig ließ sich auf den tief liegenden Sitz des Cabrios fallen.

Theresas Hände umschlossen das Lenkrad. »Also, Tante Hedwig, ich weiß wirklich nicht, wie ich das wiedergutmachen soll.«

»Liebes.« Hedwig legte ihr eine Hand auf den Unterarm. »Nun mach dir mal nicht so viele Gedanken. Ich war zwanzig Jahre lang Chefsekretärin in der Privatklinik von Dr. Hansen-Obendrauf, und du kannst mir glauben, dass ich dort mehr gesehen habe, als ich jemals sehen wollte.« Sie kuschelte sich gemütlich in den Sitz. »Obwohl, gegen so einen kleinen Lütten hätte ich jetzt nichts einzuwenden. So zur Beruhigung der Nerven.«

Sie fanden ein plüschiges Café, wo sie sich an einem Fensterplatz niederließen. Theresa bestellte nur eine Tasse Kaffee, während Hedwig ein Kännchen Kaffee, einen Cognac und eine Donauwelle nahm.

Theresa ließ Hedwig Zeit, ihren Cognac zu trinken und ein bisschen Kuchen zu essen, bis sie sie ansprach. »Das war sicher ein großer Schock, als du Frau Sagmeister gefunden hast.«

»Na, das kann ich dir sagen. Ich kannte die Frau ja nicht, aber als sie nicht öffnete, habe ich einfach gedacht, sie hätte sich in ihrem Haus verkrochen und wollte von der Welt nichts sehen und nichts hören.«

Theresa sah ihre alte Tante an. »Warum hast du das gedacht?«

»Weil alles so lieblos aussah. Im Garten hätte doch dringend etwas getan werden müssen, und auch auf der Terrasse sah es für meine Begriffe nicht so richtig gemütlich aus.«

Genau dieser Gedanke war Theresa auch durch den Kopf gegangen. »Aber sie wollte unbedingt geschieden werden. Deshalb wäre ich nie auf den Gedanken gekommen, dass sie kneift.«

»Und was hast du stattdessen gedacht?« Hedwig leerte ihr Cognacglas und stellte es wieder ab.

Nachdenklich betrachtete Theresa das faltige Gesicht ihrer Tante. Hedwig Fröhlich war früher eine sehr schöne Frau gewesen, und jetzt, da sie in Würde alterte, war sie immer noch sehr ansehnlich. Und sehr gepflegt. In ihren Ohrläppchen steckten Perlenohrringe, sie trug einen dezenten Lidschatten und ein wenig rosa Lippenstift.

»Das weiß ich gar nicht so genau«, antwortete Theresa. »Ich war so überrascht darüber, dass sie nicht erschienen ist und nicht erreichbar war, dass ich nicht klar denken konnte. Am ehesten habe ich an einen häuslichen Unfall gedacht. Dass sie beim Gardinenaufhängen von der Leiter gefallen ist oder so.«

»Wenn sie denn mal Gardinen hätte«, stellte Hedwig fest. »War sie in dem Haus nur auf der Durchreise, oder warum sah es darin aus wie in einem Wartesaal zweiter Klasse?«

Theresa sah ihre Tante verwundert an. Für eine Sechsundsiebzigjährige verkraftete sie den Vorfall nur mithilfe eines Glases Cognac sehr gut, und sie schien auch eine gute Beobachterin zu sein. »Mir ist das auch aufgefallen, aber ich habe Frau Sagmeister nur zwei- oder dreimal in meiner Kanzlei gesehen. Ansonsten haben wir telefoniert. Bei ihr zu Hause war ich nie. Und sie war immer gut gekleidet. Nicht besonders spektakulär, aber eben gut.«

»Und dieser Mann, von dem sie geschieden werden wollte? Was ist das für ein Kerl?«

»Michael Sagmeister ist Bauunternehmer. Ein ziemlich aufbrausender Mann. Ich fand, sie passen nicht gut zusammen, aber das kann ein Außenstehender ja ohnehin schlecht beurteilen. Nur in diesem Fall trifft es wohl zu, denn sie wollten nicht mehr zusammenleben.«

»Glaubst du, er hat seine Frau gestern Abend aufgesucht, weil er doch nicht geschieden werden wollte, und dann hat er sie im Streit erschlagen?«

Theresa hob die Schultern. »Das weiß ich nicht. Soll sich doch die Polizei drum kümmern. Kann natürlich sein, dass er sie im Affekt erschlagen hat. Allerdings ginge es dann vermutlich nicht um die Scheidung, sondern darum, dass Julia Sagmeister einen Zugewinnausgleich und Unterhalt von ihrem Mann verlangt hat. Er selbst behauptet, pleite zu sein.« Unauffällig warf Theresa einen Blick auf ihre Armbanduhr. Sie hatte um vierzehn Uhr einen Termin in der Kanzlei, und jetzt war es bald halb zwei. Diese Sache hatte ihren ganzen Tagesplan durcheinandergebracht.

»Wenn du losmusst, Liebes, lass dich durch mich nicht aufhalten.« Hedwig legte die Kuchengabel auf ihren leeren Teller. »Ich habe eine Monatskarte und kann mit der Bahn nach Hause fahren.«

Theresa legte ihre Hand auf die ihrer Tante. »Tante Hedwig. Das tut mir alles so schrecklich leid. Du wolltest mich besuchen, bist auf ein leeres Büro gestoßen, ich habe dich als Boten missbraucht, und dann findest du auch noch eine Leiche.«

»Ach, nun mach dir doch nicht so viele Gedanken. Da habe ich doch ordentlich was zu erzählen.« Hedwigs Miene wurde ernst.

»Weißt du, es ist kein besonders großer Spaß, den ganzen Tag in der Wohnung zu hocken und den Nippes gerade zu rücken, der ohnehin schon am richtigen Platz steht, und sehnsüchtig auf den Mittwoch zu warten, weil ich da mit den Damen Bridge spiele.« Hedwig legte ihre rechte Hand auf Theresas. »Sag mir doch lieber, wie es dir geht. Du siehst ein bisschen blass aus. Arbeitest du zu viel?«

Theresa betrachtete die perlmuttfarben lackierten Nägel ihrer Tante. »Im Moment läuft es nicht so richtig. Weißt du, mit Tim ist es im Augenblick ein bisschen … schwierig. Und die viele Arbeit macht mir nichts aus, aber die Abläufe in der Kanzlei könnten optimiert werden.«

»Also, deine Mitarbeiterin, Melinda …«

»Miranda.«

»Richtig. Miranda, die machte einen guten Eindruck, allerdings sah sie auch ein bisschen …« Hedwig wiegte den Kopf.

»Wie sah sie aus?«, fragte Theresa misstrauisch.

»Tja, also, wenn du mich so fragst, sah sie ein kleines bisschen schwanger aus.«

»Was?«, kreischte Theresa und entzog ihrer Tante die Hand. »Schwanger?«

»Das geht vorüber, Liebes. Wenn sich ihre Schwangerschaftsübelkeit allerdings länger hinzieht, werdet ihr euch Gedanken über eine Vertretung machen müssen.«

Theresa stützte den Kopf auf. »Das hat mir gerade noch gefehlt.«

»Es gibt für alles eine Lösung. Kann ich dir vielleicht etwas Gutes tun? Was hältst du davon, wenn ich dich morgen Abend zum Essen einlade, und wir reden mal in Ruhe über alles?«

Ein warmes Gefühl durchströmte Theresa. Sie hielt sich selbst für eine gestandene Frau, aber der Gedanke, ihrer warmherzigen Tante ihr Herz auszuschütten, hatte etwas sehr Tröstliches. »Das finde ich toll. Wenn du Lust hast, hole ich dich ab, und wir gehen in dein Lieblingsrestaurant.«

»Och, das kenne ich schon zur Genüge. Mir wäre es lieber, wenn wir uns in einem schicken Laden in der Stadt treffen könnten.«

Das verstand Theresa. Ihre Tante hatte ganz offensichtlich das Bedürfnis, mal rauszukommen und etwas anderes zu sehen und zu erleben. »Gut. Es gibt ein sehr gediegenes Lokal in der Innenstadt. Dort werde ich uns einen Tisch reservieren. Ist dir neunzehn Uhr recht?«

»Das ist prima. Ich hole dich dann in der Kanzlei ab. Du hast jetzt sicher etwas zu arbeiten.«

Theresa lächelte und öffnete ihre Handtasche.

»Liebes, diese Rechnung geht auf mich. Mein Karl hat mir eine schöne Witwenrente hinterlassen, und deine Tasse Kaffee ist da auch noch mit drin.«

»Danke.« Theresa stand auf und gab ihrer Tante einen Kuss auf die Wange. »Für alles. Bis morgen. Ich freue mich.«

»Ich auch. Tschüss, Liebes.« Hedwig winkte dem Kellner. »Herr Ober, ich hätte gern noch einen Cognac.«

Kurz vor Ladenschluss erreichte Lukas das Schreibwarengeschäft in der Ladenstraße. Durch die Glastür sah er die Inhaberin hinter dem Tresen stehen. Sie las in einer auf dem Tresen aufgeschlagenen Zeitung. Als bei seinem Eintreten die Türglocke läutete, sah sie hoch und setzte ein freundliches Lächeln auf, das erlosch, als sie ihn erkannte.

»Moin, Martha.« Lukas ließ das Regal mit den Schultüten links liegen und bog in die Regalreihe auf der rechten Seite ab. Neben den Fächern mit Aktendeckeln in verschiedenen Farben lag sein Ziel. Eine ganze Regalwand voller Notizbücher. In verschiedenen Größen, liniert oder kariert, in schwarzem Einband oder bunt, mit Muster oder einfarbig, und vor allem mit vielen leeren Seiten, auf denen er seine Gedanken sortieren konnte. Denn jeder Gedanke, den er in sein Notizbuch eintrug, verstopfte sein Hirn nicht länger und machte Platz für neue. Es dauerte eine Weile, bis er sich entscheiden konnte. Weil ihm Julia Sagmeisters Persönlichkeit bisher verborgen geblieben war, fehlte ihm die Inspiration. Aber einfach ein einfarbiges Buch in Grau zu nehmen, empfand er als zu einfallslos. Vielleicht konnte er Julia Sagmeister posthum eine Freude machen, indem er das Notizbuch mit dem hellblauen Einband und den rot aufgedruckten Blumen wählte.

Martha war neben ihn getreten. »Heute haben Sie aber lange gebraucht. Haben Sie etwas gefunden?«

Lukas reichte es ihr. »Ich nehme das hier.«

Martha betrachtete das Notizbuch, dann griff sie in das Regal auf der anderen Seite, nahm einen roten Stift heraus und ging zur Kasse. Dort steckte sie das Notizbuch in eine kleine Papiertüte. »Diesmal ist es eine Frau?«

»Hm.« Lukas zog sein Portemonnaie aus der Innentasche seines Jacketts.

»Wie alt?« Martha steckte den Stift ebenfalls in die Tüte. »Den kriegen Sie heute dazu.«

»Danke. Die junge Frau war nicht alt genug.«

Die Verkäuferin gab den Preis in die Kasse ein. »Was ist denn passiert?«

Morgen würde die Geschichte ohnehin in der Zeitung stehen, und heute Abend konnte Martha nicht mehr allzu vielen Menschen davon erzählen. »Sie wurde erschlagen.«

»Sechs fünfzig.« Martha nahm das Münzgeld entgegen. »Also, ich bin achtundsechzig, und ich würde auch nicht gern erschlagen werden.«

Lukas steckte das Portemonnaie zurück und nahm das Tütchen an sich. »Nein, wer will das schon.«

Zu Hause angekommen, hängte Hedwig ihren Mantel an die Garderobe und wusch sich die Hände. Dann ging sie zu ihrem Schreibsekretär im Wohnzimmer, auf dem ihr Telefon stand. Der gute alte giftgrüne Telefonapparat mit Wählscheibe. Aus ihrer

Handtasche zog sie die Visitenkarte von Mustafa Yildirim heraus und wählte die Nummer seines Mobilfunkgeräts.

»Yildirim.«

»Guten Abend, Herr Yildirim, hier spricht Hedwig Fröhlich.«

»Wer?«

»Fröhlich. Hedwig. Wir hatten heute Vormittag das Vergnügen, na ja, Vergnügen ist vielleicht nicht der richtige Ausdruck. Wir haben heute die arme Frau Sagmeister aufgefunden.«

»Frau Fröhlich, richtig. Hallo.«

»Ich hoffe, ich störe Sie nicht allzu sehr.«

»Ich habe gerade eine Fuhre zum Flughafen.«

»Ah.« Hedwig schnalzte mit der Zunge. »Dann störe ich Sie gerade bei der Arbeit.«

»Kein Problem. Ich habe eine Freisprechanlage. Was gibt es denn?«

»Ach so, na ja, ja, es geht um die Fotos, die Sie heute gemacht haben.«

»Äh, was ist damit?«

»Ich wollte wissen, ob es eine Möglichkeit gibt, sie von diesem Gerät, mit dem Sie telefonieren, auf einen Film oder so etwas zu kriegen, damit man sie entwickeln kann.«

»Ich kann sie später ausdrucken, wenn ich zu Hause bin.«

»Tatsächlich? Wenn das so einfach geht.«

»Ich kann sie Ihnen auch rüberschicken, wenn Sie mir Ihre eMail-Adresse sagen.«

Hedwig griff verlegen nach ihrer Perlenkette. »Äh, ich denke, Ausdrucke wären praktischer.« Natürlich wusste sie, dass es Computer und solche Dinge gab. Darüber gab es im Fernsehen ja genug zu sehen, aber bisher war sie damit eben nicht in Berührung gekommen. Womöglich blieb es nicht aus, dass sie sich diesem Thema nähern musste, wenn sie ihre eigenen vier Wände verließ, um ihre Nase in fremder Leute Angelegenheiten zu stecken.

»Gut. Wo wohnen Sie? Dann bringe ich Ihnen die Fotos vorbei.«

»In Wandsbek, aber wenn Sie wollen, können Sie die Fotos in der Kanzlei meiner Nichte abgeben. Wissen Sie, die junge Frau, die Sie heute bezahlt hat.«

»Okay, das kann ich machen.«

Hedwig bedankte sich, dann legte sie auf. Sie rückte den Silberrahmen mit dem Foto ihres verstorbenen Mannes zurecht.

»Tja, Karl«, sagte sie. »Jetzt wollte ich eigentlich nur Theresa besuchen, und dann ist diese Riesensache daraus geworden. Die junge Frau dort tot auf dem Fußboden zu sehen, war wirklich schrecklich.« Sie betrachtete das freundliche Gesicht ihres Mannes. Das Foto war ein Jahr vor seinem Tod aufgenommen worden, und sie sah ihn immer gern an. »Es hat mich wütend gemacht, sie dort zu sehen. Und abgesehen von einer gewissen Neugier, die mich zugegebenermaßen gepackt hat, finde ich auch, sie hat verdient, dass man den Täter findet.« Hedwig schob das Foto ein Stück zurück und stand auf. »Ich weiß, was du jetzt sagen willst. Natürlich ist das Aufgabe der Polizei, aber es kann ja nicht schaden, ein wenig unterstützend tätig zu sein.« Sie schenkte dem Foto ein freundliches Lächeln. »Und jetzt ist es so, dass du mich nicht davon abhalten kannst. Ich denke deshalb, du wirst sicher einverstanden sein. Natürlich halte ich dich über die Ermittlungsergebnisse auf dem Laufenden.«

Zur Feier des Tages gönnte sie sich ein Gläschen Rosé zu ihren Schnittchen und schaltete den Mittwochabendkrimi ein.

Kurz vor zwanzig Uhr schaltete Theresa den PC aus. Das war mit Abstand der grauenvollste Tag seit Langem gewesen. Angefangen mit der misslungenen Scheidungsverhandlung, als Nächstes der furchtbare Mord an Julia Sagmeister. Der einzige Lichtblick war das Wiedersehen mit Tante Hedwig gewesen, aber als sie in die Kanzlei zurückkehrte, wartete noch mehr Ärger auf sie. Immerhin war das Büro abgeschlossen, denn sie traf dort niemanden an. Miranda hatte einen Zettel auf dem Tresen hinterlassen, dass sie wegen andauernder Übelkeit nach Hause gegangen war. Der

Zettel lag neben dem Stapel ungeöffneter Post und einem Haufen unbearbeiteter Akten. Von ihren beiden Kollegen war den ganzen Nachmittag über überhaupt nichts zu sehen oder zu hören. Theresa führte ihren Termin durch, arbeitete die Telefonanrufe ab und erledigte die dringendsten Sachen auf Mirandas Schreibtisch. Am Freitagmorgen auf der wöchentlichen Kanzleisitzung würde sie einige Punkte zur Sprache bringen, die ihr nicht gefielen. Aber jetzt war sie todmüde, und sie hatte Hunger. Theresa schaltete überall das Licht aus und die Alarmanlage ein, dann fuhr sie nach Hause.

Der Meisenstieg lag ruhig da. Theresa bog in die Einfahrt ein, bediente die Fernbedienung des Garagentors und stellte den Wagen ab. Das Haus war dunkel. Theresa hatte eine Weile gebraucht, um sich daran zu gewöhnen, dass sie jetzt allein darin lebte.

Sie streifte die Pumps ab und ließ sie achtlos auf dem Boden liegen. Dann nahm sie sich die Weinflasche aus dem Kühlschrank und schenkte sich ein Glas ein. Im Tiefkühlfach fand sie zwei kleine Pizzen, die sie in die Mikrowelle schob. Sie war kurz versucht, die Teile einfach im Stehen runterzuschlingen, aber das wusste nun jeder, dass das ungesund war. Im Wohnzimmer schaltete sie die Lampen auf der Fensterbank und den Fernseher ein. Sie würde sich irgendeinen Quatsch im Fernsehen ansehen, damit ihre Gedanken aufhörten zu kreisen.

Kapitel 2

Nach acht Stunden Schlaf, einer morgendlichen Meditation und dem anschließenden Genuss einer Tasse grünen Tees fühlte Lukas sich wie neugeboren. Er stieg aus dem Bus und ging die paar Schritte zum Polizeipräsidium. Kai saß bereits am großen Konferenztisch im Besprechungsraum und brachte sein Tablet in

Position, um die Ermittlungsergebnisse auf die Leinwand zu werfen.

»Moin.« Lukas setzte sich auf den Platz, vor dem die Akte lag.

Während Kai die digitale Akte anlegte und verwaltete, machte er von allen Schriftstücken Ausdrucke für die Papierakte, mit der Lukas arbeitete – neben seinem Notizbuch, das jedoch weniger Fakten als eher Gedanken beinhaltete.

»Morgen. Ich hätte dich abgeholt, weißt du«, sagte Kai.

»Weiß ich. Mir war heute aber eher danach, mit der Bahn zu fahren.«

Kai nickte. »Ein bisschen am Volk schnuppern.«

Lukas grinste. »Na ja, das war eher weniger der Grund.« Er sah sich um. »Und wo bleibt der Rest der Belegschaft?«

Kai schien mit seinem Arrangement zufrieden zu sein und setzte sich. »Kommt hoffentlich gleich.«

Tatsächlich waren bereits Schritte und Stimmen auf dem Flur zu hören, und kurz darauf erschienen die Kollegen der Spurensicherung, der Gerichtsmediziner und zwei uniformierte Kollegen.

»Dann können wir ja anfangen.« Kai drückte einen Knopf auf seinem Tablet, und auf der Leinwand erschien das Bild einer hübschen jungen Frau. Am unteren Rand der Aufnahme waren Daten abgedruckt; die Fotografie war offenbar für einen Personalausweis oder den Führerschein gemacht worden. Julia Sagmeister trug die braunen Haare noch etwas kürzer, und vor allem war sie noch lebendig. »Das ist Julia Sagmeister, achtunddreißig Jahre alt, noch verheiratet. Ihr Geburtsname lautet Krug. Sie ist in Hannover geboren, hat Abitur gemacht und ist 2004 nach Hamburg gezogen. Hier hat sie einige Jahre in der Buchhaltung einer Baufirma gearbeitet. 2009 hat sie Michael Sagmeister geheiratet, von dem sie seit 2019 getrennt lebt. Das Scheidungsverfahren lief bereits. Sie haben keine Kinder.«

Julia Sagmeisters Antlitz verschwand von der Wand, und es erschien der schwarze Schattenriss eines weiblichen Kopfes. Dann tauchte neben der Silhouette ein waagerechter Strich auf und am anderen Ende des Strichs der Platzhalter für den Ehemann. Der gestrichelte Querstrich durch den Verbindungsstrich sollte vermutlich andeuten noch verheiratet, aber so gut wie geschieden.

»Was ich nicht weiß, ist, ob der Ehemann eigentlich etwas erbt«, stellte Kai fest.

Es beruhigte Lukas, dass Kai auch mal etwas nicht wusste. »Kein Problem, das fragen wir die Anwältin.« Lukas machte sich eine Notiz.

Kai sah ihn einen Moment lang irritiert an, dann fuhr er fort: »Könnte ja ein Motiv sein. Okay.« Er drückte einen weiteren Knopf. »Die Eltern von Julia Sagmeister sind Gisela Krug, fünfundsechzig Jahre alt, und Herbert Krug, siebzig. Die Eltern leben in Hannover, und die Kollegen haben auf unsere Bitte hin gestern Nachmittag die Todesnachricht überbracht. Die Beamten haben mitgeteilt, dass bei dem Vater Demenz diagnostiziert wurde und er vermutlich eine Weile brauchen wird, um den Tod der Tochter zu begreifen. Die Mutter jedenfalls war am Boden zerstört, aber die Kollegen hatten vorsorglich einen Arzt dabei, der ihr eine Beruhigungsspritze geben musste. Frau Krug konnte deshalb noch nicht vernommen werden.«

Der Stammbaum erweiterte sich um eine scherenschnittartige Mutter und den dazugehörigen Vater.

»Julia Sagmeister hat noch eine ältere Schwester, Ariane Wimmer«, fuhr Kai fort.

Neben Julia Sagmeister erschien ein weiterer Frauenkopf.

»Sie ist verheiratet und hat einen kleinen Sohn. Ich habe gestern Abend mit ihr gesprochen. Ariane Wimmer wohnt in Lüneburg. Sie wird heute Vormittag herkommen, um ihre Schwester noch einmal zu sehen und zu identifizieren.« Kai nickte in Richtung des Gerichtsmediziners.

Kai fummelte an seinem Tablet herum, und die Familie Sagmeister/Krug verschwand von der Wand. »Mehr habe ich noch nicht«, stellte er entschuldigend fest.

»Ich finde, das ist schon eine ganze Menge«, beruhigte ihn Lukas. »Und wie siehts bei euch aus, Hinnerk?«

Der Leiter der Spurensicherung schlug seine Akte auf. »Wir haben nicht viel. Im Haus gab es Spuren der Bewohnerin, was wenig überraschend ist. Daneben Fingerabdrücke von mehreren Personen, die wir nicht zuordnen können, und verschiedene DNA-Spuren. In unserer Datenbank ist keiner von ihnen registriert. Die einzigen Fingerabdrücke, die wir zuordnen können, sind die von dieser Frau Fröhlich, die die Tote gefunden hat. Dummerweise hat sie auf den Klingelknopf gedrückt und damit die darunter liegenden Abdrücke verwischt. Insbesondere den vermutlich vorletzten. Den des potenziellen Mörders.«

»Haben Frau Fröhlich und der Taxifahrer im Wohnzimmer noch weitere Abdrücke hinterlassen?«, fragte Lukas.

»Nein. Also, abgesehen von Faserspuren auf der Leiche, die entstanden sind, als sie geguckt haben, ob die Frau wirklich tot ist«, erklärte Hinnerk. »Kann man ihnen vermutlich nicht vorwerfen.«

»Und diese Geschichte, dass die beiden die Glastür eingeworfen haben, kann stimmen?«

Hinnerk nickte. »Ich denke schon. Interessant ist eigentlich eher, was wir nicht gefunden haben. Nämlich die Tatwaffe.«

»Und was könnte das sein?«

Hinnerk sah zum Gerichtsmediziner hinüber. »Dazu kann der Dr. Berger vielleicht etwas sagen.«

Dr. Berger schüttelte den Kopf. »Ein länglicher, schwerer Gegenstand, vermutlich aus Eisen.«

»Ein Einbruchwerkzeug?«, fragte Lukas.

»Möglich«, gab Berger zurück. »Vielleicht so etwas wie ein Kuhfuß.«

»Aber es gab keine Einbruchspuren, oder?«, fragte Lukas Hinnerk.

»Keine. Sie hat den Täter selbst hereingelassen.«

»Und der hatte einen Kuhfuß statt eines Blumenstraußes dabei? Ich weiß nicht.« Kai tippte wieder auf seinem Tablet herum. Vermutlich suchte er nach einer passenden Tatwaffe.

»Dann müssen wir die Schwester ebenfalls danach befragen, ob es etwas in Haus oder Garten gab, was als Tatwaffe geeignet ist.« Lukas machte sich eine weitere Notiz. »Und was hat die Obduktion ergeben?«

»Eigentlich nicht viel Überraschendes«, sagte Berger. »Schweres Schädel-Hirn-Trauma durch einen Schlag mit diesem bewussten Gegenstand. Der Schlag hat sie am Hinterkopf getroffen.«

»Wie groß war der Täter?«

Berger spielte mit seinem Kugelschreiber. »Julia Sagmeister war 1,68 m groß, der Täter so um die 1,75 m.«

»Musste er sehr viel Kraft aufwenden?«

»Wenn die Tatwaffe schwer war, brauchte er Kraft, um damit auszuholen, aber um zuzuschlagen nicht mehr so furchtbar viel davon. Da der Schlag von hinten kam, reichte vielleicht der Adrenalinschub nach einem Wortgefecht. Julia Sagmeister sagt etwas, was den Täter furchtbar aufregt, wendet sich ab, und dann brennt beim Täter die Sicherung durch.«

Lukas nickte. Das stimmte mit seinen Überlegungen im Wohnzimmer des Opfers überein. »Und nach dem Schlag ist sie gegen den Couchtisch gestürzt und auf den Boden gefallen.«

»Richtig«, bestätigte Berger. »Und dabei dürfte der Rotwein umgekippt sein.«

»War sie sofort tot?«

»Als sie auf dem Boden aufschlug, dürfte sie bereits tot gewesen sein«, antwortete Berger.

»War mit dem Rotwein etwas nicht in Ordnung?«, fragte Kai.

Hinnerk grinste. »Keine besonders gute Marke, aber es war nichts drin, was nicht in Rotwein gehört.«

»Und hatte sie schon zu Abend gegessen?«

»Hatte sie.« Berger schlug seine Akte auf. »Datteln im Speckmantel, ein wenig Ciabatta, Tomaten und Mozzarella.«

»Und hatte sie diese Sachen zu Hause?«

»Die Verpackung von den Datteln und dem Mozzarella haben wir im Müll gefunden, ein halbes Ciabatta liegt noch im Brotfach, Tomaten hat sie auch. Die Spülmaschine war halb voll, ob sich darin Geschirr einer zweiten Person befand, prüfen wir noch. Für mich sah das alles allerdings eher nach einem gemütlichen Fernsehabend aus, der unschön endete.«

»Das bringt mich zu der nächsten Frage.« Lukas wandte sich an Hinnerk. »Auf der Fernbedienung für den Fernseher, waren da noch andere Fingerabdrücke als die vom Opfer?«

»Nein. Nur ihre Spuren.«

»Und gibt es eine Erklärung dafür, dass ausschließlich das Schlafzimmer durchsucht wurde? Oder wurden die anderen Räume auch durchsucht?«

»Dass in den anderen Räumen auch gesucht wurde, glaube ich nicht«, sagte Hinnerk. »Das Schlafzimmer ist ziemlich auf den Kopf gestellt worden. Wenn der Täter auch die Schränke im Erdgeschoss durchgesehen hätte, hätte er sich wohl nicht die Mühe gemacht, den Inhalt ordentlich zurückzustellen und die Türen zu schließen.«

»Hm.« Lukas rieb sich das Kinn. »Heißt, dass jemand wusste oder jedenfalls vermutete, dass Julia Sagmeister das, was er suchte, im Schlafzimmer versteckt hatte. Ein abservierter Liebhaber?«

»Möglich, aber was hätte der suchen sollen? Ein paar ungewaschene Socken, die er liegen lassen hat?«

Lukas hob die Schultern. »Vielleicht etwas, womit sie einen verheirateten Liebhaber erpressen oder jedenfalls unter Druck setzen wollte. Okay, was haben wir noch? Ach so, dieser Couchtisch hat auch nicht viel hergegeben?«

Hinnerk schüttelte den Kopf. »Darauf befand sich nichts Ungewöhnliches. Die Fernbedienung, das Rotweinglas und die Flasche, die Fernsehzeitung und eine alte Hamburger Zeitung.«

»Von wann?«

»Etwa ein halbes Jahr alt.« Hinnerk deutete auf Kai. »Ich hab sie Kai schon zu lesen gegeben.«

»Und?«, fragte Lukas.

»Ich hab bisher nichts Besonderes darin gefunden. Vielleicht hatte sie vor, alten Fisch darin einzuwickeln. Erschlagen wurde sie damit nicht.«

»Hatte sie die Zeitung abonniert, oder hat sie sich diese Ausgabe extra besorgt?«

»Muss ich prüfen.« Kai gab etwas in sein Tablet ein. Lukas wusste, dass Kai in jeder Fallakte so etwas wie eine Aufgabenliste führte und Erledigtes abhakte.

»Gut.« Lukas sah zu den beiden uniformierten Beamten hinüber. »Und was hat die Befragung der Nachbarn ergeben? Hat sie überhaupt etwas ergeben?«

»Nicht viel«, erklärte der jüngere Kollege. »Allgemein hieß es, dass Julia Sagmeister eher unauffällig war, und dass die meisten nichts, jedenfalls aber nichts Schlechtes über sie sagen konnten. Links neben ihr wohnt ein Ehepaar Hildebrandt, die haben gemeint, dass sie sie kaum gesehen haben. Sie hätte sich wenig um den Garten gekümmert und zwar gegrüßt, aber auch nicht mehr. Allerdings haben die Hildebrandts gemeint, dass sie einen Mann gesehen hätten, der den Gartenweg zum Haus von Julia Sagmeister hochgegangen sei. Das sei etwa gegen einundzwanzig Uhr gewesen.«

»Sagten Sie nicht, dass die Tatzeit zwischen einundzwanzig Uhr und dreiundzwanzig Uhr liegt?«, fragte Lukas den Gerichtsmediziner.

»Sagte ich. Allerdings ist einundzwanzig Uhr der frühestmögliche Zeitpunkt.«

»Aber wenn dieser Mann um einundzwanzig Uhr bei Julia Sagmeister läutet, sie sprechen eine Weile, und dann erschlägt er sie, käme er doch als Täter in Betracht, oder?«, fragte Kai.

»Natürlich. Ich will das gar nicht abstreiten«, erklärte Berger. »Von der Uhrzeit käme es hin.«

Lukas rieb sich wieder das Kinn. Von der Uhrzeit käme es hin, aber wenn es sich so abgespielt hatte, wie er vermutete, war der Täter nicht länger als zehn Minuten im Haus gewesen, bevor der Mord geschah, und so, wie er Berger verstand, lag die Tatzeit eher später. »Dieses Ehepaar hat den Mann nicht zufällig erkannt und kann uns seinen Namen nennen?«, fragte Lukas.

Der junge Kollege grinste. »Nee. Eine Frau, die ihren Dackel ausgeführt hat, hat später noch eine Gestalt auf dem Gehweg gesehen, aber die war dunkel gekleidet und befand sich außerhalb des Lichtkegels der Straßenlaterne. Das hilft uns auch nicht weiter.«

Lukas lehnte sich zurück. Das klang alles nicht sehr ermutigend.

»Ich hoffe, dass der Verbindungsnachweis heute noch eintrifft«, sagte Kai.

»Gut. Dann schlage ich vor, dass wir alle an unsere Arbeit gehen und ein wenig weiterermitteln.« Lukas wandte sich an die Kollegen. »Ihnen danke ich für Ihre Zuarbeit. Mit dem Rest müssen wir erst mal allein fertig werden.«

Mit Kai sprach er ab, dass dieser auf die Schwester der Toten warten würde, während Lukas die Rechtsanwältin von Julia Sagmeister und später deren Ehemann aufsuchen wollte.

Theresa stellte ihr Cabrio in der Tiefgarage des Bürogebäudes ab und fuhr mit dem Fahrstuhl nach oben. Ihre Überlegungen, was sie machen würde, wenn Miranda wieder nicht an ihrem Platz war, erwiesen sich als überflüssig, als sie durch die Milchglasscheibe des Büros einen Lichtschein sah. Dass die Tür nicht abgeschlossen war, bedeutete heute offenbar nicht mehr viel, aber tatsächlich saß Miranda hinter dem Empfangstresen und schien zu arbeiten. Sie sah ziemlich mitgenommen aus. Blass, die Augen groß und von dunklen Ringen umrahmt.

»Guten Morgen, Miranda.«

»Morgen. Tut mir wirklich leid, dass ich gestern wegmusste, aber mir ging es echt schlecht. Ich bin extra heute eine Stunde eher gekommen, um Liegengebliebenes aufzuarbeiten.« Miranda unterdrückte ein Aufstoßen.

Theresa blieb vor dem Tresen stehen und legte ihre Aktentasche darauf. »Was fehlt dir denn?« Es interessierte sie brennend, ob Hedwig mit ihrer Vermutung recht hatte.

Miranda hielt sich den Magen. »Ich hab keine Ahnung. Es wird auch gar nicht besser, obwohl ich alles Mögliche gegen Übelkeit und für den Magen nehme.«

Theresa schloss für einen Augenblick die Augen. Alle Anzeichen deuteten darauf hin, dass ihre Tante richtiglag. »Sag mal, Miranda, hast du im Moment eigentlich einen Freund?«

Miranda sah auf, und ihre Augen leuchteten. »Ja, klar. Den Hajo. Das ist ein ganz lieber Typ.«

»Und könnte es sein, dass …«

»Was?«, fragte Miranda, die sich wieder über ihre Arbeit beugte, abwesend.

»Herrgott, Miranda, könnte es sein, dass du und er, dass ihr …«

»Heiraten? Na, erst mal nicht.«

Theresa riss sich zusammen. »Und wenn du ein Kind kriegen würdest, würde dein Hajo dich dann heiraten?«

Ganz langsam hob Miranda das Gesicht und sah sie an. Theresa hatte das Gefühl, den Groschen, der durch Mirandas Gehirnwindungen fiel, hören zu können. Sie hätte nicht gedacht, dass Miranda noch blasser werden konnte, aber plötzlich wurde sie weiß wie die Wand.

Hinter Theresa wurde die Bürotür geöffnet, und Florian Winkler, den Blick auf das Smartphone in seiner Hand gerichtet, steppte lässig herein. »Morgen, Mädels. Miranda, ich hätte gern einen Espresso Macchiato und die Post.« Er ging, ohne aufzusehen, an ihnen vorüber zu seinem Büro.

Miranda sprang auf und rannte an Theresa vorbei zum Klo.

Theresa sah Florian hinterher, der in seinem Büroraum verschwand. Ich werde wahnsinnig, dachte sie. Sie ging in die kleine Teeküche, kochte einen Tee für Miranda und machte sich selbst einen Kaffee. Als Miranda vom Klo zurückkehrte, reichte Theresa ihr den Teebecher. »Gehts wieder?«

Miranda lehnte sich gegen die Küchenzeile. »Weißt du, jetzt, wo du es ausgesprochen hast, habe ich einen Schreck gekriegt. Das geht jetzt seit einer Woche so und wird immer schlimmer, und ich habe natürlich geahnt, dass es nicht vom Fischgericht letzten Dienstag kommt.«

»Und freust du dich nicht?«

»Doch, wie verrückt, aber das ändert alles.« Miranda sah in ihren Teebecher. »Ich werde zum Beispiel nicht mehr hier arbeiten können.«

»Natürlich wirst du das. Jetzt gehst du erst mal zum Arzt. Entweder er hat was gegen deine Probleme, dann kommst du wieder, oder du bleibst eine Weile zu Hause. In der Zeit kann unser Sonnenschein einfach mal ein bisschen selbst machen.«

Miranda sah Theresa an, und ein Grinsen erschien auf ihrem Gesicht. »Florian soll meine Arbeit machen? Dann kannst du gleich ein Geschlossen-Schild an die Tür hängen.«

»Wir finden eine Vertretung. Keinen Ersatz, aber jemanden, der uns unterstützt.«

Aus dem Vorraum ertönte eine männliche Stimme. »Hallo? Keiner da, oder wie?«

Theresa sah durch die Tür nach draußen. »Ach, Mark. Wir sind in der Küche.«

»Prima. Dann könnt ihr gleich mal zwei Kaffee machen. Gleich kommt Lohmeyer.«

»Prima. Dann kannst du euch gleich mal zwei Kaffee machen«, antwortete Theresa. »Miranda muss jetzt nämlich zum Arzt.«

Ihr Kollege sah sie mit großen Augen an. »Ist was passiert?«

»Das kann man wohl sagen. Erzähl ich euch morgen in der Sitzung. Und wenn du Florian eine Freude machen willst, mach ihm einen Espresso Macchiato.«

»Hm«, machte ihr Kollege. »Darüber müssen wir morgen noch mal reden.«

»Allerdings.«

Die Kanzleitür ging erneut auf. »Guten Morgen.«

Theresa erblickte den Taxifahrer vom Vortag. »Herr Yildirim. Hallo.«

»Hallo.« Yildirim hielt einen großen braunen Umschlag in die Höhe. »Ich hab hier was für Frau Fröhlich. Sie hat gesagt, dass ich das bei Ihnen abgeben kann.«

Theresa nahm den Umschlag entgegen und stellte fest, dass er verschlossen war. Sie lächelte ihn an. »Da ist jetzt aber nicht noch eine Rechnung fürs Taxifahren drin, oder?«

Yildirim sah etwas verlegen aus. »Nee, Quatsch. Das hab ich so mit ihr abgesprochen.«

Theresa kniff die Augen zusammen. Dafür, was die beiden miteinander abgesprochen hatten, interessierte sie sich sehr, aber der Türke machte nicht den Eindruck, als wollte er ihr etwas verraten. »Gut, ich gebe ihr den Umschlag. Vielen Dank.«

Yildirim nickte ihr zu. »Danke. Schönen Tag noch.«

»Ihnen auch.«

»Muss ich jetzt nicht verstehen, oder?«, fragte Mark.

»Musst du nicht. Erzähl ich euch …«

»Morgen in der Sitzung. Alles klar.« Mark ging an ihr vorbei in die Teeküche. »Ich mach mir jetzt erst mal Kaffee.«

Nachdem Miranda gegangen war, räumte Theresa den Tresen auf und stellte das Telefon um. Auf dem Weg zu ihrem Büro warf sie einen Blick in Florians Zimmer.

»Was ist eigentlich los?«, fragte Florian. »Wo bleibt mein Espresso? Und wo ist die Post?«

»Espresso ist in der Maschine, Post liegt auf dem Tresen. Ach so, ich hab das Telefon auf dich umgestellt. Gehst du bitte ran, wenn's klingelt, und nimmst die Anrufe entgegen? Danke.«

Theresa ging in ihr eigenes Büro und schloss die Tür hinter sich. Es hatte bisher nicht sehr viele Katastrophen in ihrem Leben gegeben, aber sie war dennoch immer wieder schockiert darüber, wie sich die Dinge von einer Minute auf die andere ändern konnten. Miranda war seit fünf Jahren bei ihnen, und die Kanzlei lief dank ihrer Unterstützung wunderbar. Sie hatte das richtige Händchen für den Umgang mit den Mandanten und mit ihren beiden männlichen Chefs. Theresa mochte ihre Kollegen gern. Eigentlich waren sie mehr als nur Kollegen, und sie konnten wunderbare Rechtsgespräche führen. Aber die beiden waren nun einmal Männer, und Männer kamen bekanntlich mit Veränderungen sehr schlecht zurecht.

Sie trank ihren Kaffee im Stehen aus und sah aus dem Fenster auf die Einkaufsstraße. Als sie den leeren Becher auf den Schreibtisch stellte, fiel ihr Blick auf den Stapel Akten, der auf sie wartete. Obwohl ihr die Arbeit Spaß machte, musste sie sich heute dazu überwinden, die oberste Akte vom Stapel zu nehmen und aufzuschlagen. Immerhin verfügten sie über eine umfangreiche Kanzleisoftware, bei der die Anwälte Schriftsätze und Briefe selbst am PC erstellten. Die Schriftstücke wurden anschließend nur noch von Miranda fertiggestellt.

Theresa hatte gerade einen dreiseitigen Schriftsatz zum Landgericht abgefasst und las ihn Korrektur, als jemand an ihre Tür klopfte.

»Ja?«, rief sie.

Die Tür wurde geöffnet, und Mark sah herein. »Hier ist Besuch für dich. Ein Kriminalhauptkommissar.« Er trat beiseite, um Lukas Kampmann hereinzulassen. »Darüber müssen wir auch noch mal reden.«

»Machen wir, Mark. Morgen. Danke.« Theresa wandte sich dem Kommissar zu. »Setzen Sie sich. Möchten Sie einen Kaffee?«

»Nein, keine Umstände. Danke.« Lukas Kampmann schloss die Tür und setzte sich. »Ich habe gehört, dass Ihre Mitarbeiterin erkrankt ist.«

»So kann man es auch nennen.«

Kampmann hob die Augenbrauen, fragte aber nicht nach, was sie damit meinte. Zu ihrer Überraschung zog er ein Notizbuch mit hellblauem Einband und rotem Blumenmuster aus der

Innentasche seines Jacketts. Nach einiger Fummelei fand er einen farblich passenden roten Kugelschreiber in seiner Tasche. »Ich will Sie gar nicht lange aufhalten. Sie haben mir ja gestern schon einige Fragen beantwortet.« Kampmann schlug das Notizbuch auf und notierte etwas.

Bei seinem Anblick überkam Theresa schlagartig eine gewisse Müdigkeit. Sie hatte gar nicht gewusst, dass die Polizei heute noch mit Zettel und Bleistift arbeitete. Oder in seinem Fall mit einem schönen Notizbuch. Andererseits bedeutete das vielleicht, dass er sich besonders viele Gedanken machte.

»Bei unserer Dienstbesprechung kam heute Morgen die Frage auf, ob der Ehemann von Frau Sagmeister finanziell vom Tod seiner Frau profitiert.« Kampmann sah Theresa mit seinen blauen Augen an.

»Nein.«

»Nein?«

Theresa deutete auf das Notizbuch. »Das können Sie notieren. Nein. Paragraf 1933 BGB sagt, das Erbrecht des überlebenden Ehegatten ist ausgeschlossen, wenn zur Zeit des Todes des Erblassers die Voraussetzungen für die Scheidung der Ehe gegeben waren und der Erblasser die Scheidung beantragt oder ihr zugestimmt hatte«, zitierte sie. »Michael Sagmeister saß gestern Morgen im Gerichtssaal, weil die Ehe geschieden werden sollte.«

Kampmann zog die Unterlippe ein. »Und da gibt es auch keine Hintertür?«

»Nein.«

»Wer von den beiden wollte die Scheidung?«, fragte Kampmann.

»Den Antrag habe ich für Julia Sagmeister gestellt. Die Ehe funktionierte nicht mehr. Ihr Mann wäre wohl gern noch verheiratet geblieben, aber wohl eher, weil er die Unannehmlichkeiten, die mit einer Scheidung verbunden sind, scheute.«

»Unannehmlichkeiten?«

»Na ja, die Ehefrau zieht aus, man muss seine Wäsche wieder

selbst waschen, und vor allem muss man die Hosen runterlassen, was das Finanzielle anbetrifft.«

Kampmann tippte mit dem Kuli gegen die Schneidezähne. »Und was ist mit dem Finanziellen?«

Theresa lehnte sich zurück und schlug die Beine übereinander. »Obwohl beide finanziell nicht besonders ausgestattet sind, war das ein großes Thema. Meine Mandantin hat als Kassiererin in einem Drogeriemarkt gearbeitet und nicht sehr gut verdient.«

»Wie konnte sie sich das Haus leisten, in dem sie wohnte?«

»Das Haus gehörte ihr nicht. Soweit ich weiß, ist ein Verwandter von ihr ins Heim gekommen und hat es ihr überlassen, damit sie nach der Trennung eine Unterkunft hat.«

»Verstehe. Das erklärt den eigenartigen Zustand des Hauses. Ich hatte das Gefühl, dass die Einrichtung ein bisschen katalogmäßig aussieht.«

»Also, dazu kann ich Ihnen nicht viel sagen. Ich weiß nur, dass Frau Sagmeister einen Teil ihres Ersparten aufgewendet hat, um es nach ihren Vorstellungen einzurichten.«

»Und wie sieht es mit den Finanzen des Ehemannes aus?«

»Das aufzuklären, dazu ist es nicht mehr gekommen«, erklärte Theresa. »Herr Sagmeister hat behauptet, dass sein Laden kurz vor der Pleite steht. Wenn gestern die Scheidung ausgesprochen worden wäre, hätte als Nächstes das Verfahren über den Zugewinnausgleich angestanden. Da hätte Michael Sagmeister die besagten Hosen runterlassen müssen.«

»Aha.« Kampmann sah sich in Theresas Büro um und schwieg.

»Gibt es dazu noch eine Frage?«, fragte Theresa, um seine Aufmerksamkeit auf sich zu lenken.

»Hätten Sie ihm das geglaubt? Ich meine, dass seine Baufirma pleite ist?«

»Das weiß ich nicht. Das Baugewerbe ist nicht gerade für Transparenz und saubere Abrechnungen bekannt. Es fließen Schmiergelder, Angebote werden gefakt, und es gibt so viele Subsubunternehmer, dass Ihnen schwindlig wird.«

»Irgendwie habe ich das Gefühl, dass Sagmeister sie nicht so leicht hinters Licht hätte führen können.«

»Das mag stimmen. Aber das werden wir nun nicht mehr herausfinden, denn das Verfahren ist abgeschlossen.«

Kampmann nickte stumm.

»Und falls die Polizei gedacht hat, dass ich ihre Arbeit in diesem Punkt erledige, muss ich Sie enttäuschen.«

Der Kommissar lächelte, und es war ein ausgesprochen charmantes Lächeln. »Wie schade.« Dann tippte er mit dem Stift auf die aufgeschlagene Seite des Notizbuchs. »Kam es zwischen den Eheleuten zu Gewalttätigkeiten? War das vielleicht auch ein Grund für die Scheidung?«

»Davon hat Frau Sagmeister nichts gesagt. Und ich denke, sie hätte es erwähnt, wenn ihr Mann sie geschlagen hätte.«

»Okay.« Kampmann seufzte.

»Es tut mir leid, wenn ich Ihnen da nicht weiterhelfen kann.«

Er klappte das Notizbuch zu. »Aber für Sie ist das nur ein Scheidungsfall von vielen.«

Theresa drehte ihren Bürostuhl und warf einen Blick aus dem Fenster. War das so? War der Fall Julia Sagmeister ein Scheidungsfall von vielen? Sie drehte sich wieder zurück. »Nein, bis gestern war es vielleicht eine Sache von vielen, aber mit dem Tod meiner Mandantin hat ja keiner gerechnet.«

»Herr Sagmeister auch nicht?«

Theresa sah Kampmann an. »Gute Frage. Sie müssen wissen, dass Herr Sagmeister unter Bluthochdruck leidet, und gestern im Gerichtssaal haben sowohl er als auch sein Anwalt ein furchtbares Theater gemacht, als meine Mandantin nicht erschien.« Sie verschwieg wohlweislich, dass ihr die ganze Situation furchtbar peinlich gewesen war.

»Theater im Sinne von: Sie wussten beide, dass die Antragstellerin nicht erscheinen würde, weil sie tot in ihrem Wohnzimmer liegt?«

Theresa legte den Kopf schief. »Unglückliche Wortwahl meinerseits. Im Gerichtssaal hatte ich nicht den Eindruck, dass etwas nicht stimmt. Ich hatte einfach nur den Eindruck, dass die beiden sich aufspielen wollten.«

»Und im Nachhinein betrachtet?«

Theresa atmete tief ein. »Schwierige Frage. Der Anwalt, Novok, schien ehrlich überrascht zu sein, als er von Julia Sagmeisters Tod hörte. Als ich es dem Gericht mitteilte, habe ich nicht auf die Reaktion von Michael Sagmeister geachtet.«

»Gut.« Kampmann klappte das Notizbuch zu und steckte es zusammen mit dem Stift ein. »Vielen Dank für Ihre Zeit.« Er stand auf. »Das wäre erst einmal alles. Vielleicht komme ich noch einmal auf Sie zu.«

Theresa stand auf. »Ich bringe Sie noch raus.«

Sie hatte den Kommissar an der Kanzleitür verabschiedet, als sich die Tür zu Marks Büroraum öffnete und ein großer dünner Mann heraustrat.

»Ah, Entschuldigung.« Er machte einen Schritt zurück in Marks Büro und deutete den Flur entlang. »Nach Ihnen.«

Sie lächelte dem Mann zu. »Danke.« Theresa ging weiter.

Hinter sich hörte sie Marks Stimme. »Alles klar, Herr Lohmeyer. Ich werde mir die Unterlagen ansehen und melde mich dann.«

Während Kai im Präsidium geblieben war, führte Lukas die ersten Ermittlungen allein. Das war ihm bei dem Gespräch mit Theresa Sommer sehr recht gewesen. Michael Sagmeister wohnte in einem weiß geklinkerten Bungalow mit hellblau gestrichenen Fensterrahmen. Auch die Haustür war hellblau, und durch die Glasscheibe konnte man in einen weiß gefliesten Flur mit weiß gestrichenen Wänden hineinsehen. Zumindest der Eingangsbereich hatte damit den Charme eines Operationssaals. In Sagmeisters Büro hatte man ihm mitgeteilt, dass der Chef heute zu Hause bleiben wolle. Die Geschiedene sei am Vortag verstorben, und das habe ihn sehr mitgenommen, hatte die Sekretärin gemeint. Lukas hatte geläutet, aber drinnen tat sich nichts. Sein Blick fiel auf die verdreckten Gummistiefel, die auf dem Abtritt neben der Tür standen. Das hieß, einer stand, der andere war umgekippt und lag halb im Blumenbeet. Er läutete wieder und wartete, und nach einer Weile war drinnen im Flur eine Bewegung zu sehen, und das Gesicht eines dicklichen Mannes Anfang vierzig erschien hinter der Scheibe. Seine Augen waren verquollen, und er fuhr sich durchs Haar, ehe er die Tür öffnete.

»Guten Tag«, begrüßte Lukas den Mann, nachdem er die Tür geöffnet hatte.

Er war zwei Köpfe kleiner als Lukas, trug eine speckige Jogginghose und ein verwaschenes T-Shirt mit HSV-Emblem. Ein ewiger Optimist.

»Lukas Kampmann, Kriminalpolizei Hamburg.«

Sagmeister wischte sich mit der Hand über das Gesicht. »Kommen Sie rein.« Er war barfuß und patschte mit den nackten Füßen über den Fliesenboden.

Lukas schloss die Haustür und folgte dem Mann in die Küche, wo Sagmeister die Kühlschranktür öffnete und eine Flasche Wasser herausnahm. »Hab bis eben gepennt«, erklärte er japsend, nachdem er die Flasche abgesetzt hatte.

»Tut mir leid, wenn ich Sie geweckt habe«, sagte Lukas mit Blick auf die Küchenuhr, die anzeigte, dass es gleich halb elf war.

»War gestern nicht mein Tag, müssen Sie wissen.« Sagmeister deutete auf einen Stuhl. »Setzen Sie sich. Nachdem ich gehört habe, dass Julia tot ist, hab ich mir einen angesoffen und bin ins Bett gefallen.«

»Verstehe.« Lukas sah sich um. Die Küche war sauber und ordentlich. Entweder hatte Sagmeister eine Freundin oder eine Putzfrau. Sein Outfit sprach dagegen, dass er selbst für die Sauberkeit im Haus zuständig war.

»Möchten Sie einen Kaffee?«

»Ja, gern.«

»Ich brauch jetzt jedenfalls einen.« Sagmeister stellte die Wasserflasche in die Kühlschranktür zurück und schlug die Tür zu. »Das hat mich sehr mitgenommen, müssen Sie wissen. Wir waren zehn Jahre verheiratet, da steckt man so eine Nachricht nicht so einfach weg«, erklärte er, während er die Kaffeemaschine in Gang setzte.

»Wie haben Sie vom Tod Ihrer Noch-Ehefrau erfahren?«, fragte Lukas, obwohl er wusste, dass Sagmeister die Nachricht im Gerichtssaal von Theresa Sommer gehört hatte, aber manchmal verplapperten sich die Leute.

Sagmeister schüttelte den Kopf. »Also, das glaubt einem ja keiner, wenn Sie das erzählen. Ich sitze im Gerichtssaal, warte auf die Olle, damit wir geschieden werden, weil sie es ja nicht abwarten kann, und wer kommt nicht? Julia kommt nicht. Und ihre Anwältin läuft immer raus aus'm Gerichtssaal und kommt wieder rein, und raus und rein, und am Schluss sagt sie, Julia ist ermordet worden.« Er öffnete den Küchenschrank und nahm Tassen und Untertassen heraus. »Verrückt. Völlig verrückt.«

»Was haben Sie gedacht, als Sie das gehört haben?«

Michael Sagmeister, der gerade die Untertassen auf den Küchentisch stellte, hielt inne. »Wie, was ich gedacht habe? Ich habe gedacht: Was is'n das für 'ne Vertretung? Ist das irgendwie so'n neuer Verteidigungstrick? Man sagt, dass die Ehefrau tot ist, und wenn sie dann später kommt, dann freuen sich alle, weil sie doch noch lebt, und alle sind inzwischen so zermürbt, dass die Sache flotti über die Bühne geht.« Die Tassen landeten ziemlich unsanft auf den Untertassen.

Ungläubig, notierte Lukas.

»Wann haben Sie zuletzt mit Ihrer Frau gesprochen?«

Sagmeister nahm die Glaskanne aus der Maschine und schenkte ein. »Weiß ich nicht mehr. Ich glaub, letzte Woche. Ich hab sie angerufen, weil ich wissen wollte, wo die Solarleuchten für den Garten sind.«

»Leben Sie in einer neuen Beziehung?«

Sagmeister hatte sich gesetzt und sah Lukas an. »Neue Beziehung? Bin ich irre? Mit Weibern brauchen Sie mir erst mal nicht mehr zu kommen. Ich hab die Schnauze voll.«

»Sie leben hier allein?«

»Lebe ich. Und das bleibt auch erst mal so. Da muss schon eine richtige Fee um die Ecke kommen, dass ich hier noch mal eine reinlasse.« Sagmeister spielte mit seinem Kaffeelöffel. »Außer der Rosi natürlich. Die putzt hier.«

»Haben Sie das Ende Ihrer Ehe bedauert?«

Sagmeister lehnte sich zurück und ließ den rechten Arm über die Rückenlehne seines Stuhls baumeln. »Ich fand unsere Ehe eigentlich nicht besonders schlecht, aber ihr hat ja nichts mehr gefallen, und da hatte ich dann auch keinen Bock mehr.«

»Und was hat das Ende Ihrer Ehe eingeläutet?«

»Das Geld war knapp, und Madame war unzufrieden.«

»Hat Ihre Frau während der Ehe gearbeitet?«

»Gearbeitet.« Sagmeister schnaubte. »Sie hat drei halbe Tage im Büro ausgeholfen. Unter Arbeiten verstehe ich persönlich was anderes.«

»Und nach der Trennung hat sie im Drogeriemarkt gearbeitet.« Lukas sah sein Gegenüber an. »Mussten Sie ihr keinen Trennungsunterhalt zahlen?«

»Mann, der Laden ist so gut wie pleite, ich komm mal eben so über die Runden, da kann ich der Lady nicht noch den Tag versüßen.«

Lukas machte sich eine Notiz, dass er dazu die Anwältin noch einmal befragen musste. Wie schön, dass sie das heute Morgen noch nicht abschließend geklärt hatten. »Wo waren Sie vorgestern Abend?«

»Fragen Sie mich nach meinem Alibi?«

Lukas lächelte. »Richtig.«

»Dienstagabend.« Er kratzte sich am Kopf. »War doch am Dienstagabend, oder?«

Lukas war sich sicher, dass der Mann die Zeit, in der seine Frau gestorben war, sehr gut kannte.

»Ja, Dienstagabend, vermutlich zwischen einundzwanzig Uhr und dreiundzwanzig Uhr.«

»Dienstag ist mein Saunaabend. Da geh ich immer mit ein paar Freunden hin. Von sieben bis neun, danach zischen wir noch ein, zwei Bierchen, und dann gehts ab nach Hause.«

»Und wann waren Sie am Dienstag zu Hause?«

Sagmeister kratzte sich das unrasierte Kinn. »So wie immer, würde ich sagen. Halb zehn.« Er sah Lukas an. »Dann hab ich gar nicht so'n richtiges Alibi, wie?«

»Nicht so richtig«, bestätigte Lukas. »Haben Sie denn Ihre Frau umgebracht?«

»Sind Sie irre? Ich wollte nur von ihr geschieden werden, aber deshalb muss sie ja nicht gleich vom Erdboden verschwinden.«

»Herr Sagmeister, im Haus Ihrer Frau wurde das Schlafzimmer durchwühlt. Offenbar hat der Täter etwas gesucht. Haben Sie eine Idee, was das gewesen sein könnte?«

»Das war also gar nicht Mord, sondern ein Einbruch?«

»Fällt Ihnen etwas ein, was der Täter gesucht haben könnte?«, wiederholte Lukas die Frage.

Sagmeister verschränkte die Arme vor der Brust. »Die hatte doch nicht viel. Was sollte da einer klauen wollen.«

Lukas klappte sein Notizbuch zu und klemmte den Kugelschreiber unter das Spanngummi. »Herr Sagmeister, Ihre Frau hat den Täter selbst ins Haus gelassen. Oder gibt es jemanden, der noch einen Schlüssel hat? Hat Ihre Frau einen Freund?«

Sagmeister schnaubte. »Das weiß ich doch nicht. Hässlich war sie ja nun nicht.«

Lukas betrachtete den Mann, den er auf den ersten Blick für dicklich gehalten hatte, der aber doch ziemlich muskulöse Oberarme hatte. Er dachte daran, dass Theresa Sommer gesagt hatte, dass er offenkundig unter Bluthochdruck litt. Tatsächlich hatten sich seine Wangen rot gefärbt, und seine Halsschlagader pochte.

»Wären Sie eifersüchtig gewesen, wenn sie jemand anderen gehabt hätte?«

Man konnte fast sehen, wie der Blutpegel anstieg. Sagmeisters Hals wurde rot, dann stieg das Blut bis auf Höhe seiner Ohrläppchen. »Sie hätte rummachen können, mit wem sie will, aber nicht mit meinem Geld!«

Lukas öffnete das Notizbuch noch einmal für eine letzte Notiz: *Geld spielt eine große Rolle.*

»Das ist ja nun nicht so eine tiefgreifend neue Erkenntnis«, stellte Kai fest, bevor er herzhaft in den Wrap biss, den Lukas auf dem Rückweg ins Präsidium mitgebracht hatte. Der für Kai enthielt Fleisch, weil in seinen Augen eine warme Speise ohne Fleisch keine vollwertige Mahlzeit war. Lukas hatte sich auf eine Füllung aus Gemüse beschränkt.

»Money makes the world go round, money rules the world und so«, fuhr Kai mit vollem Mund fort.

»Ist richtig, Kai«, bestätigte Lukas. »Aber wir haben hier das Phänomen, dass alle Beteiligten erklären, kein Geld zu haben. Also, die Ehefrau erklärt es natürlich nicht selbst, aber sie hat vermutlich nur ein geringes Einkommen gehabt und hätte sich ihre Miete nicht leisten können. Und die Baufirma von Sagmeister soll finanziell nicht gut dastehen. Hattest du schon Zeit, dich mit den Finanzen der Toten zu befassen?«

Kai schüttelte kauend den Kopf. »Mach ich gleich«, sagte er, als das Sprechen wieder annähernd möglich war.

Lukas legte seinen Wrap auf der Serviette ab, die er auf seinem Tisch ausgebreitet hatte. »Ich denke auch eher, dass es um Geld geht, das nicht da ist.«

»Och nö«, maulte Kai. »Nicht wieder so kompliziertes Um-die-Ecke-Denken. Einer kriegt Geld, der andere hätte es gern, und der Dritte nimmt es sich.«

»Warum nicht? Vielleicht war Geld der Grund für die Unordnung in Julia Sagmeisters Schlafzimmer.«

»Und wie soll das Geld in ihr Schlafzimmer gekommen sein?«

»Wenn es ein Liebhaber bei ihr versteckt hat, beispielsweise.«

»Da muss ich dich enttäuschen.« Kai sammelte eine Erbse auf, die aus seinem Wrap gefallen war und über den Schreibtisch kullerte. »Liebhaber hatte sie keinen.«

»Sagt wer?«

»Ihre Schwester. Sie hat gesagt, ich zitiere: ›Von Männern hatte meine Schwester erst mal die Schnauze voll. Von jetzt bis in die Steinzeit und zurück.‹«

»Scheint, als hätten sich die Eheleute das jeweils andere Geschlecht bis auf Weiteres vermiest. Da kann man mal sehen, wozu so eine Ehe gut ist«, stellte Lukas fest. Er steckte sich den Rest des Wraps in den Mund und knüllte die Serviette zusammen. »Und was hat sie noch gesagt, die Schwester?«

»Dass sie am Wochenende zuletzt miteinander telefoniert haben. Dabei hätten sie auch über den bevorstehenden Gerichtstermin gesprochen, und Julia Sagmeister hat gesagt, dass sie froh ist, wenn sie den Dicken nicht mehr sehen muss.«

»Und wie hat Ariane Wimmer über ihre Schwester gesprochen?«

Kai hob die Schultern. »Sie hat sich ganz gut gehalten. Ist beim Anblick ihrer toten Schwester nicht gleich zusammengeklappt. Sie wollte sich im Anschluss an unser Gespräch um die Beisetzung kümmern.« Kai tippte mit dem kleinen Finger auf dem Tablet herum. »Sie hat übrigens ein Alibi. Sie war am Dienstagabend beim Elternabend für ihren Sohn Leon. Anschließend haben einige Eltern noch zusammengesessen. Bis etwa neun. Danach hätten sie noch aufgeräumt, Gläser gespült und so, und dann sei sie etwa gegen halb zehn gegangen.«

»Dann hätte sie noch Zeit gehabt, um nach Hamburg zu fahren«, stellte Lukas fest. »Gibt es jemanden, der ihr Alibi bestätigt?«

»Ihr Ehemann«, antwortete Kai jetzt mit leerem Mund. »Er hat auf den Kleinen aufgepasst.«

»Je nachdem, wie die Ehe Wimmer ist, ist das ein echtes Alibi oder auch nicht. Vielleicht hat sich Herr Wimmer mit seiner Ehefrau gegen die Schwägerin gewandt.«

Lukas klappte sein Notizbuch auf. *Ausgesprochen gefasst und effizient. Charaktereigenschaft oder Täterin?*, schrieb er. Er warf es Kai nicht vor, aber ihm fehlte das Gespür für das zwischen den Zeilen Gesagte oder das nicht Gesagte. Kai war eher ein Faktenmensch, der mit der Angabe von Uhrzeiten ein Alibi überprüfte, aber wenn ihm jemand die Hucke volllog, merkte er das erst, wenn die Aussage ins Märchenhafte abdriftete. »Wann wollte sie denn nach Lüneburg zurückfahren?«

»Heute Mittag. Eigentlich wollte sie auch noch in das Haus fahren, in dem ihre Schwester gewohnt hat, aber das habe ich ihr gleich ausgeredet. Von wegen Tatort und so.«

Lukas zog sein Handy hervor. »Gib mir mal ihre Nummer.« Er tippte die von Kai diktierte Handynummer in sein Smartphone, und nach dem zweiten Läuten meldete sich eine feste Frauenstimme. »Wimmer.«

»Guten Tag, Frau Wimmer. Lukas Kampmann, Kriminalpolizei Hamburg. Sie haben heute Vormittag mit meinem Kollegen Lehmann gesprochen. Sind Sie noch in Hamburg?«

»Ich bin noch beim Bestatter und wollte dann noch eine Kleinigkeit essen, bevor ich zurückfahre. Warum?«

»Ich würde Sie gern noch ein paar Dinge fragen.« Lukas konnte durch den Äther spüren, dass Ariane Wimmer sich dieselbe Frage stellte wie sein Kollege Kai, nämlich weshalb sie ihre Fragen nicht koordiniert und gebündelt, sondern kleckerweise stellten, und warum erst der eine und dann der andere fragte. »Ich habe heute Vormittag mit dem Ehemann Ihrer Schwester gesprochen, und daraus ergeben sich für mich noch einige Fragen«, redete sich Lukas heraus.

»Verstehe.«

»Wo wollten Sie denn einkehren?«

»Ach, ich hab aus dem Augenwinkel gesehen, dass es hier am Ende der Straße ein kleines Café gibt.«

»Wo sind Sie denn?«

»In der Fuhlsbüttler Straße.«

Der Straßenmeile am Ohlsdorfer Friedhof, mit etwa einhundert Cafés. Lukas ließ sich den Namen nennen und nahm sein Jackett vom Stuhl. »Kommst du mit?«

Kai schüttelte den Kopf. »Ich muss hier noch die ganze Recherche machen. Damit will ich endlich mal weiterkommen.«

»Auch gut. Bis später.«

Ariane Wimmer hatte das Café May ausgesucht, wo sie an einem Zweiertisch am Fenster saß. Lukas erkannte sie anhand des Fotos, das er von Kai erhalten und in sein Notizbuch gelegt hatte. Ariane war die zwei Jahre ältere und weniger lieblich aussehende Variante der Toten. Sie trug ihr Haar in einer dunklen Kurzhaarfrisur und war nur wenig geschminkt. In der auf moderne Weise verwaschenen Jeans und der braunen Lederjacke wirkte sie wie eine toughe Frau, die ihr Leben im Griff und den Tag genau geplant hatte. Lukas fiel die Beschreibung effizient ein, die er sich notiert hatte.

»Guten Tag«, sagte er, als er vor ihrem Tisch stehen blieb.

»Herr Kampmann? Hallo.«

Er nahm ihr gegenüber Platz.

»Ich war so frei, mir schon etwas zu bestellen.« Ariane Wimmer deutete auf das angebissene Sandwich auf ihrem Teller und die Tasse Kaffee. »Leon, mein Sohn, ist nach der Schule bei meiner Nachbarin, und ich habe ihr versprochen, so früh wie möglich zurückzukommen.«

»Kein Problem. Ich will Sie auch gar nicht lange aufhalten. Sie haben ja schon mit meinem Kollegen gesprochen.« Lukas gab der Kellnerin ein Zeichen und bestellte sich einen Tee. »Frau Wimmer, Sie haben meinem Kollegen gesagt, dass Sie am vergangenen Wochenende mit Ihrer Schwester telefoniert haben. Worum ging es in Ihrem Gespräch?«, fragte Lukas, der von Kai wusste, dass es dabei – jedenfalls auch – um die Scheidung gegangen war.

»Julia und ich haben jeden Sonntag miteinander telefoniert und darüber geplaudert, was in der Woche so los war. Sie hatte immer viel davon zu erzählen, was sie an der Kasse im Drogeriemarkt erlebte, und ich habe ihr von Leon erzählt.«

»Gab es etwas Neues über Leon zu erzählen?« Lukas schüttete den braunen Zucker aus dem Tütchen, das auf der Untertasse lag, in seine Teetasse.

Ariane Wimmer sah ihn überrascht an. »Äh, ja, in seiner Schule soll ein Pilotprojekt durchgeführt werden. Die Klassen sind zu groß, und jetzt soll versucht werden, mit einer Aufteilung der Schüler eine Lösung zu finden.«

»Wirken Sie daran mit?«

»Ja. Ich habe mich bereit erklärt, an einem Tag in der Woche mitzumachen.«

»Darüber haben Sie dann am Dienstagabend den Elternabend abgehalten«, stellte Lukas fest.

»Richtig.«

»Wie fand Ihre Schwester den Plan?«

Ariane Wimmer betrachtete ihr Sandwich. »Sie fand es schlimm, dass die Schule nicht in der Lage ist, dieses Problem in den Griff zu kriegen, und dass die Eltern sich beteiligen müssen.«

»Und Sie? Teilen Sie die Meinung Ihrer Schwester?«

Sie sah ihn an. »Natürlich ist es nicht in Ordnung, wenn die Schule nicht in der Lage ist, die Schüler zu unterrichten, weil keine ausreichende Anzahl Lehrer zur Verfügung steht. Aber es nützt ja nichts, ewig darüber zu lamentieren. Leon geht jetzt zur Schule und nicht in fünf Jahren, wenn die nächste Lehrergeneration ausgebildet ist.«

Lukas nickte und trank einen Schluck Earl Grey, der herrlich nach Bergamotte schmeckte. Effizient und tatkräftig, dachte er. »Wie nehmen Ihre Eltern den Tod Ihrer Schwester auf?«

»Ach.« Ariane Wimmer spielte mit der Gabel neben ihrem Teller. »Meine Mutter ist völlig mit den Nerven runter. Mein Vater leidet unter Demenz, und sie ist ohnehin mit seiner Pflege überfordert, und jetzt hat diese Nachricht ihr auch noch die letzte Kraft geraubt. Es ist grausam, ein Kind zu verlieren.«

»Hat Ihr Vater die Nachricht vom Tod seiner Tochter zur Kenntnis genommen, oder lässt seine Krankheit das nicht mehr zu?«

»Das weiß man ja nicht. Die Krankheit ist schon so weit fortgeschritten, dass er sich nicht mehr artikulieren kann. Vermutlich spürt er am Verhalten meiner Mutter, dass etwas Schlimmes passiert ist.«

»Haben Sie und Ihre Schwester sich gemeinsam um Ihre Eltern gekümmert?«

Ariane rutschte auf ihrem Stuhl herum. »Ich wohl etwas mehr als Julia. Ich wohne ja näher an Hannover dran, und Julia hatte kein Auto.«

»Wie können Sie Ihren Eltern denn helfen?«

Ariane Wimmer schien mittlerweile über den Punkt hinweg zu sein, an dem sie sich über die Themen wunderte, über die der Kommissar mit ihr sprechen wollte. Lukas hatte den Eindruck, dass sie über all die Dinge, die sie belasteten, jedenfalls nicht ungern sprach.

»Das ist es ja gerade. Man kann ihnen in der jetzigen Lebenssituation eigentlich nicht helfen. Wissen Sie, meine Eltern wohnen noch in unserem Elternhaus, sie haben einen Garten mit Obstbäumen und Sträuchern, und es gibt dort eine Menge zu tun. Aber meine Mutter ist schon den ganzen Tag damit beschäftigt, sich um meinen Vater zu kümmern.«

»Hat sie Unterstützung von einem Pflegedienst?«

»Natürlich, der kommt zweimal am Tag, aber mein Vater ist vierundzwanzig Stunden an ihrer Seite und muss beaufsichtigt werden. Meine Mutter hat genug damit zu tun, den Haushalt in Ordnung zu halten, einzukaufen, die Mahlzeiten zuzubereiten.«

»Darüber haben Sie vermutlich auch mit Ihrer Schwester gesprochen.«

»Natürlich. Jeden Sonntag haben wir alles von vorn bis hinten durchgekaut.«

»Was wäre denn Ihre Lösung?«

»Betreutes Wohnen. Das würde meine Mutter entlasten, und mein Vater hätte die Pflege, die er benötigt.«

Lukas rührte seinen Tee um, legte den Teelöffel auf die Untertasse und die Unterarme auf den Tisch. »Und Julia wollte davon nichts hören.« Er hatte das ruhig und sachlich gesagt, wie eine Tatsache.

»Madame sitzt hier in ihrem Häuschen, wird von allen bemitleidet, weil sie so einen gemeinen Ehemann hat, und dann nimmt sie sich auch noch heraus zu behaupten, dass ich nur auf das Haus unserer Eltern scharf bin!«, brauste Ariane Wimmer auf.

Lukas wartete ab, bis sich der Rauch ein wenig verzogen hatte. »Haben Sie denn die Absicht, nach Hannover zu ziehen?«, fragte er immer noch im sanften Tonfall, ohne jeden Vorwurf in der Stimme.

Ariane Wimmer räusperte sich. »Mein Mann ist vor einem halben Jahr nach Hannover versetzt worden. Er würde sich eine Menge Fahrzeit sparen«, sagte sie in einem Ton, in dem die Wut nur mühsam unterdrückt wurde. Verlegen griff sie nach dem Sandwich und biss zum ersten Mal während des Gesprächs davon ab.

»Und vielleicht haben die dort auch eine Schule, in der es keine Probleme wegen Lehrermangels gibt.«

Sie antwortete nicht, aber Lukas wusste auch so, dass Frau Wimmer sich schon danach erkundigt hatte. Ihr Plan war, die Eltern in ein Heim zu geben, in das Elternhaus zu ziehen und den Sohn auf eine passende Schule zu schicken.

»Julia hielt von Ihren Plänen nichts?«, fragte er.

»Sie hat mich als eiskalte, raffgierige Ziege beschimpft! Mich! Mich, die ich mir den Arsch aufreiße, um alle zufriedenzustellen.«

Ja, das war häufig das Los derer, die sich zwar um alle kümmerten, aber das nicht ohne einen gewissen Eigennutz taten. Und wenn sie ihr Ziel trotz aller Müh und Plag nicht erreichten, dann konnten diese Menschen sehr böse werden.

»Als ob das Leben in unserem Elternhaus das Paradies auf Erden wäre. Daran muss so viel getan werden. Das schafft meine Mutter doch gar nicht mehr.«

»Verstehe. Sagen Sie, Frau Wimmer, das Haus, in dem Julia wohnte, soll einem Verwandten gehören?«

Sie sah ihn aus zusammengekniffenen Augen an, und Lukas rechnete bereits mit der nächsten Explosion.

»Das war so typisch für Julia. Sie ist immer weich gefallen. Onkel Johannes, der Bruder meines Vaters, ist vor einem Jahr ins Heim gekommen, und sein Haus stand leer. Eigentlich wollte er es verkaufen, aber dann hat Julia ihn besucht und zack, hat sie eine kostenlose Bleibe.«

Ariane Wimmer konnte nichts mehr dagegen tun, sie hatte gerade das plakative Bild einer eifersüchtigen Schwester vor ihm entstehen lassen.

Lukas ließ ihr Zeit, um sich zu beruhigen und das Gefühl zu bekommen, dass all das, was sie gesagt hatte, nicht so schlimm war, wie es klang. »Das Haus war nicht besonders wohnlich eingerichtet. Wollte Ihre Schwester länger dortbleiben?«

Sie legte die Hände an die Schläfen und sah auf ihren Teller hinunter. »Das weiß ich nicht, und es ist mir auch egal.« Sie sah wieder auf und nahm die Hände herunter. »Sie hat gesagt, wenn sie mit dieser Scheidung durch ist, fängt sie noch mal von vorn an.«

»Ohne sich um Vater und Mutter zu kümmern. Oder wollte Julia zu Ihren Eltern ziehen?«

»Das weiß ich nicht.«

»Und wie sie ihr Leben künftig finanzieren wollte, hat sie Ihnen sicher auch nicht verraten, wie?«

»Nein. Michael ist pleite. Vermutlich hätte sie Onkel Johannes angepumpt.«

»Glauben Sie denn, dass Ihr Schwager wirklich pleite ist?«

»Ich hab keine Ahnung.«

»Hat Ihre Schwester ihrem Mann denn diese Behauptung abgenommen?«

»Herr Kampmann, das weiß ich nicht.«

»Sie haben doch aber jeden Sonntag miteinander gesprochen. Auch über die Scheidung.«

»Ich weiß es nicht. Ich weiß nicht, was Julia mit ihrem Leben vorhatte.«

»Könnten Sie sich vorstellen, dass sie einen reichen Mann kennengelernt hat? Mit dem sie künftig durchs Leben gehen wollte?«

Ariane Wimmer schloss die Augen.

»Oder ihn erpressen?«

»Was?« Sie riss die Augen wieder auf. »Julia hätte niemanden erpresst. Sie war ein ehrlicher Mensch.« Sie sah auf die Armbanduhr, dann schob sie ihren Teller von sich. »Ich muss jetzt gehen. Die Nachbarin wartet.«

»Natürlich. Vielen Dank für Ihre Zeit.«

Ariane Wimmer öffnete ihre Handtasche und zog ihr Portemonnaie heraus.

»Lassen Sie nur, Frau Wimmer. Ich übernehme das. Wenn wir noch Fragen haben, rufen wir Sie an.«

Einen Augenblick sah sie ihn irritiert an, bevor sie sagte: »Sicher. Machen Sie das.« Sie schloss die Tasche und stand auf. »Auf Wiedersehen, Herr Kampmann.« Dann wandte sie sich ab und verließ das Café.

Lukas gab der Kellnerin ein Zeichen, und bis sie wieder an seinen Tisch kam, machte er sich noch ein paar Notizen. Ariane Wimmer hatte kein gutes Haar an ihrer Schwester gelassen, als es um ihr Elternhaus ging, aber als er eine Frage nach der anderen abgeschossen hatte, um Julia in Misskredit zu bringen, hatte sie sie in Schutz genommen. Er seufzte.

Hedwig legte das Puzzleteil an die richtige Stelle und drückte es fest. Das Puzzeln war eigentlich Karls Metier gewesen, und sie hatte ihn immer dafür belächelt. Aber nach seinem Tod hatte sie es einfach mal ausprobiert und Gefallen daran gefunden. Man konnte wunderbar nachdenken und erschuf nebenbei noch etwas. Sie hatte sich selbst ein Puzzle gekauft, und allmählich entstand eine idyllische Szene in einem englischen Dorf. Der Briefträger war mit seinem Fahrrad unterwegs, an der Bushaltestelle standen wartende Fahrgäste, und ein alter Mann führte seine Hunde spazieren. Natürlich spiegelte die Darstellung eine Welt wider, die längst untergegangen war. Aber man konnte ja mal träumen.

Hedwig warf einen Blick zu der kleinen Uhr auf dem Sekretär. Wie die Zeit verging! Es reichte gerade noch für eine Tasse Kaffee, und dann musste sie sich auch schon auf den Weg in die Stadt machen.

Knappe zwei Stunden später stand sie vor der geschlossenen Bürotür der Kanzlei und drückte auf den Klingelknopf. Nach wenigen Minuten öffnete ihr ein junger Mann in elegantem grauem Anzug, weißem Hemd ohne Krawatte und mit einem hübschen Gesicht.

»Ach, hallo«, grüßte Hedwig. »Ich bin Hedwig Fröhlich. Theresas Tante.«

»Freut mich.« Der junge Mann gab ihr die Hand und hielt ihr die Tür auf. »Mark Harms. Kommen Sie rein. Ich hab Theresa gerade zur Toilette huschen sehen. Sie beiden Hübschen haben heute wohl noch etwas vor, wie?« Er hatte ein sympathisches Lächeln.

»Nur ein bisschen essen gehen, nichts Besonderes. Aber ich freu mich schon darauf, ein wenig Zeit mit meiner Nichte zu verbringen.«

»Verstehe ich. Ich glaube, sie kann ein bisschen nette Gesellschaft auch gut gebrauchen.« Mark Harms sah in Richtung der Damentoilette. »Und da kommt sie auch schon. Wenn ich euch so ansehe, weiß ich wirklich nicht, welche von euch die Schönere ist.«

Theresa gab ihm einen Knuff gegen den Oberarm und Hedwig einen Kuss auf die Wange. »Schön, dass du da bist. Wir können gleich los.«

Theresa hatte ein sehr gemütliches Lokal ausgesucht. Der Gastraum war in dunklen Farben gehalten, auf den Tischen brannten Kerzen, und an der Glasfassade leuchteten Lichterketten. Von ihrem Tisch hatten sie einen direkten Blick auf das Fleet. Der Kellner war sehr aufmerksam, nahm ihre Jacken ab, rückte ihre Stühle zurecht, brachte ihnen die Karte und versorgte sie mit einem Aperitif mit dem putzigen Namen Hugo. Der Name stellte sich allerdings bereits nach dem ersten Schluck als Untertreibung oder zumindest irreführend heraus, denn er hatte es ganz schön in sich.

»Tante Hedwig«, begann Theresa, nachdem sie sich zugeprostet hatten.

»Das wollen wir mal gleich klarstellen, Liebes. Die Tante lassen wir zukünftig mal weg. Du bist eine erwachsene Frau. Ich bin einfach nur Hedwig.«

Theresa sah sie an. »Gut, aber du bist auch meine Tante, und ich muss dir sagen, dass ich deinetwegen wirklich ein schlechtes Gewissen habe. Ich habe mich einfach nicht genug um dich gekümmert, seit Onkel … seit Karl gestorben ist.«

»Ach Liebes, das musstest du auch nicht. Wir haben ein paarmal miteinander gesprochen, und du hast schließlich dein eigenes Leben mit deinem Büro und deinem Mann.«

»Das ist nett, dass du das sagst, aber es ändert nichts an den Tatsachen. Und ich würde mich freuen, wenn wir künftig wieder mehr Kontakt haben.«

Hedwig hob ihr Glas. »Dann trinken wir auf dieses Vorhaben wohl mal einen Hugo.«

Theresa grinste. »Das Zeug schmeckt dir, wie? Prost.«

Sie nahmen beide einen Schluck.

»Nun erzähl aber mal von dir, Liebes. Wie geht es dir wirklich?«, fragte Hedwig.

Ihre Nichte drehte den Stiel des Glases zwischen ihren Händen. »Beruflich läuft alles tipptopp. Na ja, lief alles tipptopp, aber zu Hause gibts Probleme. Tim hat sich von mir getrennt.«

Beinah verschluckte sich Hedwig. »Was? Ja, spinnt denn der? Das verstehe ich gar nicht. Ihr wart doch immer ein Herz und eine Seele.«

»Ja, bis Tim beschlossen hat, etwas Neues anzufangen.«

»Mit einer Frau?«, fragte Hedwig alarmiert.

»Na ja, darauf läuft es wohl hinaus, aber angefangen hat es damit, dass er mal einen Krimi schreiben wollte.«

»Ich hab von diesem Fantasyzeugs ja nie viel gehalten, wie du weißt, aber ich verstehe auch nicht viel davon.« Hedwig strich über die Tischdecke. »Aber Krimis sind doch etwas Handfestes.«

»Unsere Nachbarin ist Nachlasspflegerin, und sie hatte einen Fall, in dem sie einen Mann erhängt auf einem Dachboden gefunden hat. Wenige Tage vorher hatte er geerbt, und das hat Tims Fantasie so angeregt, dass er sich einen Plot ausgedacht und an eine Agentur geschickt hat.«

»Und?«, fragte Hedwig.

»Die waren völlig begeistert, also besonders seine Agentin. Das Manuskript ist inzwischen fertig, das Buch soll in Kürze erscheinen, und die beiden hatten irgendwie jeden Tag unheimlich viel zu bereden.« Theresa schwieg einen Augenblick. »Und deshalb ist er schon mal zu ihr gezogen.«

»Was?« Hedwig war laut geworden.

»Das ist schon in Ordnung, Hedwig. Ich habe mich damit arrangiert.«

Hedwig schob ihre Hand über den Tisch und legte sie auf Theresas Hand. »Und wenn es vielleicht nur etwas Vorübergehendes ist?«

»Das glaube ich nicht. Bisher ist er eher so verträumt durchs Leben gegangen und hat sich im Alltag nicht zurechtgefunden. Er hat sich verändert, seit er mit dieser Brigitte zu tun hat. Vielleicht passt sie besser zu ihm.«

Hedwig bemühte sich, ihrer Nichte ein paar gute Ratschläge zu geben und einige freundliche Worte zu sagen, aber wenn eine Ehe Not leidend war, konnte ein Außenstehender wohl nicht mehr viel daran verbessern. Sie selbst traute es sich jedenfalls nicht zu.

Der Kellner brachte die Vorspeise, und eine Weile sprachen sie über ihre Essgewohnheiten und ihre Lieblingsessen. Hedwig stellte fest, dass es sehr angenehm war, mit Theresa zu plaudern. Jetzt, da sie Zeit hatte, war sie doch ziemlich entspannt, und ihre Laune schien sich im Laufe des Abends zu bessern.

»Und gibt es etwas Neues zu dem Mordfall?«, fragte Hedwig, als die Vorspeisenteller abgeräumt wurden und sie ihre Neugier nicht länger im Zaum halten konnte.

Zu ihrem Bedauern hob Theresa die Schultern. »Ich habe das Gefühl, die Polizei tappt im Dunkeln. Der Kommissar war heute Morgen in meinem Büro und hat sich danach erkundigt, ob der Ehemann vielleicht etwas erben würde. Das wäre natürlich ein Motiv.«

Hedwig lehnte sich ein wenig zurück, damit der Kellner den Teller mit der Entenbrust hinstellen konnte. »Aber das wäre doch tatsächlich ein Grund für ...« Hedwig wartete ab, bis der Kellner verschwunden war, und beugte sich dann über den Tisch. »Für einen Mord.«

»Er erbt nichts«, lautete Theresas kurze Antwort. »Der Scheidungsantrag war gestellt, und damit ist er als Erbe raus.«

Hedwig spießte eine Krokette auf. »Dann jemand anders in ihrer Familie. Kind, Eltern, Geschwister.«

»Möglich.« Theresa widmete sich ihrer Lasagne.

Bedauerlicherweise schien sich ihre Nichte nicht allzu sehr für den Mordfall zu interessieren. »Hatte sie denn Kinder?«

»Nein. Soweit ich weiß, hat sie eine Schwester, und ihre Eltern leben wohl noch. Aber vielleicht hat sie auch ein Testament gemacht.«

»Darüber weißt du nicht zufällig etwas, oder? Ich meine, ob sie ein Testament gemacht hat?«, fragte Hedwig beiläufig und schnitt ein Stück von der Entenbrust ab.

»Hedwig?«, fragte Theresa mahnend.

»Hm?« Hedwig gab sich Mühe, unschuldig zu wirken.

»Du hast nicht vor, in dieser Sache selbst zu ermitteln, oder? Das hast du doch nicht?«

»Was heißt schon ermitteln?« Hedwig steckte das Stück Entenbrust in den Mund, um ein wenig Zeit zu gewinnen. »Es interessiert mich eben. Immerhin habe ich die junge Frau tot aufgefunden.«

»Natürlich. Entschuldige.« Theresa hielt inne. »Ach so, heute war übrigens dieser Taxifahrer im Büro und hat mir einen Briefumschlag für dich abgegeben.«

»Ah!« Hedwig ließ ihr Besteck klirrend auf den Teller fallen. »Hast du ihn dabei?«

»Ja, ich gebe ihn dir gleich nach dem Essen.«

Hedwig steckte sich eine Krokette in den Mund, schnitt noch ein Stück Entenbrust ab und beeilte sich mit dem Essen. Fünf Minuten später war sie fertig.

Theresa sah sie grinsend an. »Hast du eben dein Essen verschlungen, weil du neugierig bist?«

Hedwig tupfte sich den Mund mit der Stoffserviette ab. »Neugierig, na ja. Interessiert.«

Ihre Nichte legte ihr Besteck neben den erst halb leer gegessenen Teller, nahm ihre Handtasche von der Stuhllehne und holte einen großen braunen Umschlag heraus.

»Hast du schon hineingesehen?«, fragte Hedwig aufgeregt.

»Wie käme ich dazu?« Theresa reichte ihr den Umschlag. »Der ist doch für dich.«

Während Theresa ihr Besteck aufnahm, wischte Hedwig ihr Messer sauber und schlitzte den Umschlag auf. Herr Yildirim hatte sich wirklich Mühe gegeben. Hedwig zog einen ganzen Packen Farbfotografien heraus.

Theresa, die über den Tisch hinweg zugesehen hatte, bekam große Augen und verschluckte sich dann. »Sehe ich hier gerade Fotos von einem Mordopfer, die du dir hier in der Öffentlichkeit ansiehst?«

Hedwig sah sich hastig um, aber keiner der übrigen Gäste schien sich für das, was sie tat, zu interessieren.

75

»Ihr habt Fotos am Tatort gemacht?«, wisperte Theresa.

»Herr Yildirim hat die Aufnahmen gemacht. Ich habe ihn darum gebeten«, antwortete Hedwig leise.

Theresa kniff die Augen zusammen. »Interessant. Und zu welchem Zweck? Erinnerungsfotos?«

Hedwig legte den Kopf schief. »Es war eher so eine Kurzschlussreaktion, weißt du, Liebes? Ich konnte all die Eindrücke vor Ort nicht so schnell aufnehmen. Wir mussten dort ja in aller Eile aus dem Haus, und dann haben sie uns auch nicht noch einmal reingelassen.«

»Natürlich nicht, Hedwig. Ihr habt eine Leiche gefunden, aber ihr seid doch keine Privatdetektive, du und dieser Taxifahrer.«

»Nein, aber es war doch eine außergewöhnliche Situation.«

»Ja, so außergewöhnlich, dass jeder andere zugesehen hätte, dort wegzukommen. Aber ihr legt erst mal eine Akte an, wie?«

Hedwig schob die Fotos zurück in den Umschlag. Sie brannte zwar vor Neugier, sie anzusehen, aber jetzt war wohl nicht der passende Augenblick. Den Umschlag legte sie auf den Tisch neben ihrem Teller. »Ist ja auch nicht so wichtig«, erklärte sie. »Du hast vorhin gesagt, dass bisher in eurem Büro alles tipptopp lief. Ist vielleicht etwas mit dem jungen Mann nicht in Ordnung, den ich heute getroffen habe?«

»Mit Mark?« Theresa sah sie an. »Nein, mit Mark ist alles in Ordnung. Jedenfalls soweit ich weiß.« Theresa lehnte sich zurück. »Nein, ich fürchte, du hast mit deiner Vermutung recht, dass Miranda schwanger ist. Sie war heute Mittag beim Arzt und hat vorhin angerufen. Sie darf vorerst nicht mehr arbeiten.«

»Oh. Und habt ihr jemanden, der für sie einspringt? Eine Kollegin?«

Theresa schüttelte den Kopf. »Nein. Wir haben zwar immer darüber gesprochen, noch jemanden einzustellen, vielleicht mit einer geringen Stundenzahl, aber die Männer wollten das nicht. Aus Kostengründen. Na ja, wir haben morgen früh unsere wöchentliche Kanzleibesprechung, da können die beiden ja mal erzählen, welchen Plan B sie für diesen Fall haben.«

»Hm.« Hedwig ließ den Blick nach draußen schweifen. Es war inzwischen dunkel, die Lichter der Fassadenbeleuchtung spiegelten sich im Wasser des Fleets. »Du weißt ja, dass ich zwanzig Jahre lang Chefsekretärin in der Privatklinik von Dr. Hansen-Oberdrauf war. Also, euer Telefon könnte ich schon bedienen.« Sie wackelte mit dem Kopf. »Wenn mir vielleicht noch jemand erklärt, wie man nach draußen telefoniert. Anrufe annehmen, das kriege ich ja hin.«

Theresa lächelte sie an. »Meinst du das im Ernst?«

»Natürlich. Womit ich nicht so richtig zurechtkomme, sind Computer, aber da gibts vielleicht eine Lösung.«

Ihre Nichte beugte sich über den Tisch und fasste Hedwigs Unterarm. »Willst du damit sagen, dass du uns aushelfen willst? Und das nach allem, was du gestern erlebt hast?«

Hedwig schenkte ihr ein freundliches Lächeln. Offenbar ging Theresa von der irrigen Vorstellung aus, dass dieser Mordfall Hedwig abgeschreckt hätte. Tatsächlich war das Gegenteil der Fall. Wenn sie sich in der Kanzlei aufhielt, wäre sie dem Geschehen noch einigermaßen nah und könnte es zumindest mitverfolgen. Diese Sache interessierte sie, und sie konnte sich zugleich ein wenig nützlich machen. »Ich habe dir ja schon gesagt, dass mich die Sache nicht allzu sehr schockiert hat. Also, wenn du willst, helfe ich euch aus.«

»Ich weiß gar nicht, was ich sagen soll. Das wäre toll. Das mit dem Computer ist ja auch noch nicht so wichtig, aber du könntest Telefonate annehmen und die Post öffnen.« Theresa strahlte. »Das ist doch super.«

Theresa bestand darauf, dass Hedwig mit dem Taxi nach Hause fuhr, und gab ihr dafür einen Fünfzigeuroschein mit.

Als Hedwig eine Stunde später ihre Wohnungstür aufschloss, führte sie ihr Weg wie immer als Erstes zu dem kleinen Bartischchen, wo sie sich einen winzigen Cognac einschenkte. Immerhin hatte sie schon einen Hugo und ein Glas Wein intus. Allerdings setzte sie sich nicht wie geplant an den Esstisch, auf dem das Puzzle ausgebreitet war. Stattdessen nahm sie auf der Couch Platz, wo sie genug Licht von der Stehlampe hatte. Sie stellte das Glas auf dem Tischchen ab und zog die Fotos aus dem Umschlag. Jetzt wurde es spannend.

Nachdem sie fünf Fotos angesehen hatte, musste Hedwig ihre Meinung revidieren. Langweiliger als Julia Sagmeister hatte sich nie jemand eingerichtet. Sie sah sich auch noch die übrigen Fotos an, aber das Wohnzimmer hatte nichts mit einem Tatort zu tun, so wie sie ihn aus dem Fernsehen kannte. Da waren alle Schränke und Schubladen durchwühlt, ein Amulett lag auf dem Boden und gab einen Hinweis auf den Täter, und natürlich lag die Leiche noch ausgestreckt in dem ganzen Durcheinander. Hedwig legte die Fotos auf den Tisch und nahm ihr Glas. Das konnte entweder bedeuten, dass der Täter nichts gesucht hatte, sondern sich rächen wollte, oder dass der Täter woanders im Haus gesucht hatte. Wenn er aber woanders gesucht hatte, stellte sich die Frage, warum er gewusst hatte, wo er suchen musste. Dafür kam eigentlich nur jemand in Betracht, der Julia Sagmeister gut kannte. Und wer kannte eine Ehefrau besser als der Ehemann?

Sie nippte am Cognac. Na ja, das war bei Karl und ihr so gewesen, aber wer wusste, wie gut sich die Eheleute Sagmeister gekannt hatten. Schließlich hatten sie sich nicht mehr leiden können. Und für die Rache kam natürlich auch der Ehemann in Betracht. Beispielsweise wenn sie einen neuen Freund gehabt hatte. Möglicherweise war das ein echtes Rätsel und nicht so eine durchsichtige Angelegenheit wie im Fernsehen.

Hedwig stellte das Glas wieder hin und nahm das oberste Foto in die Hand. Herr Yildirim hatte den Couchtisch mit allem, was sich darauf befand, aus der Vogelperspektive aufgenommen. Neben einer Rotweinflasche lag die Fernbedienung für den Fernseher. Aus einem umgefallenen Weinglas war der Rotwein auf den

Parkettfußboden getropft. Hedwig hatte im ersten Augenblick gedacht, dass es Blut war. Die Fernsehzeitung war aufgeschlagen, und daneben lag eine Hamburger Zeitung, die in großen Buchstaben von einem tödlichen Verkehrsunfall berichtete. Den Titel konnte Hedwig ohne Probleme lesen, für die Bildunterschrift holte sie die Lupe aus dem Sekretär. Aber die Buchstaben waren zu klein und unscharf. Auf dem Foto war ein umgekipptes Auto zu sehen, daneben ein dicker Mercedes. Hedwig konnte nicht erkennen, was dieser Unfall mit dem Mord an Julia Sagmeister zu tun haben sollte.

Sie warf einen Blick zur Uhr. Es war bald Mitternacht, und sie hatte morgen noch etwas vor. Deshalb trank Hedwig aus, löschte das Licht und ging zu Bett.

Kapitel 3

Mit einer Tasse grünem Tee betrat Lukas am Morgen sein Dienstzimmer. Kai war noch nicht da. Musste er auch nicht. Es war Viertel nach sieben, ihr Dienst begann um acht. Lukas war gern früher da, weil er dann das Dienstzimmer für sich allein hatte. Er stellte die Teetasse ab und rief den Kollegen in der Asservatenkammer an, während sein PC startete. Er hatte eben seine eMails gecheckt, als ein Kollege die Zeitung vom Tatort brachte.

»Die Spuren sind gesichert?«, fragte Lukas.

Der Kollege nickte. »Da können Sie nichts mehr versauen.«

Lukas zog eine Grimasse und legte die Zeitung auf seinen Schreibtisch. Die Ausgabe war vom 12. März. Auf der oberen Hälfte war das Foto eines Verkehrsunfalls abgedruckt. Ein Smart lag auf der Seite, offenbar gerammt von dem Mercedes daneben. Alles war voller Polizisten, Feuerwehrmänner und Rettungssanitäter, Krankenwagen, einem Leichenwagen und zwei Feuerwehrwagen. Eine spektakuläre Szene, wie gemacht für das

Sensationsblatt. Auf der unteren Hälfte der Titelseite waren der Schnappschuss der neuesten Geliebten eines B-Promis, Werbung für ein neuartiges Staubsaugermodell und Abnehmmethoden abgedruckt.

Lukas griff erneut zum Telefon und rief in der Abteilung für Verkehrsunfälle an. Er telefonierte noch, als Kai das Büro betrat.

»Morgen.« Kai biss von einem Croissant ab, das in der Tüte vom Bäcker steckte.

»Morgen.« Lukas legte auf.

»Am Zeitunglesen?« Kai setzte sich und frühstückte erst mal.

»Rein dienstlich. Sag mal, haben wir inzwischen den Verbindungsnachweis für Julia Sagmeisters Handy?«

»Haben wir«, bestätigte Kai nach einem Blick in sein Mailpostfach. »Druck ich mal aus.«

»Und wie siehts aus mit den Finanzen unseres Opfers und dieser Baufirma von Sagmeister?«

Kai starrte auf seinen Bildschirm. »Sieht so aus, als sei was dabei. Hier ist ein Haufen Zeug eingegangen. Druck ich alles aus.«

»Gut, und dann könntest du die Eltern von Julia Sagmeister anrufen und unseren Besuch für morgen ankündigen.«

Kai sah ihn missmutig an. »Morgen? Morgen ist Samstag.«

»Ach so. Sorry, hab ich vergessen.«

»Ja, weil du kein Privatleben hast. Anders als andere Leute.«

Lukas verkniff sich eine ganze Menge Bemerkungen, die ihm auf der Zunge lagen. Kai hatte eine Freundin. Simone. Und solange sie zusammen waren, gab es Probleme zwischen den beiden. Lukas fragte sich wirklich, warum die beiden überhaupt noch zusammen waren. Da genoss er doch noch viel mehr das Alleinsein, das bei ihm nicht gleichbedeutend mit Einsamkeit war. »Gut, ruf sie trotzdem an und sage, dass ich morgen zum Kaffee komme.«

»Wenn's dir Spaß macht.«

»Spaß ist nicht der richtige Ausdruck. Aber ich bin schon neugierig darauf, wie Frau Krug ihre Tochter Ariane sieht.«

»Und warum das?«, fragte Kai, während er einige ausgedruckte Seiten aus dem Drucker nahm.

Lukas fasste für Kai kurz zusammen, wie sich Ariane Wimmer über ihre Schwester geäußert hatte. »Ariane erwartet für ihre Fürsorge für die Eltern eine Gegenleistung. Am besten die elterliche Immobilie, die sie doch viel besser gebrauchen kann als ihre betagten Eltern, die damit überfordert sind. Und sie hat mir selbst gesagt, dass ihre Schwester sich vielleicht weniger um die Eltern gekümmert hat, aber auch nichts von ihnen wollte. Andererseits …« Lukas hielt inne und schlug sein Notizbuch auf. »Sieh mal nach, was du über Johannes Krug herausfinden kannst. Das ist der Onkel von Julia Sagmeister, und ihm gehört das Haus, in dem sie lebte. Ariane ist der Meinung, dass ihrer Schwester prinzessinnenmäßig immer alles in den Schoß gefallen ist.«

»Na ja, so prinzessinnenmäßig kann ich es nicht finden, wenn man erschlagen wird.«

»Das hast du schön gesagt. Und überprüf bitte auch noch das Alibi von Ariane Wimmer. Nach den Tatumständen passt sie zumindest in das Täterprofil. Und die Aussage vom Ehemann reicht mir nicht.«

»Mach ich. Was dagegen, wenn ich meine Recherchen heute vom Büro aus erledige?«, fragte Kai. »Ich würde gern pünktlich Feierabend machen.«

»Nein, kannst du machen.« Lukas nahm die Ausdrucke entgegen, die Kai ihm reichte.

Julia Sagmeister war am Mittwochmorgen zwischen 10 Uhr und 10.30 Uhr viermal von derselben Handynummer aus angerufen worden. Die erste Verbindung hatte dreißig Sekunden gedauert, die drei folgenden jeweils zehn Sekunden. Das waren vermutlich die Anrufe der Anwältin, die ihre Mandantin im Gerichtssaal vermisste. Am Vortag hatte es einen Anruf mit der Vorwahl von Hannover gegeben. Am Montag hatte Julia Sagmeister eine Hamburger Nummer angerufen, am Sonntagmittag war sie von einer Nummer angerufen worden, die vermutlich

Ariane Wimmer zuzuordnen war, und am Sonntagnachmittag von ihrem Ehemann.

Kai war immer noch emsig am Drucken und Papiersortieren. Die anschließende Lektüre kommentierte er mit gemurmelten Ahas und Bemerkungen wie »echt jetzt« und »krass«.

Lukas tat ihm den Gefallen, nachzufragen.

Kai deutete auf die Zahlenkolonnen auf dem Papier vor ihm. »Die Bilanz der MSB Michael Sagmeister GmbH vom vorletzten Jahr. Hab ich vom Finanzamt. Da kommen einem die Tränen. An seiner Stelle würde ich den Laden dichtmachen und Regale im Supermarkt einräumen. Da kommt mehr bei rum.«

»Vom Finanzamt? Die glauben ihm offenbar. Oder haben die eine Steuerprüfung vorgesehen?«

»Keine Ahnung. Muss ich mal nachfragen.«

»Und wie ist es um das Privatvermögen von Sagmeister bestellt?«

»Auch nicht sehr beneidenswert. Jedenfalls das bekannte. Vielleicht hat er ein Konto in der Schweiz.«

»Dann finde es.«

Kai zog ein Gesicht.

»Hast du übrigens schon rausgekriegt, ob Julia Sagmeister die Hamburger Zeitung abonniert hatte?«

»Hab ich. Hat sie nicht abonniert.« Kai deutete auf die Zeitung vor Lukas. »Das ist auch das einzige Exemplar im ganzen Haus.«

»Die sieht völlig ungelesen aus«, stellte Lukas fest. »Keine Knicke, nur der Kniff an der Stelle, an der sie einmal zusammengeklappt wurde. Man sieht eigentlich nur das Foto von diesem Verkehrsunfall.«

»Vielleicht wollte sie etwas darin einwickeln«, sagte Kai abwesend. »Oder sie hat sie einfach nur zum Unterlegen benutzt.«

»Zum Unterlegen von was? Die Ausgabe ist vom März. Woher kommt die jetzt im September?«

Kai sah auf. »Was beißt du dich denn an dieser Scheißzeitung fest?«

»Weil sie der einzige Gegenstand am Tatort ist, der Fragen aufwirft.«

»Wie du meinst. Merkwürdigerweise ist ja meistens was dran an deinen Ideen.«

Ein paar Minuten später brachte ein Kollege die Akte, die Lukas angefordert hatte.

»Und das ist jetzt was für eine Akte?«, fragte Kai, der wie eine Katze doch ein wenig neugierig war.

»Willst du gar nicht wissen.«

»Und wenn doch?«

»Das ist die Akte zu dem Verkehrsunfall in der Zeitung.«

»Nee, ne?«

Lukas grinste. »Doch, ne.« Er schlug die Akte auf. Am 11. März war der fünfundzwanzigjährige Holger Timm, gebürtiger Münchner, mit einem weißen Smart der Carsharingfirma *Ein Wagen für alle Fälle* auf der Tarpenbekstraße in Richtung Norden unterwegs. Nach der Rekonstruktion des Unfallhergangs hatte sich Timm der Kreuzung Martinistraße auf etwa fünfzig Meter genähert, als die Lichtzeichenanlage auf Gelb umsprang. Timm beschleunigte sein Fahrzeug auf 83 Stundenkilometer und fuhr in die Kreuzung ein, als die Lichtzeichenanlage bereits seit fünfzehn Sekunden Rot zeigte. Von rechts war auf der Martinistraße der Unternehmer Heinrich Kramer in seinem SUV Mercedes GLC 250 angefahren, als seine Lichtzeichenanlage Grün zeigte. Beide Fahrzeuge trafen etwa mittig auf der Kreuzung zusammen, wobei das ungleiche Masseverhältnis beider Fahrzeuge dazu führte, dass der Smart bei dem Zusammenprall auf die Fahrerseite kippte und von dem SUV etwa dreißig Meter weit geschoben wurde, bevor der Mercedes zum Stehen kam. Die Analyse des Hergangs ergab, dass der SUV, der über 200 PS verfügt und in 7,3 Sekunden auf 100 Kilometer beschleunigen kann, bei dem Zusammenprall eine Geschwindigkeit von 62 Stundenkilometern hatte. Holger Timm verstarb noch an der Unfallstelle, Heinrich Kramer wurde mit Verdacht auf Schleudertrauma ins

Krankenhaus gebracht. Als Unfallverursacher wurde eindeutig Holger Timm ermittelt, Heinrich Kramer erhielt wegen Übertretung der Höchstgeschwindigkeit von 50 Stundenkilometern um 12 Stundenkilometer einen Bußgeldbescheid. Der Unfall war an einem Wochentag um 15.30 Uhr geschehen. Zu diesem Zeitpunkt war die Kreuzung sehr belebt.

Lukas quälte sich durch die ersten sechzehn Zeugenaussagen von Passanten und anderen Autofahrern, die sämtlich denselben Unfallhergang schilderten, wenn auch in unterschiedlicher Wortwahl. Eine Sabine Meister schilderte sehr ausführlich in blumigen Worten, was geschehen war, ein Herbert Lohmeyer gab den Unfallhergang sehr knapp und sachlich wieder. Der Name Julia Sagmeister tauchte in der gesamten Akte nicht auf.

Vielleicht hatte Julia Sagmeister die Zeitung tatsächlich nur als Unterlage verwenden wollen.

Theresa hätte es gut gefunden, wenn Miranda an der Freitagskonferenz teilgenommen hätte, jedenfalls bis die Frage ihrer Vertretung geklärt war. Aber wie um die Dringlichkeit dieser Frage zu unterstreichen, rief Miranda Theresa um kurz nach acht auf dem Handy an und teilte ihr mit, dass sie seit fünf Uhr morgens über dem Klo hing und auf keinen Fall kommen könnte. Theresa hatte schon seit acht Uhr gearbeitet, als sie sich um kurz vor zehn in der Teeküche einen Espresso machte und damit den Konferenzraum betrat. Als Erste, wie sie feststellte. Mark erschien fünf Minuten nach zehn, um dann mit vorwurfsvollem Blick den leeren Konferenztisch zu mustern, den Miranda üblicherweise mit den gewünschten Getränken und einem Keksteller deckte.

»Moin, wo ist mein Kaffee?«

»Morgen. In der Maschine«, antwortete Theresa, die die Wartezeit nutzte, um an ihrem Laptop den eMail-Eingang zu checken.

»Heißt?«

»Heißt, dass Miranda krank ist und du dir deinen Kaffee selbst kochen musst.«

»Hm. Darüber müssen wir noch mal sprechen.«

»Richtig. Machen wir auch gleich, wenn Florian sich eingefunden hat.«

Mit missmutiger Miene verließ Mark den Konferenzraum, und wenig später tänzelte Florian herein. »Morgens. Ich …« Er warf einen verdatterten Blick auf den Tisch.

»Deinen Espresso musst du dir selbst machen. Miranda ist krank.«

»Schon wieder? Das ist ja dumm.« Er machte auf dem Absatz kehrt, und Theresa hörte die beiden Männer in der Teeküche darüber lamentieren, wie zeitraubend es wäre, wenn sie jetzt noch jeden Tag ihren Kaffee selbst kochen mussten.

Zehn Minuten später saßen die beiden Männer am Tisch und rührten in ihren Tassen.

»Also, was ist mit Miranda los?«, fragte Mark.

»Miranda ist schwanger.«

»Ach du Scheiße!«, sagte Florian.

»Und nun?«, fragte Mark.

»Und ihre Schwangerschaft verläuft nicht ganz unproblematisch. Vorerst jedenfalls ist sie krankgeschrieben, weil ihr ständig kotzübel ist.«

Mark machte ein pikiertes Gesicht. »Wie unangenehm.«

»Das kann man wohl sagen«, entgegnete Theresa.

»Und wir können ihr noch nicht mal kündigen.« Florian seufzte herzergreifend.

»Das habe ich nicht gehört«, sagte Theresa. »Miranda ist eine Superkraft, wenn sie nicht schwanger ist. Sie erledigt hier so vieles, was wir gar nicht bemerken, und sie erträgt auch klaglos unsere Launen.«

»Ja, aber wenn das Kind erst mal da ist, ist die Sache ja noch nicht ausgestanden«, fuhr Florian fort. »Oder richten wir dann einen Hort ein, oder wie?«

»Ich schlage vor, dass wir die Sache mal konstruktiv angehen.« Theresa spürte, dass sie allmählich sauer wurde. »Wir können nicht Mirandas gute Arbeitskraft immer als Selbstverständlichkeit hinnehmen und sie dann bei dem ersten kleinen Problem rauswerfen. Abgesehen davon, dass das auch nicht möglich ist. Deshalb müssen wir über einen zeitweiligen Ersatz nachdenken.«

Mark und Florian stießen unisono ein genervtes Stöhnen aus. Sie erinnerten sich vermutlich noch sehr gut an die Reihe unerquicklicher Bewerbungsgespräche, die sie geführt hatten, bis sie endlich auf Miranda gestoßen waren. Theresa betrachtete ihre beiden Kollegen, die sich schon allzu sehr daran gewöhnt hatten, dass sie nur das Wort Espresso aussprechen mussten und er sofort gebracht wurde.

»Und woher sollen wir den kriegen?«, fragte Florian und wirkte dabei ein kleines bisschen wie ein genervter Fünfjähriger, dessen Mutter erklärt hatte, dass es zum Abendessen Burger geben sollte, aber keiner im Haus war.

Die Stille im Raum wurde unterbrochen vom Klingeln der Türglocke. Theresa wusste sehr wohl, wer da vor der Tür stand, aber sie wollte mal testen, was passierte, wenn sie sich nicht bewegte. Wenig überraschend bewegte sich auch sonst niemand im Raum.

»Es hat geklingelt«, sagte sie.

Die beiden Männer sahen sich an, und Theresa hatte die Wette mit sich selbst gewonnen, dass Mark aufstand.

»Ich geh mal nachsehen.«

»Dann veröffentlichen wir wohl mal eine Stellenanzeige auf einem Jobportal, oder wie?« Florian klang immer noch ein bisschen beleidigt.

»Vielleicht ist das nicht nötig.«

Auf dem Flur war Marks Stimme zu hören, der sich mit Hedwig unterhielt. Die erschien kurz darauf in der Tür zum Konferenzraum, und Theresa musste bei ihrem Anblick lächeln. Ihre Tante war schick frisiert, trug ein dunkelblaues Kostüm mit einer filigranen Brosche am Revers und passenden Ohrsteckern.

Theresa umarmte ihre Tante und bot ihr einen Platz an. »Mark, könntest du meiner Tante vielleicht eine Tasse Kaffee bringen?«

»Das ist doch nicht nötig.« Hedwig wollte wieder aufspringen.

Theresa drückte sie sanft zurück auf den Stuhl. »Doch, das ist nötig.«

Mark verschwand erneut und kehrte mit einer Tasse Kaffee zurück. Theresa stellte alle einander vor und erklärte, dass Hedwig vorerst aushelfen würde. Sie könnte das Telefon bedienen, Besucher und Paketdienste empfangen, die Ein- und Ausgangspost bearbeiten und Kaffee kochen.

Sie fand es interessant zu sehen, wie die beiden Männer auf ihren Vorschlag reagierten. Während Mark den Umstand, dass eine alte Dame künftig an Mirandas Platz sitzen würde, erst mal verarbeiten musste, fand Florian sofort den Haken an der Sache.

»Und meine Schriftsätze mach ich dann allein fertig, oder wie?«

»Wenn Sie mich in den Computer einweisen, kann ich das vielleicht übernehmen, junger Mann.« Hedwig öffnete ihre Handtasche und zog einen Hefter heraus. »Ich hab Ihnen hier mal was herausgesucht.« Sie schob den Hefter zu Florian hinüber, und Theresa konnte sehen, dass Hedwig eine Art Lebenslauf geschrieben hatte, auf dem oben rechts ein Passfoto klebte. Florian schlug den Hefter auf und las das nächste Schriftstück, das mit dem Wort Zeugnis überschrieben war.

»Ich war zwanzig Jahre lang Chefsekretärin in der Privatklinik von Dr. Hansen-Obendrauf«, erklärte Hedwig. »Davor war ich mehr als zwanzig Jahre im Büro der Stratenbarg-Stiftung beschäftigt. 360 Anschläge in der Minute.«

Theresa fand, dass das nach einer Menge klang, verglichen mit dem Zwei-Zeigefinger-Suchsystem, das Florian anwandte. Der sah erst Hedwig, dann Theresa an, als würde er an ihrer beider Verstand zweifeln.

Theresa lächelte ihm freundlich zu. Sie hatte hier eine anständige Lösung ihres Problems präsentiert. Mal sehen, was er dem entgegenhalten wollte.

»Äh«, machte Florian.

Mark nahm ihm den Hefter weg. »Gib mal her.« Er studierte die Schriftstücke und legte den Hefter dann auf den Tisch. »Warum eigentlich nicht«, sagte er.

Hedwig lächelte. »Ja, warum eigentlich nicht.«

Da es damit drei zu eins stand, kam Florian schlecht aus der Nummer raus und stimmte unter einigen Ähs ebenfalls zu.

Nachdem Mark Hedwig in die Geheimnisse des Kaffeeautomaten eingewiesen hatte und sie alle mit frischem Kaffee versorgt waren, setzten sie die Freitagsbesprechung fort.

Hedwig hatte ihre Kostümjacke ausgezogen und legte einen Schreibblock und einen Bleistift zurecht. »Ich werde mitstenografieren, wenn es Ihnen recht ist«, erklärte sie Florian, der sie fragend ansah.

»Äh, ja«, sagte er.

»Gut, ich wollte als Erstes sagen, dass meine Mandantin Julia Sagmeister umgebracht wurde«, begann Theresa.

»Ach du Scheiße, deshalb war der Kerl von der Kripo da?«, fragte Mark.

»Richtig. Kann auch sein, dass er noch mal herkommt. Sie wissen noch nicht, wer es war.«

»Der Ehemann«, erklärte Florian.

»Ich glaube, so einfach ist es nicht«, wandte Hedwig ein. Als die beiden Männer sie ansahen, machte sie eine abwehrende Handbewegung. »Nur meine persönliche Meinung.« Hedwig nahm den Schreibblock und schrieb mit schnellen Strichen etwas auf.

Die Männer beobachteten sie stumm und sprachen erst wieder, als Hedwig sie fragend ansah. Mark grinste plötzlich wie ein Honigkuchenpferd. »Ich hab ein Supermandat an Land gezogen.

Das Bauamt will ein großes Bauprojekt in der Innenstadt durchziehen. Die vier Hochhäuser neben dem Hauptbahnhof sollen abgerissen werden. Die Ausschreibung für die neue Bebauung läuft schon. Geplant ist, dass das Bauamt auch selbst in den Neubau einzieht, und wir sollen ein Machbarkeitsgutachten abliefern, was die Anforderungen an die Personalausstattung, den Flächenbedarf und die Ausstattung der Räume anbetrifft.«

Florian und Theresa sahen ihn unverwandt an.

»Äh«, machte Florian.

»Das ist doch eine Riesennummer«, stellte Theresa fest. Sie spielte mit ihrem Kugelschreiber herum, während sie darüber nachdachte, wie sie das, was sie sagen wollte, am freundlichsten ausdrückte. »Und es berührt eine Menge Rechtsgebiete. Schaffen wir das denn? Wenn die Ausschreibung schon läuft, ist es doch eigentlich ein bisschen spät für ein solches Gutachten.«

Mark guckte sauer. »Es gibt schon ein behördeninternes Papier, aber das ist nicht aussagekräftig genug und deckt nicht alle Bereiche ab, deshalb brauchen sie fachlichen Rat. Ich dachte, ihr freut euch.«

»Ich weiß nicht, wie wir das wuppen sollen, Mark.« Theresa sah zu Florian hinüber. »Was meinst du?«

»Dasselbe. Ich hab gerade eine Menge Arbeit. Bis wann haben wir Zeit?«

»Bis Jahresende.« Mark verschränkte die Arme vor der Brust.

»Das ist nicht sehr viel Zeit.«

Hedwig, die mitstenografiert hatte, sah auf. »Nur mal für mich: Was genau ist das Thema dieses Gutachtens?«

Theresa deutete in Marks Richtung. »Vielleicht erklärst du das am besten.«

Mark setzte sich aufrecht hin. »Der Umzug der Baubehörde wirft eine Menge logistische Fragen auf. Wie viele Mitarbeiter müssen umziehen, wie viele Arbeitsplätze werden benötigt, welche technische Ausstattung ist erforderlich, welcher Raumbedarf besteht.« Er zählte an den Fingern ab.

Hedwig winkte ab. »Klingt kompliziert. Dieses behördeninterne Papier, das nichts taugt. Haben Sie das?«

Mark sah Hedwig an. »Ja, sicher.«

»Wie wäre es denn, wenn ich das mal vervielfältige, Sie alle drei lesen es über das Wochenende, und am Montag beratschlagen Sie erneut. Ich kenne mich im Rechtlichen ja nicht besonders gut aus, aber damals in der Privatklinik von Dr. Hansen-Obendrauf haben wir es so gehandhabt, dass die Assistenzärzte, aber auch gute Studenten ihm zugearbeitet haben.« Hedwig klemmte den Bleistift hinters Ohr und sah in die Runde.

Theresa grinste. Miranda hätte ähnlich vermittelnd reagiert, wenn auch mit anderen Worten. Und den Begriff vervielfältigen hatte sie schon seit ewigen Zeiten nicht mehr gehört.

»Äh«, machte Florian. »Können wir so machen.«

»Sehr gute Idee, Hedwig. Mark zeigt dir gleich mal, wie der Kopierer funktioniert. Nicht, Mark?« Theresa schenkte ihm ein Lächeln.

»Ja, sicher.« Mark wirkte ein wenig wie der Enkel, der aufgefordert wird, mit seiner Großmutter am Samstagabend die Volksmusikshow zu sehen.

Eine Dreiviertelstunde besprachen sie noch einige organisatorische Dinge. Anschließend ging Mark mit Hedwig im Schlepptau zum Kopiergerät, das in einer kleinen Abseite neben der Teeküche untergebracht war. Florian folgte den beiden.

Hedwig betrachtete den Kopierer. »Du meine Güte, das ist ja ein ziemlicher Kaventsmann.«

Mark deutete auf den größten Knopf auf der Tastatur. »Der Startknopf. Hier auf dem Display sehen Sie, wie viele Kopien Sie einstellen können. Wenn die Kopien zu dunkel ausfallen, können Sie hier die Helligkeit einstellen, dort die Anzahl der Kopien und ob sie sortiert werden sollen.«

Hedwig hatte ihren Stenoblock gezückt und skizzierte die Tastatur mit den jeweiligen Angaben. »Ich denke, ich werde damit zurechtkommen, sobald ich ein wenig Übung habe – es ist ja schließlich nicht das erste Mal, dass ich vor einem Kopierer stehe.«

»Die können Sie sofort kriegen, die Übung.« Florian verschwand kurz und kehrte mit dem Gutachten des Bauamts zurück.

Mark zeigte ihr, wie man die Anzahl einstellte und das Papier einlegte. Hedwig drückte den Startknopf und war ganz begeistert, als am anderen Ende des Geräts ein Haufen Kopien ausgespuckt wurde.

»Und was passiert, wenn man auf diesen Knopf drückt?«, fragte sie.

»Dann gibts das Ganze in Bunt.«

»Faszinierend.«

Im Vorraum läutete das Telefon.

»Oh, ich werde mal drangehen.« Hedwig ging zum Empfangstresen und nahm den Hörer ab.

Ein Mandant wollte Theresa sprechen; das Problem war nur, dass sie nicht wusste, wie man ein Gespräch durchstellte. »Ach, Herr Mark, wären Sie mal so freundlich?«

Mark stellte sich neben sie und zeigte ihr, welche Knöpfe sie drücken musste. Hedwig war nicht sicher, ob sie sich das alles merken konnte, aber sie hatte keine Zeit, darüber nachzudenken, denn der Postbote kam und brachte einen Haufen Briefe, die sie öffnen, stempeln und zuordnen musste. Später kam der Paketbote, Mark hatte einen weiteren Kopierauftrag, und schließlich musste sie die Ausgangspost bearbeiten. Erschöpft sank sie um halb drei auf den Stuhl hinter dem Tresen.

»Ist alles in Ordnung, Hedwig?« Theresa stand plötzlich neben ihr und sah sie besorgt an.

Hedwig fasste Theresas Hand. »Also, ich muss sagen, das war seit dem Bridgeturnier, das ich vor einem halben Jahr gewonnen habe, das Aufregendste, was ich seit dem Tod deines lieben Onkels Karl erlebt habe.«

Theresa hob die Augenbraue. »Ich glaube wirklich, du brauchst ein bisschen Abwechslung, wenn Büroarbeit das Highlight deines Lebens ist.« Sie zog Hedwig in die Höhe. »Und jetzt gehst du nach Hause und ruhst dich aus. Wenn es Miranda am Montag ein bisschen besser geht, wird sie dir ein wenig helfen und dir noch ein paar Dinge erklären.« Theresa griff nach dem Telefonhörer. »Ich rufe dir mal ein Taxi.«

»Das brauchst du wirklich nicht. Ich habe doch meine Monatskarte.«

»Nein, heute ist ein besonderer Tag.« Theresa wollte eine Taste drücken, aber Hedwig hielt sie zurück.

»In Ordnung, aber nur, wenn du Herrn Yildirim anrufst.«

Mustafa Yildirim fuhr eine halbe Stunde später vor dem Bürogebäude vor. Hedwig ließ sich zufrieden auf die lederne Rückbank fallen.

»Alles in Ordnung, Frau Hedwig? Ich darf doch Frau Hedwig sagen?«

»Dürfen Sie. Alles wunderbar, Herr Yildirim. Bitte bringen Sie mich nach Hause.«

Yildirim warf ihr im Rückspiegel einen fragenden Blick zu, schwieg aber und fuhr los.

»Vielen Dank dafür, dass Sie mir die Fotos gebracht haben. Meine Nichte hat sie mir gestern Abend gegeben.«

Yildirim brummte nur etwas Unverständliches.

»Haben Sie sie mal angesehen?«

»Sicher.«

»Und?«

»Nichts, was ich mir an die Wand hängen würde.«

»Aber ist Ihnen darauf etwas aufgefallen?«

Yildirim hob die Schultern. »Eine tote Frau und ein Wohnzimmer.«

Hedwig sah eine Weile aus dem Seitenfenster. »Ich meinte eher so die Stimmung. Die Atmosphäre. Haben Sie eine Idee, was passiert sein könnte?«

»Hatte sie einen Ehemann?«

»Sie sollten mich doch mit ihr zum Gericht fahren. Das wäre ihre Scheidungsverhandlung gewesen.«

Yildirim nickte.

»Glauben Sie, dass es der Ehemann war?«

Yildirim hielt an einer roten Ampel.

»Ich finde, es sah nicht aus wie bei Eheleuten, die sich gekracht haben.« Ihre Blicke begegneten sich im Rückspiegel. »Es hätte anders ausgesehen im Wohnzimmer. Die beiden hätten vorher gestritten, und dann wäre doch etwas umgestoßen worden. Und der Mann hätte die Frau nicht von hinten erschlagen.«

Hedwig lächelte. »Ganz meine Meinung.«

»Aber die Polizei wird das schon rausfinden.«

»Möglich.«

»Sie sind aber nicht so eine, die jetzt anfängt, Mörder zu suchen, oder?«

»Bisher nicht, aber was nicht ist, kann ja noch werden.«

Als Theresa am Freitagabend den Wagen in die Einfahrt fuhr, war das Haus dunkel. Sie musste sich stets aufs Neue in Erinnerung rufen, dass Tim nicht mehr da war. Die Beleuchtung ging an und tauchte den gesamten Garten in helles Licht. Theresa hatte jetzt noch genau drei Minuten Zeit, das Haus aufzuschließen und die Alarmanlage auszustellen, bevor der Alarm losging. Sie schloss den Wagen ab und ging zur Haustür hinüber. Nach den üblichen Handgriffen des Nachhausekommens kochte sie sich eine Tasse Tee und setzte sich mit ihrem Buch in den Ohrensessel. Aber immer wieder drifteten ihre Gedanken ab.

Sie ließ das Buch sinken und sah aus dem Fenster. Sie dachte an Hedwig, die sich wirklich als nette alte Dame entpuppte. Theresa hatte sie gern um sich. Hedwig hatte ihr zwar versichert, dass ihr die Büroarbeit nicht zu viel war, aber trotzdem hatte Theresa Bedenken, ob der moderne Bürobetrieb ihre Tante nicht doch überforderte. Schließlich hatte Dr. Hansen-Obendrau wohl eher mit Schreibmaschine und Karteikasten agiert. Theresa klappte das Buch zu und legte es auf das kleine Tischchen neben die Teetasse. Der Tee war kalt geworden. Sie ging in die Küche und schenkte sich ein Glas Rotwein ein, mit dem sie sich in ihren Sessel setzte. Sie nahm ihr Handy hervor und wählte Hedwigs Nummer.

»Fröhlich.«

»Hedwig, ich bins, Theresa.«

»Ach Theresa, Liebes. Ich hoffe doch nicht, dass ich heute irgendetwas Irreparables vermurkst habe.«

»Aber natürlich nicht, Tante Hedwig. Ich wollte eigentlich nur fragen, wie es dir geht, und wie du den Tag überstanden hast.«

»Du brauchst dir um deine alte Tante keine Sorgen zu machen. Ich sitze hier mit einem kleinen Schlückchen, arbeite an meinem Puzzle und lasse es mir gut gehen. Es hat mir Spaß gemacht heute.« Theresa hörte, wie ihre Tante einen Schluck trank, bevor sie weitersprach. »Und wie geht es dir?«

Theresa wollte ehrlich zu ihr sein. »Eigentlich ganz gut. Ich gewöhne mich allmählich ans Alleinsein. Allerdings habe ich mich gefragt, ob wir beide morgen Vormittag nicht einen kleinen Ausflug machen wollen. Wir könnten irgendwo frühstücken.«

»Ach, das wäre nett.« Hedwig schwieg eine Weile. »Meinst du, dass wir vielleicht einmal das Haus von Julia Sagmeister aufsuchen könnten? Vielleicht kommen wir mit dem einen oder anderen ins Plaudern.«

»Plaudern?«

»Sicher. Ein bisschen mit den Nachbarn über das schlimme Ende der jungen Frau sprechen, ein paar Einzelheiten aus ihrem traurigen Leben erfahren.«

Theresa grinste. »Das klingt so spannend wie kalter Kaffee.«

»Das würde ich so nicht sagen. Es kommt immer drauf an, was man draus macht.«

»Stimmt auch wieder. Gut, dann hole ich dich morgen ab. Neun Uhr? Ist das okay?«

»Das ist okay.«

»Ach, Hedwig, ich freue mich sehr darüber, dass du zu mir gekommen bist. Bis morgen.«

Kapitel 4

Als Theresa am Samstagmorgen pünktlich um neun Uhr vor dem Mehrfamilienhaus vorfuhr, in dem Hedwig lebte, erwartete ihre Tante sie bereits vor der Haustür. Theresa begleitete sie aus mehreren Gründen. Zum einen waren ihr die investigativen Ambitionen der alten Dame auf eigene Faust nicht ganz geheuer, zum anderen hatte Hedwig auch Theresas Neugier geschürt. Der mysteriöse Tod ihrer Mandantin ging nicht so spurlos an ihr vorüber. So einfach, wie sie Sergej Novok im Gerichtssaal hatte weismachen wollen, war es nicht, die tote Julia Sagmeister einfach ad acta zu legen.

Als sie diesmal in die Liebermannstraße einbog, hatte sie mehr Sinn für die schöne Wohnstraße, in der Julia Sagmeister gewohnt hatte.

»Merkwürdig, wieder hierherzukommen«, stellte Hedwig fest. »Gott sei Dank habe ich nicht gewusst, was mich hier erwartet, als ich das erste Mal hier war.«

Theresa stellte den Wagen ab und legte ihrer Tante eine Hand auf den Unterarm. »Es tut mir leid.«

»Ach Liebes.« Hedwig tätschelte ihre Hand. »Mach dir nicht so viele Gedanken.« Sie betrachtete die Beifahrertür. »Wie geht das hier denn auf?«

Die Haustür des von Julia Sagmeister bewohnten Hauses war immer noch versiegelt. Aber für das Haus interessierten sie sich ja auch nicht.

Hedwig schob den Unterarm durch die Bügel ihrer Handtasche. »Mit was für einer Geschichte wollen wir hier auftreten?

95

Wollen wir uns als Verwandte von Julia ausgeben oder von ihrem Onkel?« Sie sah sich um. »Wir könnten auch sagen, dass uns zu Ohren gekommen ist, dass hier ein Haus leer steht.«

»Hedwig!«

»Ja, was denn, Liebes? Wir wollen ja nicht neugierig erscheinen. Deshalb empfiehlt es sich, mit einer eigenen Geschichte aufzuwarten und das Gegenüber neugierig zu machen.«

Theresa sah ihre Tante über das Wagendach an. »Ist das eine Erkenntnis aus deinen Krimis?«

»Richtig. Ich sag ja immer, Fernsehen bildet. Es kommt nur darauf an, was man sieht.« Hedwig setzte sich in Bewegung und gab Theresa ein Zeichen. Als Theresa auf ihrer Höhe angekommen war, sagte Hedwig: »Samstag ist ein guter Tag für Investigationen. Die Leute harken Laub und fegen den Bürgersteig. Und siehe da: Dort ist auch schon ein williges Opfer.«

Bevor Theresa überhaupt den Mund öffnen konnte, war Hedwig zu der jungen Frau gegangen, die auf dem Grundstück rechts neben Julia Sagmeisters Haus Einkäufe aus dem Kofferraum ihres Wagens hob.

»Ach, guten Tag.«

Die Frau wandte sich um. »Guten Tag.«

»Benötigen Sie Hilfe? Meine Nichte hier kann mit anfassen.« Hedwig gab Theresa einen ziemlich kräftigen Schubs, sodass sie ein wenig ins Stolpern geriet.

»Danke, aber es geht schon.« Die junge Frau schob sich eine Haarsträhne aus der Stirn.

Hedwig trat in die Einfahrt. »Wissen Sie, ich habe Frau Sagmeister hier tot aufgefunden. Wir sind noch einmal hergekommen, um uns alles anzusehen. Jetzt, wo sich die Dinge beruhigt haben.«

»Ach, Sie waren das? Das muss schrecklich gewesen sein. Ich habe von den Nachbarn gehört, dass hier ein ziemliches Aufgebot an Polizei war.« Die Frau verschränkte die Arme vor der Brust.

»Ja, das stimmt. Es war natürlich sehr schlimm. Waren Sie nicht zu Hause?«

»Nein, ich war arbeiten. Ich hab es abends von meiner Nachbarin erfahren. Und die Polizei war auch schon bei uns und hat Fragen gestellt.« Die Frau sah auf das Haus von Julia Sagmeister. »Wir hatten nur wenig Kontakt, aber wenn jemand im Haus neben einem umgebracht wird, ist das grauenvoll.«

»Waren Sie denn an dem Abend zu Hause, an dem es passierte?«

Die Frau rieb sich die Oberarme. »Ja, das ist ja das Unheimliche. Wir haben hier vor dem Fernseher gesessen.«

»Ach, dann haben Sie vermutlich nichts von dem mitbekommen, was sich am Dienstagabend bei Frau Sagmeister abgespielt hat.«

Die Frau schüttelte den Kopf. »Nein, und da weiß man ja nicht, ob das gut oder schlecht ist. Stellen Sie sich vor, Sie begegnen dem Täter nach der Tat auf der Straße. Man kann ja nicht wissen, wie der reagiert. Aber sie hatte wohl Stress mit einer Frau, vielleicht ihrer Freundin. Es klang so, als würden sie über eine Dritte sprechen. Nicht am Dienstag, aber am Sonntag. Da hat sie im Garten mit dem Handy telefoniert.« Sie deutete auf ihr Haus. »Wir haben mit meinen Schwiegereltern auf der Terrasse hinter dem Haus gesessen und die letzten Sonnenstrahlen genossen. Es war ein wenig peinlich, weil es irgendwie um Männer ging. Wissen Sie, man hört ja immer automatisch zu bei so lauten Gesprächen, und meine Schwiegermutter ist wirklich penibel, was das Fremdgehen anbetrifft. Ich war heilfroh, als Frau Sagmeister ins Haus gegangen ist und die Terrassentür geschlossen hat.«

Theresa trat einen kleinen Schritt vor. »Warum glauben Sie, dass sie das Gespräch mit einer Frau geführt hat?«

»Sie hat gesagt, dass sie ein Recht habe, es ihr zu sagen, und dass es sie durchaus etwas anginge. Und dass sie eine Meinung dazu haben und es ihr auch sagen könne. So sinngemäß. Dass sich das Gespräch ums Fremdgehen drehte, hat sich dann erst später ergeben. Sie fand es nicht in Ordnung. Fremdgehen ist schon schlimm, hat sie gesagt.«

»Aber?«, fragten Theresa und Hedwig gleichzeitig.

Die Frau hob die Schultern. »Keine Ahnung. Sie hat dann so etwas gesagt wie ›Aber, du willst …‹, und den Rest habe ich nicht mehr verstanden, weil sie ins Haus gegangen ist und die Terrassentür hinter sich zugezogen hat. Und ich muss Ihnen sagen, dass ich heilfroh war. Womöglich hat sie irgendwas Fieses gesagt. Dann wäre meine Schwiegermutter ausgeflippt.«

»Aha«, sagte Hedwig und wirkte dabei etwas ratlos.

»Um wie viel Uhr hat sie dieses Gespräch geführt?«, fragte Theresa.

»Hm, meine Schwiegereltern kamen so gegen halb vier. Vermutlich war es so gegen vier Uhr.«

»Schön. Vielen Dank. Und Sie brauchen wirklich keine Hilfe?«

»Nein danke. Einen schönen Tag noch.«

»Ihnen auch.«

Theresa hatte Mühe, ihrer Tante zu folgen, die mit kurzen, schnellen Schritten auf den Gehweg zurückkehrte. »Eine Frau? Wieso soll sie mit einer Frau gesprochen haben?« Hedwig eilte weiter. »Mit ihrem Mann hat sie telefoniert. Der betrügt sie mit irgendeinem schlimmen Ding, sie hatte die Nase voll, und er hat sie umgebracht.«

Theresa fasste Hedwigs Schulter. »Das müssten wir vielleicht erst mal ein wenig durchdenken.«

Hedwig blieb stehen.

»Ich weiß von Julia Sagmeister selbst, dass ihr Mann ihr nicht mehr wichtig war. Selbst wenn er ein Verhältnis hatte, hätte sie sich nicht dafür interessiert.«

»Aber das, was die Nachbarin gehört hat, klang doch eher danach, dass Julia Sagmeister eine Affäre mit einem verheirateten Mann nicht gutheißt.«

»Richtig, aber es muss bei dem Gespräch ja nicht um ihren

eigenen Mann gegangen sein. Vielleicht ging es wirklich um eine Freundin oder um eine Angehörige.«

»Wir müssten rausfinden, mit wem sie telefoniert hat.« Hedwig musterte ihre Nichte. »Im Fernsehen besorgen sie sich immer einen Verbindungsnachweis. So heißen diese Dinger, auf denen die Telefonnummern draufstehen, die man von seinem Telefon angewählt hat.«

Theresa grinste. »Tatsächlich?«

»Ach, das weißt du doch sicher.« Hedwig setzte sich wieder in Bewegung. »Wie könnten wir denn da rankommen?«

»Hallo?« Theresa folgte ihrer Tante. »Wir sind nicht die Polizei. Wie sollten wir an eine Telefonrechnung von Julia Sagmeister kommen? Oder gar an einen Verbindungsnachweis.«

»Ich dachte nur, dass du da vielleicht deine Möglichkeiten hast.«

Theresa betrachtete den schmalen Rücken ihrer Tante. Nein, diese Möglichkeiten hatte sie nicht. Sie könnte natürlich bei der Polizei nachfragen, ob die Nachbarin das ausgesagt hatte, was sie ihnen eben erzählt hatte. Sie könnte aber auch einfach die Klappe halten und sich unauffällig verhalten.

»Kann ich Ihnen weiterhelfen?«

Sie hatten das Grundstück von Julia Sagmeister passiert und waren bei dem Nachbarn zur Linken angekommen. Dort stand ein älterer Mann hinter der Hecke.

»Ich frage nur, weil sich hier seit ein paar Tagen Gestalten auf dem Grundstück herumtreiben.« Er hob die Hand. »Nicht, dass ich Sie ebenfalls dazuzähle. Zu den Gestalten, meine ich.«

Hedwig deutete auf Theresa. »Das ist meine Nichte. Sie war die Scheidungsanwältin der Frau Sagmeister, und ich habe die arme tote Frau gefunden.«

»Sie waren das? Ja, das war bestimmt nicht schön.«

»Nein, überhaupt nicht. All das Blut, schrecklich. Sie haben wohl gar nichts mitbekommen am Dienstagabend?«

Der Mann stützte sich mit einer Hand auf den Stiel seiner Harke, mit der er Laub geharkt hatte, mit der anderen wies er auf das Nachbarhaus. »Na, ihr Mann war da drüben.« Er betrachtete Theresa. »Ihr Noch-Ehemann wohl, oder waren die schon geschieden?«

Allmählich bereute Theresa, mitgekommen zu sein. Sie wollte hier nicht aus ihrem Mandatsverhältnis plaudern, sondern etwas erfahren. Und vielleicht war es auch gar nicht klug, Hedwigs Neugier anzuheizen.

»Na, das ist es ja gerade«, rief Hedwig und beugte sich über den Jägerzaun. »Am nächsten Morgen wäre sie geschieden worden.« Sie nickte.

»Tatsächlich.« Der Nachbar wirkte ratlos. »Da wäre es ja ziemlich dumm gewesen, sie am Vortag noch umzubringen. Es sei denn, er wollte Geld sparen.« Der Mann grinste.

»Aber am Abend war er noch da? Sie haben wohl nicht zufällig etwas von einem Gespräch mitbekommen?«, fragte Hedwig.

Der Mann schüttelte den Kopf.

»Und am Sonntagnachmittag? Haben Sie da etwas gehört?«

Theresa zupfte Hedwig am Ärmel. Sie hatte keine Lust darauf, dass einer der befragten Nachbarn sich bei der Polizei meldete und ein verdächtiges Paar Frauen anzeigte.

»Am Sonntag waren wir bei meiner Schwägerin zum Kaffee.«

Theresa war beinahe erleichtert darüber, dass der Mann Julias Telefonat am Sonntagnachmittag nicht mitbekommen hatte. Damit war die Fragestunde jetzt vorüber.

»Vielen Dank, Herr …«

»Hildebrandt.«

»Herr Hildebrandt.« Theresa legte ihrer Tante den Arm um die Schulter und drehte sie sanft herum. »Schönes Wochenende«, rief sie über die Schulter und steuerte Hedwig zu ihrem Wagen.

»Na, da hat sich der Ehemann ja ziemlich verdächtig gemacht«, stellte Hedwig fest. Sie blieb vor der Beifahrertür stehen, die Theresa ihr öffnete. »Aber ich muss dir etwas sagen.«

»Nämlich?«

»Gerade, wenn praktisch alles auf eine bestimmte Person als Täter deutet, dann war die es ganz gewiss nicht.«

»Das heißt, du schließt Michael Sagmeister als Täter aus?«, fragte Theresa nachdenklich, als sie im Wagen saßen.

»So einfach ist es auch wieder nicht.« Hedwig zog den Gurt aus der Wandhalterung. »Ich glaube, wir müssen den Mann erst mal unter die Lupe nehmen.«

Am Samstagnachmittag, Punkt fünfzehn Uhr, läutete Lukas an dem weiß gestrichenen Giebelhaus in Linden-Limmer, einem Stadtteil im Westen Hannovers. In der Hand hielt er ein Kuchenpaket der Konditorei Kreipe, die zwar weiter entfernt war vom Haus der Eheleute Krug als die örtliche Bäckerei, deren Kuchen und Torten aber deutlich besser sein sollten, was den Umweg nach Gisela Krugs Meinung rechtfertigte. Er hörte Schritte, und nach einer kurzen Weile wurde die Tür geöffnet. Vor ihm stand eine kleine, ein wenig rundliche, grauhaarige Frau, in deren Gesicht Lukas etwas von Ariane Wimmer und Julia Sagmeister erkannte.

»Guten Tag, Frau Krug.«

»Herr Kampmann. Und Kuchen haben Sie auch mitgebracht, und dann den guten von Kreipe. Sehr aufmerksam von Ihnen.« Sie trat beiseite und deutete auf das Innere des Hauses. »Kommen Sie rein.«

Der Flur war ein wenig altmodisch eingerichtet, die Wände hell getäfelt, die Schuhe standen in Reih und Glied unter der Garderobe. Auf Höhe der Küchentür nahm sie ihm das Kuchenpaket ab und deutete auf die gegenüberliegende Tür.

»Setzen Sie sich schon mal rein. Ich mach das eben mit dem Kuchen und hol den Kaffee.«

Lukas betrat das Esszimmer, an dessen gedecktem Tisch ein alter Mann saß. Er hatte die Unterarme links und rechts des Tellers auf den Tisch gelegt, und sah ihn mit ausdrucksloser Miene an.

»Herr Krug? Lukas Kampmann.«

Herbert Krug zeigte keinerlei Reaktion, weshalb Lukas ihm auch nicht die Hand reichte.

»Ich bin wegen Julia da«, erklärte er.

Etwas wie ein flüchtiges Lächeln erhellte für einen Sekundenbruchteil das Gesicht des alten Mannes. »Jula«, flüsterte er.

»Ihre Tochter, nicht?«

Aber die Aufmerksamkeitsspanne des Mannes war offenbar schon wieder vorüber. Er sank in sich zusammen und starrte auf seinen leeren Kuchenteller.

Da neben dem Teller auf der anderen Seite des Tisches ein Pillendöschen stand, nahm Lukas an, dass es sich um den Platz der Hausherrin handelte, weshalb er sich gleich dort setzte, wo er stand. Gisela Krug hatte das gute Geschirr mit dem Goldrand aufgedeckt und Papierservietten mit kleinen Hasen drauf.

»Ich hatte nur noch Osterservietten«, sagte Gisela Krug, als sie mit einem Glasteller eintrat. »Ich hoffe, das stört Sie nicht.«

»Nein, das tut es nicht.« Lukas räumte den Zuckertopf ein wenig beiseite, damit sie den Glasteller mit den Tortenstücken abstellen konnte.

»Ich hol noch schnell den Kaffee.«

Gisela Krug verschwand erneut, kehrte zurück, schenkte Kaffee ein, rückte den Zuckertopf in Lukas' Nähe und setzte sich endlich. Lukas wartete einen Augenblick, bis Ruhe am Tisch eingekehrt war.

Die alte Dame nahm den Tortenheber in die Hand. »Welches Stück möchten Sie denn gern?«

»Ich nehme die Zitronenrolle.« Die hatte in der Kuchentheke wirklich lecker ausgesehen, mit Puderzucker bestäubt und einem Stück kandierter Zitrone verziert.

»Du nimmst sicher das Heidelbeertörtchen, was, Herbert?« Gisela Krug wartete die Reaktion ihres Mannes gar nicht ab, vermutlich weil sie wusste, dass er keine zeigen würde. Sie zerteilte das Törtchen auf seinem Teller, spießte ein Stück auf und fütterte ihren Mann damit.

»Es war eigentlich nicht meine Absicht, Ihnen solche Mühe zu machen«, erklärte Lukas. »Ich hatte nur gedacht, dass dies die Zeit ist, in der ich am wenigsten störe.

»Ach, Sie stören doch nicht. Wir haben so selten Besuch, was, Herbert? Da freuen wir uns immer.«

Gisela Krug lächelte ihrem Mann aufmunternd zu, was bei ihm ebenfalls zu einem kleinen Lächeln führte. »Jula«, sagte er.

Seine Frau tätschelte ihm die Hand, dann stiegen ihr die Tränen in die Augen, die sie verlegen mit der Hasenserviette wegwischte.

»Es tut mir wirklich sehr leid, was mit Ihrer Tochter geschehen ist, Frau Krug.«

Sie winkte ab, offenbar darum bemüht, die Fassung wiederzuerlangen. »Nun essen Sie erst mal.«

Lukas aß ein Stückchen von seiner Zitronenrolle und trank einen Schluck Kaffee, um ihr Zeit zu lassen.

»Das war vielleicht ein Schreck, als die beiden Polizisten am Mittwoch vor der Tür standen. Da schießen einem ja sofort tausend Gedanken durch den Kopf.« Sie gab ihrem Mann wieder ein Stückchen Heidelbeertörtchen zu essen.

»Und was haben Sie als Erstes gedacht?«

»Tja, wenn ich ehrlich bin …« Gisela Krug lehnte sich zurück, legte die linke Hand in den Schoß, mit der rechten spielte sie mit dem Teelöffel auf ihrer Untertasse. »Ich hab sofort geahnt, dass was mit der Julia ist.«

»Jula.«

»Ja, Herbert.« Sie tätschelte ihrem Mann die Hand.

»Und was war Ihr Gedanke, was ihr passiert sein könnte?«

»Ich hab gedacht, sie hat sich was angetan. Das Kind hatte es ja wirklich nicht leicht in der letzten Zeit.«

»Verstehe. Und bis zu dem Zeitpunkt, als die Beamten hier erschienen, hätten Sie da auch gedacht, dass Julia suizidgefährdet ist?«

»Eigentlich nicht. Merkwürdig, oder?«

Ein weiteres Stückchen Kuchen verschwand in Herbert Krugs Mund.

»Wissen Sie, der Michael ist ja nicht unrecht, aber ich fand immer, dass die beiden nicht zueinanderpassen. Julia war immer ein sehr anständiges Mädchen. Deshalb wurde sie damals auch zur Schulsprecherin gewählt, weil sie immer sehr gerecht war. Und ehrlich. Und nachdem sie, ich glaube, zwei oder drei Jahre verheiratet waren, hat sie mal gesagt, dass das Baugewerbe ein schmutziges Geschäft sei. Da wird gelogen und betrogen, Mama, hat sie gesagt.«

»War das ein Grund für die Scheidung?«

»Ach, da kam wohl vieles zusammen. Den beiden fehlte die innere Bindung, etwas, was sie zusammenhielt. Ach, ich kann das gar nicht so richtig ausdrücken.«

»Doch, das können Sie. Haben Sie denn eine Idee, warum die beiden überhaupt geheiratet haben?«

»Er ist ja eher so der grobe Typ, leicht aufbrausend und mit einer etwas zu großen Klappe. Das fand Julia vielleicht zu Anfang interessant, aber auf Dauer war ihr das wohl zu wenig.«

»Und warum haben die beiden keine Kinder?«

Gisela Krug hob die Schultern. »Das weiß ich nicht. Wir hätten gern noch mehr Enkel gehabt, aber es kamen keine, und ich frag dann auch nicht nach. Er hat übrigens angerufen, der Michael. Er hat gesagt, dass es ihm trotz allem leidtut um Julia, und er hat angeboten, dass wir bei ihm übernachten können, wenn die Beerdigung ist.«

»Und klang er ehrlich?« Lukas legte seine Gabel auf den leeren Teller. Diese Konditorei Kreipe hatte wirklich was drauf.

»Er klang wie immer. So der richtig einfühlsame Mensch ist er ja nun mal nicht.« Gisela Krug hatte das Törtchen inzwischen vollständig an ihren Mann verfüttert und putzte ihm den Mund mit der Serviette ab.

»Und hat Julia sich um Sie beide hier gekümmert?«

»Ich glaube, sie hatte Pläne. Als wir am Dienstag das letzte Mal miteinander gesprochen haben, hat sie gesagt, dass sie in Hamburg nun nichts mehr hält. Und sie hat vorgeschlagen, dass sie fürs Erste oben in ihr altes Kinderzimmer zieht und mir ein bisschen unter die Arme greift.«

»Das wäre doch ein guter Plan gewesen, oder?« Lukas deutete auf die Kaffeekanne. »Darf ich?«

»Entschuldigen Sie, ich bin unaufmerksam.«

»Überhaupt nicht. Ich schenke uns mal nach.«

»Ja, das wäre schön gewesen«, beantwortete Gisela Krug Lukas' Frage. »Ich muss zugeben, dass es mir immer schwerer fällt. Das alles hier.« Ihr traten erneut Tränen in die Augen. »Aber ich will auf gar keinen Fall, dass Herbert hier ausziehen muss. Oder wir beide.«

»Das verstehe ich.« Lukas betrachtete die alten Leute. Bei ihnen gab es offenbar eine sehr starke innere Bindung. Das fand er beneidenswert. »Und Ihre Tochter Ariane unterstützt Sie ja auch, nicht?«

Gisela Krug schob mit dem Zeigefinger ein paar Kuchenkrümel auf der Tischdecke zusammen und schob sie in ihre Hand. »Die Ariane kommt immer mal her und hilft im Haushalt. Das Kind hat es ja auch nicht leicht.«

»Aber sie hat doch einen Mann und einen Sohn.« Etwas Besseres fiel Lukas nicht ein, um eine Erklärung für die letzte Bemerkung hervorzukitzeln.

»Für den Klaus ist es im Augenblick auch nicht einfach, wissen Sie. Klaus, das ist ihr Mann, der hat seine letzte Arbeitsstelle verloren, und da draußen in Lüneburg, wo sie wohnen, gab es wohl nichts für einen Ingenieur mit seiner Fachrichtung. Da hat er hier etwas in Hannover gefunden und muss jetzt jeden Tag pendeln. Und so gut ist die Stelle wohl nicht bezahlt, und am Haus müssen sie was machen lassen, obwohl das noch gar nicht abbezahlt ist.«

Lukas nickte. Ariane Wimmers Erklärung, dass ihr Mann nach Hannover versetzt worden sei, war offenbar eine beschönigende

Verdrehung der Tatsachen. In diesem Licht betrachtet, wäre es für sie die Lösung all ihrer Probleme, wenn sie in das Elternhaus einziehen und die Eltern im Heim unterbringen könnte. Und mit dem Tod ihrer Schwester fiel eine weitere lästige Erbin weg, die Ansprüche auf das Haus geltend machen konnte.

Es war spät geworden, und Lukas war um sechs mit seinem Freund Leonhard zum Schachspielen verabredet. »Frau Krug, ich muss jetzt mal wieder zurückfahren nach Hamburg. Ich danke Ihnen sehr für Ihre Zeit und Ihre offenen Worte.« Lukas stand auf und nahm seinen Teller und die Untertasse auf. »Ich bringe das schnell in die Küche.«

»Lassen Sie nur, Herr Kampmann.« Gisela Krug folgte ihm in die Küche. »Es hat mir wirklich gutgetan, mit Ihnen über Julia zu sprechen.« Sie blieb neben dem Kühlschrank stehen, senkte den Blick, und ihre Schultern begannen zu beben.

Lukas nahm sie einen Augenblick in den Arm und strich ihr über den Rücken. »Wenn Sie wollen, erkundige ich mich mal bei den Hannoveraner Kollegen nach dem Beamten, der sich um die Hinterbliebenen kümmert und vielleicht eine Trauerbegleitung organisieren kann.«

Die alte Frau schniefte und sah zu ihm auf. »Meinen Sie denn, dass wir so etwas brauchen?«

Lukas lächelte. »Sie können es ja mal ausprobieren. Vielleicht gibt es auch jemanden, der Demenzkranke in solchen Situationen besser versteht. Wissen Sie, ich kann Ihren Wunsch, Ihren Mann zu Hause zu versorgen, sehr gut verstehen, aber ich glaube, das ist einfach zu viel für einen Menschen. Es kann doch nicht schaden, jede Hilfe anzunehmen, die man kriegen kann. Außer dem Pflegedienst, meine ich.«

Ariane Wimmer würde ihn für diesen Rat vermutlich am liebsten tot sehen, rückte ihr Plan, das alles hier zu übernehmen, damit doch in weite Ferne. Aber wenn er Gisela Krug so betrachtete, war sie wirklich nicht der Typ, der in ein Pflegeheim gehörte. Noch nicht einmal ins betreute Wohnen.

Als er im Wagen saß, schob er die Roland-Kaiser-CD in den CD-Schlitz. Seit er an einem verregneten Abend eine der letzten Konzertkarten erstanden hatte, war er ein glühender Verehrer. Wer sagte denn, dass Männer nicht auch Geheimnisse haben durften?

Kapitel 5

Am Sonntagmorgen wachte Lukas früh auf. Wenn er nicht wie üblich aus dem Bett springen musste, befasste er sich gern mit dem Status quo. Meist mit der Frage, ob er mit seiner derzeitigen Lebenssituation zufrieden war. Während er an die Decke starrte, grübelte er, ob er sich das Alleinsein vielleicht nur immer wieder schönredete. Nachdem er die Frage einige Male hin und her gewälzt hatte, kam er allerdings zu dem Schluss, dass er glücklich war – was ja nicht bedeutete, dass er mit der richtigen Frau an seiner Seite nicht noch glücklicher wäre. Müßige Gedanken für einen Sonntag. Jedenfalls sah er weit und breit keine Frau in seiner Nähe.

Nach einer halben Stunde erhob er sich seufzend, setzte einen grünen Tee auf und machte einige Yogaübungen. Damit beendete er immerhin das Gedankenkarussell in seinem Kopf.

Am späten Vormittag setzte er sich auf sein Rad und fuhr zum Haus der Toten. Er entfernte das Siegel von der Haustür und schloss auf. Es war ein warmer sonniger Tag, und im Hausflur war es angenehm kühl. An der etwas altmodischen Garderobe hingen drei Damenjacken, eine davon in Lila. Die Küche war ebenfalls nicht modernisiert, ein Set aus Kaffeemaschine, Toaster und Wasserkocher in Knallrot bildete den einzigen Farbklecks im beigefarbenen Ambiente. Im Gästeklo wiesen nur eine Lavendelseife und ein Duftstäbchen aus Sandelholz darauf hin, dass hier eine Frau gelebt hatte.

Lukas durchschritt den Flur bis zum Wohnzimmer, dem Raum, den Julia Sagmeister offenbar neu gestrichen und eingeräumt hatte. Er setzte sich noch einmal auf das Sofa und versuchte zu erspüren, was hier geschehen war. Er hatte nicht das Gefühl, dass es einen Streit unter Eheleuten mit tödlichem Ausgang gegeben hatte. Abgesehen davon stellte sich immer noch die Frage des Motivs. Andererseits brauchte man nach zehn Jahren Ehe vielleicht auch nicht unbedingt ein Motiv. Vielleicht reichte schon ein falsches Wort.

Zwei seiner drei länger andauernden Beziehungen hatten damit geendet, dass ihm mit schriller Stimme Versagen vorgeworfen worden war, einmal hatte ein Stapel Essteller dran glauben müssen. Auch die Ehe der Sagmeisters war vermutlich nicht in Harmonie ausgeklungen.

Als er die Haustür hinter sich abschloss, tauchte hinter der Hecke des Nachbargrundstücks ein Männergesicht auf.

»Da drüben ist versiegelt«, erklärte der Mann.

Lukas lächelte. »Sie haben das überprüft?«

Der Mann wurde ein wenig unsicher. »Ja, sicher.« Er knipste einen kleinen Zweig von der Hecke ab. »Da drüben ist ein Mord geschehen, da ist man natürlich aufmerksam.«

Lukas ging über den Rasen zur Hecke und zeigte seinen Dienstausweis. »Sie haben schon Ihre Aussage gemacht, Herr …?«

»Hildebrandt. Alfons Hildebrandt.«

»Herr Hildebrandt, Sie haben meinen Kollegen gesagt, dass Frau Sagmeister eine eher unauffällige Erscheinung war?«

»Ja, wir haben uns eigentlich nur guten Tag und guten Weg gewünscht. Und wenn sie mal hier draußen im Garten war, haben wir ein paar unverbindliche Worte gewechselt.«

»Woran lag das?«

Hildebrandt inspizierte angelegentlich den Zustand seiner Thujahecke. »Sehr oft war sie ja nicht im Garten. Sieht man ja auch. Und dann hat es sich auch einfach nicht ergeben.«

»Und Ihre Frau, hat die vielleicht häufiger mit Frau Sagmeister gesprochen?«

»Nein.«

»Sie haben ausgesagt, dass Sie am Dienstagabend gegen einundzwanzig Uhr einen Mann gesehen haben, der zur Haustür von Julia Sagmeister ging.«

»Eigentlich ist es ja nicht ihre Haustür, also ihr Haus gewesen.« Hildebrandt deutete auf das Nachbarhaus. »Mit Johannes, also Johannes Krug, hatten wir ein gutes Nachbarschaftsverhältnis. Ich hab mit ihm abends oft ein Bierchen getrunken und ein wenig geplaudert.« Hildebrandt seufzte. »Es ist nicht schön, wenn das Leben so zu Ende geht.«

»Was ist mit ihm geschehen?«

»Ein Schlaganfall. Aus heiterem Himmel. Damit hat ja keiner gerechnet. Er selbst wohl am wenigsten. Und jetzt fristet er sein Dasein in einem Heim.« Der Mann schüttelte den Kopf. »Manchmal geht es schneller mit einem zu Ende, als man denkt.«

»Aber tot ist er ja noch nicht.«

»Aber in einem Heim, halbseitig gelähmt. Ich war neulich mit meiner Frau bei ihm. Da fragt man sich schon, warum der Herrgott ihn nicht gleich zu sich gerufen hat.«

»Um noch mal auf diesen Mann zurückzukommen, den Sie gesehen haben. Sie haben ihn nicht erkannt?«

»Man will ja niemanden verdächtigen.«

»Wen wollen Sie nicht verdächtigen, Herr Hildebrandt?«

Der Mann hob die eher schmalen Schultern. »Na ja, es wäre möglich, dass es der Mann war. Also, ihr Mann.«

Lukas kniff die Augen zusammen. »Und was bringt Sie zu dieser plötzlichen Erkenntnis? Meinen Kollegen gegenüber haben Sie gesagt, dass Sie einen Mann gesehen haben.«

»Weiß nicht. Er war nicht besonders groß und ein bisschen füllig. Kann auch jemand anders gewesen sein, aber jedenfalls hatte er eine ähnliche Statur.«

»Okay, Herr Hildebrandt. Können Sie mir noch sagen, in welchem Heim Herr Krug lebt?«

»Na sicher. Ist gar nicht weit von hier.«

Lukas verabschiedete sich und machte sich auf den Weg zu dem Pflegeheim, das knappe drei Kilometer entfernt lag. Es war diese Art Einrichtung, von der man wusste, dass es sie geben musste, und von der man zugleich hoffte, dass man niemals selbst darin verschwinden würde. Lukas schob das Fahrrad in den Fahrradständer. Er schloss es nicht ab, denn selbst wenn unter den Heimbewohnern ein Krimineller war, traute er über Achtzigjährigen keinen Fahrraddiebstahl zu.

Die beiden Flügel der Glastür schoben sich bei seinem Eintreten auseinander, und er fragte eine Pflegerin, die eben das Zimmer eines Bewohners verließ, wo er Herrn Krug finden würde.

»Der sitzt vermutlich auf der Terrasse.« Die Frau deutete den Gang hinunter. »Sie gehen hier lang und am Ende links.«

Die Terrasse war ein gepflasterter Bereich hinter dem Haus, an den eine Grünfläche anschloss. An drei Tischen saßen einige ältere Leute und tranken Kaffee oder spielten ein Spiel, auf einigen einzelnen Stühlen saßen weitere Bewohner und starrten Löcher in die warme Sonntagsluft.

Lukas fragte an einem der Tische nach Herrn Krug, und eine alte Dame deutete auf den letzten Stuhl ganz am Ende der Terrasse.

Er trat neben den alten Mann. »Herr Krug?«

Der Mann sah auf. Seine linke Gesichtshälfte hing ein wenig herunter, der Mund war schief, aber er lächelte. »Ja, bitte?«

»Herr Krug, ich bin Lukas Kampmann von der Kriminalpolizei. Kann ich Sie kurz sprechen?«

»Natürlich.« Er sah sich um. »Sie können sich von dort drüben einen Stuhl holen.«

An der Hauswand stand ein Stapel Gartenstühle, von dem

Lukas den obersten wegnahm und neben den des alten Mannes stellte.

»Sie sind wegen der armen Julia da«, stellte Johannes Krug fest.

»Ja. Sie wissen, dass sie tot ist?«

»Gisela hat mich angerufen. Meine Schwägerin. Ich glaube zwar nicht, dass ich Ihnen helfen kann, aber fragen Sie mich ruhig etwas.«

»Herr Krug, Julia hat in Ihrem Haus gewohnt. Wie ist es dazu gekommen?«

»Meine Nichte war mein Patenkind. Als sie sich von ihrem Mann getrennt hat, musste sie ja irgendwo unterkommen.«

»Und Ihr Haus stand zu diesem Zeitpunkt leer?«

»Wie? Nein.« Johannes Krug hatte Schwierigkeiten, sich Lukas zuzuwenden, weshalb Lukas seinen Stuhl ein wenig verrückte, sodass sie sich ansehen konnten. »Nein, ich wohnte zu dem Zeitpunkt in meinem Haus. Allein. Meine Martha ist vor einem guten Jahr gestorben. Aber zwei Tage später hatte ich meinen Schlaganfall und kam ins Krankenhaus. Als Julia mich dort besuchte und mir von der Trennung erzählte, und dass sie bei einer Freundin untergekommen war, habe ich ihr angeboten, in das Haus zu ziehen.«

Lukas richtete den Blick zu Boden. »Und, wie hat sie reagiert?«

»Oh, sie hat sich gefreut und dankend angenommen.«

»Herr Krug.« Lukas sah sein Gegenüber wieder an. »Hatten Sie denn nicht vor, wieder in Ihr Haus zurückzukehren?«

Johannes Krug sah an ihm vorbei in die Ferne. »Es war ja völlig unklar, was mit mir passieren würde.«

»Aber es war nicht ausgeschlossen, dass Sie wieder in Ihrem eigenen Haus hätten wohnen können?«

»Nun ja, aber es war wohl eher unwahrscheinlich.«

»Herr Krug, hat Julia Ihnen nicht vielleicht vorgeschlagen, dass Sie zusammen in dem Haus leben werden und dass sie Sie künftig pflegen würde?«

Ganz langsam wandte Johannes Krug den Kopf und sah Lukas traurig an. »Nein, das hat sie nicht vorgeschlagen.«

Lukas nickte. Bekam das Bild der aufopferungsvollen Julia Sagmeister allmählich Risse?

Als Theresa das Haus betrat, zog sie ihre Joggingschuhe aus und ging zum Kühlschrank, um sich eine Wasserflasche herauszunehmen. Allmählich hatte sie offenbar alle Gefühlsphasen der Trennung durchlaufen, denn daran, dass sie immer allein im Haus war, gewöhnte sie sich Tag für Tag mehr. Als es zwischen ihnen zu kriseln begann, hatte sie beim Nachhausekommen erst einmal gelauscht, ob sie vertraute Geräusche hörte. Jetzt wusste sie, dass alles still und dunkel war und niemand auf sie wartete. Und es tat nicht weh.

Als Nächstes stand die Scheidung an, und damit kannte sie sich aus. Jedenfalls besser als Tim.

Sie schlug die Kühlschranktür zu und ging duschen. Später setzte sie sich mit einer Tasse Tee und einer Schale Müsli an den Küchentisch und nahm sich das Gutachten vor, das Mark vom Bauamt erhalten hatte. Schon nach Lektüre der ersten beiden Seiten war sie mit Mark einer Meinung, dass das Gutachten nichts taugte. Es war oberflächlich, streckenweise ungenau, enthielt unrealistische Zahlen und war für eine Umsetzung wenig geeignet. Theresa trank einen Schluck Tee und nahm einen Rotstift zur Hand. Während sie sich durch den Text quälte, reifte in ihrem Innern ein eigenes Konzept für Aufbau und Inhalt, die Aufteilung der Bearbeitung auf Florian, Mark und sie nach ihren Fachgebieten. Als sie den Rest Müsli verputzt hatte, zog sie in ihr Arbeitszimmer um, stellte den Laptop an und entwarf eine grobe Skizze für ein eigenes Gutachten. Natürlich bedeutete das für die Kanzlei viel Arbeit, aber Hedwigs Idee, dass sie sich ein paar Studenten zu Hilfe holen sollten, war nicht schlecht. Sie würden ohnehin weitere Unterstützung in der Kanzlei brauchen, wenn Miranda länger fehlte und sie während der Gutachtenerstellung den normalen Kanzleibetrieb aufrechterhalten wollten. Andererseits war der Auftrag mit einem üppigen Honorar verbunden, und womöglich ergaben sich daraus weitere Aufträge der Stadt. Und vielleicht, dachte Theresa, wäre es für die nahe Zukunft gar nicht verkehrt, wenn sie sich tief in die Arbeit vergraben würde, denn mit ihrem Privatleben sah es derzeit eher schlecht aus.

Lukas schwang sich auf sein Fahrrad und trat eine Weile kräftig in die Pedale. Man sollte das Leben genießen, solange es ging. Jeden Augenblick konnte einen der Schlag treffen, und man fand sich im Pflegeheim wieder – mit Frühstück, Mittag, Abendessen und dazwischen Einsamkeit und Leere. Er musste irgendetwas unternehmen, um die trüben Gedanken zu verscheuchen. Er ließ sich ein wenig treiben, wählte Strecken, die zum Radfahren geeignet waren, und fand sich schließlich in Witts Park, einer beschaulichen Wohnstraße im eleganten Blankenese wieder. Da hatte ihm sein Unterbewusstsein wohl einen Streich gespielt. Oder er hatte sein Unterbewusstsein ausgetrickst. Schließlich hatte er ein gutes Gedächtnis, und die Anschrift von Heinrich Kramer war beim Lesen der Verkehrsunfallakte bei ihm hängen geblieben.

Kramer wohnte auf einem großzügigen Grundstück mit großen Rhododendren und hochgewachsenen Bäumen. Durch die hohen Bäume am Straßenrand schien die Sonne auf die Straße. Außer dem Wind in den Bäumen und Vogelgezwitscher war nichts zu hören. Lukas stieg vom Rad und sah über den Zaun aus weiß gestrichenen Eisenstreben mit Spitze hinweg in den Garten. Hinter einem Rosenstrauch entdeckte er einen groß gewachsenen Mann mit schütterem grauem Haar und einer Gartenschere in der Hand. Der Mann sah zu ihm herüber, und bevor er ihn für einen neugierigen Sonntagsspaziergänger halten würde, nahm Lukas seine Sonnenbrille ab und winkte. »Herr Kramer?«

Der Mann ließ die Gartenschere sinken und hielt einen Augenblick inne, bevor er einige Schritte in Lukas' Richtung machte. Auf seinem frisch gemähten Rasen blieb er stehen.

»Guten Tag, Herr Kramer. Mein Name ist Lukas Kampmann.« Er zog seinen Dienstausweis aus der Innentasche seiner Windjacke, auch wenn Kramer von dort, wo er stand, allenfalls die Konturen erkennen konnte. Aber vielleicht machte er ihn ja neugierig. »Polizei Hamburg.«

»Polizei.« Kramer kam langsam näher, und ihm war anzusehen, dass er über diesen Sonntagnachmittagsbesuch nicht sehr erfreut war.

»Es ist nichts passiert, Herr Kramer. Ich habe nur ein paar Fragen an Sie.«

Kramer lächelte ein unfrohes Lächeln. »Das sagen sie im Fernsehen auch immer, und am Ende des Films verhaften sie den, zu dem sie das gesagt haben.«

Lukas lächelte. »Ich denke, wenn ich mich verabschieden werde, bleiben Sie weiter auf freiem Fuß.«

Kramer deutete auf die Gartenpforte ein paar Meter weiter. »Kommen Sie mal rein.« Er verzichtete auf einen Blick auf den Dienstausweis und führte Lukas zur Terrasse hinter dem weiß gestrichenen Bungalow. Unter einer ausgefahrenen Markise standen ein runder Tisch und vier Stühle aus Teakholz, auf dem Tisch stand eine Wasserkaraffe, in der Zitronenscheiben schwammen, daneben ein halb volles Glas.

»Ich hole Ihnen noch ein Glas. Augenblick.« Kramer verschwand im Innern des Hauses und kehrte nach wenigen Minuten zurück. »Setzen Sie sich.«

Lukas setzte sich an die rechte Seite des Tisches, Kramer ihm gegenüber, beide mit Blick in den Garten. Sofort spürte er eine intensive Ruhe. Er sah sich selbst auf der Rasenfläche im Morgengrauen Yogaübungen machen, das Gras noch feucht vom Morgentau. Herrlich. Lukas nahm sich zusammen. »Entschuldigung, ich war in Gedanken.«

»Vielleicht kein Wunder.« Kramer schenkte ihm Zitronenwasser ein. »Wenn Sie am Sonntagnachmittag arbeiten.«

»Das macht mir eigentlich nichts.« In seinem Glas klirrten Eiswürfel. »Sie haben sich ein richtiges Paradies geschaffen.«

»Gärtnern ist mein Hobby.« Kramer sah ihn über den Tisch hinweg an. »Herr Kampmann, weshalb sind Sie hier?«

»Ich bin wegen des Verkehrsunfalls da.« Lukas machte eine abwehrende Handbewegung. »Keine Sorge, es geht dabei nicht um Ihre Beteiligung. Ich habe nur eine Frage zu den Umständen.«

»Zu den Umständen?« Heinrich Kramer seufzte. »Ich denke jeden Tag an diesen Unfall, junger Mann. Ich mache mir jeden Tag Vorwürfe deshalb.«

»Wie gesagt, Herr Kramer, wir müssen nicht über den Unfall sprechen.« Lukas sah ihn an. »Wenn Sie allerdings darüber sprechen möchten, dann können wir das gern tun.«

»Es gibt nicht viel zu sprechen. Mein Wagen hat eine sehr hohe Beschleunigung. Wenn ich nicht mit so einem hohen Tempo angefahren wäre, würde der junge Mann vielleicht noch leben. Auch wenn er die Hauptschuld an dem Unfall trug, hätte ich vielleicht seinen Tod verhindern können. Verstehen Sie?«

Lukas nickte. Er verstand. Der schönste Garten, das Paradies konnten die Unruhe im Innern eines Menschen nicht verdrängen. Womöglich war es besser, in einer Zweizimmerwohnung zu leben im inneren Einklang mit sich selbst als in einer protzigen Villa.

»Ich habe immer wieder dieses Bild vor Augen, wie der kleine Smart auf die Kreuzung gerast kam. Im ersten Augenblick habe ich gedacht, ich hab mich verguckt und meine Ampel habe doch noch nicht Grün gezeigt. Einfach, weil dieses kleine Auto mit solcher Selbstsicherheit auf die Kreuzung schoss. Aber die Zeugen haben später alle übereinstimmend ausgesagt, dass ich bei Grün angefahren bin.«

»Steht denn überhaupt fest, dass das Unfallgeschehen glimpflicher verlaufen wäre, wenn Sie langsamer angefahren wären?«

Kramer hob die Schultern. »Weiß nicht. Ich habe eine Weile mit dem Gedanken gespielt, den Gutachter mit der Klärung dieser Frage zu beauftragen. Nur für mich, einfach um mein Gewissen zu beruhigen.« Er schwieg einen Augenblick. »Aber wissen Sie, was wäre denn gewesen, wenn er mir etwas anderes bestätigt hätte? Dann wäre der junge Mann immer noch tot und mein Gewissen nicht beruhigt. So kann ich mir wenigstens einreden, dass ich es nicht verhindern konnte.« Der Mann beugte sich vor und stützte die Ellenbogen auf den Oberschenkeln ab. »Es ist einfach eine Kette von hätte und wäre. Aber Tatsache ist, dass geschehen ist, was geschehen ist, und daran lässt sich auch nichts ändern.«

»Herr Kramer, sagt Ihnen der Name Julia Sagmeister etwas?«

Der Mann schob die Unterlippe vor. Dann schüttelte er den Kopf. »Nein. War das eine Zeugin?«

»Keine, die aktenkundig geworden wäre. Sie hat sich möglicherweise für den Unfall interessiert.«

»Tatsächlich? Warum?«

»Das weiß ich nicht. Es handelt sich auch nur um eine Vermutung. Es fehlt noch an einer Verbindung.«

»Und was ist mit dieser Frau Sagmeister? Was sagt sie denn, was sie mit dem Unfall zu tun hat?«

»Nichts. Frau Sagmeister ist ein Mordopfer.«

»Ach nein. Was ist passiert? Ist sie auch Opfer eines Verkehrsunfalls geworden?« Kramer hob die Hand. »Ich weiß schon. Sie stellen die Fragen, ich soll nur antworten.«

»Nein, sie wurde erschlagen. Haben Sie mit Unfallzeugen gesprochen?«

»Nein. Vielleicht ist das für mich auch eine Ursache des Problems. Dass es keine Verhandlung gab, wissen Sie? Das Verfahren wurde eingestellt, nachdem der Sachverständige festgestellt hat, dass der Unfallverursacher tot ist. Also nicht, dass er tot ist, sondern dass der Tote den Unfall verursacht hat. In rechtlicher Hinsicht war die ganze Sache für mich nicht viel mehr als eine

Bußgeldangelegenheit wegen Geschwindigkeitsübertretung. Also, das war es ja auch der Sache nach, aber eben mit weitaus größeren Folgen als für den Durchschnittsbürger. Und das macht mir zu schaffen.«

»Das verstehe ich.« Lukas erhob sich. »Tut mir leid, wenn ich Ihnen den Sonntagnachmittag versaut habe. Aber Sie haben mir geholfen.«

Kramer stand ebenfalls auf. »Können Sie mir vielleicht sagen, in welcher Weise diese Frau Sagmeister sich für den Unfall interessiert hat?«

»Sie wissen vermutlich, dass die Zeitungen damals über den Unfall berichtet haben. Und eine Ausgabe der Hamburger Zeitung lag direkt neben dem Mordopfer.«

Der alte Mann sah ihn irritiert an. »Aha«, sagte er schließlich.

»Es ist durchaus möglich, dass sie etwas anderes in der Zeitung gelesen hat«, erklärte Lukas. Tatsächlich war er davon überzeugt, dass Julia Sagmeister an dem Unfall interessiert gewesen war, wenn sie die Zeitung nicht doch zum Unterlegen hatte nutzen wollen. Und das glaubte er nicht, weil sie glatt gestrichen, fleckenlos und wie ungelesen aussah. Er kehrte zu seinem Fahrrad zurück und machte sich auf den Weg hinunter zur Elbe, stellte sich an einem Eiswagen an und setzte sich mit einer Waffel mit zwei Kugeln Stracciatella auf einen Mauerrest.

Kapitel 6

Hedwig drückte die Türklinke hinunter. Es geschah nichts. Vor allem ließ sich die Tür nicht aufstoßen, auch nicht, als sie daran rüttelte. Stattdessen ging plötzlich ein infernalischer Lärm los und die rote Lampe oberhalb der Tür begann zu blinken. Erschrocken fuhr sie zusammen und ließ die Klinke los, aber der Krach hörte einfach nicht auf.

»Oh Gott«, stöhnte Hedwig. Hinter ihr ging die Fahrstuhltür auf. Sie hob die Hände und drehte sich ganz langsam um.

»Hedwig!«

Erleichtert sah sie, dass Theresa aus dem Fahrstuhl stieg. Ihre Nichte kam erst auf sie zu, wandte sich dann aber nach rechts und drückte einige Knöpfe auf einem Tastenfeld.

Und schon herrschte eine herrliche Ruhe.

»Hedwig, nimm die Hände runter.«

Hedwig sah nach oben. Tatsächlich stand sie immer noch mit erhobenen Händen da. Langsam senkte sie die Arme. »Ich dachte, du wärst die Polizei.«

Theresa nahm sie kurz in den Arm. »Die Polizei wird zwar direkt alarmiert, wenn hier ein Unbefugter eindringt, aber durch die Eingabe des Codes wird die Anlage entschärft und eine Fehlermeldung an die Polizei gesendet.« Theresa stieß die Tür auf. »Komm rein. Ich mach uns erst mal einen Kaffee.«

Theresa schob die Glastür zur Kanzlei auf und legte ihre Tasche auf dem Tresen ab.

Hedwig holte sie ein. »Kommt ja gar nicht infrage. Dazu bin ich jetzt da.« Hedwig stellte ihre Handtasche ebenfalls auf den Tresen, zog ihre Kostümjacke aus und hängte sie über die Rückenlehne des Drehstuhls. Dann eilte sie in die Teeküche. Das riesige Trumm einer Kaffeemaschine ragte vor ihr auf. Wie war das noch? Als der junge Anwalt ihr die Bedienung am Freitag gezeigt hatte, war ihr alles so einfach erschienen. Erst den Wassertank rausnehmen, aber das Ding klemmte fest. Dann die Kaffeebohnen irgendwo reinschütten, aber wo bloß? Und dann auf einen dieser Knöpfe drücken, eine Tasse drunterstellen, nein, andersrum.

Hedwig seufzte. Das wurde nichts. Sie kehrte in den Empfangsraum zurück, nahm ihre Handtasche und rief Theresa zu, dass sie gleich wieder da wäre. Sie fuhr mit dem Fahrstuhl nach unten und eilte um drei Häuserecken. Zum Glück gab es dieses kleine Haushaltswarengeschäft noch, das sie von früher kannte.

Eine Viertelstunde später machte sie sich mit ihren Einkäufen in der Teeküche zu schaffen, und weitere zehn Minuten später brachte sie Theresa eine Tasse Kaffee.

»Hat einen Augenblick länger gedauert«, entschuldigte sich Hedwig. »Morgen früh gehts schneller.«

»Danke. Und Eile haben wir ja auch nicht.«

»Kann ich sonst noch etwas für dich tun?«

»Nein danke, Hedwig. Miranda wird gleich kommen und kann dir ein bisschen was zeigen. Ach so, und könntest du mit ihr besprechen, dass sie sich auf einem Internetportal nach studentischen Hilfskräften umsieht? Deine Idee war super.« Theresa lächelte ihr zu.

»Natürlich, Liebes.«

Hedwig schloss die Tür zu Theresas Büroraum. Als sie an den Empfangstresen zurückkehrte, wurde die Bürotür geöffnet, und der junge Herr Winkler trat ein.

»Herr Winkler, guten Morgen.«

Florian Winkler, den Blick auf sein Smartphone gerichtet, sah kurz auf. »Ah, Frau, äh, Hedwig. Könnten Sie mir einen Espresso bringen?«

»Hm. Die Maschine funktioniert heute Morgen nicht so richtig. Ich bringe Ihnen einen Kaffee.«

Florian Winkler blieb stehen und sah sie an. »Kaffee?« Es klang, als hörte er das Wort zum ersten Mal.

»Kaffee«, wiederholte Hedwig.

»Auch recht.«

Er verschwand, und Hedwig ging in die Küche. Aus der blauen Porzellankanne schenkte sie eine Tasse ein. Den benutzten Kaffeefilter warf sie in den Müll und spülte den Filteraufsatz aus Porzellan ab. Herr Winkler sah nicht einmal auf, als sie ihm den Kaffee hinstellte. Im Augenblick war seine Aufmerksamkeit vom Bildschirm seines tragbaren Computers gefesselt.

Um die Benutzung des Computers an ihrem Arbeitsplatz kam sie wohl kaum herum. Sie konnte ja schlecht losgehen und eine

Schreibmaschine besorgen. Hedwig ging auf die Knie und suchte an dem Apparat unter dem Tisch nach etwas, was wie ein Einschaltknopf aussah. Es gab drei Knöpfe, und bei dem ganz links reagierte das Gerät und begann zu summen. Hedwig kletterte auf den Stuhl und sah mit Interesse zu, wie der Bildschirm zum Leben erwachte und nacheinander bunte Bilder zeigte. Schließlich beruhigte sich das Geschehen, und ein weißer Balken erschien.

Besorgt spielte Hedwig mit der Perlenkette um ihren Hals. Hoffentlich hatte sie jetzt nichts kaputt gemacht.

»Hi.« In der Kanzleitür erschien die junge Mitarbeiterin Miranda.

»Guten Morgen, Miranda. Gut, dass Sie kommen.« Hedwig winkte sie heran. »Ich hoffe stark, dass ich hier nicht alles verbockt habe.«

Miranda stellte sich neben sie. »Was denn verbockt? Er fragt Sie nach dem Passwort.«

»Passwort?«

Miranda verschwand in einem angrenzenden Raum und kehrte mit einem Drehstuhl zurück. »TSFWMH2020.«

»Was?«

Miranda wiederholte das Passwort. »Alles groß geschrieben.«

Hedwig zog die Tastatur heran und gab die Buchstaben und Ziffern ein. Der weiße Balken verschwand, und auf dem Bildschirm erschien eine Aufnahme von Theresa und ihren beiden Kollegen.

»Klasse, Sie haben Talent, Frau Fröhlich.« Miranda sah Hedwig an.

»Oh Liebes, übertreiben Sie nicht. Ich habe gerade mal dieses Ungetüm eingeschaltet.« Hedwig beugte sich zu Miranda hinüber. »An der Kaffeemaschine bin ich gescheitert.«

Miranda grinste. »Die kriegen wir auch noch in den Griff. Also, dann wollen wir Ihnen mal das Schätzchen erklären, Frau Fröhlich.«

»Nennen Sie mich bitte Hedwig. Ich komme mir dann nicht ganz so alt vor. Höchstens siebzig.«

»Geht klar, Hedwig. Also, passen Sie auf.«

»Augenblick.« Hedwig zog den Stenoblock aus ihrer Handtasche und nahm einen Bleistift zur Hand. »Ganz langsam zum Mitschreiben.«

Eine Stunde später schwirrte Hedwig der Kopf. Ständig benutzte Miranda Begriffe, die Hedwig zum ersten Mal im Leben hörte und unter denen sie sich nichts vorstellen konnte. Aber die junge Frau erklärte ihr alles geduldig. Gerade als Hedwig noch eine Frage stellen wollte, läutete wieder mal das Telefon.

Miranda deutete auf das Display. »Gehen Sie mal ran. Das ist Florian, also ein interner Anruf. Das sehen Sie hier.« Aufmunternd sah Miranda sie an.

Hedwig räusperte sich und griff nach dem Hörer. »Ja, Herr Florian?«

»Also dieser Kaffee ist superlecker. Können Sie mir noch eine Tasse bringen?«

»Natürlich. Ich mach gleich frischen.« Hedwig legte auf und klatschte in die Hände. »Ich koch mal eben Kaffee.«

Gerade hatte Miranda ihr noch etwas über dieses Internetdingens für studentische Hilfskräfte erklärt, aber nachdem Hedwig dem jungen Herrn Winkler den Kaffee gebracht hatte, sah Miranda ziemlich grün im Gesicht aus. Hedwig schickte sie nach Hause mit der Versicherung, dass sie alles im Griff habe.

Nachdem die Glastür hinter Miranda zugefallen war, erschienen Hedwig der Computer und die Telefonanlage wieder so angsteinflößend wie vor der Einweisung durch die junge Frau. Du musst dich zusammenreißen, ermahnte sie sich. Als das Telefon läutete, fuhr sie erschrocken zusammen. Sie beugte sich vor. Auf dem Display war eine Telefonnummer zu erkennen. Das bedeutete vermutlich, dass jemand von außerhalb anrief. Als sie damals ans Telefon gegangen war, als Theresa aus dem

Gerichtssaal anrief, hatte sie einfach nur Hallo gesagt. Das war wenig professionell gewesen. Das konnte sie besser.

»Kanzlei Winkler, Harms und Sommer, Hedwig Fröhlich am Apparat, was kann ich für Sie tun?« Das war vielleicht ein bisschen zu schnell gewesen, aber immerhin hatte sie sich nicht verhaspelt. Aufgeregt zwirbelte Hedwig die Telefonschnur um den Zeigefinger.

»Ah, Frau Fröhlich, Mustafa Yildirim hier.«

»Herr Yildirim«, rief Hedwig überrascht.

»Ich hab es bei Ihnen zu Hause probiert, und als ich Sie nicht erreicht habe, dachte ich, ich versuche es mal in dieser Kanzlei, wo Sie sich wohl neuerdings rumtreiben.«

»Ist was passiert?«, fragte Hedwig alarmiert.

»Das wollte ich Sie fragen. Sie haben am Freitag so eine Bemerkung gemacht, über die ich das ganze Wochenende nachdenken musste.«

»So, was hab ich denn gesagt?«

»Sie haben angedeutet, dass Sie sich auf die Suche nach dem Mörder machen wollen.«

»Tatsächlich?« Hedwig entspannte sich ein wenig. Das war ja nett, dass sich der junge Mann nach ihrem Befinden erkundigte. »Na ja, auf die Suche nach dem Mörder ist vielleicht zu viel gesagt. Ich interessiere mich dafür, so kann man wohl sagen.«

»Aha.«

Eine Weile war nur ein Rauschen in der Leitung zu hören.

»Also, wir hatten ja eigentlich den Ehemann als Täter ausgeschlossen, aber nur weil die Frau von hinten erschlagen wurde und nichts umgestoßen war, reicht das wohl nicht, um den Ehemann ganz ausschließen zu können. Als Täter, meine ich.«

Hedwig war für einen Moment sprachlos. »Sie meinen, man müsste da noch ein bisschen mehr herausfinden, wie?«

»Nur im Bereich des Legalen und vielleicht einfach den Ehemann ein bisschen unter die Lupe nehmen. Was wissen wir denn über den? In der Zeitung steht, dass der Ehemann des Mordopfers Julia S. der Bauunternehmer Michael S. ist. Ich hab mal im Internet gesucht. Der Mann ist doch sicher Michael Sagmeister, oder? Seine Baufirma, diese MSB Michael Sagmeister GmbH, hat bisher Mehrfamilienhäuser oder Sporthallen gebaut. Auf seiner Webseite kündigt er an, dass er sich jetzt auch an größere Projekte heranwagen will. Die Beurteilungen seiner Kunden sind allerdings sehr unterschiedlich. Es gibt einige, die sich beschweren, weil er nicht rechtzeitig fertig wurde oder es andere Probleme bei den Bauvorhaben gab.«

»Sie haben ja schon richtig ermittelt.«

»Ach was, nur mal ein bisschen im Internet gestöbert.«

Erstaunlich, was es in diesem Internet alles zu finden gab. Es half wohl nichts; Hedwig würde sich damit auch noch befassen müssen.

»Das sind natürlich nur die offiziellen Fakten, das, was für jedermann zugänglich ist. Man müsste noch ein bisschen mehr über die Hintergründe rauskriegen«, fuhr Yildirim fort. »Also, wie seine Firma tatsächlich dasteht, ob die Ehefrau einen Liebhaber hatte und der Ehemann eifersüchtig war. Vielleicht wollte er sich gar nicht scheiden lassen. Ich mein, vielleicht hat er sie an dem Abend vor der Scheidung aufgesucht, um sie umzustimmen. Und sie hat ihm ins Gesicht gelacht und sich umgedreht, und da hat er sie erschlagen.«

»Da haben Sie wohl recht, aber das ist eine ganze Menge, was wir da rauskriegen müssen. Wir sollten einen Plan machen.«

»Also, ich hab in zwei Stunden Feierabend. Wenn Sie Lust haben, hol ich Sie ab, und wir überlegen uns, wie wir am besten was rausfinden.«

»Herr Yildirim, das geht in Ordnung.« Hedwig sah auf, weil die Kanzleitür geöffnet wurde und ein junger Mann eintrat. »Jetzt muss ich hier weiterarbeiten«, sagte sie in den Hörer. »Bis später.« Sie legte auf. »Guten Tag, was kann ich für Sie tun?«

»Hi, ich bin der Tobi. Sie suchen eine studentische Hilfskraft?«

Natürlich läutete in diesem Augenblick erneut das Telefon. Immerhin kam Hedwig mit dem Telefon bereits besser zurecht, und sie erkannte, dass Theresa anrief. »Einen Augenblick, ich bin gleich für Sie da.«

Hedwig nahm den Hörer ab. »Theresa?«

»Ich wollte dir nur Bescheid sagen, dass wir drei uns jetzt im Besprechungsraum zusammensetzen. Wenn du willst, kannst du das Telefon umstellen und gehen.«

»Ich werde in zwei Stunden abgeholt. So lange bleibe ich hier vorn. Bei mir ist übrigens ein junger Mann namens Tobi. Miranda und ich haben praktisch gerade erst in diesem wunderbaren Internetz publik gemacht, dass wir einen Studenten suchen, und schon steht er in der Tür.«

»Dann schick ihn gleich mal zu uns. Wir können ja mal gucken, ob er zu uns passt.«

»Mach ich, Liebes.« Hedwig legte erneut auf und sah den jungen Mann an. »Tobi? Und wie weiter?«

»Tobias Krieger.« Er fummelte aus der Gesäßtasche seiner Jeans, deren Hosenboden etwas tief hing, einen zerknitterten weißen Zettel hervor und gab ihn ihr. »Meine Immatrikulationsbescheinigung.«

Hedwig brachte ihn zum Besprechungsraum, servierte der Runde Getränke und nahm dann wieder am Empfangstresen Platz.

Kai sah nicht so aus, als sei das Wochenende mit Simone besonders schön gewesen. Vielleicht wäre es doch besser für ihn gewesen zu arbeiten. Da Lukas wusste, dass Kai es nicht mochte, auf seine privaten Probleme angesprochen zu werden, tat er es auch nicht. »Guten Morgen, Kai.«

»Moin.« Kai warf seine Jacke auf den Heizkörper und ließ sich auf seinen Stuhl fallen. »Was machen wir?«

»Ich erzähl dir erst mal, was ich alles Neues erfahren habe.« Lukas schlug sein Notizbuch auf und berichtete von seinen Besuchen bei Julia Sagmeisters Eltern und bei ihrem Onkel.

»Eifersucht zwischen den Schwestern?«, fragte Kai.

»Ja, und das bei einem brüchigen Alibi von Ariane Wimmer.«

»Erbt die Schwester etwas?«

Natürlich hatte Lukas im Netz gesurft, um das herauszufinden, und er war sich ziemlich sicher, dass Ariane nichts erbte. Aber auf alle Fälle würde er sich vorsorglich noch einmal bei einer ihm bekannten Rechtsanwältin rückversichern. »Ich glaube nicht, aber es kann trotzdem sein, dass die Schwestern sich über den Umgang mit den Eltern in die Haare geraten sind.«

»Und wie passt dann das durchwühlte Schlafzimmer ins Bild?«, fragte Kai.

»Gar nicht.«

»Und was ist mit Onkel Johannes?«

»Johannes Krug hat vielleicht ein ganz kleines bisschen damit geliebäugelt, in seinem Haus bleiben zu können, wenn seine Nichte Julia ihn unterstützt. Andererseits wäre das vielleicht auch ein bisschen viel verlangt gewesen.«

Kai lehnte sich zurück und verschränkte die Arme vor der Brust. »Aber mietfrei in seinem Haus zu wohnen war nicht zu viel verlangt?«

»Darüber bin ich auch gestolpert, aber was soll das mit dem Mord zu tun haben? Johannes Krug sitzt im Rollstuhl und lebt im Heim. Er hat sie bestimmt nicht erschlagen.«

»Aber sie hat in seinem Haus gelebt. Vielleicht hat der Täter im Schlafzimmer etwas gesucht, das Johannes Krug gehört.« Kai löste die Arme und bearbeitete seine Tastatur. »Wollen wir doch mal sehen, was die Welt von Johannes Krug weiß.«

»Das kann warten. Wir müssen uns den Ehemann noch einmal vornehmen.«

Kai sah auf. »Wieso das denn plötzlich?«

»Weil sein Nachbar Alfons Hildebrandt neuerdings meint, Michael Sagmeister doch erkannt zu haben, als er am Dienstagabend gegen neun bei Julia Sagmeister geklingelt hat.«

»Aha?« Kai rief etwas in seinem PC auf. »Die Nachbarn konnten den Mann doch nicht mal beschreiben. Und jetzt soll es plötzlich der Ehemann gewesen sein?«

»Merkwürdig, nicht?« Lukas sah aus dem Fenster. »Ich will den Täterkreis nicht unnötig erweitern, sonst würde ich sagen, dass Alfons Hildebrandt den Verdacht absichtlich auf den Ehemann lenkt. Aber dann hätte er es gleich tun und sagen können, er habe Michael Sagmeister um kurz nach neun mit einer Eisenstange in Julia Sagmeisters Haus marschieren sehen.«

»Und deshalb glauben wir Hildebrandt und befragen Sagmeister noch mal?«

»Richtig. Immerhin hätte er jedenfalls theoretisch mehrere Gründe, seine Noch-Ehefrau umzubringen. Hast du sein Alibi schon überprüft?«

»Mit seinen Saunakumpels habe ich noch nicht gesprochen. Der Saunabetreiber hat bestätigt, dass die Männer die Sauna um einundzwanzig Uhr verlassen haben. Da schließt sie nämlich. Die Sauna liegt in einem Fitnesscenter, das um zweiundzwanzig Uhr zumacht. Was die Männer nach Verlassen der Sauna gemacht haben, konnte ich noch nicht überprüfen. Gewöhnlich hängen die Kumpels noch am Tresen des Fitnesscenters herum.«

»Der Flüssigkeitshaushalt muss ja auch wieder ins Gleichgewicht gebracht werden. Bier enthält sicher einige lebenswichtige Mineralien.«

Kai grinste.

»Haben wir die Namen und Adressen der Männer, mit denen Sagmeister saunt?«

»Haben wir.«

»Dann machen wir uns auf den Weg.«

Lukas ließ sich gern von Kai fahren. Sein Fahrstil war annehmbar, und er selbst konnte währenddessen aus dem Fenster sehen und seine Gedanken schweifen lassen. Autofahren war in der heutigen Zeit furchtbar anstrengend.

»Die Spurensicherung hat mir übrigens den abschließenden Bericht gemailt. Sagmeister hat jedenfalls nicht zusammen mit seiner Ehefrau zu Abend gegessen. Und auch kein anderer. Im Geschirrspüler befand sich nur ein Gedeck mit Spuren des Abendessens.«

»Es sei denn, der Mörder hat sein Gedeck abgewaschen und in den Schrank gestellt.« Lukas hielt den Blick immer noch aus dem Beifahrerfenster gerichtet und spürte nur, dass Kai ihn ansah.

»Oder so«, sagte Kai resigniert. »Aber da das Geschirr bereits in den Geschirrspüler eingeräumt und die Küche aufgeräumt war, hat Julia Sagmeister vermutlich allein gegessen und war bereits mit dem Abendessen durch, als ihr ungebetener Gast kam.«

»Es sei denn, der Täter hat auch die Küche aufgeräumt, aber derart putzwütige Mörder sind mir bisher noch nicht untergekommen. Sind wir der Sache mit dem durchwühlten Schlafzimmer schon auf den Grund gegangen?«

»Vielleicht hat Julia Sagmeister selbst etwas gesucht? Vielleicht kam der Besucher nicht unangemeldet. Er wollte etwas haben, das Julia Sagmeister hatte, hat sich angekündigt, und sie hat wie verrückt nach etwas gesucht.«

»Und warum hat sie nur das Schlafzimmer auf den Kopf gestellt?«

»Weil sie selbst am besten wusste, dass sie das, was sie suchte, nur dort versteckt haben konnte und nirgendwo anders.«

»Ich weiß nicht. Selbst wenn sie in Eile nach etwas suchte, hätte sie in ihrem eigenen Haus nicht so eine Verwüstung angestellt. Man weiß vielleicht nicht mehr, ob man etwas in der Schublade mit der Unterwäsche oder in der mit den Socken versteckt hat, aber die Schubladen verwechselt man nicht mit dem Kleiderschrank.«

»Also doch etwas, was Johannes Krug versteckt hat.«

»Hast du irgendetwas im Haus gesehen, das dem alten Mann gehört?« Lukas sah zu Kai hinüber. »Sie hat doch jeden Hinweis auf ihren Onkel aus dem Haus verbannt. Tatsächlich wirkt doch das Haus so, als wäre dort kein Platz mehr für den alten Mann.«

»Aber doch auch nicht für sie. Dieses Haus ist doch völlig seelenlos.«

»Das stimmt.« Lukas war überrascht über diese feinsinnige Feststellung. Vielleicht schätzte er Kai doch falsch ein.

Kai hielt den Wagen an und stellte den Motor ab. Lukas sah aus dem Fenster. »Wo sind wir hier?«

»Bei der Firma Jauer Sanitärtechnik. Edwin Jauer ist einer von Sagmeisters Saunakumpels.«

»Aha.« Lukas betätigte den Türöffner. »Dann wollen wir mal hören, was er zu sagen hat.«

Sie verbrachten den Vormittag damit, mit den sogenannten Saunakumpels von Michael Sagmeister zu sprechen. Neben Edwin Jauer waren das Horst Menges Dachrinnenreinigung und der Parkettleger Peter Holz. Die Männer gaben sich alle Mühe, sich nur noch undeutlich an den Dienstagabend erinnern zu können und das auf zu viel Bier zu schieben. Aber Kai hatte sich sehr genau informiert, und keiner der Männer hatte mehr als zwei Weißbier getrunken. Zu wenig, um sich auf Trunkenheit zu berufen, und nach einer Weile gaben alle drei zu, dass Michael Sagmeister an jenem Dienstagabend gleich nach der Sauna gegangen war.

»Bin gespannt, wie Herr Sagmeister sein geplatztes Alibi erklären will.« Kai wirkte enorm unternehmungslustig, als er aus dem Wagen stieg und den Gürtel enger schnallte.

Lukas sah an der Fassade des Gebäudes empor, in dem die MSB Michael Sagmeister GmbH untergebracht war. Das Firmengebäude wirkte eindrucksvoll mit der verspiegelten Glasfassade und der riesigen Leuchtschrift auf dem Dach. So eine imposante Firma hatte Lukas dem dicklichen Mann gar nicht zugetraut. Und man sah dem Laden auch nicht an, dass er angeblich seit Längerem an der Pleite entlangschrammte.

»Hast du eigentlich noch mal mit dem Finanzamt gesprochen? Ich meine wegen der finanziellen Lage der Firma?«

»Hab ich. Eine Prüfung ist nicht angedacht.«

Lukas dachte an das, was Theresa Sommer über das Baugewerbe gesagt hatte. Dass es dort ziemlich korrupt zuging. Vielleicht hatte Michael Sagmeister doch Dreck am Stecken. Immerhin hatte Julia Sagmeister die Verderbtheit des Baugewerbes schon kurze Zeit nach ihrer Eheschließung gegenüber ihren Eltern beklagt. Aber wie passte das dann alles zusammen?

»Wollen wir reingehen oder gucken wir uns noch die Gegend an?« Kai deutete auf die gläserne Eingangstür.

»Komme.« Lukas folgte Kai in das Innere des Gebäudes.

Er hatte eine imposante Eingangshalle und eine adrette Empfangsdame erwartet. Stattdessen stießen sie auf einen Stapel Kartons und einen schlecht gelaunten Michael Sagmeister. Mit einem Ellenbogen auf dem obersten Karton abgestützt, telefonierte er mit seinem Handy, mit der anderen Hand versuchte er, sein blaues Hemd in den Bund seiner grauen Anzughose zu stopfen. »Leute, das muss endlich mal weitergehen! Wenn wir nicht bald in die Puschen kommen, wirds nichts mit dem Auftrag. Und den brauch ich.«

Lukas zwinkerte Kai zu. Da hatten sie doch schon die Antwort auf ihre drängendste Frage und konnten gleich wieder gehen.

Den Hemdzipfel hatte Sagmeister inzwischen verstaut, hinten hing das Hemd immer noch aus der Hose. »Und wir brauchen hier auch eine gewisse Vorlaufzeit. Ich muss dann Leute suchen, aber das mach ich natürlich nicht, wenn ich die gar nicht brauche. Die Lohnkosten fressen einen ja auf. Und ich hab im Augenblick genug Är…« Sagmeisters Blick fiel auf Lukas. »Und ich muss jetzt auch mal Schluss machen.«

Sagmeister steckte das Handy in die Hemdtasche und stopfte das Hemd auch hinten in die Hose. »Passt mir grad ganz schlecht.«

Lukas lächelte höflich. »Das hören wir häufiger. Nützt aber nichts. Gibts hier vielleicht ein ungestörtes Plätzchen?«

Michael Sagmeister kniff die Augen zusammen, atmete einmal aus und deutete auf eine offen stehende Tür zu seiner Rechten. »Kurz.«

Eine junge Frau lief durch die Eingangshalle. Sagmeister hielt sie an. »Hier, Meike, sorg mal dafür, dass dieser Plunder hier wegkommt.«

Die junge Frau, die mit einem Ordner zielstrebig einen Raum auf der gegenüberliegenden Seite angesteuert hatte, blieb abrupt stehen und warf Sagmeister einen Blick zu, der ihre schlechte Laune verriet. Lukas und Kai folgten Sagmeister in dessen Büro, wo der Chef sich schwer in seinen Ledersessel fallen ließ.

»Mal im Ernst. Ich hab in einer halben Stunde einen Termin.«

»Herr Sagmeister, Sie waren am Dienstag in der Sauna.«

»Das habe ich Ihnen bereits gesagt.« Sagmeister richtete sich etwas auf. Wenn er nicht allzu dumm war, musste ihm klar sein, was jetzt kam. Lukas hatte den Eindruck, dass die pochende Halsschlagader anzeigte, dass Sagmeister diese Erkenntnis ebenfalls gekommen war.

»Ja, und dass Sie anschließend mit den Kollegen am Tresen des Fitnessklubs noch getrunken haben.« Lukas, der sich auf einen der beiden Besucherstühle gesetzt hatte, rückte auf die Vorderkante vor. »Sie sind um einundzwanzig Uhr gegangen, und Sie sind gesehen worden, als Sie das Haus Ihrer Noch-Ehefrau aufgesucht haben. Edwin, Horst und …« Lukas schnipste mit den Fingern.

»Peter«, sagte Kai.

»Und Peter«, fuhr Lukas fort. »Ihre Kumpels haben ausgesagt, dass Sie am Dienstagabend kein Bier getrunken haben und nach dem letzten Saunagang gegangen sind.«

Sagmeisters Hals färbte sich purpurrot.

»Mal ehrlich, Herr Sagmeister. Haben Sie geglaubt, wir kommen nicht hinter Ihr falsches Alibi?«

»Herrgott!« Mit für sein Gewicht erstaunlicher Behändigkeit sprang Sagmeister auf und fasste die Rückenlehne seines Stuhls.

»Na schön, dann war ich eben bei ihr. Aber ich habe sie nicht umgebracht!«

Lukas rutschte ein Stück auf der Sitzfläche zurück. »Herr Sagmeister, das klingt in diesem Stadium unserer Ermittlungen nicht sehr glaubwürdig. Sie haben Ihre Frau zur Tatzeit aufgesucht, was Sie uns nicht nur verschwiegen haben, sondern wofür Sie uns sogar ein falsches Alibi präsentiert haben.«

Sagmeister versetzte der Lehne einen Stoß, sodass sich der Stuhl einmal um sich selbst drehte. »Was sollte ich denn machen? Sie kamen zu mir, um mich nach meinem Alibi zu befragen, und ich hatte nun mal keines. Stattdessen habe ich zu der Zeit, die Sie als Tatzeit genannt haben, Julia besucht.«

Lukas legte den Kopf schief und hob eine Augenbraue.

»Aber nicht, um sie umzubringen!«, brüllte Sagmeister.

»Sondern?«

»Weil ich wissen wollte, wo die verdammten Solarleuchten sind.«

Kai machte ein merkwürdiges Geräusch.

»Ja, was denn? Jetzt kommt der Herbst, die Tage werden dunkler, und ich will die verdammten Dinger in den Rasen stecken.«

»Herr Sagmeister, es muss Ihnen doch bewusst sein, dass das alles wie absurdes Theater klingt.«

Sagmeister legte die Unterarme auf die Rückenlehne. »Ich habe Julia nicht umgebracht. Ich bin kein Mörder.«

»Hat Julia noch gelebt, als Sie sie aufgesucht haben?«

Statt einer Antwort sah Sagmeister Lukas einfach nur böse an.

»Herr Sagmeister, wenn Sie nicht kooperieren, müssen wir Sie zur Vernehmung aufs Präsidium mitnehmen, und Sie können sich überlegen, ob Sie einen Anwalt dazuholen.«

Lukas sah Kai irritiert an. Sein Kollege hatte manchmal die dumme Angewohnheit, übers Ziel hinauszuschießen. »Wenn Sie mit uns kooperieren, können wir die Vernehmung allerdings auch hier fortführen«, sagte er. »Also, was hat sich am Dienstagabend abgespielt?«

»Ich wollte wissen, wo die Solarleuchten sind, und Julia hat auf meine Anrufe nicht reagiert. Deshalb bin ich zu ihr hingefahren.«

Kai hatte mittlerweile sein Tablet herausgeholt und schrieb die Aussage mit. »Wegen der Solarleuchten.«

»Richtig. Und ich hatte keine Lust, mich länger von ihr hinhalten zu lassen.« Sagmeister zog den Stuhl ein wenig zurück und ließ sich erneut hineinfallen.

»Und da kam es zum tödlichen Streit.«

Sagmeister rollte mit den Augen. »Nein. Natürlich haben wir gestritten, wie wir in letzter Zeit immer miteinander gestritten haben, aber ich habe Julia nicht erschlagen. Ich wollte mich am nächsten Tag von ihr scheiden lassen.«

»Das stimmt nicht ganz, Herr Sagmeister«, wandte Lukas ein. »Ihre Frau wollte sich von Ihnen scheiden lassen. Sie haben mir zwar gesagt, dass Sie mit Frauen im Allgemeinen und Ihrer im Besonderen durch sind, aber vielleicht ist Ihnen beim Saunagang die Erkenntnis gekommen, dass diese Scheidung etwas Endgültiges sein wird. Und Sie haben gesagt, dass Ihre Frau nicht hässlich war und Sie auch gute Zeiten hatten.« Lukas ließ Kais fragenden Blick an sich abgleiten. Man musste ja nicht immer gleich mit Handschellen und dem Verhörraum drohen.

Michael Sagmeister atmete schwer, dann drehte er den Ledersessel in die richtige Position und setzte sich. Mit auf der Tischplatte gefalteten Händen sah er Lukas an. »Als ich in der Sauna saß, habe ich mich darüber geärgert, dass Julia nicht erreichbar war und auch nicht zurückgerufen hat. Und irgendwie habe ich gedacht, dass wir das noch vor dem Gerichtstermin klären sollten. Ich wollte schließlich nicht vor dem Richter mit den Solarleuchten anfangen. Ich bin also zu ihr hin, hab geklingelt, sie hat mich reingelassen. Sie hatte ferngesehen, auf dem Couchtisch stand eine Flasche Rotwein. Die Marke, die wir immer getrunken haben. Ich hab sie gebeten, mir zu sagen, wo diese verdammten Dinger sind, sie hat gesagt, ich soll mal aus dem Bild gehen, ich hab gesagt, dass wir uns auf ein diszipliniertes Niveau einigen sollten, damit wir vor Gericht nicht wie die Asozialen wirken. Dann hat sie einfach nichts mehr gesagt, weiter auf die Glotze gestiert, und ich bin raus.« Er zog die Hände vom Tisch und ließ sie in den Schoß fallen.

»Der Fernseher lief die ganze Zeit, während Sie bei ihr waren?« Sagmeister hob den Blick. »Was? Ja.«

»Und Sie sind sich sicher, dass Ihre Frau noch gelebt hat, als Sie gegangen sind?«, fragte Kai, ohne Sagmeister anzusehen.

Lukas fand seinen Kollegen manchmal richtig originell.

»Natürlich!«, schnauzte Sagmeister, dem für diese Art von Humor der Sinn fehlte.

»Haben Sie jemanden gesehen? Also jemanden, der vor oder nach Ihnen bei Ihrer Frau gewesen sein könnte?«

»Nein.«

»Und Sie sind dann nach Hause gefahren und haben sich einen geballert«, fasste Lukas zusammen.

»Richtig.«

»Ist dünn, Ihr Alibi, und kommt ein bisschen spät.« Lukas ließ die Worte mal eine Weile im Raum stehen. Sie konnten Sagmeister schließlich nicht das Gegenteil beweisen, und er konnte immer noch kein Motiv erkennen. Solarleuchten waren in seinen Augen kein Mordmotiv.

Kai klappte sein Tablet zu und sah unzufrieden aus. Er hätte Sagmeister lieber auf dem Präsidium verhört und irgendein Geständnis aus ihm herausgepresst.

»Wie läuft Ihre Firma denn eigentlich so?«, fragte Lukas.

Sagmeister blinzelte kurz. »Gut«, sagte er dann. »Ich bin zufrieden.«

»Keine Probleme mit Subunternehmern, Kunden, dem Finanzamt?«

»Keine, die mir den Schlaf rauben«, erklärte Sagmeister. »Das Baugewerbe ist nichts für Pussys und Weicheier.«

»Aber dazu gehören Sie ja auch nicht.«

Sagmeister sah auf seine Uhr. »Wie gesagt. Ich habe jetzt einen Termin.« Er stand auf.

Lukas und Kai erhoben sich ebenfalls.

»Wir sind auch erst mal durch, Herr Sagmeister. Wenn noch etwas ist, melden wir uns«, sagte Lukas. »Ach, eine Frage habe ich noch. Haben Sie etwas von einem Verkehrsunfall vom 11. März an der Kreuzung Martinistraße/Tarpenbekstraße gehört?«

Sagmeister, der ihnen beiden dicht auf den Fersen war, vermutlich, um sie schnell aus dem Raum hinauszukomplimentieren, blieb zurück. »Was? Wovon?«

»Hat Ihre Frau mal von diesem Verkehrsunfall gesprochen?«

»Nein. Und nun muss ich Sie wirklich bitten.«

Der Kartonstapel im Eingangsbereich war um die Hälfte reduziert, aber die Mitarbeiterin machte ein Gesicht, als könnte sich Sagmeister für solche Aufgaben künftig einen anderen Dummen suchen.

»Was hast du denn immer noch mit diesem verdammten Unfall?«, fragte Kai.

»Man kann ja mal fragen.« Lukas öffnete die Beifahrertür.

»Ich finde ja, dass wir ihn hätten mitnehmen und mal so richtig durch die Mangel drehen sollen.« Kai stieg ein.

»Natürlich hat er sich mit Julia gestritten. Aber es war eher ein einseitiger Streit, und sie hat ihn auflaufen lassen. Julia hat ihn ignoriert, den Fernseher weiterlaufen lassen und gesagt, dass er beiseitegehen soll. Sie hat ihn so richtig wütend gemacht.«

»Richtig. Und ihm einen guten Grund dafür gegeben, sie umzubringen.«

»Sie saß auf dem Sofa, Kai. Er konnte sie nicht von hinten erschlagen.«

»Nee klar, es kommt ja auch nicht in Betracht, dass er lügt.«

»Und dann der Fernseher.«

»Was ist damit?«, fragte Kai genervt.

»Der war ausgeschaltet. Und kannst du dir den aufgebrachten Michael Sagmeister vorstellen, wie er zuerst seine Frau umbringt und dann den Fernseher ausstellt?«

Hedwig lächelte noch einmal in die Runde und zog dann die Tür zum Konferenzraum leise zu. Dieser Tobias Krieger schien ganz gut mit Theresa und den beiden Anwälten zurechtzukommen. Wenn er sich eine vernünftige Hose anziehen oder die, die er trug, wenigstens hochziehen würde, wäre er sogar ein recht ansehnlicher junger Mann.

Nachdem sie ihren Arbeitsplatz aufgeräumt hatte, ging sie zum Aktenschrank hinüber und zog die Schublade mit den Anfangsbuchstaben S bis V auf. Miranda hatte ihr erzählt, dass Theresa gern auf das papierlose Büro umstellen und künftig keine Papierakten mehr führen wollte. Gott sei Dank war es noch nicht so weit. In ihren Augen war Papier ein durchaus verlässliches Medium. Sie suchte die Scheidungsakte Sagmeister heraus und setzte sich damit an den Tisch. Die Akte war noch nicht besonders dick. Theresa hatte ihr erklärt, woran das lag. Sie hatte für Julia Sagmeister den Scheidungsantrag gestellt, der Anwalt ihres Mannes hatte sich dazu geäußert, das Gericht hatte einen Termin anberaumt. Und dann wäre das Verfahren eigentlich erst losgegangen. Hedwig überflog die Schriftstücke und blätterte zu der einzigen wirklich interessanten Seite vor, dem Aktenvermerk über Theresas Gespräch mit ihrer Mandantin.

Julia Sagmeister war am 15. Mai 1982 in Hannover geboren und hatte am 30. Juni 2009 die Ehe mit Michael Sagmeister geschlossen. Seit einem Jahr waren sie getrennt. Besonders lange hatten sie es ja nicht miteinander ausgehalten. Hedwig und ihr Karl hatten es immerhin beinahe bis zur goldenen Hochzeit geschafft. Aber Kinder hatten sie ebenso wenig wie die Sagmeisters. Ein Umstand, den Hedwig beinahe jeden Tag bedauerte.

Auf die Fakten folgten Notizen über Julias Angaben zu ihrer Ehe. Diesen Teil las Hedwig aufmerksamer. Julia hatte Theresa berichtet, dass ihr Michael Sagmeister zu Beginn ihrer Beziehung sehr imponiert hatte. Mit dreißig war er bereits Inhaber eines Baugeschäfts gewesen, hatte sich auch von großen Tieren nicht einschüchtern lassen und Julia auf Händen getragen. Das mit dem Auf-Händen-Tragen wurde im Laufe der Jahre offenbar weniger. Michael verlangte von seiner Ehefrau, dass sie zum Familienunterhalt beitrug, anstatt auf der faulen Haut zu liegen. Die Unstimmigkeiten, was das künftige Zusammenleben anging, nahmen zu. Julia hatte sich offenbar vorgestellt, Kinder zu bekommen und nicht zu arbeiten, und Michael Sagmeisters Vorstellungen waren genau umgekehrt. Julia Sagmeister hat ihren Mann schließlich verlassen.

Nachdenklich lehnte sich Hedwig zurück. Es war vermutlich nicht überraschend, dass Julia Sagmeister gegenüber ihrer Scheidungsanwältin kein Wort über die Liebe verloren hatte, aber auch aus der Auflistung der chronologischen Fakten ergaben sich noch nicht einmal Hinweise auf ein harmonisches Zusammenleben. Warum hatten die beiden überhaupt geheiratet? Andererseits ging es in dieser Akte um die Scheidung, und da spielte Persönliches wohl letztlich keine Rolle.

Hedwig beugte sich vor und las noch einmal den letzten Satz, den Theresa aufgeschrieben hatte: Mandantin erklärt: Mein Mann war immer nur auf seinen Vorteil bedacht.

»Hedwig, du bist ja immer noch da.« Theresa stand hinter ihr.

»Seid ihr schon fertig mit eurer Besprechung?«

Theresa beugte sich über Hedwigs Schulter. »Hm. Dieser Jurastudent, den ihr ausfindig gemacht habt, du und Miranda, gefällt uns. Er wird mit uns an dem Gutachten arbeiten.«

»Dann habt ihr euch also dazu entschlossen, den Auftrag anzunehmen?«

»Haben wir. Du liest in der Mandantenakte?« Theresa verkniff sich einen Hinweis darauf, dass das eigentlich nicht in Ordnung war, und deutete auf Julia Sagmeisters Bemerkung. »Ich kann mich noch gut daran erinnern, wie sie das zu mir gesagt hat. Sie hat mir dann erzählt, wie sie im Laufe der Jahre dahintergekommen ist, wie sie ihren Mann beeinflussen und mit seinen eigenen Waffen schlagen kann.«

»Aha? Klingt interessant.«

Theresa setzte sich auf die Ecke des Schreibtisches und verschränkte die Arme vor der Brust. »Dieser Mordfall beschäftigt dich, wie?«

»Natürlich.« Hedwig klappte die Akte zu. »Die arme junge Frau. So ein Ende hat sie auf keinen Fall verdient.«

»Nein, natürlich nicht.« Theresa deutete auf die Akte. »Warum hast du das gelesen?«

»Du kannst es Interesse nennen. Oder Neugier.«

Theresa rutschte vom Tisch. »Dann nehme ich Interesse. Der Kaffee, den du kochst, ist übrigens sehr lecker. Hast du eine neue Kaffeesorte genommen?«

»So etwas Ähnliches.« Hedwig verstaute die Akte wieder im Aktenschrank.

Es war kurz vor neunzehn Uhr, als Theresa zum Hörer griff. Vielleicht machte sie sich lächerlich, andererseits hielt sie es für ihre Pflicht, der Polizei von ihrem Gespräch mit Julia Sagmeisters Nachbarin zu berichten. So konnte sie auch verhindern, dass die Polizei auf anderem Wege von ihrer Schnüffelei mit Hedwig erfuhr. Sie wählte die Nummer von Kampmanns Apparat im Präsidium und war beinahe ein wenig enttäuscht, als sich eine fremde Stimme meldete.

»Guten Abend, mein Name ist Theresa Sommer. Ich wollte gern Herrn Kampmann sprechen.«

»Herr Kampmann hat das Präsidium verlassen. Möchten Sie mit seinem Kollegen sprechen?«

»Ja, natürlich. Das geht auch.«

Theresa wurde durchgestellt, und als sich Kai Lehmann meldete, erinnerte sie sich an den rothaarigen jungen Mann, den sie auf Julia Sagmeisters Terrasse kennengelernt hatte. »Guten

Abend, Herr Lehmann. Ich wollte Herrn Kampmann über etwas in Kenntnis setzen, das ich am Wochenende erfahren habe. Soll ich vielleicht morgen noch einmal anrufen?«

»Er ist im Augenblick nicht da. Ich kann ihm sagen, dass er zurückrufen soll.«

»Gut. Vielen Dank.«

Theresa legte auf und widmete sich dann dem Tagesgeschäft, das wegen ihrer Arbeit an dem Gutachten liegen geblieben war. Immerhin hatten sie es geschafft, einen Plan für die Erstellung des Gutachtens zu konzipieren. Jeder der drei Anwälte hatte einen Teilbereich übernommen, Tobias Krieger würde für alle drei die notwendige Recherche machen und ihnen zuarbeiten. Es war ein sehr ambitionierter Plan, der neben der Zeit für ihre eigentliche Arbeit viel Raum einnehmen würde, aber diese Ablenkung würde ihr nur guttun.

Nach etwa einer Stunde hatte sie alle Akten abgearbeitet, etwas diktiert oder selbst geschrieben. Theresa hoffte sehr, dass Miranda Hedwig so viel erklärt hatte, dass ihre Tante in der Lage war, selbst Schriftstücke zu erstellen. Bei dem Gedanken daran, dass Hedwig den Kaffee wie in der guten alten Zeit mit einem Porzellanfilter von Hand brühte, musste sie lächeln. Sie hatte das Zubehör dazu in der Büroküche vorgefunden, Hedwig aber nicht darauf angesprochen. Ihre beiden Kollegen jedenfalls tranken viel mehr davon als von dem Zeug, das der Kaffeeautomat ausspuckte. Es gefiel ihr, dass Hedwig sich zu helfen wusste und nicht so schnell aufgab.

Das Telefonläuten riss sie aus ihren Gedanken.

»Sommer.«

»Hallo, Frau Sommer. Lukas Kampmann hier.«

Der Kommissar hatte eine angenehme, warme Stimme, und vor ihren Augen erschien das Bild seines jungenhaften Aussehens.

»Hallo. Ich hätte gar nicht damit gerechnet, dass Sie heute noch zurückrufen.«

»Und ich habe damit gerechnet, dass ich Sie noch im Büro antreffe.«

»Tatsächlich? Muss ich mir Gedanken um mein Image machen?«

»Ich glaube nicht. Ihr Image ist okay.«

»Na, vielen Dank.« Theresa, die gedankenverloren mit ihrem Stift gespielt hatte, riss sich zusammen. Es erschien ihr unangemessen, mit dem Kommissar zu so später Stunde Small Talk zu machen. »Herr Kampmann, vermutlich ist es für Ihre Ermittlungen unerheblich, mir sind nur zwei Dinge zu Ohren gekommen, von denen ich Sie in Kenntnis setzen wollte.« Sie berichtete von dem Inhalt der Gespräche mit den Nachbarn, wobei sie offenließ, warum sie überhaupt in der Liebermannstraße gewesen war.

»Hm«, machte Kampmann. »Also, dass der Ehemann am Abend da war, wissen wir. Sie haben mit Herrn Hildebrandt gesprochen, stimmts?«

»Ja, er hat die Uhrzeit, zu der Michael Sagmeister seine Frau aufgesucht hat, mit einundzwanzig Uhr angegeben. Das stimmt ja wohl in etwa mit der Tatzeit überein, oder?«

»Das ist richtig. Dass Michael Sagmeister seine Frau am Abend der Tat aufgesucht hat, wissen wir auch schon. Aber derzeit kommt er für uns trotzdem nicht als Täter in Betracht.«

»Verstehe«, sagte Theresa, die hoffte, dass Kampmann sich zu diesem Punkt noch weiter auslassen würde. Aber sie wurde enttäuscht.

»Daran, dass die Nachbarin von dem Telefonat am Sonntag berichtet hat, erinnere ich mich im Augenblick nicht. Muss ich noch mal in die Akte sehen. Allerdings meine ich, dass Julia Sagmeister am Sonntagnachmittag nur ein Telefonat geführt hat.«

Theresa hörte ein leises Lachen.

»Sie haben mich aber nicht angerufen, um von mir Informationen zu erhalten, oder? Ich plaudere hier munter Ermittlungsergebnisse aus.«

»Selbstverständlich nicht«, entgegnete Theresa leicht verschnupft.

»War ein kleiner Scherz. Ich wollte Sie ohnehin noch etwas fragen. Ihre Mandantin hat eine Schwester, Ariane. Kann es sein, dass sie etwas von Julia erbt?«

Theresa legte den Stift auf die Schreibtischfläche. »Mir ist nicht bekannt, ob Frau Sagmeister ein Testament gemacht hat«, sagte sie.

»Im Haus haben wir keines gefunden. Könnte es hinterlegt sein?«

»Das wäre möglich. Sie können das über das zuständige Nachlassgericht erfahren. Wenn sie keines hinterlassen hat, gilt gesetzliche Erbfolge. Dann erben ihre Eltern. Was ich nicht weiß, ist, ob ihre Eltern beide noch leben.«

»Ihre Mutter und ihr Vater leben beide noch. Sie wohnen in Hannover. Der Vater ist dement.«

»Dann werden ihre Eltern Frau Sagmeister beerben.« Und irgendwann, wenn auch die Eltern verstarben, würde das, was Julia hinterließ, auf Ariane übergehen, fügte Theresa in Gedanken hinzu.

»Das heißt, Julias Eltern müssen sich um den Nachlass kümmern?«, fragte Kampmann.

»Wenn sie die Erbschaft annehmen, ja.«

»Hm. Fraglich, ob sie das hinkriegen. Ich glaube eher nicht. Kümmern könnte sich höchstens die Mutter, und die hat mit ihrem Ehemann alle Hände voll zu tun.«

»Und was ist mit der Schwester?«, fragte Theresa.

Kampmann schwieg einen Augenblick. »Ich weiß nicht, ob es ihr nicht an der nötigen Objektivität mangelt.«

Über diese etwas verklausulierte Formulierung musste Theresa einen Moment nachdenken. »Meinen Sie, sie würde sich alles unter den Nagel reißen, oder wie?«

»Hübsch formuliert. Ja, das meine ich. Daraus dürfen Sie aber nicht den Schluss ziehen, dass sie als Täterin in Betracht kommt.«

»Ist die Schwester die Frau, mit der Frau Sagmeister am Sonntagnachmittag das Telefonat ums Fremdgehen geführt hat?«

Durch die Leitung drang leises Lachen an Theresas Ohr. »Ich muss mir immer bewusst machen, dass ich mit einer Anwältin spreche. Sie kitzeln eine Menge Informationen aus mir heraus, die ich gar nicht preisgeben wollte. Ja, Julia hat offenbar regelmäßig am Wochenende mit ihrer Schwester telefoniert«, fuhr er, wieder ernst geworden, fort. »Ein merkwürdiges Verhältnis, das die beiden miteinander verband. Sie haben sich offenbar sehr viel Persönliches erzählt und waren auch regelmäßig in Kontakt, aber waren sich wohl doch nicht so richtig grün. Besonders was die Versorgung der Eltern anbetrifft, gab es wohl unterschiedliche Meinungen. Im Augenblick habe ich den Eindruck, dass beide Schwestern vorhatten, nach Hannover zurückzukehren. Julia allerdings, um zumindest vorübergehend bei den Eltern einzuziehen, die Schwester am liebsten, um allein im Elternhaus zu leben.«

»Ein Mordmotiv ergibt sich daraus aber wohl nicht«, schlussfolgerte Theresa.

»Nicht auf den ersten Blick«, bestätigte Kampmann. »Frau Sommer, ich habe in Hannover Kontakt mit Kollegen aufgenommen, die sich um Julias Eltern im Rahmen der Trauerbegleitung kümmern. Vielleicht können die auch etwas organisieren, damit die Eltern noch weitere Hilfe für die tägliche Versorgung im Haus erhalten. Während wir hier so sprechen, geht mir auf, dass sich die alten Leute keinesfalls um Julias Nachlass hier in Hamburg kümmern können.«

»Ist ja eigentlich nicht Sache der Polizei«, stellte Theresa fest, die sich über das persönliche Engagement des Kommissars wunderte. »Die Schwester halten Sie nicht für geeignet, sich um den Nachlass zu kümmern?«

»Ist meine persönliche Auffassung. Mehr so eine Gefühlssache. Dass die Schwester sich schlecht kümmern oder ihre Eltern übervorteilen würde, wäre eine reine Unterstellung. Hätten Sie etwas dagegen, wenn ich den Eltern vorschlage, sich wegen der Nachlassabwicklung an Sie zu wenden?«

»Herr Kampmann, ich habe hier sehr, sehr viel zu tun«, antwortete Theresa, während sie an Hedwigs leuchtende Augen dachte, wenn sie sich um den Nachlass kümmern könnte. »Ich habe aber Kontakt zu einer sehr guten Nachlasspflegerin, die im Augenblick ein wenig kürzertritt, weil sie ihr erstes Kind erwartet. Ich könnte sie allerdings fragen, ob sie die Sache übernehmen würde.«

»Das klingt gut. Ich werde Frau Krug, so heißt Frau Sagmeisters Mutter, fragen. Vielen Dank für Ihre Kooperation.«

»Gern«, sagte Theresa und verschwieg den Umstand, dass sie das Angebot nicht ganz uneigennützig gemacht hatte. »Der Tatort ist aber wohl noch nicht freigegeben, oder?«

»Bisher nicht, aber ich werde klären, ob die Spurensicherung ihre Arbeit abgeschlossen hat, damit die Nachlasspflegerin ihre Arbeit machen kann. Soweit ich weiß, ist das eigentlich der Fall. Ich werde Sie so bald wie möglich informieren. Und Sie sollten jetzt Feierabend machen. Ich werde jetzt auch gehen.«

»Dann wünsche ich Ihnen einen schönen Abend«, sagte Theresa und legte auf. Wenn Julia Sagmeister am Sonntagnachmittag mit ihrer Schwester über das Fremdgehen gesprochen hatte, ging es vermutlich um etwas Familiäres oder jedenfalls Privates. Natürlich war es durchaus möglich, dass Julia Sagmeister das Telefonat, das die Nachbarin mitgehört hatte, mit ihrem Ehemann geführt hatte. Die Polizei musste ihr schließlich nicht alles verraten.

Lukas Kampmann zog das Handtuch, das er sich um den Nacken gelegt hatte, herunter und warf es auf den Heizkörper. Um halb sieben war er zum Sport aufgebrochen, weil ihn plötzlich die Vorstellung gequält hatte, eines Tages als unsportlicher alter Sack hinter seinem Schreibtisch zu hocken. Nach einer kurzen Dusche im Sportstudio war er ins Präsidium zurückgekehrt und hatte sich über Kais Telefonnotiz gefreut. Er fand den Namen Theresa Sommer schön, und er fand es auch nett, mit ihr zu plaudern. Wenn er die Sache mit dieser Nachlasspflegerin hingebogen bekam, würden sie vielleicht auch künftig noch Kontakt haben. Er öffnete eine Wasserflasche und trank gierig daraus. Yoga war häufig als Gymnastik für alte Damen verschrien, tatsächlich aber höchst anspruchsvoll und anstrengend. Und man bekam den Kopf frei. Deshalb war er auch noch einmal an seinen Schreibtisch zurückgekehrt, anstatt nach Hause zu gehen.

Er schlug die Ermittlungsakte auf und fand die Zeugenaussage der Nachbarin Karin Schildknecht. Die Beamten, die die Nachbarn befragt hatten, hatten lediglich notiert, dass die Schildknechts am Dienstagabend nichts von der Tat mitbekommen hatten. Und dass sie Julia Sagmeister zuletzt am Sonntagnachmittag lebend gesehen hatten. Von dem Telefonat, das Julia Sagmeister im Garten geführt hatte, und gar von dessen Inhalt hatten sie nichts berichtet, was vermutlich auch der Art der Befragung durch den Polizeibeamten geschuldet war. Wenn er Michael Sagmeister zu dem Inhalt des Telefonats befragte, würde der ihm vermutlich wieder mit diesen Solarleuchten kommen.

Kapitel 7

Hedwig schnitt den Apfelkuchen auf, stellte die Schale mit der Sahne aufs Tablett zum Geschirr und trug alles in den Konferenzraum. Die jungen Anwälte waren heute Morgen ziemlich aufgeregt, liefen unruhig hin und her, tippten hektisch auf ihren Computern herum und sprachen in gereiztem Ton miteinander. Ein wenig Süßes würde die Stimmung hoffentlich heben. Sie deckte den Konferenztisch ein und legte gefaltete Servietten neben die Teller. Wie gut, dass sie gestern Abend so eine Ahnung gehabt hatte, als sie sich ihrem Puzzle gewidmet hatte.

»Ah, Frau Hedwig.« Florian Winkler setzte sich und stellte sein Tablet auf den Tisch. »Haben Sie wieder Ihren köstlichen Kaffee gemacht?«

Hedwig betrachtete den Tisch. »Den setze ich jetzt frisch auf. Einen Augenblick Geduld.«

Als Theresa den Besprechungsraum betrat, blickte sie irritiert auf die Kaffeetafel. Erschrocken fragte sie sich, ob sie womöglich den Geburtstag eines Kollegen vergessen hatte, aber als Hedwig mit einer Kaffeekanne hereinkam, wurde ihr alles klar.

»Sehr schön gemacht, Hedwig. Selbst wenn Lohmeyer unser Konzept nicht gefällt, wird er sich immer gern an deinen Kuchen erinnern.«

»So, da ist der Herr Lohmeyer.«

Mark führte einen hochgewachsenen, schlanken Mann in den Besprechungsraum, dessen graues Haar leicht schütter wurde. Er hatte ein freundliches Gesicht, trug einen gut sitzenden Anzug und maßgeschneiderte Schuhe, und kam Hedwig seltsamerweise bekannt vor. Als er ihr die Hand zur Begrüßung reichte, erinnerte sie sich wieder. Sie hatte einen Bericht über ihn gelesen in einer dieser Zeitschriften, von der jedermann behauptete, er würde sie ausschließlich im Wartezimmer zur Hand nehmen. In dem Artikel war von seinem ausgeprägten Familiensinn die Rede gewesen, seine beiden erwachsenen Söhne wurden erwähnt, die beide wohlgeraten waren. Hedwig erinnerte sich nicht mehr daran, welche Berufe die Söhne ergriffen hatten, aber dass Lohmeyer seine Frau über den grünen Klee gelobt hatte, war ihr im Gedächtnis geblieben.

»Lohmeyer, guten Tag.« Der Mann deutete auf die Kaffeetafel. »Haben wir vielleicht Ihnen diese Köstlichkeiten zu verdanken?«

»Fröhlich, guten Tag, Herr Lohmeyer. Probieren Sie lieber erst mal, ob es Ihnen auch schmeckt.« Hedwig sah in die Runde. »Wenn etwas fehlt, rufen Sie mich.« Sie verließ den Raum und zog die Tür hinter sich zu. Soviel sie wusste, war Lohmeyer Leiter des Bauamtes, und der Anlass für den Artikel über ihn war wohl gewesen, dass er als der nächste Bausenator im Gespräch war.

Als sie an ihren Arbeitsplatz zurückkehrte, konnte Hedwig sich nicht länger mit Klatsch und Tratsch befassen, sondern musste sich der harten Realität stellen. In einem Anfall von Selbstüberschätzung oder geistiger Umnachtung hatte sie dem jungen Herrn Florian erklärt, es sei überhaupt kein Problem für sie, seinen Schriftsatz über das elektronische Anwaltspostfach zu versenden. Dummerweise stellte es ein Problem dar. Ein ziemlich großes sogar. Hedwig befasste sich erst einmal mit den zahlreichen Rechtschreibfehlern des Schriftstücks, dann griff sie zum Hörer und rief Miranda an.

Natürlich hatte sich Theresa über Lohmeyer informiert und ein wenig im Internet über ihn gelesen. Es war immer gut, nicht nur seinen Feind, sondern auch seinen Auftraggeber zu kennen. Und aus dem, was sie herausgefunden hatte, war vor ihren Augen das Bild eines Mannes entstanden, der sein Karriereziel klar vor Augen hatte. Er hatte sich vom einfachen Sachbearbeiter zum Leiter des Bauamtes hochgearbeitet, und man sagte ihm Ambitionen auf das Amt des Bausenators oder gar des Bürgermeisters nach.

Im persönlichen Gespräch stellte Theresa fest, dass er tatsächlich über Eigenschaften verfügte, die für eine politische Karriere nützlich waren. Lohmeyer war souverän, zugewandt, humorvoll und kompetent. Es fragte sich nur, ob er auch die weiteren üblichen Eigenschaften erfolgreicher Politiker mitbrachte: Rücksichtslosigkeit und die Fähigkeit, ein Pokerface aufzusetzen. Während ihre Kollegen zunächst ein paar humorvolle Bemerkungen unter Männern mit Lohmeyer tauschten, war Theresa auf der Hut und betrachtete den Mann in Ruhe. Es wird Zeit, dachte sie. Wenn Lohmeyer in seinem Leben noch das höchste Ziel, das Bürgermeisteramt, erreichen wollte, musste er sich ranhalten. Früher einmal war er vermutlich ein gut aussehender

Mann gewesen. Heute standen dem vitalen Eindruck müde Augenfältchen gegenüber, und als Florian zu einem längeren Vortrag ansetzte, musste Lohmeyer ein Gähnen unterdrücken. Okay, das mochte auch Florians weitschweifigen Ausführungen geschuldet sein.

Nachdem Florian und Mark gesprochen hatten, lieferte Theresa ihr Konzept ab und machte dazu einige ergänzende Ausführungen, während die Männer sich Hedwigs Apfelkuchen widmeten. Theresa hatte von ihrem Stück erst einen Bissen verspeist, aber er war wirklich lecker. Lohmeyer folgte ihren Ausführungen aufmerksam und stellte hin und wieder einige Fragen. Als sein Handy durch ein leises Pling offenbar den Eingang einer Nachricht meldete, warf er nur einen kurzen Blick auf das Display und lächelte Theresa dann wieder zu. Theresa hatte sich auf eine zweistündige Konferenz eingerichtet, aber als sie nach einer guten Stunde ihr Konzept vollständig vorgestellt und einige Fragen von Lohmeyer beantwortet hatten, griff der Beamte nach seinem Handy.

»Das klingt alles sehr gut.« Er steckte das Handy in die Innentasche seines Jacketts und erhob sich. »Und ich finde es gut, wenn Sie mir einen Entwurf des ersten Teils zukommen lassen. Meinen Sie, dass Sie länger als zwei Wochen dafür brauchen werden?«

Theresa öffnete den Mund, aber Mark war schneller. »Das ist gar kein Problem, Herr Lohmeyer.« Er fasste den Ellenbogen des Mannes. »Vermutlich sind wir schon viel früher fertig.« Mark öffnete die Tür des Konferenzraums und führte den Leiter des Bauamtes hinaus.

Theresa hörte ihn noch weiter auf Lohmeyer einreden und wechselte einen Blick mit Florian, der nach seiner Kaffeetasse griff.

Es dauerte eine geschlagene Stunde, bis Hedwig herausfand, wie man einen Schriftsatz über dieses merkwürdige Anwaltspostfach an das Gericht verschickte, aber schließlich klappte es. Eine Mitteilung auf dem Computerbildschirm bestätigte ihr, dass das Dokument auf geheimnisvolle Art und Weise den Weg zum Gericht gefunden hatte. Hedwig war einerseits glücklich, andererseits auch mit den Nerven zu Fuß. Und der armen Miranda hatte sie vermutlich auch den letzten Nerv geraubt. Jedenfalls hatte die junge Frau am Telefon ziemlich erschöpft geklungen, als die Tat vollbracht war.

Hedwig sah auf, als Mark ihren Besucher zur Tür brachte und dabei unaufhörlich auf ihn einredete. Ob das eine Erfolg versprechende Methode war? Herr Lohmeyer betrat die Fahrstuhlkabine und winkte ihnen zu, bevor sich die Fahrstuhltür schloss. Mit zufriedener Miene kehrte Mark ins Büro zurück.

»Läuft«, sagte er und ging zum Konferenzraum.

Hedwig stand von ihrem Bürostuhl auf und ging zum Fenster. Vor dem Haus hielt ein Sportwagen, wenige Sekunden später trat Lohmeyer aus dem Haus und stieg ein. Der Wagen war gerade weitergefahren, als ein Taxi vor dem Haus hielt.

»Ach du Schreck!« Hedwig sah erschrocken auf die Uhr. Ihre Verabredung mit Herrn Yildirim hatte sie völlig vergessen. Dabei hatten sie erst gestern Abend zusammengesessen und Pläne geschmiedet. Sie hastete zum Telefon und rief Herrn Yildirim auf dem Handy an. »Ich bin sofort unten. Augenblick.«

Hastig schaltete sie den Computer aus, auch wenn das verflixte Ding heute besonders lange dafür zu brauchen schien, sammelte ihre Sachen zusammen und gab Theresa Bescheid, dass sie jetzt Feierabend machte.

Yildirim sah sie mit missmutiger Miene an, als sie auf den Beifahrersitz fiel. »Ich werd hier in einer Tour angehupt. Wir haben gesagt, dreizehn Uhr. Jetzt ist es zehn nach.«

»Junger Mann, ich hatte zu tun, oder denken Sie, ich drehe den ganzen Tag Däumchen?«

Yildirim beschimpfte den Fahrer eines Wagens, der sich an ihm vorbeidrängelte, und fuhr los. »Ich weiß nicht, was Sie tun. Sie sind doch auch nicht mehr ganz neu. Was machen Sie denn da oben?«

»Arbeiten.«

Der Taxifahrer musterte sie von der Seite.

»Glauben Sie nicht? Stimmt aber. Meine Nichte braucht Hilfe.«

»Von Ihnen?«

»Richtig. Warum auch nicht?«

Yildirim hob die Schulter. »Weiß nicht. Kommt mir alles komisch vor. Ihre Nichte schickt Sie durch die Gegend, und Sie finden Leichen und machen ihre Arbeit?«

Hedwig überlegte einen Augenblick. »Ja, genau so ist es. Gehts los?«

Das ließ sich ihr Begleiter nicht zweimal sagen und gab ordentlich Gas.

»Vielleicht dürfte ich anmerken, dass wir es nicht eilig haben«, bemerkte Hedwig, als Mustafa Yildirim an einer roten Ampel scharf bremste.

Der Taxifahrer warf ihr einen verständnislosen Blick zu.

»Wir könnten uns an die Geschwindigkeitsbegrenzung halten. Und eventuell ein winziges bisschen mehr Abstand zum Vordermann«, schlug Hedwig vor. »Einfach, um nicht überrascht zu sein, wenn der Wagen vor uns hält oder abbiegen will.«

Yildirim brummte und legte den Gang ein. Behutsam gab er Gas.

Hedwig legte ihre Hand auf die des Fahrers, der den Schaltknüppel bediente. »Wunderbar.« Sie summte leise vor sich hin und genoss die Fahrt.

Wenig später hielten sie in einer kleinen Seitenstraße und gingen zu Fuß zu dem beeindruckenden Firmensitz der Firma Sagmeister. »Sehen Sie. Wir sind trotzdem angekommen.«

Hedwig hörte ihn seufzen, aber Yildirim verkniff sich eine Bemerkung. Beispielsweise hätte er anmerken können, dass sie ihretwegen zu spät losgekommen waren. Er trug heute eine schwarze Jeans ohne Löcher und ein blütenweißes Shirt. Vom Rücksitz nahm er noch ein schwarzes Jackett und sah schließlich richtig gut aus.

»Was ist?«, fragte er. »Ist was nicht okay?«

»Doch, doch«, beeilte sich Hedwig zu versichern. »Sieht sehr schick aus. Und wie sieht es aus mit Ihrem Text? Haben Sie den parat?«

Yildirim hob die Augenbraue, richtete sein Revers und reichte ihr dann den Arm. »Nun kommen Sie mal endlich. Meine Schicht fängt um drei an.«

Hedwig schob ihre Hand durch seine Armbeuge und richtete sich innerlich auf ihre Rolle ein, die einer reichen alten Dame, die nach einer Möglichkeit suchte, ihr Vermögen mithilfe ihres Vermögensberaters in den Neubau von Immobilien zu stecken. Beim Anblick des riesigen Glaskastens mit der Leuchtschrift auf dem Dach bekam sie ein leicht mulmiges Gefühl in der Magengegend, aber Hedwig fasste Herrn Yildirims muskulösen Unterarm etwas beherzter und fühlte sich gleich besser.

Eine freundliche junge Frau empfing sie, vermutlich in Erwartung eines lukrativen Geschäfts. »Guten Tag, was kann ich für Sie tun?«

Die Frau hatte sich an Hedwig gewandt, aber die drückte kurz Herrn Yildirims Unterarm.

»Guten Tag«, sagte er mit sonorer Stimme. »Frau Fröhlich möchte sich gern zu einem Bauprojekt beraten lassen. Sie dachte dabei an ein Wohnprojekt mit zehn oder zwölf Wohnungen.«

»Ah, das klingt sehr interessant.«

Das hatte Hedwig auch gedacht, und sie hoffte, dass die Angelegenheit hier im Hause als Chefsache behandelt würde.

»Bitte nehmen Sie doch einen Augenblick Platz.« Die junge Frau deutete auf eine Sitzgruppe neben dem Eingang. »Ich sage eben dem Chef Bescheid. Darf ich Ihnen einen Kaffee bringen?«

»Sehr gern«, antwortete Hedwig.

»Für mich nicht, danke.«

»Mögen Sie vielleicht etwas anderes? Einen Tee?«

»Ja, einen Tee würde ich nehmen«, sagte Mustafa Yildirim.

»Und?«, fragte Hedwig, als die Frau durch eine Tür verschwunden war.

»Wie, und? Ist doch noch gar nichts passiert.«

»Ja, aber Sie werden doch etwas im Gefühl haben.« Hedwig sah sich um. »Was das hier für einen Eindruck auf Sie macht und so.«

»Das ist doch egal, also ich meine, für das, was wir wissen wollen.« Yildirim beugte sich zu Hedwig hinüber. »Wichtiger ist doch wohl, was der Sagmeister für einen Eindruck macht.«

»Dann wollen wir mal hoffen, dass wir ihn auch zu Gesicht bekommen.« Hedwig sah sich nach allen Seiten um.

»Meine Herrschaften, was kann ich für Sie tun?« Ein nicht besonders großer Mann mit etwas Übergewicht eilte auf sie zu, und sie war ein wenig enttäuscht. Sie hatte einen gut aussehenden, hochgewachsenen Mann erwartet. Einen mit einer beeindruckenderen Erscheinung. Dieser Mensch sah eher aus wie ein schmieriger Gebrauchtwagenhändler.

Der Mann gab Hedwig die Hand. »Frau Fröhlich, höre ich. Mein Name ist Sagmeister.«

»Angenehm, Herr Sagmeister.« Hedwig deutete auf Mustafa Yildirim. »Das ist mein Prokurist und Vermögensberater Herr Fontaine.« Dieses Pseudonym war ihre Idee gewesen, weil Hedwig der Meinung war, dass man sein Gegenüber mit diesem Namen in Verbindung mit Yildirims Erscheinung ein wenig verwirren konnte.

Sagmeister gab Yildirim etwas achtlos die Hand, bevor er sich an Hedwig wandte und sie in sein Büro führte.

»Sie wollen also Wohnungen bauen«, begann Sagmeister, während die Mitarbeiterin sie mit Kaffee und Tee versorgte.

»Herr Fontaine, vielleicht wollen Sie Herrn Sagmeister unsere Pläne unterbreiten.«

»Sicher.« Yildirim schlug die Beine übereinander. »In der heutigen Zeit ist ein Vermögen doch am besten in Backsteinen angelegt. Oder allenfalls noch in Goldbarren.«

»Richtig, richtig. Bei Ersterem kann ich Ihnen behilflich sein. Gibt es schon ein Grundstück? Haben Sie Pläne?«

Hedwig fand die schauspielerischen Qualitäten des Taxifahrers wirklich beeindruckend. Mit bewundernswerter Ruhe spulte er die Fakten und Daten ab, die sie sich zurechtgelegt hatten. Währenddessen sah Hedwig sich in dem Büroraum um. Das Mahagonimobiliar war ein wenig aus der Mode gekommen und an einigen Stellen abgestoßen. Auf einem Sideboard stand eine für einen Büroraum beeindruckende Anzahl alkoholischer Getränke. Entweder gab es hier häufig Geschäftsabschlüsse zu begießen, oder der Inhaber ertränkte seinen Kummer im Alkohol. Und was man hier vergeblich suchte, waren persönliche Gegenstände. Golfpokale, Familienfotos, Belobigungsurkunden, so etwas. Dass Sagmeister kein Foto seiner Frau herumstehen hatte, von der er sich scheiden lassen wollte, war verständlich, aber man fragte sich schon, ob Sagmeisters Leben nur aus Arbeit bestand. Falls ja, verstand sie sehr gut, warum Julia Sagmeister sich von ihrem Mann hatte scheiden lassen wollen.

»Kinder«, sagte sie unvermittelt.

Die beiden Männer sahen sie irritiert an. Sagmeister konnte sie gern für eine verschrobene Alte halten. Dieses Verhalten würde er ihr nachsehen, solange er sie für reich hielt. Und da dieses Projekt ohnehin nie das Licht der Welt erblicken würde, konnte sie die Fachsimpelei der beiden Männer gern unterbrechen.

»Kinder sind doch das Wichtigste«, brachte sie diesen Standardsatz hervor.

»Äh, ja«, machte Sagmeister.

»Deshalb sollen die Wohnungen so konzipiert werden, dass jede Wohnung über zwei bis drei Kinderzimmer verfügt. Sie haben sicher auch Kinder und können das nachvollziehen.« Hedwig lächelte ihr Gegenüber an.

»Eigentlich ...«

»Und Sie sind vermutlich verheiratet und wissen, wie wichtig es ist, zwar ein gemeinsames Heim zu haben, gleichzeitig sich aber auch aus dem Weg gehen zu können.«

»Das ...«

Hedwig blinzelte ein wenig und schwieg. Als Yildirim den Mund öffnete, stieß sie ihn leicht mit dem Ellenbogen an. Man musste wissen, wann man am besten schwieg.

»Ja.« Sagmeister räusperte sich und löste den Krawattenknoten. »Ich, äh, ich war verheiratet.«

»Ach, Sie sind geschieden? Das ist ja bedauerlich.«

»Nein, eigentlich bin ich verwitwet.«

»Verwitwet? Ach du lieber Himmel, dann muss Ihre Frau sehr jung gestorben sein. War sie krank?«

Sagmeister schloss kurz die Augen und atmete aus. Aus ihrer Zeit in der Privatklinik von Dr. Hansen-Obendrauf wusste sie nur zu gut, dass der Kunde – oder in ihrem Fall der Patient – König war. Und da konnte man nicht einfach seine Meinung sagen. Hedwig schätzte Michael Sagmeister nicht als besonders gewieften Rhetoriker ein.

»Meine Frau ist einem Verbrechen zum Opfer gefallen.«

»Nein!« Hedwig rückte auf die Stuhlkante vor und legte ihre Hand auf den Schreibtisch. »Wie ist das passiert?«

»Das ... äh, sie wurde in ihrem Haus überfallen.«

»Um Gottes willen! Herr Fontaine, so etwas liest man doch sonst nur in der Zeitung. Und Sie waren nicht zu Hause?«

»Äh, wir haben getrennt gelebt.«

»Das ist doch trotzdem schlimm, Herr Fontaine, finden Sie nicht? Im Fernsehen sieht man dann immer, dass als Erstes der Ehepartner unter Verdacht gerät.« Hedwig nahm die Hand vom Tisch, rutschte zurück und lehnte sich an die Stuhllehne.

Hoffentlich hielt Herr Yildirim jetzt die Klappe.

»Ja, also, das ist im Fernsehen möglicherweise so. Aber ich, wir ...«

»Gerade wenn es in der Ehe nicht mehr so richtig läuft, könnte ich mir denken, dass die Polizei sich doch sehr für den Ehemann interessiert.«

Hedwig hörte Herrn Yildirim ausatmen.

»Oh, ich war bei meinem Saunaabend. Wenn ich gewusst hätte, dass so etwas passiert, wäre ich natürlich bei meiner Frau gewesen.«

Eine merkwürdige Mitteilung, fand Hedwig. Es sei denn, Sagmeister wusste, dass seine Frau in Gefahr gewesen war oder bedroht wurde.

»Es geht mich natürlich nichts an, aber es wäre ja auch möglich, dass Eifersucht im Spiel war.«

Yildirim sah erst auf die Uhr und dann zu Hedwig hinüber. »Ich möchte unsere Unterhaltung nur ungern unterbrechen, aber ich habe um fünfzehn Uhr einen Termin.«

»Natürlich, mein lieber Herr Fontaine.«

»Ja, wir sind ja mit der Planung noch nicht so richtig weitergekommen«, stellte Michael Sagmeister fest. »Vielleicht sprechen wir beide noch mal miteinander«, wandte er sich an Yildirim. Offenbar hielt er ein Gespräch zwischen zwei Männern für effektiver als eines in Gegenwart einer tratschsüchtigen alten Frau.

Yildirim erhob sich, und sie verabschiedeten sich von Sagmeister, der Yildirims Telefonnummer notierte.

»Was sollte das denn?«, fragte Yildirim, als er Hedwig die Beifahrertür aufhielt.

»Herrje, wir wollten uns doch gar nicht über Bauprojekte unterhalten. Ich wollte etwas Persönliches erfahren, und das ist mir auch gelungen.«

»Von Ihnen kann man in puncto Subtilität wirklich viel lernen.« Yildirim warf die Autotür zu und stieg auf der Fahrerseite ein.

»Wissen Sie, mein lieber Herr Fontaine. Das Gute am Alter ist, dass man sich auch ein wenig Schrulligkeit leisten kann, ohne dass einen die Leute hinauswerfen.«

»Du hast was?«

»Humm«, machte Hedwig. »Nicht ich. Wir. Streng genommen war ich ja nicht allein. Herr Yildirim war bei mir.«

Theresa schloss für einen Moment die Augen und wechselte den Telefonhörer ans andere Ohr. »Eine Sache wird nicht dadurch weniger illegal oder ungefährlich, dass man sie zu zweit begeht.«

»Du meinst, das, was wir getan haben, war illegal?«

»Hedwig, ihr habt Herrn Sagmeister vorgegaukelt, dass ihr potente Kunden seid und ihm ein lukrativer Auftrag winkt. Und dein Taxifahrer hat sich als – als was hat er sich ausgegeben?«

»Als mein Vermögensverwalter. Meinst du, das ist strafbar?«

»Vermutlich ja, und abgesehen von dieser Frage finde ich, dass du dich unnötig in Gefahr bringst.«

»Du denkst also, dass Michael Sagmeister der Mörder ist?«

»Ich denke vor allem, dass wir das nicht wissen. Und solange wir das nicht wissen, wäre es klüger, sich von ihm fernzuhalten.«

»Aber du warst doch von der Idee, eigene Ermittlungen anzustellen, angetan.«

Theresa seufzte. Angetan war nicht das richtige Wort. Anfangs war ihr Einverständnis auf ihr Schuldbewusstsein zurückzuführen gewesen, weil sie Hedwig direkt in die Höhle des Löwen geschickt hatte. Und dann war sie von Hedwigs Neugier angesteckt worden, aber da war ihr auch noch nicht klar gewesen, dass Hedwig derart eigenmächtige Ermittlungen anstellen würde. Auch wenn sie vermutlich stutzig hätte werden müssen, als Hedwig mitten in einem eleganten Restaurant – ebenfalls unrechtmäßig angefertigte – Fotos vom Tatort ausgebreitet hatte. Theresa war klar, dass sie Hedwig nicht davon abhalten könnte, ihre Nase in die Angelegenheit zu stecken. Es wäre deshalb vermutlich am klügsten, sich an den Ermittlungen zu beteiligen.

»Okay«, sagte sie. »Was steht denn als Nächstes auf dem Programm?«

»Tja, darüber werde ich heute Abend bei einem Gläschen Cognac über meinem Puzzle nachdenken.«

»Gut, dann erzählst du mir morgen von deinen Plänen. Ich wünsche dir einen schönen Abend, Hedwig.«

»Ich dir auch, Liebes.«

Theresa legte den Hörer auf. Es war kurz nach sieben, und sie hatte ein wenig Hunger. Abgesehen von dem Stück Apfelkuchen am Morgen hatte sie heute noch nichts gegessen. Sie könnte sich eine Kleinigkeit zu essen machen und dann ein wenig an dem Konzept weiterarbeiten. Und einfach mal abends vor acht zu Hause sein, wäre doch eine hübsche Abwechslung.

Als sie eine Dreiviertelstunde später den Wagen in die Garage fuhr, sah sie, dass im kleinen Zimmer im ersten Stock Licht brannte. Zu ihrer Verwunderung verspürte sie Unwohlsein bei der Aussicht, Tim anzutreffen. In den letzten Tagen hatte sie sich eine Aussprache gewünscht. Aber sie ahnte: Wie immer, wenn man lange auf etwas wartete, würde diese Aussprache anders ausfallen, als sie bisher gehofft hatte. In ihrer Vorstellung würde Tim ihre Nähe suchen, erklären, dass er nicht wusste, welcher Teufel ihn da geritten hatte, dass diese Brigitte ein Irrtum war und er doch nur sie liebte.

Als Theresa ihre Pumps abstreifte und achtlos auf dem gefliesten Boden im Flur liegen ließ, wusste sie, dass ihr ein Gespräch bevorstand, von dem sie sich nie im Leben hatte vorstellen können, dass sie es jemals führen würde. Ihr Mann Tim, ständig geistig abwesend und in seiner Fantasiewelt lebend, würde ihr erklären, dass er sie verlassen und künftig mit seiner neuen Liebe zusammenleben würde.

Unten an der Treppe blieb sie einen Augenblick stehen und lauschte, ob sie von oben Geräusche hörte, aber dort blieb alles still. Vielleicht hatte die elektronisch gesteuerte Beleuchtung verrücktgespielt und das Licht eingeschaltet. Eine Weile lauschte sie noch in die Stille und versuchte, sich an die Geräusche zu erinnern, die hier während ihres Zusammenlebens mit Tim zu hören gewesen waren. Aber das war jetzt vorbei. Seufzend ging Theresa in die Küche und warf einen Blick in den Kühlschrank. Tja, wenn man selbst nicht einkaufen ging und der Mann es auch nicht tat,

155

war es eigentlich keine Überraschung, dass der Kühlschrank leer blieb. Daran hätte sie eher denken sollen.

Während sie noch ratlos in den Kühlschrank sah und darüber nachgrübelte, was man aus einem Ei, zwei Gewürzgurken und einer halben Tube Tomatenmark zubereiten könnte, läutete es an der Tür. Draußen stand ihre Nachbarin Friedelinde, die eine Auflaufform vor sich hertrug und ihr darreichte wie ein Geschenk.

»Hi, ich hab viel zu viel von diesem Dings hier gemacht, hast du vielleicht Hunger?«

Theresa nahm ihr den Auflauf ab. »Das ist das beste Timing, das du jemals hattest. Komm rein.«

Friedelinde, im fünften Monat schwanger, folgte ihr ächzend ins Haus. Theresa kannte sich mit dem Schwangersein nicht aus, aber wenn das noch vier Monate so weitergehen sollte, würde Friedelinde ungeahnte Ausmaße annehmen. Die ließ sich wenig damenhaft auf einen Küchenstuhl plumpsen. »Mann, ey, mir ein Rätsel, wie Marie es geschafft hat, Zwillinge zu kriegen.«

Theresa schaltete den Backofen an und schob die Auflaufform hinein. »Beschwerlich?«

»Beschwerlich ist gar kein Ausdruck. Ich liebäugle schon damit, künftig unten auf dem Sofa zu schlafen, damit ich nicht jeden Abend die Treppe hochgehen muss.« Friedelinde zog sich einen zweiten Küchenstuhl hervor und legte die Füße drauf. »Aber Nicolas hat gesagt, dass das nichts nützt, weil das Bad oben ist.«

»Dann arbeitest du sicher auch nicht mehr«, fragte Theresa eingedenk ihres Vorhabens, Friedelindes Dienste an die Eltern von Julia Sagmeister weiterzuvermitteln.

»Ich habs probiert«, antwortete Friedelinde. »Aber als ich in meinen Shoppingwahn verfallen bin, wie damals, als ich meinen Fuß gebrochen hatte, hat Nicolas vorgeschlagen, dass ich mich auf meine Büroarbeit beschränken und für auswärtige Termine jemanden einstellen könnte. Das hab ich gemacht. Herr Müller ist pensionierter Archivar, sucht für mich Wohnungen auf und geht in die Archive. Ein Glücksfall.«

»Ah.« Theresa holte Teller und Besteck aus dem Schrank. »Das klingt gut. Und wie sieht es mit deinen Kapazitäten aus?«

Friedelinde musterte Theresa. »Willst du mir einen Auftrag aufs Auge drücken?«

»Ich wollte dich den Eltern einer … verstorbenen Mandantin empfehlen.« Gerade noch rechtzeitig war Theresa eingefallen, dass Julia Sagmeister nicht einfach nur verstorben, sondern ermordet worden war. Nicht rechtzeitig eingefallen war ihr, dass Friedelinde einen Radar für gefährliche Mordfälle hatte und regelmäßig über Leichen stolperte. Das würde sie bei der Sichtung von Julia Sagmeister hoffentlich nicht tun; allerdings bestand trotzdem die Gefahr, dass sie dem Täter auf die Spur kam. Und damit sollte eigentlich Schluss sein. »Vergiss es«, sagte Theresa deshalb. »Du hast bestimmt genug zu tun.«

Friedelinde sah sie aus zusammengekniffenen Augen an. »Ich soll etwas vergessen, wovon du mir bisher nur die Hälfte erzählt hast? So weit solltest du mich kennen, dass es jetzt für einen Rückzieher zu spät ist.«

»Es geht nicht, Friedelinde. Du bist schwanger, und meine Mandantin wurde erschlagen. Wir wollten dich ja eigentlich künftig aus der Gefahrenzone heraushalten, und wenn Nicolas davon erfährt, war es das mit unserer guten Nachbarschaft.«

»Aber warum denn?« Friedelinde zog sich einen Teller und Messer und Gabel heran. »In die Wohnung schicken wir Herrn Müller, und ansonsten erledige ich alles von meinem Büro aus. Da kann praktisch nichts passieren.«

»Wenn du meinst. Ich finde meine Idee allerdings inzwischen nicht mehr so toll.«

»Zu spät. Wer hat deine Mandantin erschlagen?«

»Das weiß ich nicht, und es interessiert mich nicht, und du sollst dich auch nicht dafür interessieren.«

»Okay, okay. Schon verstanden.« Friedelinde schwieg eine Weile. »Stand darüber etwas in der Zeitung?«

»Friedelinde!«

»Ist ja gut, man wird ja mal fragen dürfen. Ich leide schon ein bisschen unter Entzugserscheinungen.

»Dann lies einen Krimi.«

»Hast du dich eigentlich daran gewöhnt, dass Tim weg ist?«, fragte Friedelinde.

»Daran, dass er weg ist, schon, aber nicht, mit wem! So eine unansehnliche Tante.« Theresa warf einen Blick zum Ofen. Ihr wäre es sehr recht, wenn sie sich dem Auflauf widmen müsste, aber die Oberfläche warf noch nicht einmal Blasen.

»Sprecht ihr euch noch ab und zu?«

Theresa seufzte. »Er geht mir aus dem Weg. Lass uns über etwas anderes sprechen. Weißt du eigentlich schon, was es wird?«

»Ein Junge.«

»Ah, ihr habt schon einen Test gemacht? Oder konnte man es aus dem Ultraschall sehen?«

»Weder noch. Ich weiß es auch so.«

Theresa lächelte. Das war Friedelinde, wie sie sie kannte. Es war doch gut zu wissen, dass sich einige Dinge nicht veränderten.

Kapitel 8

Lukas Kampmann legte den Hörer auf. Theresa Sommer hatte ihn am Morgen angerufen und mitgeteilt, dass ihre Nachbarin, die Nachlasspflegerin Friedelinde Engel, sich um den Nachlass von Julia Sagmeister kümmern könnte. Allerdings hatte sie zwei Bedingungen dafür gestellt: Die Eheleute Krug, Julias Eltern, mussten damit einverstanden sein und sie offiziell beauftragen, und Frau Engel dürfte in keinem Fall mit einem gefährlichen Aspekt in Berührung kommen. Die letztere Bedingung hatte Lukas nicht verstanden, bis Theresa Sommer sie ihm erklärt hatte. Als sie auch den Namen des Lebensgefährten dieser Frau Engel nannte, Nicolas Sander, hatte es bei ihm geklingelt. Es war im

Präsidium bekannt, dass der Beau Kriminalhauptkommissar Nicolas Sander endlich sesshaft geworden war und sogar Vater wurde. Etwas, womit niemand gerechnet hatte und zu dem in der Polizeikantine sogar Wetten abgeschlossen wurden. Wie auch immer. Er rief Gisela Krug an und erkundigte sich nach ihrem Befinden und dem ihres Mannes.

Kurz nach ein Uhr wollte Theresa sich bei Hedwig danach erkundigen, ob sie vielleicht einen kleinen Happen zu Mittag essen würden. Zu ihrer Überraschung war ihre Tante gerade dabei, ihren Mantel anzuziehen. Theresa ging zu ihr und half ihr, den rechten Arm in den Mantelärmel zu stecken.

»Machst du deine Mittagspause?«, fragte Theresa und reichte ihr den altrosafarbenen Hut.

»Sozusagen.« Hedwig nahm den Hut und ging zum Garderobenspiegel hinüber.

»Sozusagen?« Theresa verschränkte die Arme vor der Brust und sah zu, wie Hedwig sich den Hut mit huldvoller Geste auf den Kopf setzte. »Wieso habe ich das Gefühl, dass du wieder so etwas vorhast, wie inkognito zu ermitteln?«

Hedwig rückte ihren Kopfputz ein wenig zurecht und wandte sich dann ihrer Nichte zu. »Inkognito. Ich stelle lediglich einige Ermittlungen an, um den Tod dieser armen Person nicht ungesühnt zu lassen.«

Theresa grinste. »Du hast es wirklich drauf. Also, was genau hast du vor?«

»Ich werde das Zeitungsarchiv aufsuchen. Dieses Foto interessiert mich.«

»Zeitung? Foto?«

»Du erinnerst dich doch an die Zeitung auf dem Couchtisch bei Julia Sagmeister.«

»Ja, aber du hast doch ein Foto davon.«

»Liebes, das Foto in der Zeitung ist schon verpickelt oder wie das heißt. Und dann haben wir es nur noch einmal auf einem weiteren Foto. Es ist alles total unscharf. Man kann überhaupt nichts erkennen.«

»Verpixelt. Und wohin willst du jetzt?«

»Ins Zeitungsarchiv.«

»Aber das können wir doch auch im Onlinearchiv ansehen.«

Hedwig griff nach ihrer Handtasche, die auf dem Empfangstresen stand. »Falls das wieder so eine Sache ist, die mit dem Internet zu tun hat, bin ich dafür nicht die Richtige.«

»Aber bevor du dich erst auf den Weg machst, können wir es doch gemeinsam versuchen.«

Hedwig stellte ihre Handtasche wieder ab und lächelte. »Jetzt bist du doch neugierig.«

»Vielleicht will ich auch nur verhindern, dass du in Schwierigkeiten gerätst.« Theresa half Hedwig aus dem Mantel und startete den PC.

Ein paar Minuten später hatten sie die Zeitungsausgabe im Onlinearchiv der Hamburger Zeitung gefunden. Theresa vergrößerte das Titelbild so weit wie möglich, aber das hatte auch zur Folge, dass die Aufnahme unscharf wurde.

»Hm«, machte Hedwig und beugte sich vor. »Ich kann nicht viel mehr erkennen als auf dem Foto von Herrn Yildirim.«

Bedauerlicherweise musste Theresa dem zustimmen. Sie schaltete den PC aus und nahm Hedwigs Mantel vom Garderobenhaken. »Du hast gewonnen.«

Der Mitarbeiter der Zeitungsredaktion suchte ihnen trotz der dort herrschenden Hektik den entsprechenden Artikel heraus und druckte ihn aus. Er erklärte ihnen, dass die Qualität des Bildmaterials deshalb nicht besonders gut war, weil das Foto von einem sogenannten Privatreporter mit seinem Smartphone gemacht worden war. Hedwig erfuhr, dass es sich bei Privatreportern um nichts anderes als um Passanten handelte, die zur rechten Zeit am rechten Ort waren, um einen Schnappschuss zu machen.

»Mit anderen Worten handelt es sich um Gaffer«, stellte Hedwig fest.

»Um bezahlte Gaffer«, ergänzte Theresa und berichtete Hedwig, dass diese Leute Geld dafür bekamen, wenn sie ihre Fotos an die Zeitung verkauften.

Eine Feststellung, die Hedwig mit den Worten: »Das ist ja ekelhaft«, kommentierte, was sie allerdings nicht davon abhielt, den Ausdruck an sich zu nehmen, bevor sie das Gebäude des Zeitungsverlags mit schnellen Schritten verließ. Theresa folgte ihr auf die Straße.

»Wir gehen dort drüben in den Imbiss und sehen es uns genauer an«, erklärte Hedwig und überquerte bereits die Straße.

Bei zwei Portionen Pommes sah sie sich den Ausdruck genauer an.

Theresa steckte sich ein Pommesstäbchen in den Mund und betrachtete das Foto. »Ehrlich gesagt, kann ich darauf nichts anderes erkennen als auf dem Foto von Herrn Yildirim.«

Hedwig kniff die Augen zusammen und stieß beinahe mit der Nase auf den Ausdruck. »Wie dumm. Ich habe meine Lupe nicht dabei.«

Theresa sah sich um, aber weder der Mann hinter dem Tresen noch die Leute an dem Stehtisch neben ihnen schienen sich für ihr Tun zu interessieren.

»Ich werde das Foto zu Hause mal genauer inspizieren.« Hedwig lächelte.

»Ich weiß deinen Humor zu schätzen, aber ehrlich gesagt, kann ich nicht erkennen, was an der Aufnahme eines Verkehrsunfalls Besonderes ist und vor allem, was der Unfall mit dem Mord an Julia Sagmeister zu tun haben soll.«

»Das weiß ich auch nicht«, gab Hedwig zu und hielt das Foto ins Licht. »Schwerer Verkehrsunfall auf der Kreuzung Martinistraße/Tarpenbekstraße.« Enttäuscht ließ sie das Foto sinken. »Das sehe ich auch. Was ist das für eine dämliche Bildunterschrift.«

»Na ja, was hattest du erwartet?« Theresa stippte eine Pommes in die Mayonnaise auf ihrem Pappteller.

»Ich weiß nicht. Irgendetwas Erhellendes.«

»Okay, gehen wir es systematisch an. Was genau sehen wir?«

»Einer von diesen kleinen Flitzern, die meinen, sie könnten allen anderen Fahrzeugen ausweichen, ist mit einem von diesen Riesentrumms zusammengerasselt und musste sich eines Besseren belehren lassen.«

Theresa grinste. »So schön hat vermutlich noch niemand einen Unfall beschrieben. Und was siehst du noch?«

»Eine Menge Krankenwagen und Polizisten und Gaffer.« Hedwig steckte das Foto in ihre Handtasche. »Morgen weiß ich vermutlich mehr.«

»Gut.« Theresa sah auf ihre Armbanduhr. »Dann machst du jetzt Feierabend, und ich kehre in die Kanzlei zurück. Und keine gefährlichen Ermittlungen, okay?«

»Ich doch nicht.«

Theresa sah ihrer Tante nach, die fröhlich die Handtasche schwenkend zum nächsten U-Bahn-Schacht wandelte. Sie selbst musste dringend in die Kanzlei zurückkehren. Bei der Bearbeitung des Gutachtens hatten sich einige Fragen aufgetan, weshalb sie am Vormittag Lohmeyer angerufen hatte. Sein Büro hatte ihr mitgeteilt, dass er nach dem Mittagessen erwartet wurde. Und ohne die Antworten auf ihre Fragen kam sie nicht weiter.

In der Kanzlei drückte sie den Knopf für die Wahlwiederholung, aber das Büro des Bauamts teilte ihr mit, dass Lohmeyer noch nicht zurückgekehrt und nur er in der Lage war, die notwendigen Auskünfte zu erteilen. Also schob Theresa die Unterlagen für das Gutachten beiseite und widmete sich der Akte eines neuen Scheidungsverfahrens.

Kai kehrte aus der Mittagspause mit einem Schokoladenpudding im Plastikbecher zurück. »Ich hab davon abgesehen, dir einen Pudding mitzubringen.« Sein Telefon läutete, und er hob ab.

»Danke.« Lukas blätterte eine Seite in seinem Notizbuch um und schrieb sich ein paar Stichworte über sein Telefonat mit Julia Sagmeisters Eltern auf. Neben der Information, dass er mithilfe von Frau Sommer jemanden gefunden hatte, der sich um den Nachlass ihrer Tochter kümmern würde, hatte Lukas sich darum bemüht, nebenbei ein wenig mehr über Johannes Krug, Julias Onkel, und über ihre Schwester Ariane zu erfahren. Es fand es selbst nicht ganz okay, dass er die entspannte Situation dafür genutzt hatte, um Julias Mutter auszuhorchen. Aber immerhin hatte er ihr einen Polizeipsychologen vor Ort vermitteln können und ein paar persönliche Worte mit ihr gewechselt. Und nachdem der Schock ein wenig nachgelassen und sich die Trauer verändert hatte, war Gisela Krug tatsächlich einige Momente ehrlich gewesen.

Julia Sagmeister hatte als Mordopfer ein wenig ihres unschuldigen Glanzes verloren. Ihre Mutter hätte es jedenfalls gern gesehen, wenn Julia sich um ihren Onkel gekümmert hätte. Das Haus sei doch groß genug, und nachdem die ersten Probleme, die der Schlaganfall mit sich brachte, in den Griff zu bekommen waren, hätte Julia doch mithilfe eines Pflegedienstes ihren Onkel versorgen können. Auf Lukas' Einwand, dass Johannes Krug selbst diese Art des Zusammenlebens nicht gewollt haben könnte, hatte Gisela Krug erwidert, dass ihr Schwager hin und wieder ein wenig enttäuscht geklungen habe, was diesen Punkt anbetraf. Und als es um Julias Pläne für eine Zukunft ohne ihren Mann ging, hatte Gisela Krug erklärt, dass Julias Niedergeschlagenheit direkt nach der Trennung von ihrem Mann einer gewissen Euphorie gewichen war. Was diese Änderung hervorgerufen hatte, wusste Gisela Krug nicht, und sie konnte auch keine Vermutung äußern. Julias Geheimnis, schrieb Lukas. Klang wie der Titel eines Groschenromans.

»Okay, wir kommen.« Kai legte den Hörer auf und griff nach seinem Puddingbecher. »Du musst dein Tagebuch weglegen. Wir haben noch eine Tote.«

Lukas schätzte es nicht, aus Mordermittlungen herausgerissen zu werden. Er verlor dabei das Gefühl für das Opfer seines aktuellen Falles und das Gespür für die beteiligten Personen. Aber wie Polizeipräsident Dr. Mühlenbeck ihm einmal erklärt hatte, er konnte nicht erwarten, dass man ihm Tee und Gebäck hinstellte und mit den Worten »Lassen Sie sich Zeit, und wenn Sie etwas brauchen, melden Sie sich« leise die Tür hinter sich zuzog. Genau dafür führte er sein Notizbuch, um die Verbindung zu einem Fall nicht zu verlieren. Insbesondere wenn er wie jetzt zu einem neuen Mordfall gerufen wurde.

Kai lenkte den Wagen mit ziemlich hoher Geschwindigkeit aus der Tiefgarage des Präsidiums auf die Straße. Zu Beginn ihrer gemeinsamen Fahrten hatte er Kai bei jeder Fahrt darauf hingewiesen, dass der Tote bereits tot war und keine Eile bestand, aber diesen Spruch verkniff er sich seit einer Weile. Es hatte keinen Sinn, die Menschen ändern zu wollen. Menschen änderten sich nicht. Wenn sich aber Menschen nicht änderten, warum hatte sich dann Julia Sagmeister in eine verwandelt, die ein Geheimnis verbarg? Die die Gutmütigkeit ihres Onkels ausnutzte und vielleicht auch Pläne in Bezug auf ihre Eltern hatte, die keineswegs so altruistisch waren, wie alle annahmen? Irgendetwas hatte Julia Sagmeister im Schilde geführt. Da war er sich sicher.

Erstaunt sah er Kai an, als der den Wagen am Rande des Hirschparks in Nienstedten abstellte. »Und wo gibt es hier eine Leiche?«

Kai schnallte sich ab. »Im Park.« Kai stieg aus, und Lukas folgte ihm.

Sie passierten ein weiß gestrichenes Reetdachhaus, in dem ein Restaurant untergebracht war. Davor gab es einen schönen Garten, eingefasst mit niedrigen Buchsbaumhecken. Neben einigen Gebäuden am Weg stand ein uniformierter Beamter. Drei Polizeiwagen und der Transporter der Spurensicherung versperrten den Fahrweg, der weiter in den Park hineinführte. Kai zeigte dem Kollegen seinen Dienstausweis, und ab da wurde der Weg etwas unbequem. Er führte querfeldein in das Dickicht, der Boden war feucht und matschig, und die Äste der Büsche schlugen ihnen ins Gesicht. Kai sah auf seine ehemals weißen Sneakers von Boss und fluchte leise vor sich hin.

An einer Polizeiabsperrung stand eine Gruppe uniformierter Beamter, daneben die Kollegen von der Spurensicherung, die in ihre Schutzanzüge stiegen.

Einer der Polizisten trat vor. »Herr Kampmann? Peter Lorenz.«

»Tag, Herr Lorenz. Das ist mein Kollege Lehmann.«

Lorenz, dessen Schulterklappen ihn als Polizeiobermeister auswiesen, deutete hinter sich. »Dort drüben im Gebüsch liegt eine weibliche Leiche. Sieht aus wie eine Joggerin, die überfallen wurde. Ihre Kleidung ist zerrissen. Mehr kann ich noch nicht sagen. Ich dachte, wir warten erst mal die Spurensicherung ab, bevor hier noch mehr Fußspuren zerstört werden.«

»Sehr gut. Wer hat die Leiche gefunden?«

»Ein älterer Herr. Heinz Schäfer. Ein Mitarbeiter aus dem Lokal da vorn kümmert sich um ihn. Sah ein bisschen fertig aus, der Mann. Also, der Herr Schäfer.«

»Braucht er einen Arzt?«

»Nein, der Kellner hat ihm eine Tasse Tee versprochen, ich glaube, dass er keine Medikamente braucht.«

»Gut.« Lukas wandte sich an Kai. »Sag mir Bescheid, wenn wir loslegen können.«

Bevor Kai sich darüber beschweren konnte, dass er seine eleganten Sneakers noch mehr einsauen musste, während Lukas es warm und gemütlich hatte, setzte er sich in Bewegung und ging den Weg zurück bis zu dem Lokal. Es hieß Witthüs, hatte ein Pendant auf Sylt, und das Gebäude verfügte über eine dreihundertjährige Geschichte. In seinem Innern war es warm und gemütlich, mit einem Hauch englischer Eleganz. Selbst wenn mehr als drei Tische wie im Augenblick besetzt wären, hätte er Heinz Schäfer entdeckt. An einem Fenstertisch saß ein Mann um die siebzig, auf der Lehne des Stuhls neben ihm hing eine grüne

165

Wetterjacke, auf der weißen Tischdecke lag neben einer Teekanne eine braune Filzkappe. Vor dem Mann stand eine dampfende Teetasse. Unter dem Stuhl lag ein Rauhaardackel, die Schnauze auf die Vorderpfoten gelegt. Als Lukas an den Tisch trat, hob der Hund kurz den Kopf und wedelte mit dem Schwanz, um sich dann wieder seinem Nickerchen hinzugeben.

»Herr Schäfer? Lukas Kampmann, Kripo Hamburg.«

»Ah.« Der Mann machte Anstalten aufzustehen.

»Bleiben Sie bitte sitzen. Darf ich?« Lukas deutete auf den freien Stuhl.

»Natürlich.«

Ein Kellner trat an den Tisch und stellte einen Teller mit Obst, Rumkirschen, Sahne und etwas, was aussah wie Kuchenreste, vor Schäfer hin. »Einmal Qualle auf Sand.«

»Das sieht gut aus. Ich hätte gern das Gleiche«, sagte Lukas.

Der Kellner schenkte ihm ein Lächeln. »Gern.«

»Das war bestimmt ein ziemlicher Schreck, als Sie die Frau gefunden haben, wie?«

Heinz Schäfer lehnte sich zurück. »Oswald hat die Frau gefunden. Wir waren gerade am Landhaus vorbeigekommen, als Oswald wie ein Verrückter an der Leine gezogen hat und schnurstracks ins Gebüsch abgerauscht ist. Ich bin kaum hinterhergekommen. Und dann lag da diese Frau.«

»Landhaus?«

»Oben am Hauptweg.« Schäfer deutete in die Richtung, aus der Lukas gekommen war. »Das Landhaus, das der Hamburger Reeder Godeffroy vor mehr als zweihundert Jahren hat erbauen lassen.« Er klopfte auf den Tisch. »Das hier war das Kavaliershaus.«

»Was ist ein Kavaliershaus?«

»In Kavaliershäusern hat man früher den Hofstaat eines Schlosses untergebracht. Hier im Hirschpark musste es wohl eine Nummer kleiner gehen, aber hier wurde vermutlich das Personal des Reeders untergebracht.«

»Keine schlechte Bleibe.« Lukas nahm sein Handy aus der Jackentasche. »Entschuldigen Sie.« Er drückte Kais Kurzwahl. »Kai, der Weg, den wir gegangen sind, ist möglicherweise auch die Strecke gewesen, die das Opfer oder der Täter oder beide zurückgelegt haben. Sieh zu, dass diese Strecke ebenfalls gesperrt und untersucht wird.«

Die Kellnerin stellte ihm ebenfalls einen Teller mit Kuchen und Obst und ein Kännchen Tee hin.

»Jetzt bin ich mal gespannt.« Lukas blickte auf seinen Teller und griff nach seiner Kuchengabel.

»Und das war früher ein Resteessen«, erklärte Heinz Schäfer. »Man hat die Kuchenreste vom Vortag darin verarbeitet. Aber ich denke, heute nehmen sie frisch gebackenen Kuchen.«

»Beruhigend. Herr Schäfer, ich muss noch mal auf den Leichenfund zu sprechen kommen.«

»Natürlich. Ist mir schon klar, dass Sie sich hier nicht zum Plaudern mit mir zusammengesetzt haben. Wie gesagt, Oswald hat die Leiche gefunden. Die Frau war mit nassem Herbstlaub bedeckt. Sie lag auf dem Rücken, die Finger ihrer linken Hand ragten aus den Blättern hervor. Oswald ist besser zu Fuß als ich, deshalb hatte er das Laub schon teilweise beiseitegescharrt, als ich ihn endlich eingeholt habe. Ich habe ihn weggezogen und die Polizei gerufen.«

»Ist das Ihr üblicher Weg, am Landhaus vorbeizugehen?«

»Ja, Oswald und ich gehen dann am Hirschgehege vorbei, wo er die armen Tiere ein wenig anbellt, und dann machen wir einen Bogen und kehren an der Elbchaussee zurück. Ich wohne hier oben am Mühlenberg.«

»Und wie häufig gehen Sie den Weg?«

»Einmal am Tag gehen wir diese etwas längere Strecke. Meistens am Mittag, es sei denn, es regnet.«

»Und wann sind Sie das letzte Mal dort entlanggegangen? Ich meine, abgesehen von heute?«

»Gestern am späten Nachmittag. Sie haben für heute Morgen

Regen angesagt, und gestern war ich tagsüber zugegebenermaßen ein wenig faul und bin mit Oswald nur die Straße rauf und runter.«

»Wie viel Uhr war es?«

»Hm, muss so gegen halb fünf gewesen sein.«

»Konnten Sie die Frau erkennen? Haben Sie sie vielleicht schon einmal hier im Park gesehen? Wenn ich es richtig verstanden habe, ist sie hier gejoggt.«

»Ich muss zugeben, dass ich Oswald angeleint habe und zum Hauptweg zurückgekehrt bin. Mich hat plötzlich ein furchtbarer Grusel überfallen. Da draußen allein mit einer Toten. Auch wenn es mitten am Tag war.«

»Das verstehe ich.« Lukas schob seinen leeren Teller von sich. »War wirklich lecker. Herr Schäfer, haben Sie meinem Kollegen Ihre Adresse gegeben?«

»Habe ich.«

Lukas winkte dem Kellner. »Ich möchte gern zahlen.«

»Natürlich.« Der Kellner ging zu seiner Registrierkasse.

»Erholen Sie sich von dem Schock«, sagte Lukas an Herrn Schäfer gewandt. »Und vielen Dank für die Ausübung Ihrer Bürgerpflichten.«

»War mir eine Ehre. Aber ich glaube, ich genehmige mir zum Abschluss noch ein kleines Glas Obstwasser gegen den Schreck.«

Lukas erhob sich und winkte dem Kellner zu, der hinter dem Tresen stand und auf seinem Handy tippte.

In der Zwischenzeit hatte Kai tatsächlich für die Absperrung des Zugangs zum Fundort der Leiche gesorgt. Mit genervter Miene stand er am Weg und sah Lukas entgegen. Der unterdrückte sein etwas schlechtes Gewissen wegen der Qualle auf Sand. Während er sie vertilgt hatte, hatte sich Kai seine Sneaker ordentlich eingesaut. Nachts hatte es ziemlich geschüttet, jetzt nieselte es nur noch leicht. Feuchte Luft wie das, was seine Mutter beim Bügeln immer auf die Hemden sprühte.

»Und?«, fragte Kai.

»Herr Schäfer sagt, dass er diese Strecke gestern Abend zuletzt gegangen ist. Oder vielmehr am späten Nachmittag, so gegen halb fünf. Oswald, sein Dackel, hätte sonst vielleicht schon gestern die Leiche entdeckt. Aber das wird uns die Rechtsmedizin sagen.«

»Spurensicherung ist durch, der Doktor sieht sie sich gerade an. Ich hab noch einen Mantrailer angefordert. Vielleicht lässt sich ihr Weg zurückverfolgen. Wenn sie tatsächlich gejoggt ist, wird sie kaum ihren Perso dabeihaben.«

»Gute Idee. Wollen wir mal hingehen?«

Kai sah erst auf seine Schuhe, dann in Lukas' Gesicht.

»Ist okay. Ich geh erst mal allein. Willst du dir hier irgendwo Gummistiefel leihen?« Lukas lächelte freundlich. Wenn es regnete, zog er seine knöchelhohen Stiefel mit der dicken Sohle an. Damit kam man auch durchs Dickicht.

Er ging an der Absperrung entlang zum Leichenfundort. Dr. Berger stand über die tote Frau gebeugt und wischte das feuchte Laub von ihrem Körper. Lukas stellte sich neben ihn.

»Moin, Doktor.«

»Moin.« Der Rechtsmediziner machte sich nicht die Mühe, aufzusehen. Vorsichtig wie ein Archäologe zupfte er ein bunt gefärbtes Blatt nach dem anderen von der Frau und brachte ein gräuliches Gesicht und dunkle Haare zum Vorschein. Sie trug eine rosafarbene Sweatshirtjacke, die am Ausschnitt eingerissen war, darunter ein graues Shirt.

Als sie schließlich unbedeckt vor ihnen lag, waren eine graue Jogginghose, nackte Knöchel und Laufschuhe zu sehen. Äußerlich wirkte sie unversehrt, und Lukas fragte sich, ob sie hier wirklich einen Mordfall hatten oder ob die Frau vielleicht beim Joggen zusammengebrochen war. Lukas sah nach oben. Der Baum sah nicht aus, als hätte er über Nacht alle Blätter abgeworfen. Dafür war es auch noch viel zu früh im Jahr. Dann blieb nur die Variante, dass jemand das Laub über sie gehäuft hatte.

Dr. Berger leuchtete der Frau in die Augen, bewegte vorsichtig ihren Kopf, schob ihre Ärmel hoch und maß ihre Temperatur. Dann sah er zu Lukas hoch. »Mehr kann ich im Augenblick nicht machen. Ich muss sie mitnehmen und obduzieren.«

Das war nun eine wenig überraschende Mitteilung. »Und können wir vielleicht den Todeszeitpunkt ein klitzekleines bisschen eingrenzen?«

Dr. Berger erhob sich. »Können wir. Wenn man die nächtliche Temperatur, die derzeitige Körpertemperatur und den Rückgang der Leichenstarre berücksichtigt, würde ich sagen, irgendwann zwischen gestern Abend und heute Morgen.«

»Im Ernst?«

»Im Ernst.« Dr. Berger gab den beiden Männern hinter der Absperrung ein Zeichen.

Die beiden kamen näher und stellten einen Zinksarg neben dem Leichnam ab. Der Mann am Kopfende kreuzte die Arme der Frau vor ihrer Brust und fasste ihre Schultern, der andere ihre Fußgelenke. Behutsam legten sie den Leichnam in den Sarg und schlossen den Deckel. Lukas kniete sich neben den Platz, auf dem die Tote gelegen hatte. Das Laub war an der Stelle, an der die Tote gelegen hatte, niedergedrückt und fast vollständig trocken. Die Frau musste also vor Einsetzen des Regens abgelegt worden sein. Und das Laub war auch nicht frisch vom Baum geweht. Jedenfalls nicht alles. Jemand hatte sie mit dem herumliegenden Laub und kleinen Zweigen bedeckt.

Kai stand immer noch am selben Platz und fummelte auf seinem Tablet herum.

»Ich fahre in die Rechtsmedizin, um bei der Obduktion dabei zu sein.« Lukas sah auf Kais Schuhe hinunter. »Du kannst dich inzwischen im Präsidium mit deinen Schuhen befassen und gucken, ob jemand eine dunkelhaarige Frau zwischen dreißig und vierzig vermisst.«

Lukas holte den Rechtsmediziner ein und ließ sich auf den Beifahrersitz fallen.

»Hallo?«, fragte Dr. Berger. »Sind wir verabredet?«

»Ich wollte mich unauffällig an Sie ranmachen.«

»Sehr unauffällig.«

»Ich möchte gern bei der Obduktion dabei sein.«

»Da sind Sie aber der Erste, der sich um einen Platz an meiner Seite reißt.«

»Abgesehen von Ihrer Frau.«

»Abgesehen von meiner Frau.«

Lukas hatte keineswegs vor, der Obduktion bis zum Schluss beizuwohnen. Er wollte vielmehr bei der ersten äußeren Leichenschau anwesend sein. Dann würde er sich unter einem Vorwand verdünnisieren. Vielleicht ergaben sich dabei Anhaltspunkte für das, was hier passiert war.

Gegen den eigentümlichen Geruch in der Rechtsmedizin konnte man sich nicht wappnen. Eine unangenehme Mischung von eisenhaltigem Blut und Desinfektionsmittel, unterlegt mit einem durchdringenden Verwesungsgeruch. Während er in den grünen Kittel und die blauen Plastiküberschuhe schlüpfte, versuchte er, an etwas Schönes zu denken. Beispielsweise an Theresa Sommer, die er doch ohnehin noch fragen wollte, ob Michael Sagmeister seiner Frau Unterhalt schuldete. Oder hatte er sie das schon gefragt? Lukas setzte die Plastikhaube auf. Es war doch egal, ob er sie schon gefragt hatte. Sein Blick fiel auf das Spiegelbild in der Glastür. Meine Güte, sah er beknackt aus.

Dr. Berger empfing ihn mit grimmiger Miene. »Brauchen Sie morgens im Bad auch so lange?«

»'tschuldigung. Kann sein, dass ich mich ein wenig vertrödelt habe.«

»Gut.« Dr. Berger nahm sein Diktiergerät von der Anrichte aus Stahl und beschrieb die tote Frau vor sich auf dem Obduktionstisch.

Lukas nutzte die Zeit, um sie noch einmal genauer anzusehen. Als Dr. Berger das Diktafon beiseitelegte und sich daranmachte, die Tote zu entkleiden, hob er die Hand. »Augenblick noch.«

Dr. Berger hielt in der Bewegung inne und bedachte ihn mit einem genervten Blick.

»Meinen Sie, dass wir es mit einem Sexualdelikt zu tun haben?«, fragte Lukas.

»Auf den ersten Blick eher nicht, würde ich sagen. Dann wäre die Kleidung, abgesehen von dem eingerissenen Ausschnitt, nicht so intakt und die Frau nicht so ordentlich gekleidet gewesen. Das werden wir aber bei der Leichenöffnung feststellen.«

»Finden Sie es nicht merkwürdig, dass der Ausschnitt der Sweatshirtjacke eingerissen ist, aber nicht das Shirt darunter?«

Der Rechtsmediziner hob die Schultern. »Die Jacke ist vielleicht schon länger beschädigt. Oder falls es der Täter war, hat er vielleicht nur die Jacke, nicht aber das Shirt erwischt.«

»Okay, könnte sein.«

Dr. Berger fuhr mit der Beschreibung der Kleidung fort, während er ihr die eben beschriebenen Kleidungsstücke auszog. Das Shirt unter der Jacke war ärmellos und sah aus wie frisch aus dem Schrank genommen. Die Jogginghose hatte weite Beine und einen Gummibund an den Knöcheln. Dr. Berger löste die Schnürsenkel und zog die Laufschuhe von den Füßen. Darunter kamen diese kurzen Söckchen zum Vorschein, deren Bund unterhalb des Knöchels endete.

Lukas verschränkte die Arme vor der Brust und legte den Daumen an die Lippen. Sie sollten wohl denken, dass die Frau auf ihrer üblichen Joggingrunde aus welchen Gründen auch immer vom Weg abgewichen und sich in die Büsche geschlagen hatte. Und dann? Dann war sie einfach tot umgefallen, oder wie?

»Gefällt Ihnen irgendwas nicht?« Dr. Berger legte das zweite Söckchen auf die Anrichte.

Die Frau sah nicht aus wie eine regelmäßige Joggerin. Für Lukas stellte sich deshalb die Frage, ob sie regelmäßig im Hirschpark unterwegs gewesen war und der Täter ihr aufgelauert hatte.

»Können Sie inzwischen etwas über die Todesursache sagen?«

»Ich würde sie dafür gern umdrehen, aber vorher will ich noch die Vorderseite begutachten.«

»Ist recht.«

Die Frau sah völlig unversehrt aus. Wenn sie nicht die ungesunde Gesichtsfarbe und die Leichenflecken aufgewiesen hätte, hätte man meinen können, sie schliefe. Dr. Berger schien auch nichts zu finden, denn nach langen fünf Minuten rief er seinen Assistenten herbei, und gemeinsam drehten sie die Tote auf den Bauch.

Lukas hatte eine Kopfwunde erwartet, aber der Hinterkopf sah unversehrt aus. Das Haar war feucht und zerdrückt, Reste von Blättern und dem Untergrund hingen zwischen den Strähnen.

Dr. Berger strich sanft wie ein Chiropraktiker über die Nackenwirbelsäule und drehte den Kopf leicht von links nach rechts. »Sehen Sie hier diese Verletzung?«

Lukas beugte sich vor. Tatsächlich war unterhalb des Haaransatzes am Hinterkopf eine leichte Verletzung zu erkennen. Etwas, was aussah wie ein roter Strich. »Und?«

»Dens axis. Der zweite Halswirbel ist gebrochen.«

»Genickbruch?«

Dr. Berger sah Lukas über seine Brille hinweg an. »Wenn ich den Schädel öffne, kann ich Ihnen das etwas genauer zeigen.«

»Nicht nötig, ich habe auch so eine ziemlich gute Vorstellung. Wobei? Ich meine, womit? Wobei konnte sie sich das Genick brechen?«

»Das weiß ich nicht. Ich muss mich nachher mit der Spurensicherung kurzschließen. Soweit ich mich erinnere, gab es am Fundort nichts, was für diese Verletzung in Betracht kommt.«

»Und kann sie auf einen Stein gefallen sein?«

»Möglich. Aber ich weiß es noch nicht, Herr Kampmann.« Der Gerichtsmediziner klang ungeduldig.

Und Lukas hatte plötzlich ein ganz dummes Gefühl. »Wäre es möglich, dass der Fundort nicht der Tatort ist?«

»Möglich ist alles. Auch, dass ich heute Abend zu spät zum Abendessen heimkomme, weil sich diese Obduktion ewig hinzieht.«

»Dann will ich Sie nicht länger aufhalten. Ich warte einfach auf Ihren Bericht, den Sie doch bestimmt vor dem Abendessen fertigstellen werden.« Lukas deutete auf die Kleidungsstücke. »Darf ich?«

»Nur zu.« Dr. Berger schien zufrieden damit zu sein, seiner Arbeit ohne lästige Fragen nachgehen zu können.

Lukas betrachtete die Sachen, die Dr. Berger so ausgelegt hatte, wie er sie ausgezogen hatte. Er fühlte sich ein wenig an die Anziehpuppen erinnert, die man aus Papier ausschnitt und denen man Kleidung ebenfalls aus Papier anlegen konnte. Die Söckchen waren blütenweiß, das ärmellose Shirt trocken. Der Ausschnitt der Sweatshirtjacke hatte auf der linken Seite einen Riss, die Ausschnittkante rollte sich nach außen.

Plötzlich ertrug er den Geruch hier drinnen nicht mehr. Er musste raus an die frische Luft, und er brauchte ein neues Notizbuch.

Kai saß an seinem Schreibtisch, auf der Heizung hinter ihm standen seine wieder wie neu glänzenden Sneaker, daneben hing ein schmutziges Geschirrhandtuch aus der Teeküche. Wenn eine der Putzfrauen das zu sehen bekam, würde Kai Ärger kriegen.

»Hi.« Lukas setzte sich an seinen Platz.

»Hi.« Kai sah nicht mal auf, auf seinem Schreibtisch herrschte ein heilloses Durcheinander. Von seiner sonst so verlässlichen Ordnung war im Augenblick nichts zu sehen.

»Gibts was zu unserer Toten?«, fragte Lukas.

»Ich dachte, das würdest du mir sagen.«

»Ich meinte ja eher, zu ihrer Identität. Gibt es niemanden, der sie vermisst?«

»Vielleicht schon, aber wenn, hat er sich nicht gemeldet.«

Lukas stand wieder auf und ging in die Teeküche, bevor er etwas erwiderte, was er später bereute. Kai konnte ihn manchmal auf die Palme bringen, wozu schon einiges gehörte. Die Zubereitung eines grünen Tees nahm einige Zeit in Anspruch, und als er zurückkehrte, hatte er sich wieder beruhigt.

»Also«, sagte er und lehnte sich neben das schmutzige Geschirrhandtuch gegen die Wand. »Die Tote trug keine Sportsocken, sondern nur so Söckchen, die die Knöchel nicht bedecken. So was zieht man nicht an, wenn man joggen geht. Die Jogginghose, die sie trug, hatte ein weites Bein. Total unpraktisch zum Laufen. Da verheddert man sich bei jedem Schritt. Und dieser Riss am Ausschnitt sah aus wie gewollt.«

Jetzt sah Kai doch auf. »Meinst du, jemand hat sie wegen ihrer ungeeigneten Laufkleidung umgebracht, oder was?«

Lukas trank einen Schluck Tee. »Diese Frau ist nicht regelmäßig gejoggt. Ihre Fußgelenke waren völlig unversehrt. Keine Abschürfungen, keine Blasen oder blaue Flecken. Und das hätte sie bei dieser merkwürdigen unpassenden Kleidung.«

Kai drehte sich zu ihm um. »Ich wäre dir dankbar, wenn du erst deine Schlussfolgerung präsentierst und sie hinterher begründest. Ich komm sonst nicht mit.«

»Sie lag da zugedeckt mit dem Laub, das sicher nicht im Laufe des Vormittags auf sie niedergeschwebt ist. Und den Ausschnitt der Jacke hat vielleicht jemand mit Absicht eingerissen.«

»Ich werde gleich wütend.«

»Jemand hat die Frau erschlagen, ihr anschließend Sportklamotten angezogen und sie in den Park gelegt.« Lukas lächelte. »Zufrieden?«

»Und warum bedeckt er sie dann mit Laub? Und warum lässt er die Leiche nicht einfach in ihrer Wohnung liegen?«

»Weil er sie vielleicht nicht in ihrer Wohnung erschlagen hat. Und ob sie überhaupt erschlagen wurde, steht noch gar nicht fest. Und im Park hat er vielleicht gehofft, dass sie nicht so früh entdeckt wird.« Lukas kniff die Augen zusammen. »Und vielleicht sind das noch nicht mal ihre Klamotten. Falsche Klamotten, mit Laub zugedeckt und irgendwo abgelegt. Und er hat gehofft, dass sie sehr lange nicht entdeckt wird, was ihre Identifizierung erschwert.«

Kai drehte sich wieder zu seinem PC. »Bei der Theorie wohnte die Tote nicht mal in Hamburg. Dann finden wir allein nie raus, wer das ist.« Er seufzte. »Ich guck mal, was ich finde.«

Das Telefon läutete, und Kai nahm ab. »Lehmann.« Nachdem er dem Anrufer kurz gelauscht hatte, nahm er Haltung an. »Herr Staatsanwalt. Selbstverständlich.« Kai reichte Lukas den Hörer und begleitete diese Handlung mit einem feinen Lächeln.

Lukas nahm den Hörer. »Herr Staatsanwalt.«

»Ich höre, wir haben eine weitere Frauenleiche?«

»Richtig, eine Tote im Hirschpark.«

»Sag ich doch.«

Lukas ging zu seinem Arbeitsplatz hinüber. »Falls Sie andeuten wollen, dass wir es möglicherweise mit einem Serienmörder zu tun haben, ist es noch zu früh, um dazu etwas zu sagen.«

»Und was glauben Sie?«

»Das weiß ich nicht, weil die Tote gerade erst gefunden wurde und die Ermittlungen gerade erst begonnen haben. Bisher weisen die Tote und Julia Sagmeister allerdings lediglich die Gemeinsamkeit auf, eine Frau zu sein. Wie etwa fünfzig Prozent der deutschen Bevölkerung. Lassen Sie es etwas mehr sein.« Lukas schenkte Kai, der dem Gespräch aufmerksam folgte, ein Grinsen.

»Gut, dann sehen Sie zu, dass die Sache nicht aus dem Ruder läuft«, antwortete Staatsanwalt Degen, offenbar etwas aus der Fassung gebracht.

»Selbstverständlich.«

»Was sind Ihre nächsten Schritte?«

»Das Ergebnis der Obduktion und den Bericht der Spurensicherung abwarten. Und der Kollege ist damit befasst, die Identität der Toten zu klären.«

Degen schnaubte. »Und sehen Sie zu, dass die Presse keine Falschmeldungen herausbringt.«

»Ich werde diese Mahnung an die Presseabteilung weitergeben.«

Durch die Leitung kam noch ein weiteres Schnauben, dann legte der Staatsanwalt auf.

»Serienmörder?«, fragte Kai. »Ist der noch zu retten?«

Lukas legte den Hörer auf. »Kennst du doch. Wenn irgendwo mehr als eine Leiche auftaucht, kriegen sie es mit der Angst. Wir kümmern uns einfach nicht drum und machen weiter.«

»Okay. Also, ich habe ein paar Leute losgeschickt, die die Anwohner des Parks befragen. Und ich hab mir das Gelände mal auf der Karte angesehen. Komm mal her.«

Lukas ging zu Kai hinüber und sah auf seinen Bildschirm.

»Hier etwa im Norden verläuft die Elbchaussee, gilt als Prachtstraße mit riesigen Grundstücken und teuren Villen, aber der Verkehr fließt wie auf der Autobahn. Durch Bäume und Gebüsch ist der Park von der Straße her nicht einsehbar. Im Süden wird er von der Elbe begrenzt. Dort befindet sich ein Segelklub. Ich habe dort auch Beamte hingeschickt, aber ich glaube nicht, dass man dort unten etwas mitbekommen kann. Die Entfernung ist zu groß.«

»Es sei denn, Täter oder Opfer stammen aus dem Klub und haben die Nähe des Parks genutzt.«

Kai verzog das Gesicht. »Wäre möglich. Ich hatte gehofft, wir können den Klub ausschließen. An der Ost- und an der Westseite des Parks liegt die Bebauung in einiger Entfernung zum Park. Ich kann mir nicht vorstellen, dass man von dort aus etwas gesehen, geschweige denn gehört haben kann.«

»Es sei denn, einer der Anrainer ist im Park gejoggt oder spazieren gegangen. Oder er hat seinen Hund Gassi geführt.«

»Bis wir die alle befragt haben, sind wir alt und grau. Und dann bedeutet das noch nicht einmal, dass wir auf diesem Wege die Identität der Toten klären können.«

»Ja, so ist das Leben eines Polizeibeamten«, stellte Lukas fest. »Wir laufen uns die Hacken ab, ohne zu wissen, ob unser Weg zum Ziel führt.«

Allmählich verlor Hedwig die Furcht vor dem Computer. Dieses Surren und Knistern klang nicht mehr bedrohlich in ihren Ohren, und dass sich auf dem Bildschirm einiges tat, bis sie endlich loslegen konnte, beunruhigte sie nicht mehr. Jedenfalls nicht allzu sehr. Sie sah das Register der Schriftsätze durch, die bearbeitet werden mussten, und war ziemlich überrascht über die Produktivität der drei Anwälte. Möglicherweise lag es aber auch daran, dass sie ihr allmählich mehr zutrauten. Hedwig setzte Kaffee auf, hörte den Anrufbeantworter ab und fühlte sich gut. Es war doch wirklich eine sehr gute Idee von ihr gewesen, Theresa wieder einmal zu besuchen. Niemals hätte sie geahnt, wie sehr sich ihr Leben dadurch verändern würde.

Der Kaffee war gerade fertig, als Florian Winkler, wie üblich mit dem Blick auf das Handy gerichtet, hereinkam und nach Kaffee verlangte. Einige Minuten später erschien Mark Harms und schließlich Tobi. Hedwig würde sich nie daran gewöhnen, dass der junge Student in seinen schlabbrigen Klamotten aussah wie geschrumpft, aber er verfügte über ausgezeichnete Manieren und war für die Arbeit an dem Gutachten gut zu gebrauchen.

Theresa erschien, als sie gerade das letzte Schriftstück fertigstellte. »Hallo, Hedwig, schon bei der Arbeit?«

»Ich war die Erste.« Hedwig setzte ihre Lesebrille ab. Seit sie die Alarmanlage bedienen konnte, fürchtete sie sich morgens nicht mehr davor, als Erste das Büro zu betreten. »Möchtest du Kaffee?«

»Gern.« Theresa setzte sich auf die Ecke des Schreibtischs. »Und?«

»Und was?«, fragte Hedwig mit einem Augenaufschlag.

Theresa lächelte. »Und was hat die Begutachtung des Fotos ergeben?«

Hedwig schnalzte mit der Zunge. »Enttäuschend. Ein hundsgemeiner Verkehrsunfall, zwei Autos, Menschen, Trümmer und Gaffer. Ich kann beim besten Willen nicht rausfinden, weshalb diese Zeitung auf dem Couchtisch lag.«

»Vielleicht hat das keine tiefere Bedeutung, und du zerbrichst dir ganz umsonst den Kopf.«

»Nein, meine Liebe. So viel kann ich dir versichern. Alles, was sich an einem Tatort befindet, hat eine Bedeutung für den Fall. Nichts ist ohne Bedeutung.«

Theresa blies die Backen auf. »Aber wenn uns diese Bedeutung nicht bekannt ist, hilft uns das auch nicht weiter.«

Hedwig sah zu, wie Theresa vom Schreibtisch aufstand. »Ich bringe dir gleich Kaffee.«

»Danke.«

Tatsächlich hatte Hedwig die ganze Nacht wach gelegen und war sogar zweimal aufgestanden, um sich das Foto noch einmal anzusehen. Aber ihre Vermutung, dass vielleicht eine der Personen auf der Aufnahme Julia Sagmeister war, hatte sich als falsch erwiesen. Und dasselbe galt für die Idee, die sie um halb drei gehabt hatte, dass Michael Sagmeister einer der Beteiligten war. Es war wirklich zum Verrücktwerden. Aber das Problem war natürlich insbesondere die schlechte Bildqualität. Sogar auf dem Ausdruck der Zeitungsredaktion waren die Gesichter so grobkörnig. Na ja, diese Handys machten offenbar doch nicht so wunderbare Fotografien wie die guten alten Spiegelreflexkameras, von denen ihr Karl immer geschwärmt hatte. Nachdenklich fuhr sie sich mit der Hand in die Haare. Allerdings war es auch möglich, dass sie trotz Lesebrille und Leselupe nicht mehr so gut sah. Aber wie auch immer, keines der Gesichter kam ihr bekannt vor, also war das eine tote Spur.

Theresa hatte sich in ihre Akte vertieft. Seit dem Gutachtenauftrag, der doch viel mehr Zeit erforderte als angenommen, hatte sie ihren Arbeitstag noch besser strukturiert. Bis zum Mittag befasste sie sich mit ihren Scheidungsfällen oder nahm Gerichtstermine wahr, am Nachmittag bearbeitete sie ihren Teil des Gutachtens. Und zwischendrin schweiften ihre Gedanken immer häufiger mal ab. Tim hatte gestern Abend angerufen. Seine Stimme klang unpersönlich, und er sprach in einem förmlichen Ton mit ihr. Ganz anders als der Tim, den sie einmal geheiratet hatte. Als sie sich kennenlernten, war Tim ein liebenswerter Chaot gewesen, lieb, sympathisch und, wie ihre Nachbarin Friedelinde es nennen würde, ein wenig verpeilt. So ganz anders als Theresa selbst, und das war das Reizvolle gewesen. Sie war schon immer ehrgeizig und fleißig gewesen, und Tim hatte ihr Leben sozusagen entschleunigt. Aber irgendwann war der Punkt gekommen, an dem sich ihre Sichtweise geändert hatte. Tim war immer mehr in seine Fantasyromane abgetaucht und für das tägliche Leben nicht zu gebrauchen. Immer häufiger war sie von ihm genervt gewesen, weil er Dinge vergaß oder die Zeit vertrödelte. Und Tim selbst hatte sich immer weiter von ihr entfernt. Seit er diesen Krimi schrieb.

Gestern Abend hatte er ihr gesagt, dass er sich scheiden lassen wolle … um Brigitte heiraten zu können. Bei einem Glas Rotwein hatte Theresa die Homepage der Literaturagentur dieser Brigitte aufgerufen und festgestellt, dass sie gegen eine achtundvierzig Jahre alte Frau mit einer vor fünfundzwanzig Jahren aus der Mode gekommenen Frisur ausgetauscht worden war. Bisher hatte sie nicht gewusst, wie diese Frau aussah, und in ihrer Fantasie war sie blutjung und wunderschön gewesen. Tatsächlich stellte sie keinen Grund dafür dar, Theresa sitzen zu lassen. Unglaublich!

Wie auch immer, die Rotweinflasche war leer, sie hatte sich wieder beruhigt, weil es schließlich egal war, wem Tim sich zuwendete, weil sie ihn doch nicht mehr liebte. Als ihr das klar wurde, war es drei Uhr morgens gewesen, weshalb sie heute Morgen etwas spät dran gewesen war. Und nun würde sie für ihre eigene Scheidung eine Akte anlegen.

Theresa trank einen Schluck Kaffee und blätterte die Seite um, als ihr Telefon läutete. Im Display war die Nummer des Empfangs angezeigt.

»Hedwig?«

»Theresa, Liebes, hier ist ein Herr Novok am Telefon, der dich sprechen möchte.«

Sergej Novok? Michael Sagmeisters Rechtsanwalt? Was wollte der noch von ihr? Sie hatte ihm doch auf dem Gerichtsflur unmissverständlich klargemacht, dass sie nichts mehr miteinander zu tun haben würden. »Stell ihn mal durch. Danke, Hedwig.«

»Frau Kollegin, Sergej Novok hier.«

»Herr Novok, was gibts?«

»Nun, ich weiß, dass Sie gehofft haben, dass wir beide in dieser Sache nichts mehr miteinander zu tun haben werden, aber es gibt da etwas, was ich mit Ihnen besprechen muss.«

»Und das wäre?«

»Tja, das ist eine etwas delikate Angelegenheit.«

Theresa seufzte. Sie wollte weder mit Novok noch mit seinem Mandanten etwas zu tun haben. »Sagen Sie einfach, was Sie wollen.«

»Ich muss vorausschicken, dass es meinem Mandanten fernliegt, das Ansehen seiner verstorbenen Ehefrau zu beschädigen oder ihr sonst wie zu nahe zu treten.«

Diese Form der Einleitung war genau die richtige Methode, um Theresa auf Zinne zu bringen. Schweigend wartete sie ab, wann Novok zum Grund seines Anrufs kommen würde.

»Die beiden Eheleute haben dort bis zu ihrer Trennung ein gemeinsames Konto geführt, wissen Sie. Und mein Mandant hat außerdem bereits seit ewigen Zeiten ein Schließfach, für das seine Frau eine Vollmacht hatte.«

Theresa drehte ihren Bürostuhl zum Fenster. Hatte Michael Sagmeister vielleicht vergessen, die Vollmacht seiner Frau für das Schließfach zu widerrufen? Sie konnte sich ein Lächeln nicht verkneifen. »Ja, und?«

»Nun, mein Mandant hatte das Schließfach, wie man so sagt, gar nicht mehr auf der Rechnung. Damals, als sie ihre Konten getrennt haben, hat keiner der Eheleute daran gedacht, dass es noch eine Vollmacht für das Schließfach gibt. Und einen zweiten Schlüssel.«

»Ich weiß zwar nicht, wann Ihr Vortrag irgendwohin führen wird, Herr Kollege, aber möchten Sie behaupten, dass Julia Sagmeister einen Schlüssel für das Schließfach behalten hat?«

»Das muss sie wohl, denn sie hat das Fach geöffnet.«

»Aha?«

»Ja, und das war am Tag vor ihrem Tod. Sie hat unrechtmäßig etwas aus dem Fach entnommen, und das hätte mein Mandant gern zurück.«

Theresa stieß sich ab und drehte den Stuhl zurück zum Schreibtisch. »Herr Novok, Sie liefern mir frei Haus ein Mordmotiv Ihres Mandanten?«

»Ich bitte Sie, mein Mandant bringt seine Frau nicht um, weil sie sein Schließfach räubert. Im Übrigen befindet sich mein Mandant noch auf freiem Fuß.«

»Ja, vielleicht weil die Polizei noch nichts von dem Fach weiß. Warum hat Herr Sagmeister das nicht schon viel früher gesagt?«

»Weil er es erst jetzt bemerkt hat. Und wie gesagt, es fällt meinem Mandanten auch nicht ganz leicht, seine verstorbene Frau deshalb zu belasten.«

»Was war denn drin in dem Fach?«

»Äh, wie? Schmuck. Familienschmuck. Alter Schmuck, den mein Mandant von seiner Großmutter geerbt hat. Dieser Schmuck hat nicht nur einen erheblichen materiellen Wert, sondern auch einen ideellen.«

»Schmuck? Wenn das stimmt, was Sie sagen, dann sollte Ihr Mandant sich an die Polizei wenden.«

»Oh nein, das möchte Herr Sagmeister gerade vermeiden. Ihm ist daran gelegen, den Ruf seiner Frau nicht zu beschädigen. Schon im Interesse seiner Schwiegereltern.«

»Dann soll er sich an die Schwiegereltern wenden.«

»Frau Kollegin, Sie wissen doch selbst am besten, dass die alten Leute genug mit sich selbst zu tun haben. Deshalb dachten wir ja gerade, dass Sie sich mit diesem Vorgang befassen könnten. Dann hätte die Sache einen leicht offiziellen Anstrich, ohne dass die Polizei eingeschaltet werden und womöglich Ermittlungen gegen die Verstorbene durchgeführt werden müssten. Ich betone noch einmal, dass es meinem Mandanten nicht darum geht, seiner Frau posthum etwas anzuhaben. Er möchte nur den Schmuck zurück.«

»Und wie kommen Sie darauf, dass Sie da bei mir an der richtigen Adresse sind? Ich habe mit dem Nachlass nichts zu tun. Soweit ich weiß, wurde Frau Sagmeister von ihren Eltern beerbt «

»Ich denke, dass Sie mit Ihrer charmanten Art den richtigen Kontakt zu den Eltern haben, und Sie werden den Leuten doch sicher beibringen können, dass sie den Schmuck herausgeben müssen. Hören Sie, mit dieser Angelegenheit soll auch niemand über Gebühr beansprucht werden. Mein Mandant kann sich im Haus seiner verstorbenen Frau umsehen, den Schmuck an sich nehmen, und damit wäre die Angelegenheit erledigt.«

»Ich werde darüber nachdenken.« Theresa legte den Hörer auf. Sie glaubte Sergej Novok kein Wort. Diese Geschichte konnte er seiner Großmutter erzählen, aber nicht ihr.

Es war doch verhext. Auf dem Gerichtsflur hatte sie beschlossen, nichts mehr mit dieser Sache zu tun zu haben, aber der Mordfall klebte praktisch an ihr wie Kaugummi an der Schuhsohle. Sie hatte ja gehofft, dass Hedwig das Interesse an der Sache verlieren würde, aber das war wohl unrealistisch. Und selbst wenn Hedwig ihre Nase nicht mehr in die Sache steckte, käme sie durch Anrufe wie diesen doch wieder zu ihr zurück.

Theresa stand auf und ging in die Teeküche. Gedankenverloren betätigte sie den Kaffeeautomaten.

»Ist alles in Ordnung, Liebes?« Hedwig stand plötzlich neben ihr und sah zu, wie sie die Kaffeemaschine bediente.

»Ich weiß nicht.«

Hedwig nahm einen Lappen und wischte um den Kaffeeautomaten herum. »Schmeckt dir mein Kaffee nicht?«

»Wie? Ach, habe ich total vergessen. Natürlich schmeckt er, aber ich habe mir angewöhnt, den Automaten zu bedienen, wenn ich Kaffee trinken will.« Theresa lehnte sich gegen die Arbeitsplatte und nippte an der Kaffeetasse. »Sergej Novok ist der Rechtsanwalt von Michael Sagmeister.«

»Tatsächlich?« Hedwig klatschte den Lappen in die Spüle. »Und was will er?«

Theresa betrachtete ihre Tante. »Er will etwas Merkwürdiges, und du bist doch Expertin auf dem Gebiet der Kriminologie.«

»Nun mach dich mal nicht lustig über mich.« Hedwig sah sie aus zusammengekniffenen Augen an. »Was will er? Behauptet er, ein Testament gefunden zu haben?«

»Hm.« Tatsächlich war das gar keine so abwegige Idee. Es wäre Novok und seinem Mandanten durchaus zuzutrauen, dass sie sich auf die Suche nach dem Schmuck machen und dabei zufällig ein Testament finden würden, mit dem Julia Sagmeister ihren Mann bedenkt. »Nein, angeblich hat Julia Sagmeister am Tag vor ihrer Ermordung das Schließfach von Michael Sagmeister geleert und den Familienschmuck entwendet.«

»Familienschmuck. Wertvoll? Wollte sie sich gesundstoßen? Vielleicht hat Michael Sagmeister sie deshalb umgebracht?«

Theresa stellte die Kaffeetasse ab. »Aber dann würde Novok mich doch heute nicht anrufen, um seine Ex-Frau des Diebstahls zu bezichtigen.«

»Wenn Michael Sagmeister den Eindruck erwecken will, dass ihm der Diebstahl erst jetzt aufgefallen ist, dann schon. Dann hat er sich rückwirkend ein Alibi gebastelt.«

»Ich sehe schon, an dir ist eine echte Ermittlerin verloren gegangen. Wollen wir heute Abend bei einem Glas Rotwein gemeinsam darüber nachdenken?«

»Sehr gern, Liebes, sehr gern.« Hedwig nahm ein Geschirr-handtuch vom Haken und polierte ein Glas.

Theresa verließ die Teeküche. Sagte sie doch. Wie Kaugummi an der Schuhsohle.

Lukas hatte die erste Besprechung im Mordfall Hirschpark auf den nächsten Morgen gelegt. Da mit dem Obduktionsergebnis und dem abschließenden Bericht der Spurensicherung ohnehin erst am nächsten Tag zu rechnen und das Opfer unbekannt war, hatte es wenig Sinn, nicht vorhandene Ermittlungsergebnisse zu-sammenzutragen. Sie konnten die Zeit sinnvoller mit der Befra-gung der Anwohner nutzen. Und mit Nachdenken. Während Kai die Aussagen zusammenfasste, die ihm von den Beamten gemel-det wurden, die Anwohner und Besucher des Parks befragten, befasste er sich mit der Identität des Opfers.

Als Erstes durchsuchte er die Datenbank von Inpol nach einer passenden Vermisstenmeldung. Möglicherweise war es noch zu früh, und es gab noch gar keine Meldung, aber er wollte es den-noch versuchen. Mit ihren Ermittlungen stocherten sie buch-stäblich im Dunkeln und näherten sich der Toten mit etwas Glück früher oder später von außen, aber erfolgversprechender waren die Ermittlungen natürlich im direkten Umfeld der Toten. Lukas gab die Daten ein, die er kannte oder von denen er viel-mehr glaubte, dass sie auf das Opfer zutrafen. Weiblich, das war einfach. Das Alter war schon schwieriger zu bestimmen. Zwi-schen fünfunddreißig und fünfzig. Der Zeitraum war zwar recht groß gewählt, aber er wollte nicht von vornherein zu viele Mög-lichkeiten ausschließen. Die Größe musste er raten, Dr. Berger wollte er jedenfalls nicht anrufen. Er gab 1,65 bis 1,70 an, euro-päisch, zwischen 70 und 90 Kilo. Bei besonderen Merkmalen musste er passen. Die Haarfarbe war dunkel, das Haar mittellang. Mit wenig Hoffnung beendete er den Suchauftrag und wartete ab.

Weil die Suche ewig dauerte, ging er in die Teeküche hinüber, um sich einen grünen Tee aufzubrühen. Als er an seinen Arbeitsplatz zurückkehrte, war die Suche abgeschlossen, und es gab eine Übereinstimmung von fünf Personen. Er stellte seinen Teebecher auf den Schreibtisch und ging die vermissten Frauen durch. Keine der Frauen wies Ähnlichkeit mit der Toten auf, auch wenn es wirklich schwierig war, eine Tote mit dem fröhlichen Gesicht einer lebendigen Frau zu vergleichen.

»Mann, ey«, stöhnte Kai. »Was die Kollegen mir hier für Aussagen schicken. Hör mal: ›Wenn diese Frau im Morgengrauen im Hirschpark joggt, muss sie damit rechnen, dass sie jemand überfällt. Sie hätte sich ja auch den Fuß brechen können.‹ Oder hier: ›Die Hirsche röhren im Herbst so laut, kann man da nicht was machen.‹ Und hier fragt einer, ob man bei der Gelegenheit nicht was an der Parkplatzsituation am Mühlenberg machen könne. Wenn am Wochenende die Leute am Elbstrand einfallen, sei da kein Durchkommen mehr.« Er sah Lukas genervt an. »Da fragt man sich allerdings auch, warum die Kollegen das aufnehmen.«

»Vielleicht weil es keine gescheiten Aussagen zu unserer Toten gab. Oder hat jemand etwas zu ihr beizusteuern?«

Kai stützte das Kinn auf. »Bisher nicht. Ich glaub, mit der Befragung kommen wir nicht ans Ziel.«

»Dann sag denen, dass jetzt Feierabend ist. Morgen früh um acht ist Lagebesprechung, und sie sollen jetzt nach Hause gehen.«

Lukas ging zu seinem Schrank hinüber und nahm seine Sporttasche heraus. »Ich mach jetzt ein bisschen Yoga. Vielleicht geht mir dabei ein Licht auf.«

Martha, die Glückwunschkarten in einem Ständer sortierte, sah erschrocken auf, als Lukas den Schreibwarenladen betrat. »Ach nein, nicht schon wieder.« Sie steckte eine Karte zur goldenen Hochzeit in das richtige Fach. »Ich muss diese Türglocke abstellen. Jedes Mal, wenn kurz vor Ladenschluss dieses Gebimmel losgeht, krieg ich einen Herzinfarkt. Da müssen noch nicht mal Sie in den Laden kommen.«

»Tut mir leid, ich kann mir auch einen anderen Laden suchen.«

Martha sah ihn entrüstet an. »Auf keinen Fall. Ich will alles aus erster Hand.«

Lukas folgte ihr zu dem Regal mit den Notizbüchern.

»Und? Wer ist es diesmal?«, fragte Martha.

»Eine unbekannte Tote. Steht morgen alles in der Zeitung, ist aber nicht viel.«

Martha schob die Unterlippe vor. »Unbekannt.« Sie wandte sich zum Regal um. »Das macht die Sache noch schwieriger.«

»Oder einfacher«, antwortete Lukas. »Ein unbeschriebenes Blatt sozusagen.«

Die Verkäuferin rückte einige Notizbücher zurecht. »Aber ein Bauchgefühl werden Sie doch haben.«

»Ehrlich gesagt, noch nicht so richtig. Vielleicht sollte ich lieber morgen früh wiederkommen. Wenn ich eine Nacht drüber geschlafen habe.«

»Wie wäre es mit diesem hier?« Martha gab ihm ein in schwarzes Leder gebundenes Buch.

Nachdenklich betrachtete Lukas den Einband. »Nein, das ist mir zu profan. Ich brauche etwas Geheimnisvolleres. Etwas, was nicht nichts, sondern alles bedeuten kann.« Er nahm der Schreibwarenhändlerin nicht übel, dass sie ihn mit einem Blick bedachte, als wolle sie einen Arzt rufen. »Egal«, sagte er. »Ich nehme das schwarze und fülle es mit Wissen.«

Er bezahlte, steckte das Notizbuch in die Außentasche seiner Sporttasche und machte sich auf den Weg zum Fitnessstudio.

Theresa hatte eben beschlossen zu gehen, um sich nicht lächerlich zu machen, als die hochgewachsene Gestalt um die Ecke kam. Scheiße, zu spät. Schon als sie im Präsidium angerufen und nur Kai Lehmann erreicht hatte, war ihr danach gewesen, einfach aufzulegen. Aber gerade die Polizei würde wohl herausfinden, wer der Anrufer war. Und die Auskunft hatte erneut gelautet, dass Kriminalhauptkommissar Lukas Kampmann außer Haus war. Theresa hätte sich verabschieden können, aber Herr Lehmann erzählte ihr ungefragt, dass der Kommissar auf dem Weg zum Sport war. Und er nannte ihr auch die Adresse. Jetzt stand sie direkt unter der fetten Neonbeleuchtung des Fitnessstudios, ohne Möglichkeit, sich unauffällig zu verdünnisieren. Lukas Kampmann schob den Riemen seiner Sporttasche auf der Schulter hoch. Den Blick hatte er auf den Boden gerichtet. Wenn sie sich vielleicht jetzt davonstahl?

Lukas Kampmann hob den Blick.

Zu spät.

Er lächelte. »Hi.«

»Hi«, erwiderte Theresa, die am liebsten im Boden versunken wäre. »Ich will Sie gar nicht lange aufhalten. Ich habe nur eine neue Information, von der ich dachte, dass ich sie Ihnen nicht vorenthalten sollte, und Ihr Kollege sagte, dass Sie auf dem Weg zum Sport sind, und ich bin morgen den ganzen Vormittag im Gericht, deshalb wollte ich Sie nur kurz abpassen, bevor ich nach Hause fahre.« Sie blinzelte. Toll, Theresa. Wie konnte jemand, der sich vor Gericht wacker schlug, so derartig in einen rechtfertigenden Sprachdurchfall verfallen? Peinlich. »Aber Sie haben etwas vor, und es ist vermutlich auch nicht so wichtig, und ich habe noch einen Haufen Arbeit und muss dann auch mal gehen.« Theresa wandte sich um.

»Und was wäre das gewesen? Ich meine, diese neue Information?«

Sie blieb stehen. In den Worten des Kommissars klang es, als hätte sie sich irgendeinen Schwachsinn ausgedacht, um ihm aufzulauern. So etwas nannte man Stalking. Sie stand praktisch mit einem Fuß im Gefängnis!

Ohne sich umzudrehen, machte sie eine wegwerfende Handbewegung. »Überhaupt nicht wichtig. Ich rufe Sie morgen an.« Oh Gott. Sie machte es mit jedem Wort schlimmer. Einfach die Klappe halten und weggehen, Theresa.

»Tja, mein Yogakurs hat um neunzehn Uhr begonnen. Bis ich

umgezogen bin, fangen die da drinnen mit dem Cool-down an. Außerdem habe ich Hunger.«

Um Gottes willen, er war auch noch nett und einfühlsam. Und anstatt einfach in diesem verdammten Fitnessstudio zu verschwinden, sagte er nette Dinge zu ihr. Vermutlich hielt er sie für eine irre Rechtsanwältin, zu der man lieber freundlich war, für den Fall, dass sie sonst Amok lief.

»Hier um die Ecke ist ein kleines Sushilokal. Würden Sie mich begleiten?«

Klasse, Theresa. In eine richtig beknackte Situation der höchsten Peinlichkeitsstufe hast du dich da manövriert.

»Sie haben ja sicher auch einen langen Tag gehabt und müssen etwas essen.«

Es hatte keinen Sinn, länger den Kopf in den Sand zu stecken. Er würde sonst weiter mit ihr sprechen wie mit einer Katze, die sich unter dem Sofa verkrochen hatte.

Sie drehte sich um. »Alles klar, warum nicht?«

Zehn Minuten später saßen sie an einem kleinen Tisch in einem netten Lokal, und Theresa wollte dem Kommissar gegenüber nicht eingestehen, dass sie sich nicht besonders viel aus Fisch machte. Und schon gar nicht aus rohem Fisch. Woran lag es, dass sie sich neuerdings so merkwürdig benahm? War das eine Folge ihrer bevorstehenden Trennung? Obwohl, die Folge konnte schlecht eintreten, bevor das Ereignis stattgefunden hatte.

»Ich wollte Sie ohnehin noch etwas fragen.« Natürlich hatte Lukas Kampmann keine Probleme damit, mit Stäbchen zu essen.

Theresa betrachtete die Schale mit Gemüse und Räucherlachs. Das größtmögliche Zugeständnis an diese Art Restaurant. »Was?«

»Ich glaube, ich hatte Sie gefragt, wie es mit Zugewinnausgleich und der Möglichkeit des Erbens von Julia Sagmeister aussieht. Was ich, glaube ich, noch nicht gefragt hatte, ist, ob Michael Sagmeister seiner Frau hätte Unterhalt zahlen müssen.«

Als wäre es keine große Sache, klemmte der Kommissar ein in etwas Schwarzes eingewickeltes Reispaket zwischen zwei Stäbchen.

»Darüber haben wir noch gestritten«, antwortete Theresa, die sich leicht entspannte, weil sie jetzt ein Thema am Wickel hatten, bei dem sie sich auskannte. »Ich sagte Ihnen ja, dass Michael Sagmeister behauptete, dass er pleite ist. Und dass seine Baufirma auch nicht viel eingebracht hat. Das war wichtig, weil sich die Höhe des Unterhalts nach dem Lebensstandard während der Ehe richtet. Und Michael Sagmeister hat sich außerdem als nicht leistungsfähig dargestellt.«

»Hm, aber so etwas wird doch im Gerichtsverfahren sicher überprüft, oder?«

»Natürlich, aber Sie wissen, wie Gerichtstermine ablaufen. Sagmeister musste seinen Steuerberater bemühen, und es gibt Fristen. Und mein Kollege Sergej Novok ist ein Meister darin, Fristverlängerungsanträge zu stellen. Mal war er im Urlaub, dann war der Steuerberater im Urlaub, dann lagen irgendwelche Daten von Datev nicht vor, dann war seine einzige Schreibkraft krank, und wenn das alles nicht half, war gerade Vollmond, oder es gab eine andere Ausrede.«

»Verstehe.«

»Julia Sagmeister hat sich das nicht mit angesehen. Sie hatte keine Lust, darauf zu warten, dass ihr Mann Auskünfte erteilt, die eine Unterhaltsberechnung ermöglichen. Stattdessen hat sie selbst Geld verdient.«

»Hm.«

Theresa warf einen Blick in ihre Schale und fragte sich, wie man mit diesen verdammten Dingern die Bohnen zu fassen kriegen sollte. Warum konnte man hier nicht einfach mit Messer und Gabel essen, so wie anderswo auch.

»Dann war sie kein sehr streitsüchtiger Mensch, oder bedeutet das eher, dass sie eine Frau der Tat war? Also, dass sie keine Lust hatte, darauf zu warten, dass die Justiz ihre Arbeit macht?«

Theresa sah auf. »Äh, nein, streitsüchtig war sie nun gerade nicht. Aber so viel hatten wir auch nicht miteinander zu tun.«

»Sie hat sich also nicht bei Ihnen darüber beschwert, dass sich das Verfahren so lange hinzog?«

»Nein, jetzt, wo Sie es sagen. Das hat sie nicht.«

»Aber Sie hatten etwas anderes auf dem Herzen.« Lukas Kampmann tunkte ein Stückchen Sushi in Wasabisoße.

Theresa war mittlerweile kurz davor, den Kellner um einen Löffel zu bitten. »Ja, ich erhielt einen merkwürdigen Anruf von Sergej Novok. Und um es vorauszuschicken, sein Anruf war mit dem Hinweis verbunden, dass die Polizei nichts davon erfahren müsse.«

Kampmann grinste sie breit an. »Ich mag Frauen, die sich von Männern nichts vorschreiben lassen.«

»Wie auch immer«, erklärte Theresa etwas irritiert. »Mein Kollege behauptet, Julia Sagmeister habe aus dem Schließfach ihres Ehemannes den Schmuck seiner heiß geliebten Großmutter entwendet, und zwar am Tag vor ihrem Tod.«

Kampmann ließ die Stäbchen sinken. »Im Ernst?«

»Ob es stimmt, weiß ich natürlich nicht. Novok will Sie, also die Polizei, heraushalten, um kein schlechtes Licht auf Julia zu werfen.«

»Und was will er dann von Ihnen?«

»Er möchte gern, dass ich ihm ermögliche, Julias Haus nach dem Schmuck zu durchsuchen. Sie haben nicht zufällig wertvolles altes Geschmeide gefunden?«

Lukas Kampmann lehnte sich zurück. »Nein, haben wir nicht«, antwortete er nachdenklich.

»Sie glauben dieses Märchen wohl auch nicht?«

»Es ist nicht ausgeschlossen, dass es so war. Und es wäre auch denkbar, dass Michael Sagmeister uns kein Mordmotiv auf dem Silbertablett liefern wollte, aber wie ich Ihnen schon sagte, gilt er eigentlich nicht als verdächtig.«

Theresa hatte sich dazu entschlossen, die Bohnen einer anderen Resteverwertung zuzuführen, und schob ihre Schale von sich. »Vielleicht ändert sich das jetzt wieder.« Sie hob die Hand. »Nicht, dass ich Ihnen in Ihre Arbeit hineinreden wollte.«

»Sie glauben nicht, dass Julia Sagmeister Schmuck aus dem Fach entnommen hat? Das wäre doch denkbar. Vielleicht konnte sie sich deshalb so entspannt zeigen, weil sie vorhatte, ihren Mann auszurauben. Und den Schmuck hat sie verkauft oder ins Pfandhaus gebracht und wollte davon leben.«

»Sicher wäre das möglich. Und dann hätte Michael Sagmeister ein exzellentes Motiv.« So jedenfalls hatte es Hedwig eine Stunde früher bei einem Glas Rotwein bezeichnet. Theresa hätte zu gern gewusst, warum Kampmann nicht sofort aufsprang und zum Hörer griff, um Michael Sagmeisters Verhaftung zu beauftragen.

»Ich danke Ihnen für Ihre Mitteilung.« Kampmann nahm seine Serviette zur Hand.

»Also, das war es eigentlich, was ich Ihnen sagen wollte. Vielen Dank für Ihre Zeit und das Essen. Ich muss noch ein wenig arbeiten. Kann ich Sie vielleicht irgendwohin fahren?«, bot Theresa an.

»Nein, vielen Dank. Ich muss noch mal ins Präsidium zurück.« Der Kommissar hielt inne. »Tut mir leid, Sie machen sich nicht viel aus Fisch, oder? Mein Fehler. Ich hätte vorher fragen sollen. Das nächste Mal suchen Sie das Lokal aus.«

Theresa schluckte. Ein nächstes Mal würde es nicht geben, weil sie jetzt nach Hause gehen und sich umbringen würde.

Kapitel 9

Lukas saß um kurz nach sieben an seinem Schreibtisch. Es war eine kurze Nacht gewesen. Eigentlich war er nur zu Hause gewesen, um zwei Stunden zu schlafen und zu duschen. Um überhaupt wach zu werden, hatte er sich sogar eine Tasse Kaffee statt des üblichen grünen Tees gegönnt, um dann aus dem Fenster in den Hinterhof zu gucken. Und auf die leeren Seiten seines Notizbuchs zu starren. Als er wieder aus seinen Gedanken aufgetaucht war, hatte er festgestellt, dass er lediglich eine merkwürdige Zeichnung zustande gebracht hatte. Einen Baum, der seine Blätter abgeworfen hatte. Er konnte nur hoffen, dass unter dem Haufen Laub keine Leiche lag.

Lukas schaltete den PC ein, checkte seine eMails und las den Bericht von der Spurensicherung. Der Obduktionsbericht war noch nicht da.

Als die Tür des Dienstzimmers aufgestoßen wurde, rechnete er mit einem aufgebrachten Kai, aber stattdessen stand ein aufgebrachter Polizeipräsident im Raum und wedelte mit einer Zeitung. »Können Sie mir das mal erklären?«

»Nein, Herr Polizeipräsident. Guten Morgen.«

»Wie? Was? Guten Morgen.« Mit zwei Schritten war der beleibte Mann bei Lukas' Schreibtisch und warf ihm die Hamburger Zeitung hin. Ein unscharfes Foto nahm die obere Hälfte des Titels ein, auf der rechten oberen Ecke des Bildes stand in dicken roten Buchstaben die Frage: Wer kennt die tote Unbekannte? Das Foto zeigte den Fundort der Leiche im Hirschpark. Bis auf das Gesicht war der Leichnam von Laub bedeckt, um die Finger der linken Hand, die aus dem Laub hervorsahen, war ein roter Kreis gemalt. Vermutlich, damit dem Leser kein gruseliges Detail entging.

»Also?«

»Wie?« Lukas war so müde, dass er die Anwesenheit des Präsidenten für einen Moment vergessen hatte.

»Das Foto!« Dr. Mühlenbeck deutete auf die Zeitung. »Es zeigt ein Foto vom Tatort. Die Pressestelle sagt, sie hat der Presse kein Fotomaterial zur Verfügung gestellt.«

»Fundort«, korrigierte Lukas geistesabwesend. Was hatte Herr Schäfer noch gesagt? Oswald habe schon einen Teil des Laubs vom Leichnam gescharrt gehabt, als sein Herrchen ihn einholte. Warum zum Teufel war dann auf dem Foto der Körper von Laub bedeckt?

»Herr Kampmann!« Dr. Mühlenbeck stützte beide Hände auf dem Tisch ab und schnaufte. »Wie konnte das passieren?«

»Augenblick.« Lukas rief die Fallakte auf und scrollte sich durch die Fotos, die der gute Kai schon abgespeichert hatte. Das erste Bild von der Leiche zeigte die Tote, deren Kleidung durch die dünne Laubschicht teilweise zu sehen war. So, als wäre ein Teil des Laubs von einem Hund weggescharrt worden. Auf dem Foto in der Zeitung war die Laubschicht über dem Körper intakt. »Das verstehe ich nicht.«

»Na, das ist ja eine beruhigende Mitteilung, dass Sie als ermittelnder Beamter nichts verstehen. Besteht eine Chance, dass Sie irgendwann durchblicken werden, oder ist das ein hoffnungsloser Fall?« Der Polizeipräsident hatte die Arme auf dem Rücken verschränkt und ging auf und ab. »Und es stellt sich doch als Erstes die Frage, wie diese Zeitung, wenn man sie denn eine Zeitung nennen will, an dieses Foto kommt. Die müssen ja praktisch vor Ihnen am Tatort gewesen sein.« Er hielt inne und sah auf. »Am Ende war es sogar der Mörder, der das Foto gemacht hat. Rufen Sie sofort dort an und …«

Lukas hörte gar nicht mehr zu. Er drückte Kais Kurzwahl auf seinem Handy. »Kai, bist du auf dem Weg ins Büro?«

»Bin gleich da. Hab ein bisschen verpennt.«

»Kein Problem. Aber fahr mal gleich ins Witthüs und nimm dir den Kellner vor, der gestern dort Dienst hatte. Den Namen weiß ich nicht, aber er hat Herrn Schäfer vom Fundort abgeholt. So ein langer Dünner mit einem Grinsen im Gesicht.«

»Am Grinsen erkenne ich ihn bestimmt.«

»Du weißt schon.«

»Ich weiß. Bis später.«

Lukas, der während des Gesprächs die Webseite der Zeitung gegoogelt hatte, legte auf und wählte die Telefonnummer der Redaktion. Nachdem er zweimal weiterverbunden worden war, erreichte er einen jungen Mann. Der Polizeipräsident setzte derweil seine Wanderung durch Lukas' Büro fort, mischte sich aber immerhin nicht ein.

»Matthias Fischer, was kann ich für Sie tun?«

»Kripo Hamburg, Kampmann. Herr Fischer, man hat mich zu Ihnen durchgestellt, weil ich auf der Suche nach demjenigen bin, der Ihnen das heutige Titelfoto zur Verfügung gestellt hat.«

»Ah, die unbekannte Tote.« In der Leitung war es eine Weile still. »Verstehe.«

»Schön, dann wissen Sie vermutlich auch, worum es hier geht. Also, wer hat Ihnen das Foto zur Verfügung gestellt?«

»Das hat uns jemand angeboten.«

»Herr Fischer, ich kann Ihnen auch Kollegen rüberschicken, die Sie in mein Büro bringen. Vielleicht läuft das Gespräch dann etwas flüssiger.«

»Wir haben das mit unserer Rechtsabteilung abgeklärt, und unser Justiziar hat keine Bedenken geäußert.«

»Gut, dann äußere ich jetzt mal Bedenken, Herr Fischer. Dieses Foto kann von einem Zeugen stammen. Oder vom Täter. Und ich wüsste gern, warum die Redaktion es für wichtiger hält, sich mit einem solchen Foto zu profilieren, anstatt die Polizei zu unterrichten.« Lukas war für seine Verhältnisse ungewöhnlich laut geworden.

Dr. Mühlenbeck hatte seine Wanderung unterbrochen und nickte ihm aufmunternd zu.

»Hören Sie, Herr Kampmann, wie gesagt, wir haben das hier ausführlich erörtert.«

»Herr Fischer, und wenn Sie sich alle den Mund fusselig geredet haben über dieses Thema. Von wem stammt dieses Foto?«

Matthias Fischer seufzte. »Geben Sie mir Ihre Mailadresse. Ich schicke Ihnen die Korrespondenz mit dem Informanten rüber.«

»Gut. Danke.« Lukas legte auf.

»Sehr schön«, lobte Dr. Mühlenbeck. »Man hätte das noch mit etwas mehr Nachdruck sagen können, aber das war schon ganz gut.« Er blies die Backen auf. »Ja, gut. Das wärs dann auch erst mal.«

Die Tür war gerade hinter dem Polizeipräsidenten zugeklappt, als die Mail von Fischer einging. Lukas scrollte sich durch die

Mailkorrespondenz, was keine Minute dauerte. Während er die Mail zum Check an die IT-Abteilung weiterleitete, wählte er die Nummer von Fischer. Der Redakteur war immerhin so mutig gewesen, seine Durchwahl anzugeben.

»Fischer.«

»Ich bins noch mal.«

»Herr Kommissar. Die Mail ist raus.«

»Ich weiß. Und ich frage mich, ob das Ihr Ernst sein soll. Sehr geehrter Herr Fischer, als Anhang übersende ich wie besprochen das Foto?«, zitierte er. »Was soll das sein? Ein Geschäftsbrief?«

»Der Mann ist eben höflich.«

»Der Mann? VIP247@mailpost ist ein Mann?«

Lukas hörte ein unterdrücktes Fluchen.

»Sie haben also mit ihm telefoniert. Und was wurde abseits dieser förmlichen Korrespondenz besprochen? Diese Mailkorrespondenz haben Sie doch für den Notfall gefakt. So einen Notfall, wie wir ihn jetzt hier haben. Haben Sie ehrlich gedacht, dass die Polizei keine Fragen stellen wird? Ich denke, dass wir hier im Haus eine Abteilung haben, die sich mit dem Vorenthalten von Beweismaterial durch die Presse befasst.«

»Ist ja schon gut. Der Mann hat angerufen und gesagt, dass er das Foto einer Toten hat, die er entdeckt hat.«

»Gut. Mein Kollege sucht Sie innerhalb der nächsten Stunde auf. Bis dahin verlassen Sie Ihren Arbeitsplatz nicht, Sie sprechen nicht mit jemand anderem über die Sache, und Sie fassen alles zusammen, was Sie mit diesem VIP247 besprochen haben. Und Ihre Redaktion zeichnet doch sicher die Daten der eingehenden Anrufe auf. Ich hätte gern die Daten aller Anrufe zu diesem Vorgang.« Lukas legte auf und rief noch einmal Kai an.

Der war nicht sehr erfreut über seinen nächsten Auftrag. Der Kellner war im Witthüs noch nicht erschienen, und Lukas hatte den Verdacht, dass Kai die Wartezeit mit einem anständigen Frühstück überbrückte. In Anbetracht seiner am Vortag genossenen ungewöhnlichen Mahlzeit Qualle mit Sand nur gerecht.

Das Telefon läutete, im Display wurde der Empfang angezeigt. »Kampmann.«

»Herr Kommissar«, sagte der freundliche Kollege, der die Besucher am Eingang empfing. Ein gemütlicher Mann, dessen Bauch jedes Jahr ein Stück mehr über die Hose hing, und der direkt auf die Pensionierung zusteuerte. Lukas konnte ihn sich im Ruhestand als Nachtwächter eines Unternehmens vorstellen. Vielleicht hatte der Kollege aber auch ganz andere Pläne. Beispielsweise einfach nur im Sessel sitzen. »Bei mir ist eine Dame, die meint, die unbekannte Tote zu erkennen.« Er senkte die Stimme. »Nicht, dass hier nicht schon den ganzen Morgen über Spin… Leute anrufen würden. Aber Zarah Leander wirds wohl nicht sein, wie?«

»Vermutlich nicht.«

»Ich kann sie also raufschicken? Frau Bergmann heißt die Dame.«

»Können Sie, danke, Kollege.«

Lukas machte schnell ein wenig Ordnung auf seinem Schreibtisch und legte Akten und Papiere auf die Fensterbank. Er wollte einer möglichen Zeugin keinen unerwünschten Einblick in Ermittlungsunterlagen geben.

Ein uniformierter Beamter führte einige Minuten später eine Frau in den Fünfzigern in sein Büro. Sie trug einen etwas altmodischen Trenchcoat und wirkte ein wenig aufgebracht. Der Kollege schien froh darüber zu sein, die Frau einem Kommissar überlassen zu können.

Lukas erhob sich. »Frau Bergmann, richtig? Nehmen Sie Platz. Mögen Sie eine Tasse grünen Tee?«

»Richtig. Inge Bergmann.« Seufzend setzte sie sich. »Gern.« Sie zog eine zusammengefaltete Zeitung unter dem Arm hervor und legte sie auf den Tisch.

»Ich bin gleich wieder da.« Lukas brühte in der Teeküche eine Tasse grünen Tee auf und stellte ihn Frau Bergmann hin.

Die hatte in der Zwischenzeit ihren Mantel ausgezogen und über ihren Schoß gelegt.

»Also, Sie glauben, dass Sie die Tote erkannt haben?«

»Ja, das ist wirklich ein grauenvolles Foto, aber ich würde sagen, dass es Maria ist. Maria Busch.«

»Woher kennen Sie Frau Busch?«

»Aus dem Baumarkt. Wir sind Kolleginnen. Wir sitzen dort beide an der Kasse.«

»Wann haben Sie sie zuletzt gesehen?«

»Vorgestern. Sie hat um siebzehn Uhr Feierabend gemacht. Ich hatte die Spätschicht, und sie hat sich bei mir verabschiedet, als sie ging. Und heute Morgen habe ich die Zeitung von der Fußmatte genommen und einen riesengroßen Schreck bekommen. Ich habe sie sofort auf ihrem Handy angerufen, aber sie ist nicht drangegangen. Ich war so aufgeregt, dass ich keinen Bissen runterkriegen konnte. Deshalb bin ich zu ihr nach Hause gefahren, aber sie hat nicht geöffnet.« Inge Bergmann zog die Zeitung zu sich heran. »Und ich bin ziemlich sicher, dass sie es ist.«

»Gut, Frau Bergmann. Ich brauche erst einmal die Handynummer von Maria Busch. Und ihre Anschrift.« Lukas nahm die Daten auf, die Frau Bergmann ihm gewissenhaft nannte. »Und wie sieht es mit der Familie von Frau Busch aus?«

»Sie ist geschieden. Ihr Sohn Jonas studiert irgendwo. Ich weiß nicht, wo.«

»Und kennen Sie andere Angehörige oder Bekannte von Frau Busch?«

Inge Bergmann schüttelte den Kopf. »Nein, und ich wünschte, ich wüsste mehr über sie.« Sie reckte den Hals und versuchte, noch einen Blick auf das Foto zu werfen.

»Es ist gut, dass Sie gekommen sind. Wir werden gleich überprüfen, ob Sie mit Ihrer Vermutung recht haben«, sagte Lukas. »Wir werden noch weitere Informationen von Ihnen brauchen. Vielleicht möchten Sie erst mal nach Hause gehen. Wenn Sie möchten, bringe ich Sie.«

»Ach, das würden Sie tun?«

»Natürlich. Bitte nehmen Sie noch kurz auf dem Gang Platz. Ich muss eben noch ein Telefonat führen.«

»Ja, natürlich.« Frau Bergmann warf einen Blick auf die Zeitung.

Lukas gab sie ihr. »Die können Sie gern wieder mitnehmen.«

Als sie den Raum verlassen hatte, wählte Lukas die Durchwahl des Polizeipräsidenten. »Herr Dr. Mühlenbeck, Sie waren so schnell weg. Ich brauche mindestens drei weitere Leute.«

»Wie stellen Sie sich das vor, Kampmann. Wir sind unterbesetzt, und ich habe im Augenblick niemanden, der Sie unterstützen kann.«

Lukas stand auf und nahm seine Jacke von der Stuhllehne. »Herr Dr. Mühlenbeck, ich kann nicht allein mit Lehmann zwei Morde aufklären. Dazu noch den Mord an einer Unbekannten. Lehmann schafft es ja kaum, die Ermittlungen im Fall Sagmeister durchzuführen.«

»Soweit ich weiß, haben Sie Unterstützung von Beamten des für die Elbvororte zuständigen Polizeikommissariats.«

Für den Satz hatte sich der Präsident ganz schön ins Zeug gelegt.

»Das sind uniformierte Beamte, die ganz andere Aufgaben haben. Und ich brauche eine Ermittlungskommission. Nein, genau genommen brauche ich zwei.« Lukas atmete tief ein. Es war eigentlich nicht seine Art, ungehalten zu werden, aber der Gedanke, die freundliche Dame nach Hause zu bringen, während hier die Luft brannte, beunruhigte ihn. Auf ihn wartete eine Unmenge an Arbeit. Er hörte, dass Dr. Mühlenbeck Luft holte, und fiel ihm ins Wort. »Ich muss jetzt Ermittlungen außer Haus führen. Es wäre gut, wenn dieser Punkt bis heute Mittag geklärt ist. Danke.« Er legte auf und zog seine Jacke an.

Sein Angebot, Inge Bergmann nach Hause zu bringen, war nicht ganz uneigennützig erfolgt. Vielleicht gelang es ihm, der Frau beiläufig einige vermeintliche Nebensächlichkeiten zu entlocken, die ihm helfen würden, einen Eindruck von der Vermissten zu bekommen. Leider war die Frau nicht bereit, den Leichnam zu identifizieren.

Er ließ sich im Fuhrpark einen Wagen zuweisen und öffnete Frau Bergmann die Beifahrertür. Er brauchte eine Weile, bis er herausgefunden hatte, wie in diesem Auto der Scheibenwischer funktionierte. Inge Bergmann sah aus dem Beifahrerfenster und dachte möglicherweise darüber nach, ob sie sich einem vertrauenswürdigen Kriminalbeamten anvertraute.

Inge Bergmann wohnte in einem kleinen Haus in Rahlstedt. Lukas half ihr aus dem Wagen und fuhr dann weiter zu Maria Buschs Adresse. Der Baumarkt an der Wandsbeker Chaussee, in dem sie und Maria Busch arbeiteten, lag zwar näher, aber Lukas wollte erst noch einmal überprüfen, ob es überhaupt stimmte, dass Frau Busch nicht zu Hause war. Vielleicht besaß Frau Bergmann eine lebhafte Fantasie und hatte sie einfach nur nicht angetroffen.

Er läutete an dem roten Mehrfamilienhaus in Dulsberg und wartete, aber es wurde nicht geöffnet. Also drückte Lukas nacheinander die Klingeln der beiden Erdgeschosswohnungen. Der Summer erklang, und als er die Stufen ins Hochparterre hochstieg, erwartete ihn eine alte Dame in der Tür.

»Sind Sie der Paketbote?«

»Nein, ich bin von der Polizei.« Lukas blieb auf dem Treppenabsatz stehen. »Haben Sie zufällig heute die Zeitung gelesen?«, fragte er, während er seinen Dienstausweis zeigte.

Sie sah ihn irritiert an. »Nein, warum?«

»Wann haben Sie Ihre Nachbarin Frau Busch zuletzt gesehen?«

»Hm, vor ein paar Tagen bei den Mülltonnen. Am Dienstag, glaube ich. Ist was mit ihr?«

»Ich müsste sie dringend sprechen. Gibt es jemanden im Haus, der näheren Kontakt zu ihr hat?«

Die Frau deutete nach oben. »Herr Kluge vielleicht. Ihre Söhne sind miteinander befreundet. Also, sie sind jetzt beide aus dem Haus, die Söhne.«

»Ist Herr Kluge zu Hause?«

»Ich glaube, er hat diese Woche Spätschicht. Jedenfalls habe ich ihn gestern Vormittag vom Einkaufen kommen sehen. Also, Sie machen mich ein wenig nervös mit Ihrer Fragerei.«

»Das tut mir leid. Ich wollte Sie nicht beunruhigen. Vielen Dank für Ihre Auskünfte.« Lukas lief die Treppe hinauf. Es war gut möglich, dass es durchaus Anlass zur Beunruhigung gab.

Hedwig kniff die Augen zusammen und ging mit der Nase dicht an den Bildschirm. Was sollte das denn für ein Wort sein? Wärmeübergangssdämmung. Das Schreibprogramm schien auch seine Schwierigkeiten damit zu haben. Es hatte das Wortungetüm rot unterkringelt wie ein Lehrer. Hedwig ging es noch einmal Buchstabe für Buchstabe durch. Da. Ein S zu viel. Und schon verschwand der rote Makel. Wärmeübergangsdämmung. Trotzdem hatte sie keine Ahnung, was das bedeuten sollte.

Ihr Blick wanderte zur Tageszeitung, die sie neben das Telefon gelegt hatte. Schon wieder eine Tote! Im Krimi hingen solche Morde immer miteinander zusammen. Immer. Zwei Frauen in mittleren Jahren, erschlagen innerhalb weniger Tage. Und sie waren mit dem Mord an Julia Sagmeister noch kein Stück weitergekommen. Aber auch wenn Hedwig deren Mann nach diesem merkwürdigen Anruf von gestern nach wie vor für hochgradig verdächtig hielt, konnte man ihm wohl nicht jeden Mord in der Hansestadt anhängen. Wenn man wüsste, wann die Frau umgebracht worden war, könnte man Michael Sagmeisters Alibi überprüfen, aber dazu müsste man erst mal rauskriegen, wer die Tote war.

Schon wieder so ein Wort. Zwischensparrendämmung. Der junge Herr Florian war gestern ja ziemlich fleißig gewesen. Aber mit seinen Orthografiekenntnissen haperte es gewaltig. Die Kommata waren so willkürlich gesetzt, wie Schneeflocken zu Boden schwebten, und diese Sache mit dem doppelten S hatte er auch noch nicht kapiert.

Das Telefon läutete.

»Kanzlei Winkler, Harms und Sommer, Hedwig Fröhlich am Apparat, was kann ich für Sie tun?«

»Mensch, Hedwig, das klappt ja super. Hier ist Miranda.«

»Ach, Miranda, Liebes. Wie geht es dir?«

»Entsetzlich. Ich kann mich nur ganz langsam bewegen, sonst wird mir noch übler, als mir ohnehin schon ist. Am besten ist es im Liegen.«

»Das tut mir leid.«

»Und langweilig ist mir. Erzähl mir etwas Spannendes.«

»Oh, ich könnte dir viel Spannendes erzählen, aber das würde zu lange dauern. Ich hätte allerdings gleich mal eine Frage.«

»Schieß los.«

»Theresa ist heute Vormittag bei Gericht, aber sie hat mir neulich gesagt, dass man die Zeitung auch im Internet lesen kann. Mit dem Schreibprogramm komme ich zwischenzeitlich einigermaßen zurecht, aber mit diesem Internet stehe ich noch auf Kriegsfuß.«

»Kein Problem.«

Geduldig erklärte Miranda ihr, wie sie auf die Webseite der Zeitung gelangte. »Und nun?«, fragte Miranda.

Hedwig versuchte, sich in dem überbordenden Angebot an Informationen und Werbeanzeigen zurechtzufinden. »Ich will etwas über die Tote im Hirschpark finden.«

»Aha.« Es klang ein wenig fragend. »Kennst du sie?«

»Nein, aber ich interessiere mich für den Fall. Kann man hier irgendwo gucken, ob es etwas Neues gibt?«

»Kann man. Augenblick, ich gehe selbst mal ins Internet.«

Während Hedwig darauf wartete, dass sich Miranda wieder meldete, befasste sie sich mit dem Text von Florian Winkler und korrigierte weitere Fehler.

»Okay, da bin ich wieder. Unter dem Artikel gibt es einen Button Kommentare. Darauf klickst du, dann kannst du gucken, wer sich alles dazu verbreitet hat.«

Hedwig wechselte vom Schreibprogramm zur Internetseite und fand den richtigen Zugang.

»Boah, da haben sich schon eine Menge Idioten verbreitet«, sagte Miranda. »Hier, einer meint, dass die Tote ganz klar eine Außerirdische ist, die hier von ihresgleichen abgelegt wurde. Und ein anderer meint, dass sie im Erdreich des Hirschparks begraben war und jetzt durch die Fäulnisgase wieder an die Oberfläche gelangt ist. Igitt.«

Hedwig hörte nur mit einem Ohr zu. Das ist Elvira Jansen aus Timmerhorn, las sie. Sie wird seit dreißig Jahren vermisst. Das kam wohl kaum infrage, denn wenn man dreißig Jahre tot war, sah man sicher anders aus. Dasselbe galt für jemanden, der eine Weile im Erdreich begraben war.

»Tja, also, ich weiß nicht«, sagte Miranda. »Außer Spinnern haben sich hier keine Leute geäußert.«

»Nein«, bestätigte Hedwig. »Wäre ja auch zu schön gewesen, wenn sich gleich jemand meldet und Namen und Adresse kennt.«

»Sag mal, warum interessierst du dich eigentlich dafür?«

»Ach, das ist reine Neugier.«

»Hast du denn Zeit, dich im Internet rumzutreiben? Du scheinst ja gut zurechtzukommen.«

»Immer besser«, gab Hedwig zu. »Aber eigentlich habe ich heute Vormittag keine Zeit dafür. Ich mache es aber trotzdem«, wisperte sie.

»Ich weiß nicht, ob ich mich darüber freuen soll oder Angst kriegen, dass alles ohne mich läuft.«

»Oh, es läuft natürlich nicht so gut, wie wenn du hier bist. Aber einigermaßen.«

»Okay, ich muss mir noch einen Fencheltee machen. Und dann befasse ich mich mit den Kommentaren. Wenn ich etwas finde, sage ich dir Bescheid.«

»Prima, danke.«

»Und schönen Gruß an alle.«

»Danke, richte ich aus.« Hedwig legte den Hörer auf, ohne den Blick vom Bildschirm zu nehmen. Tatsächlich äußerte einer der Kommentatoren die Vermutung, dass die Tote Selbstmord begangen und von einer mitfühlenden Seele mit Laub bedeckt worden war. Quasi als eine Art Beisetzung.

Theresa spazierte ins Büro. »Morgen, Hedwig.«

»Morgen, Liebes. Wie war dein Gerichtstermin?«

»Gut. Die Frau ist geschieden, und das bedeutet, dass sie künftig ein Leben ohne ihren Mann führen kann. Was in ihrem Fall ein Gewinn ist. Und bei dir?«

»Ich merze gerade die Rechtschreibfehler vom Herrn Florian aus. Und von Miranda soll ich grüßen. Ihr geht es so einigermaßen. Hast du schon die Zeitung gelesen heute?«

Theresa fasste sich an die Schläfe. »Keine Zeit. Gibt es was Besonderes?«

»Weiß ich noch nicht. Guck mal.« Hedwig drehte den Bildschirm ein wenig, sodass Theresa darauf sehen konnte.

»Noch eine Tote? Was hat die denn mit uns zu tun?«

»Das weiß ich noch nicht.« Hedwig drehte den Bildschirm wieder zurück. »Aber das wirft natürlich die Frage auf, ob es vielleicht einen Serientäter gibt.«

Theresa blinzelte. »Ein Serienmörder? Und der hat auch Julia Sagmeister umgebracht, oder wie?«

Hedwig hob die Schultern. »Weiß man's?«

»Bitte, mach die Sache nicht komplizierter, als sie ist. Ich möchte jedenfalls nicht, dass du weiter deine Nase in den Mordfall Julia Sagmeister steckst, wenn die Gefahr besteht, dass es einen Serienmörder gibt.«

»Na ja, kein Serienmörder in dem Sinne, dass er wahllos Frauen umbringt.«

»Sondern?« Theresa griff nach dem Poststapel auf dem Tresen. »Was soll denn diese Tote im Park mit meiner Mandantin zu tun haben?«

»Das weiß ich nicht. Du könntest nicht noch mal mit ihrer Familie sprechen, ob sie diese Frau kennt?«

Theresa sah auf. »Hedwig. Ich rufe diese armen Leute an und frage sie, ob sie eine Leiche identifizieren können? Wirklich nicht.«

Hedwig kniff die Augen zusammen.

»Und ich möchte auch nicht, dass du mit deinem türkischen Taxifahrer losziehst und Michael Sagmeister dazu befragst. Wenn diese Frau wirklich ein weiteres Opfer des Täters ist, der Julia Sagmeister umgebracht hat, ist die Sache gefährlich, Hedwig.« Theresa legte ihrer Tante die Hand auf die Schulter.

Hedwig tätschelte ihre Hand. »Du hast natürlich recht, Liebes. Möchtest du Kaffee?«

Erst am Nachmittag kehrte ein wenig Ruhe ein. Hedwig stapelte die Ausgangspost, schaltete den Anrufbeantworter ein und erkundigte sich bei den Anwälten danach, ob einer von ihnen noch etwas brauchte. Dann nahm sie ihren Mantel von der Garderobe und griff nach ihrer Handtasche. Ihr Blick fiel auf die Zeitung. Ein schreckliches Foto. Wie konnte sich eine Zeitung dazu herablassen, ein derart entwürdigendes Bild einer Toten zu zeigen? Und dann taten sie noch so, als handele es sich um eine verzweifelte Bitte, an der Aufklärung ihrer Identität mitzuwirken. Eklig.

Sie faltete die Zeitung zusammen, und ihr Blick fiel auf die untere Hälfte der Titelseite. Dort gab es eine weitere bemerkenswerte Mitteilung. Die Stadt plante, im östlichen Stadtgebiet ein riesiges Areal mit Mehrfamilienhäusern zu bebauen. Es war so groß, dass praktisch ein neuer Stadtteil entstand. Seit sie in der Kanzlei arbeitete, hatte sie erstmals etwas mit Bauprojekten zu tun. Und das, was dort entstehen sollte, war offenbar ein riesiges Millionenprojekt. Wie auch immer. Wohnraum an sich war ja nicht schlecht, man musste nur dafür sorgen, dass es keine seelenlose Betonwüste gleichförmiger Bauten wurde.

Lukas machte einen Zwischenstopp am Imbiss und kehrte mit einem Veggieburger für sich und einem Burger mit Hack für Kai zurück. Der saß an seinem Schreibtisch und telefonierte mit hochrotem Kopf. Lukas holte Teller und Servietten aus der Teeküche und stellte Kai den Burger hin. Der verdrehte die Augen, was aber vermutlich seinem Gesprächspartner galt.

»Ist gerade reingekommen«, sagte Kai. »Ich stell Sie mal rüber.« Er grinste ein wenig schäbig und deutete auf Lukas' Apparat, der im selben Augenblick zu läuten begann. »Der Herr Staatsanwalt wünscht dich zu sprechen.«

Während Lukas abhob, biss Kai herzhaft in seinen Burger.

»Herr Staatsanwalt. Was gibts?« Lukas zupfte an dem Salatblatt, das zwischen den Brötchenhälften seines Burgers hervorguckte.

»Dr. Mühlenbeck hat angerufen. Er möchte gern ausgeschlossen wissen, dass wir es bei den Morden an den beiden Frauen mit einem Serienmörder zu tun haben.«

»Und ich möchte gern festgestellt wissen, um wen es sich bei unserem zweiten Opfer handelt. Deshalb wollte ich Sie auch sprechen. Ich brauche einen Durchsuchungsbeschluss für die Wohnung von Maria Busch. Es gibt Hinweise darauf, dass es sich bei ihr um unser zweites Opfer handelt, aber ich brauche etwas aus ihrer Wohnung für einen DNA-Vergleich.«

»Und welche Hinweise sind das?«

»Eine Arbeitskollegin hat sie anhand des Fotos in der Zeitung identifiziert, und ich habe mit einem Nachbarn von ihr gesprochen. Er kennt Frau Busch gut und hat sie vorgestern Morgen zuletzt gesehen. Eine weitere Nachbarin hat sie am Dienstag beim Müllrausbringen getroffen. Seitdem ist sie nicht mehr im Haus gesehen worden.«

»Und was ist mit Angehörigen?«, fragte der Staatsanwalt.

»Ich hatte noch keine Gelegenheit, mit dem Sohn Kontakt aufzunehmen. Genauso wenig wie mit dem Arbeitgeber. Wir sind hier derzeit unterbesetzt und müssen zu zweit in zwei Mordfällen ermitteln.«

Lukas beobachtete Kai, der herzhaft in seinen Burger biss.

Der Staatsanwalt seufzte. »Ich weiß. Aber das bedeutet nicht, dass wir den Rechtsweg abkürzen können. Ich würde gern vermeiden, dass wir die Wohnung aufbrechen und die Frau schlafend im Bett vorfinden, weil sie sich eine Auszeit nimmt.«

»Und ich würde gern vermeiden, dass wir entweder die Ermittlungen verzögern, wenn es sich bei der Toten tatsächlich um Frau Busch handelt, oder dass wir Maria Busch, die hilflos in ihrer Wohnung liegt, nicht rechtzeitig finden.«

»Gut. Nehmen Sie Kontakt zu dem Sohn auf und sprechen Sie mit dem Arbeitgeber. Dann können wir heute Nachmittag noch einmal erörtern, ob Sie die Wohnung aufbrechen können.«

»Ach so, aufbrechen müssen wir sie übrigens nicht. Der Nachbar hat einen Schlüssel.«

»Und warum sind Sie dann nicht einfach rein und haben sich ihre Haarbürste geholt?«

»Machen Sie Witze? Wir müssen doch den Rechtsweg einhalten.«

»Na klar. Ich weiß ja, dass Sie immer alles ordnungsgemäß abwickeln.«

Das klang ein bisschen vorwurfsvoll, so als würde Lukas mit seiner rechtmäßigen Handhabe den Behördenapparat aufhalten. Aber wehe, einer der Kollegen wurde dabei erwischt, dass er nicht nach Dienstvorschrift arbeitete. Dann konnte er nicht auf die Rückendeckung seiner Behörde hoffen.

»Ich schicke Ihnen nachher eine Mail«, sagte Lukas, bevor er sauer werden konnte, und legte auf.

Kai hatte seinen Burger zwischenzeitlich verputzt.

»Wir wissen, wer die Tote ist?«

»Keine Ahnung.« Lukas zog sein Notizbuch aus der Jackentasche. »Versuch mal rauszufinden, wo sich Jonas Busch aufhält. Der soll in Köln oder Trier oder Freiburg Jura oder Medizin studieren.«

Kai hörte auf zu kauen. »Im Ernst? Wissen wir vielleicht noch weniger von ihm?«

»Wieso?«, fragte Lukas grinsend. »Das ist doch mehr als genug. Dafür spreche ich jetzt mit dem Baumarkt Selbstgemacht.«

»Aha. Willst du bauen, oder was?«

»So ähnlich.«

»Gibt es inzwischen etwas Neues von der Rechtsmedizin und der Spurensicherung?« Lukas schaltete seinen PC ein. »Und was ist mit dem Kellner aus dem Witthüs?«

»Machen wir jetzt eine Fragestunde, oder soll ich diesen Sohn finden?«

»Nun sag schon.«

»Der Kellner sagt, dass er sich nur hundert Euro verdienen wollte.« Kai sah auf seinen leeren Teller. »Wieso hast du eigentlich keine Pommes mitgebracht?«

»Pommes? Ich hab doch einen Burger geholt. Reicht das nicht? Also.«

»Die Zeitung bietet den Leuten eine Prämie für spektakuläre Fotos.«

»Im Ernst? Wie viel?«

»Sag ich doch. Hundert Euro.«

»Hundert Euro für das Foto einer Leiche? Das ist pervers. Und eklig. Und illegal.«

»Noch was?«

»Okay, er – wie heißt dieser Kellner überhaupt?«

»Felix Schüttler.«

»Schüttler hat also ein Foto von unserer Leiche gemacht. Hat er sie vorher zu einer Leiche gemacht?«

»Er sagt Nein«, erklärte Kai. »Schüttler behauptet, dass ihm ein aufgebrachter alter Mann mit Dackel aufgefallen sei. Und da wollte er nur helfen.«

»Aha. Und da hat er als Erstes mal ein Foto von der Leiche gemacht, oder wie?«

»Er hat Heinz Schäfer ins Lokal gebracht und versorgt, und dann sei er noch mal zurück, um nach dem Rechten zu sehen.«

»Und um die Leiche wieder mit Laub zu bedecken.«

»Was?« Kai sah auf.

»Ja, auf dem Foto ist die Leiche mit Laub bedeckt. Und Heinz Schäfer hat gesagt, dass Oswald das Laub weggescharrt hatte. Und da ist es ja nicht ausgeschlossen, dass Schüttler schon vor Schäfer da war.« Lukas sah Kai an. »Wir brauchen jemanden von der KTU, der sich mit Fotografien auskennt. Lichteinfall, Veränderungen und so was.«

»Ja, so jemanden könnten wir gut gebrauchen.«

»Kai.«

»Schon gut. Ich erkundige mich mal danach, wer das kann.«

»Wo befindet sich denn unser kellnernder Fotograf?«

»Im Vernehmungsraum fünf. Ich musste ja noch zur Zeitungsredaktion, und außerdem hatte ich Hunger.« Kai betrachtete seinen leeren Teller. »Habe ich immer noch.«

Lukas seufzte. »Okay, wir brauchen Unterstützung.«

»Und etwas zu essen.«

»Kai! Bestell dir eine Pizza oder irgendwas, aber sprich nicht mehr vom Essen. Wir müssen hier mal ranrauschen, sonst kriegen wir unsere Mordfälle nicht ermittelt.«

Kai verzog das Gesicht und widmete sich seinem Tablet.

Lukas rief im Büro des Polizeipräsidenten an. Die Sekretärin wollte ihn durchstellen, war nach einer halben Minute aber wieder in der Leitung.

»Der Herr Dr. Mühlenbeck bat mich auszurichten, dass er gerade furchtbar in Eile ist. Er meldet sich später bei Ihnen.«

Lukas schnappte nach Luft, weil die Ausrede geradezu durch die Leitung zu spüren war. Und Dr. Mühlenbeck hatte noch nie jemand in Eile gesehen. Er würde ihm jetzt mal eine Mail schreiben. Damit ließ er sich Zeit, dann nahm er sein Notizbuch und die ausgedruckte Akte und ging in den Vernehmungsraum.

»Äh, hören Sie mal!« Der Mann auf dem Stuhl vor dem Tisch wandte sich Lukas zu und hielt inne. »Sie.«

Lukas setzte sich. »Dasselbe wollte ich zu Ihnen sagen. Ich bin überrascht, Sie hier wiederzusehen.«

Der Kellner aus dem Witthüs wirkte in dieser Umgebung völlig anders als in dem Lokal in den Elbvororten. Über seiner Arbeitskleidung, einem weißen Hemd und schwarzer Hose, trug er eine abgetragene grünstichige Lederjacke. In der Gastronomie verdiente man nicht besonders gut, und wenn das Trinkgeld nicht besonders reichlich war, verfiel man möglicherweise auf zweifelhafte lukrative Ideen, weitere Einnahmen zu generieren.

»Machen Sie das häufiger?«

»Was?«

Lukas schlug die Akte bei dem Vermerk über sein Telefonat mit der Zeitungsredaktion auf. »Als VIP247@mailpost Fotos an die Hamburger Zeitung schicken, um sich was dazuzuverdienen.«

Felix Schüttler setzte eine empörte Miene auf.

Lukas hatte den Eintrag aus dem Melderegister auf dem Flur kurz überflogen. Der Mann war sechsundvierzig, unverheiratet und gelernter Friseur. Und jetzt arbeitete er als Kellner. Möglicherweise war seine derzeitige Lebenssituation eine Folge dreier Vorstrafen wegen Unterschlagung und Betrugs. Dabei war ihm der Mann im Witthüs sehr zuvorkommend erschienen und sympathisch gewesen. »Lassen Sie mal die Empörung weg, Herr Schüttler. Es steht fest, dass Sie Herrn Schäfer nicht aus reiner Nächstenliebe von der Leiche weggebracht haben. Was haben Sie gemacht, nachdem Sie Herrn Schäfer ins Witthüs gebracht haben?«

»Die Polizei gerufen.«

»Was konnten Sie der Polizei denn sagen?«

»Dass einer unserer Gäste im Hirschpark eine Tote gefunden hat.«

»Woher wussten Sie, dass es eine Frau war?«

Schüttler legte die Hände auf den Tisch. »Das konnte man sehen. Ich schätze, etwa vierzig Jahre alt.«

»Die Frau war mit Laub bedeckt, was genau konnten Sie da sehen?«

»Das Gesicht und die Hand.« Schüttler legte die rechte Hand mit dem Handrücken auf die Tischplatte und streckte die Finger nach oben. »So etwa.«

»Und von der Kleidung konnten Sie nichts erkennen?«

Der Kellner schüttelte den Kopf.

Lukas drehte die Akte mit den Aufnahmen der Toten vom Fundort in Schüttlers Richtung. »So haben die Kollegen die Tote aufgefunden.«

Schüttler beugte sich ein wenig vor. »Ja, jemand hat sie mit Laub bedeckt. Vermutlich, damit sie nicht entdeckt wird.«

Lukas nickte und legte die Zeitung mit der Titelseite auf den Tisch. »Und das ist das Foto, das Sie an die Hamburger Zeitung geschickt haben.«

Schüttler nickte, ohne den Blick darauf zu werfen.

»Wenn man genau hinsieht, erkennt man, dass die Laubblätter unterschiedlich liegen.« Lukas betrachtete abwechselnd beide Fotos, als würde er sie zum ersten Mal sehen. »Hier, dieses Eichenblatt liegt mitten auf ihrem Bauch, auf dem Foto vom Fundort ist es verschwunden.«

Der Kellner machte ein etwas ungeduldig klingendes Geräusch.

»Diese Veränderung kann man noch an ein paar anderen Blättern erkennen.« Lukas sah auf und lächelte Schüttler an. »Diese Veränderungen sind vermutlich nachvollziehbar, wenn man berücksichtigt, dass zwischen Ihrem Foto und unserem Foto Oswald teilweise das Laub vom Leichnam gescharrt hat.«

Lukas ließ das mal eine Weile so im Raum stehen.

Es dauerte nur wenige Sekunden, bis Schüttler ein wenig unruhig wurde. Er rutschte auf seinem Stuhl hin und her und nahm schließlich die Hände vom Tisch.

»Sie wohnen in Osdorf. In der Julius-Brecht-Straße«, stellte Lukas fest. Das war eine Hochhaussiedlung mit grauen Fassadenplatten und kleinen Wohnungen entlang von Laubengängen hinter dem großen Einkaufszentrum. »Wie kommen Sie zur Arbeit?«

»Ich fahre mit dem Bus. Der Zweiundzwanziger und der Einser halten bei mir in der Nähe.«

»Und wo steigen Sie aus?«

»Die Endhaltestelle liegt in der Straße Mühlenberg. Von da sind es nur ein paar Meter bis zum Witthüs.«

Lukas nahm sein Smartphone heraus und rief den Stadtplan von Hamburg auf. »Sie steigen an der Kreuzung Elbchaussee/Mühlenberg aus, gehen den Mühlenberg Richtung Elbe hinunter und biegen dann in den Hirschpark ein. Richtig?«

»Jawohl.« Schüttler nickte.

»Ihr Weg führt Sie nicht an der Stelle vorbei, an der die Frau lag.«

Der Mann sah auf. »Nein.« Er versuchte, Lukas fest in die Augen zu sehen, aber ein ganz leichtes Flackern verriet seine Unsicherheit.

»Wie kommt es dann, dass Sie ein Foto von der Frau in dem Zustand machen konnten, in dem sie noch mit Laub bedeckt war?«

Schüttler atmete tief ein. »Hören Sie, der Mann kam ganz aufgelöst mit seinem Dackel angerannt. Er hat immer gerufen, da liegt eine tote Frau. Ich bin dann mit ihm zurück und hab mir von ihm die Stelle zeigen lassen, wo er die Frau gefunden hat. Dann hab ich ihn zurückgebracht, ihm einen Lütten eingeschenkt und die Polizei gerufen.« Er atmete aus. »Und dann bin ich noch mal zu der Toten, hab ein paar Laubblätter auf die Leiche gestreut und das Foto gemacht.« Schüttler rieb sich über die Oberschenkel. »Ich weiß, dass das nicht in Ordnung war, aber ich hab vielleicht höchstens ein paar Spuren zerstört. Die Frau habe ich aber nicht umgebracht.«

Lukas lächelte freundlich. »Hat auch keiner behauptet.«

»Warum bin ich dann hier?«

»Weil, wie Sie richtig sagen, Sie mindestens Spuren am Leichenfundort vernichtet haben. Das erleichtert uns nicht gerade die Arbeit und hilft dem Täter. Warum haben Sie Laubblätter auf die Leiche gestreut?«

Er wiegte den Kopf. »Macht so ein Foto einfach interessanter.«

Lukas zog sein hellblaues Notizbuch mit den roten Blumen hervor und nahm ein Foto heraus. »Kennen Sie diese Frau?«

Er behielt Schüttler genau im Blick, als er das Foto von Julia Sagmeister betrachtete. Und wie vorhin zeigte sich ein leichtes Flackern in seinen Augen. Der Kellner sah auf und versuchte, Lukas' Blick standzuhalten.

»Nein«, sagte er.

Als Lukas in das Dienstzimmer zurückkehrte, fiel sein Blick auf einen aufgeklappten Pizzakarton. Von der Quattro Stagioni war fast nichts mehr übrig. Ein angebissenes Stück lag auf dem Notizblock neben Kais Telefon. Vielleicht war Kai deshalb ein Fan seines Tablets. Es gab einfach keine Fettflecken auf der Akte. Lukas stibitzte sich das letzte Viertel aus dem Karton und ließ sich erschöpft auf seinen Stuhl fallen. Kai sprach offenbar gerade mit jemandem in einer Uni.

»Jonas Busch ist am 14. März 1996 geboren. In Hamburg.« Er hörte eine Weile zu und kritzelte etwas auf einen Zettel. »Okay, das dürfte er sein. Wir müssen ihm dringend eine persönliche Mitteilung machen. Es geht um eine Familienangelegenheit. Ist es möglich, dass sie ihn in Ihr Büro bitten, und ich mit ihm telefonieren kann? Ich könnte auch die Kollegen vor Ort um Amtshilfe bitten, aber vielleicht ist es etwas weniger schockierend, wenn Sie ihn vorbereiten, als wenn die Polizei vor der Tür steht.«

Kai vereinbarte einen weiteren Telefontermin in einer Stunde und legte auf. Es war erstaunlich, was ein gut gefüllter Magen bewirken konnte. Sein Kollege war direkt einfühlsam.

»Hast du den Sohn von Maria Busch gefunden?«

Kais Blick blieb kurz an dem Pizzastück in Lukas' Hand hängen, dann nahm er einen Ausdruck von seinem Tisch. »Hab ich. Jonas Busch studiert Medizin in Heidelberg. Ich hab mit einer netten Lady in der Verwaltung gesprochen. Sie hat für mich raus-

gekriegt, dass er gerade eine Vorlesung hat. Sie will ihn da raus-
holen und ruft mich dann wieder an.«

»Sehr gut. Wie hast du ihn so schnell gefunden?«

»Maria Busch hat uns den Gefallen getan, ihren Sohn in Hamburg zur Welt zu bringen. Ich habe ihn im Melderegister gefunden und seine Wegzugadresse ermittelt. Er wohnt seit zwei
Jahren in Heidelberg.«

Lukas biss von der Pizza ab. »Ich habe mich mal mit Herrn
Schüttler unterhalten. Diese Sache mit dem Foto hat ihn ein bisschen aus dem Tritt gebracht. Allerdings weiß ich immer noch
nicht, ob er einfach nur das Laub wieder auf die Leiche gelegt hat
oder das Foto geschossen, bevor Heinz Schäfer sie gefunden hat.
Haben wir schon einen Experten für die Fotos gefunden?«

»Nein, haben wir nicht«, erklärte Kai und betonte das Perso-
nalpronomen. »Wir hatten damit zu tun, Jonas Busch zu finden,
um ihm mitteilen zu können, dass seine Mutter vermutlich umgebracht wurde.«

»Haben wir denn schon den Obduktionsbericht?«

»Haben wir auch noch nicht.«

Lukas gähnte herzhaft. Seine Gedanken schweiften zwischendurch immer zum gestrigen Abend ab. Es tat ihm leid, dass er
Theresa Sommer Sushi aufgeschwatzt hatte, das sie offenbar nicht
mochte. Aber trotzdem war es ein schöner Abend gewesen. Die
Anwältin hatte ungewohnt unsicher gewirkt, was sie ihm noch
sympathischer machte. Er fragte sich, was dieser merkwürdige
Vorwurf, Julia Sagmeister habe Familienschmuck aus dem Bank-
schließfach ihres Mannes genommen, zu bedeuten hatte. War
Michael Sagmeister deshalb am Abend vor ihrem Tod bei ihr
gewesen, um sich den Schmuck wiederzuholen? Und war sie zu
diesem Zeitpunkt schon tot gewesen? Und war es Michael Sagmeister gewesen, der das Schlafzimmer durchwühlt hatte? Aber
warum fragte er jetzt ganz offen nach dem Schmuck? Weil er ihn
nicht im Haus gefunden hatte. Jetzt war eine Woche vergangen,
und Lukas konnte sich nicht vorstellen, dass Michael Sagmeister

so rücksichtsvoll oder pietätvoll handelte. Oder es war gar nicht so dringend, sondern einfach nur ein ganz normales Anliegen. Oder Sagmeister hatte tatsächlich erst jetzt bemerkt, dass seine Frau das Schließfach geplündert hat. Und wenn sich im Schließfach gar kein Schmuck befunden hatte, sondern etwas anderes, was ein Mordmotiv darstellte? Aber dann hätte er seine Frau nicht umbringen müssen, wenn er das, was er suchte, doch nicht fand. Es sei denn, er brachte sie erst um und suchte dann. Aber dann blieb die Frage, warum er sich eine Woche Zeit ließ und sich dann ganz offiziell danach erkundigte. Sogar durch Einschaltung seines Anwalts. Obwohl das auch eine Art Tarnung sein konnte.

Lukas rieb sich über das Gesicht. Sein Kopf schwirrte. Jeder Mord für sich warf eine Vielzahl von Fragen auf, aber dadurch, dass sie in beiden Fällen zur selben Zeit ermittelten, konnte er keinen klaren Gedanken fassen und warf die Ermittlungsergebnisse in beiden Fällen durcheinander.

»Ist dir doch recht, oder?« Kai sah ihn auffordernd an.

»Was?«

»Dass ich eine Woche Urlaub mache.« Kai drehte sich zu seinem Schreibtisch. »Kleiner Scherz. Also, was hat Schüttler gesagt?«

Lukas berichtete ihm von der Vernehmung, aber seinen Gedanken, dass die beiden Fälle womöglich zusammenhingen, behielt er für sich. Vielleicht hatte Schüttler nur etwas im Auge gehabt, als er das Foto von Julia Sagmeister ansah.

Das Telefon läutete, und Kai ging dran. »Lehmann … Richtig, haben wir … Interessant … Kein Problem, schick ich Ihnen rüber. Danke.« Er tippte auf seinem Tablet herum. »Das war jemand von der KTU. Kennt sich mit Fotos aus. Ich schick ihm die Bilder, und er will was draus machen.«

»Aha? Und wie?«

»Keine Ahnung. Hat irgendwas von Algorithmen gefaselt.«

»Okay. Immerhin was. Und wie sieht es mit dem Durchsuchungsbeschluss für die Wohnung von Maria Busch aus?«

»Weiß nicht. Du stehst doch mit dem Staatsanwalt auf gutem Fuß.«

Lukas zog eine Grimasse und griff zum Telefonhörer. Der Zeitungsredakteur nahm nach dem ersten Läuten ab.

»Herr Fischer.«

Lukas hörte den Redakteur schwer einatmen. »Herr Kommissar.« Offenbar hatte er ihn an seiner Telefonnummer erkannt.

»Ich will wissen, ob ein bestimmtes Foto ebenfalls von VIP247@ mailpost stammt.«

»Welches?«

»Das Titelfoto vom 12. März.«

»Augenblick.«

Während er wartete, schlug Lukas das Notizbuch für den Fall Maria Busch auf. Abgesehen von seiner Zeichnung mit dem Baum und dem Laubhaufen befand sich noch nichts darin. Er musste irgendetwas unternehmen, damit aus seinem Gedankenwirrwarr etwas Greifbares wurde, das er zu Papier bringen konnte.

»Nein.«

Er hatte völlig vergessen, dass er den Telefonhörer zwischen Schulter und Ohr geklemmt hatte, und zuckte zusammen, als die Stimme an sein Ohr drang.

»Nein?«

»Nein. Stammt von einer Anwohnerin, die gerade zum Einkaufen gehen wollte.«

»Okay. Danke.« Lukas legte auf. Dann hatte Felix Schüttler wohl wirklich nur geblinzelt.

»Ich hol mir mal eben eine Tasse von Ihrem leckeren Kaffee, Hedwig.« Der Student Tobi schlappte in seinen nicht zugeschnürten Turnschuhen hinter ihr vorbei. »Und danach mach ich mich an die Fotos.«

Hedwig sah ihm über die Schulter hinterher. Seine Hose hing wie immer auf halb acht.

»Woher wissen Sie von den Fotos?«

»Was?« Tobi schenkte sich aus der Porzellankanne eine Tasse voll.

Hedwig stand auf und ging in die Teeküche. »Die Fotos. Woher Sie davon wissen.« Sie nahm einen Lappen und wischte über die Schrankoberfläche. »Möchten Sie Kekse?«

»Immer her damit.« Tobi schaufelte Zucker in seine Tasse. »Und um Ihre Frage zu beantworten. Die Fotos haben wir von der Behörde zur Verfügung gestellt gekriegt.«

»Von der Behörde? Im Ernst?« Hedwig nahm den Deckel von der Keksschachtel und hielt sie ihm hin.

»Hm, lecker.« Tobi schnappte sich die Schachtel.

»Äh«, machte Hedwig. Irgendwie hatte sie gedacht, dass er sich vielleicht ein, zwei Kekse nehmen würde, aber die jungen Leute konnten ja ziemlich viel essen. Besonders die jungen Männer verdrückten eine Menge.

»Sicher«, sagte Tobi mit vollem Mund. »Die brauchen wir für unser Gutachten.«

Jetzt fiel der Groschen bei Hedwig. Sie war offenbar schon so auf ihre Ermittlungen fixiert, dass sie nicht klar denken konnte. »Und was machen Sie mit den Fotos?«

»Die müssen bearbeitet werden. Einige müssen vergrößert werden, andere verkleinert, und die meisten bearbeitet. Kein Wunder, dass die ihren Umzug nicht gewuppt kriegen, wenn sie noch nicht mal in der Lage sind, anständige Fotos zu machen.« Tobi griff erneut in die Keksschachtel. Es musste der vierte oder fünfte Keks sein. Und dabei war er so dünn. Beneidenswert.

»So etwas können Sie, also Fotos bearbeiten, meine ich?«

»Na klar. Dafür gibt es schließlich Programme. Es gibt für alles Programme.«

»Tatsächlich? Und damit kann man … das alles machen, was Sie sagen?«

Tobi grinste. »Richtig. Soll ich Ihre Fotos bearbeiten und die Falten retuschieren?«

»Och.« Hedwig schlug spielerisch mit dem Spüllappen in seine Richtung. »Das natürlich nicht, aber es gibt zwei Zeitungsfotos, für die ich mich interessiere.«

»Kein Problem, wenn Sie die Originale haben.«

»Die Originale? Sie meinen die Fotos, die dann gedruckt wurden?«

»Richtig.«

Hedwig war enttäuscht. »Nein, die habe ich natürlich nicht. Die sind natürlich bei der Zeitung.«

»Hm.« Gedankenverloren wanderte Tobis Hand zur Keksschachtel. »Sie können sie mir ja mal zeigen. Wäre interessant zu sehen, was passiert, wenn man ein gedrucktes Foto einsc...«

Er wurde durch die Türglocke unterbrochen. Hedwig warf einen Blick auf die Wanduhr. »Oh Gott, das ist der Lohmeyer.« Sie sah in die Keksschachtel. »Lass dem Mann wenigstens einen Keks übrig.«

Hedwig eilte in den Vorraum. »Herr Lohmeyer, guten Tag.«

»Guten Tag, Frau Hedwig.« Er deutete einen altmodischen Handkuss an. »Sie haben heute wohl nicht zufällig wieder Ihren hervorragenden Apfelkuchen gebacken?«

»Leider nicht, Herr Lohmeyer. Und wenn unser Tobi nicht alle Kekse aufgegessen hätte, könnte ich Ihnen ersatzweise wenigstens einen Schokoladenkeks anbieten.«

Der Beamte klopfte sich auf seinen Bauch. Er war groß und ziemlich dünn, aber vermutlich musste er häufig an Geschäftsessen teilnehmen, die ihre Spuren hinterließen. »Ich würde sagen, dass es sogar ganz gut ist, wenn ich nicht so viel futtere. Meine bessere Hälfte jedenfalls findet, dass ich zugelegt habe.«

»Zu einem Mann gehört doch ein kleiner Bauch«, antwortete Hedwig, der nichts Gescheiteres einfiel.

»Tja, ich liebe meine Frau sehr, wissen Sie, und ich hoffe doch, dass sie mir ebenfalls gewogen bleibt, auch wenn aus mir kein Adonis mehr wird.«

»Sind Sie schon lange verheiratet?«

»Seit mehr als dreißig Jahren. Meine Rosemarie ist immer treu an meiner Seite.«

»Wie schön.« Hedwig fasste seinen Ellenbogen. »Kommen Sie, ich bringe Sie in den Konferenzraum und sage Frau Sommer Bescheid. Aber eine Tasse Kaffee nehmen Sie doch?«

Lukas hatte zu der Besprechung nicht nur Pizza bestellt, sondern auch den Staatsanwalt dazugebeten. Vielleicht wurde ihm auf diese Weise klar, dass Lukas und Kai die beiden Mordfälle nicht als Zwei-Mann-Team lösen konnten. Als er als Letzter den Raum betrat, saßen Kai, der Leiter der Spurensicherung und Dr. Berger bereits am Tisch. Kai und Hinnerk taten sich an der Pizza gütlich.

Lukas nahm sich ein kleines Wasser und den Flaschenöffner. »Wo ist der Staatsanwalt?«

»Keine Ahnung«, antwortete Kai. »Hat sich bei mir nicht abgemeldet.«

»Ich hoffe nicht, dass er kneift.«

»Also, meinetwegen müssen wir nicht warten.« Der Leiter der Spurensicherung schlug seine Akte auf. »Wir können ja schon mal ohne ihn anfangen.«

Widerstrebend nickte Lukas. Der Umgang des Polizeipräsidenten und der Staatsanwaltschaft mit dem Personalproblem gefiel ihm nicht, und es würde nicht mehr lange dauern, bis ihm der Kragen platzte. Und dazu gehörte schon einiges. »Okay, dann fang an, Hinnerk.«

»Mach ich.« Hinnerk warf einen Blick auf Kais Tablet. »Können Sie das empfehlen? Ich will bei uns auch mal die Digitalisierung vorantreiben. Mit Zettel und Bleistift gehen uns einfach zu viele Daten flöten. Außerdem fehlt uns damit die Datenbank für Querverweise.«

»Schön. Sicher auch ein interessantes Thema«, stellte Lukas fest.

»Entschuldigung. Also. Die Mantrailer haben die Spur vom Leichnam bis zu diesem Haus am Weg zurückverfolgt.«

»Welchem Haus?«, fragte Kai.

»Dem Kavaliershaus«, antwortete Lukas.

»Was ist das denn?« Kai legte die Stirn in Falten.

»Erklär ich dir später. Können wir mal weitermachen?«

»Richtig. Bis zum Kavaliershaus. Dort war das Ende der Spur.«

»Heißt?«

»Heißt, dass der Individualgeruch ab dort entweder nicht mehr ausreichend war oder dass die Spur dort endete.«

Stille senkte sich über die Gruppe. Lukas sah Hinnerk an und hob eine Augenbraue.

»So eine Spur besteht aus dem individuellen Körpergeruch eines Menschen, vergleichbar der Individualität der DNA. Diese Spur besteht aus körpereigenen metabolischen Abbauprodukten. Durch Bakterien abgebaute Hautschuppen und Körpersekrete.«

Kai sah erst zu Hinnerk hinüber, dann betrachtete er den Rest Pizza in seiner Hand. »Igitt. Das ist doch eklig.«

Hinnerk grinste. »Ihr müsst damit leben, dass ihr, wo ihr geht und steht, Hautschuppen verliert. Innerhalb von vierundzwanzig Stunden verliert ein Mensch durchschnittlich zehn Gramm Hautschuppen. Ein Großteil des Hausstaubs besteht aus Hautschuppen.«

»Boah.« Kai ließ den Pizzarest auf seinen Teller fallen. »Ist mal gut jetzt.«

»Da muss ich meinem Kollegen recht geben.« Lukas schenkte Hinnerk ein Lächeln. »Vielleicht kommen wir wieder auf die Hunde zurück. Kann die Spur ab dem Kavaliershaus durch die Witterungsverhältnisse, wie soll ich sagen, dünn geworden sein? Immerhin hat es in der Nacht geregnet.«

»Wäre möglich, ja. Es wäre aber auch möglich, dass jemand mit einem Wagen bis zum Kavaliershaus gefahren ist und dort die Leiche ausgeladen hat. Allerdings ist der Boden des Weges sehr fest und hat kaum Reifenspuren hinterlassen. Das bisschen, was wir haben, untersuchen wir gerade.«

Kai seufzte. »Soll das heißen, dass wir jetzt die Anwohner noch mal danach befragen sollen, ob sie einen Wagen in den Hirschpark haben fahren sehen?« Er hob den Zeigefinger. »Und zwar mitten in der Nacht, und ob da dann jemand eine tote Frau aus dem Kofferraum geholt hat?«

Die drei Männer sahen ihn an.

»Das können wir machen, Kai«, sagte Lukas. »Aber glaubst du nicht, dass jemand, der das Ausladen einer Toten beobachtet hat, es uns schon längst gesagt hätte?«

Kai schob seinen Teller von sich. »Bei diesen Leuten in Blankenese weiß man nie.«

»Dann warten wir die Untersuchung der Reifenspuren ab«, sagte Lukas. »Und noch?«

»Und noch haben wir nicht viel. Es hat sich bestätigt, dass der Fundort nicht der Tatort war. Die Frau wurde also vom Kavaliershaus zum Ablageort getragen oder sonst wie verbracht. Nach dem Untergrund zu urteilen, wurde sie vor drei Uhr nachts abgelegt. Es hat um halb vier zu regnen begonnen, das Erdreich unter ihr war trocken. Es gab keine Blutspuren.«

»Keine?«, fragte Kai.

»Überhaupt keine.«

»Das ist nicht überraschend«, warf Dr. Berger ein. »Die Frau ist an einem Genickbruch gestorben. Der Leichnam weist keinerlei äußere Verletzungen auf. Ein Sexualdelikt ist auch auszuschließen.«

»Hat sie sich nicht gewehrt? Um sich geschlagen oder so?«, fragte Kai den Rechtsmediziner.

»Nein«, antwortete Lukas an Dr. Bergers Stelle. »Es war ein Unfall. Sie ist mit dem Hinterkopf auf die Kante eines Möbelstücks oder etwas anderem gestürzt.«

»Möchten Sie künftig die Obduktionen durchführen?«, fragte Dr. Berger.

Lukas hob abwehrend die Hände. »Keinesfalls. War nur so ein Gedanke.«

»Ja, und leider ein nicht von der Hand zu weisender«, gab der Rechtsmediziner zu. »Es gibt keinerlei Kampfspuren. Allerdings haben wir unter ihren Fingernägeln fremde Hautpartikel gefunden. Die können allerdings auch von dem Geschlechtsverkehr stammen, den sie kurz vor ihrem Tod hatte.«

»Sie können einem wirklich den Appetit verderben«, beschwerte sich Kai.

Dr. Berger lächelte. »Wir haben uns hier ja auch nicht zum Lunch getroffen, sondern zu einer Besprechung in einem Mordfall.«

»Kann es vielleicht sein, dass bei diesem Geschlechtsverkehr etwas schiefgegangen ist?«, fragte Lukas.

»Das kann man wohl sagen«, sagte Kai. »Normalerweise kommen beide heil aus so einer Sache raus.«

Lukas lachte. »Aber mal im Ernst, Dr. Berger. Ist das möglich?«

»Ich bin zugegebenermaßen kein Experte in Sexualangelegenheiten«, gab der Rechtsmediziner zu. »Aber ich wüsste im Augenblick nicht, was das für eine, wie soll ich sagen …«

»Sagen Sie Stellung.« Kai trank einen Schluck Cola.

»Ja, warum nicht, Dr. Berger. Sagen Sie einfach Stellung.« Lukas machte diese Besprechung ausnahmsweise mal Spaß.

»Gut. Von mir aus. Oder kennt einer von Ihnen eine Stellung, bei der jemand rücklings stürzen kann?«

»Äh«, machte Kai.

»Tja«, sagte Hinnerk.

Lukas schwieg.

»Wie auch immer. Sie können ja in Ruhe darüber nachdenken. Es gibt im Augenblick keinen Hinweis auf Gewalteinwirkung. Aber wie der Herr Kommissar richtig sagt, die Frau könnte gestürzt sein. Es wäre also möglich, dass es nach dem …«

»Akt.« Kai stellte sein Colaglas ab.

»Dass es nach dem Akt zum Streit kam, die Frau stürzt, und der Mann gerät in Panik«, fuhr Dr. Berger fort.

»Soll das heißen, dass die mitten in der Nacht eine Nummer im Hirschpark geschoben haben?«

Lukas fand Kai wie immer erfrischend. Vielleicht war das eine Generationenfrage. »Eine sehr gute Idee«, lobte Lukas. »Wir müssen das Kavaliershaus untersuchen.«

»Toll. Da habe ich mal eine gute Idee, und dann brock ich mir damit auch noch Arbeit ein.«

»Schick dem Staatsanwalt eine Mail und setz Mühle ins cc. Und darin listest du alles auf, wofür wir einen Durchsuchungsbeschluss benötigen. Und daneben schreibst du die benötigte Zahl von Leuten. Und klick als Wichtigkeit hoch an.« Lukas wandte sich an den Rechtsmediziner. »Gibt es sonst noch etwas, was für unsere Ermittlungen von Bedeutung ist?«

»Steht alles in meinem Bericht.«

»Bei mir steht auch alles im Bericht.« Hinnerk schob seinen Bericht über den Tisch.

Der Telefonapparat auf dem Konferenztisch läutete, und Kai hob ab. »Lehmann … Ah, stellen Sie durch. Guten Tag, Herr Busch. Vielen Dank, dass Sie zurückrufen.«

Theresa war erleichtert, als die Besprechung zu Ende war. Die beiden Jungs waren nicht erschienen, sodass sie mit Lohmeyer allein gewesen war. Mark hatte einen wichtigen Termin vorgeschoben, und Florian hatte gekniffen. Anders konnte man es wohl nicht nennen, denn einen anderen Termin wies sein Kalender nicht auf. Theresa vermutete, dass die beiden mit ihrem Teil des Konzepts nicht fertig geworden waren. Blieb zu hoffen, dass sie die gewonnene Zeit wenigstens für die Arbeit an dem Gutachten nutzten. Lohmeyer selbst war reichlich abwesend und kommentierte ihren Vortrag mit Anmerkungen wie Aha und Soso. Theresa war den Text deshalb im Schnelldurchlauf durchgegangen. Sie wusste nicht, wer sich mehr über das Ende der Besprechung freute; sie oder Lohmeyer. Nachdem sie ihren Gast zur Tür gebracht hatte, wollte sie eigentlich aufs Klo, aber als sie sich umwandte, fiel ihr Blick auf Hedwig und Tobias, die die Köpfe zusammensteckten.

Theresa legte die Unterarme auf den Tresen und betrachtete die beiden. »Na, ihr zwei? Was gibts da zu sehen?«

Keiner von beiden hob den Blick vom Bildschirm. »Wegen der Fotos«, murmelte Hedwig.

»Wegen der Fotos«, wiederholte Theresa. »Welche Fotos?«

»Aus der Zeitung.«

Theresa seufzte. »Welche Fotos aus welcher Zeitung?«

Hedwig hob den Blick und nahm ihre Brille ab. »Welche Fotos. Na, die Fotos aus der Zeitung. Der Verkehrsunfall und die Tote im Hirschpark.«

»Und was genau macht ihr da?« Theresa beobachtete Tobi, der sie überhaupt nicht wahrzunehmen schien. »Wie sieht es denn eigentlich mit den Fotos für das Gutachten aus?«

»Gleich.«

Theresa zog eine Grimasse. Dafür, dass der junge Mann erst seit wenigen Tagen in der Kanzlei tätig war, riskierte er bereits eine dicke Lippe. »Also, was habt ihr rausgefunden?«

Hedwig setzte ihre Brille wieder auf und sah auf den Bildschirm. »Der Tobi hat sie eingescannt und versucht, eine höhere Auflösung hinzukriegen.« Sie wandte sich an Tobi. »Ist doch richtig, oder?«

»Is' richtig. So, mal sehen.«

Hedwig stieß beinahe mit der Nase gegen den Bildschirm. »Ich kann überhaupt nichts erkennen. Das ist doch alles viel zu verschwommen.«

»Sie sind zu dicht dran, Frau Hedwig. Aber ich druck das jetzt ohnehin mal aus. Vielleicht gehts dann besser.«

Der Drucker spuckte einige Blatt Papier aus, und Theresa stellte zu ihrer Verwunderung fest, dass sie jetzt auch neugierig war.

»Zeig mal her.«

Tobias gab ihr einen Ausdruck, und Theresa legte ihn auf den Tresen. Es war das Foto aus der Zeitung von Julia Sagmeisters Couchtisch, das den Verkehrsunfall im März zeigte. Tobi hatte tatsächlich einiges rausgeholt aus der Aufnahme, aber richtig erhellend war das Ganze immer noch nicht. Den umgekippten Smart und den dicken Mercedes kannte sie schon, ansonsten standen eine ganze Menge Leute herum.

»Hm«, machte Theresa.

»Also wirklich, Liebes. Gib mal her.« Hedwig drehte die Aufnahme in ihre Richtung.

Theresa sah zu, wie Hedwig auf das Foto starrte. Das dauerte ihr alles zu lange. »Tobi, mach mal mit den Fotos für das Gutachten weiter. Ich geh in mein Büro zurück.«

»Ach, Liebes.« Hedwig hielt ihr einen Notizzettel hin, ohne aufzusehen. »Dieser Dings, dieser Anwalt hat wieder angerufen.«

Theresa studierte die Telefonnotiz. Dieser Novok hatte wirklich Nerven, schon wieder anzurufen.

Nachdem Tobias und Theresa an ihren Arbeitsplätzen verschwunden waren, fand Hedwig endlich Zeit, sich der bearbeiteten Aufnahme des Verkehrsunfalls zu widmen. Diesmal beachtete sie weniger das eigentliche Unfallgeschehen, sondern widmete sich den Personen, die herumstanden. Bisher hatte sie versucht, Julia Sagmeister oder ihren Ehemann zu entdecken, aber jetzt wollte sie versuchen, einfach nur Gesichter zu erkennen. Sie nahm ihre Lupe aus der Handtasche und betrachtete die Personen. Rechts vorn im Bild war ein Polizist zu erkennen, der einen Mann befragte. Einen großen hageren Kerl, der mit dem Rücken zum Fotografen stand. Der Polizist hatte seinen Laptop ohne Deckel auf der Kühlerhaube seines Streifenwagens abgestellt und nahm vermutlich die Zeugenaussage des Mannes auf. Rechts, in der Einmündung der Tarpenbekstraße, stand ein kleiner Wagen, in der offenen Fahrertür eine junge Frau, die mit einem Handy telefonierte. Hinter ihr hielt ein etwas größeres Auto, in dessen halb geöffneter Fahrertür Hedwig eine Frau entdeckte, die zu dem Hageren hinübersah. Die Beifahrertür des Wagens war offen. Vielleicht gehörte die Frau zu dem Hageren, der gerade eine Aussage machte. Der Wagen dahinter war nur noch halb zu sehen, der Fahrer kaum zu erkennen. Vermutlich handelte es sich um einen Mann. Die Fahrzeuge in den drei übrigen Straßenmündungen der Kreuzung waren nicht genauer zu identifizieren, und die Personen schon gar nicht.

»Hm«, machte Hedwig. Von dieser Sache mit dem Foto wurde sie ganz verrückt.

»Sind noch welche von den Keksen da?« Tobi verschwand hinter ihr in der Teeküche.

Hedwig sah ihm nach. »Das gibt es doch gar nicht. Essen Sie doch mal was Vernünftiges.«

»Schokoladenkekse sind sehr vernünftig.« Tobi mampfte mit vollen Backen. »Und?«, fragte er mit Blick auf das Foto. »Hats was gebracht?«

»Ich weiß nicht. Man kann die Leute jetzt zwar erkennen, aber ich weiß ja immer noch nicht, wer das ist.«

Tobi kam näher und tippte mit dem Finger auf das Auto, in dessen offener Fahrertür die Frau stand. »Sie müssen sich auf die Fahrzeuge konzentrieren. Hier, dieser Ford Focus. Man kann sogar das Kennzeichen erkennen.«

Hedwig schnappte sich ihre Lupe. »Tatsächlich.«

»Jetzt machen Sie nur noch eine Halterabfrage, und dann wissen Sie, wer das ist.«

Hedwig sah ihn an. »Eine Halterabfrage?« Natürlich hatte sie das schon im Fernsehen gesehen. Immer wenn ein Verdächtiger in einem Fahrzeug flüchtete, gaben die Beamten das Kennzeichen durch und schwupp, hatten sie den Täter. »Wie soll ich denn das machen?«

Tobi hob die schmalen Schultern. »Keine Ahnung. Kennen Sie niemanden bei der Polizei?«

»Nein, das nun wirklich nicht.« Plötzlich hatte sie eine Idee, und Hedwig lächelte. »Aber so etwas Ähnliches.«

Sie wählte die Nummer des Taxifahrers. »Herr Yildirim? Hier ist Hedwig Fröhlich.«

»Frau Fröhlich. Ich hab mich schon gefragt, was unser Baupro-

jekt macht. Müssen wir uns nicht mal wieder bei diesem Sagmeister blicken lassen?«

»Ja, vielleicht. Im Augenblick habe ich eine andere Frage. Können Sie eine Halterabfrage machen?«

Die Antwort kam zögerlich. »Schon. Worum gehts?«

»Ich muss wissen, wem ein bestimmtes Fahrzeug gehört.«

»Hatten Sie einen Unfall?«

»Nein, das ist eine längere Geschichte.«

»Dann sagen Sie mal das Kennzeichen. Ich kenne jemanden in
der Zulassungsbehörde. Immer wenn uns ein Arsch – Entschuldigung –, immer wenn uns ein anderer Verkehrsteilnehmer
dumm kommt oder einen Wagen beschädigt und abhaut, kann
ich da nachfragen.«

Hedwig nannte ihm das Kennzeichen, das sie mithilfe der Lupe
erkannt hatte, und legte den Hörer auf. Dieses Ermitteln fühlte
sich richtig gut an.

Dr. Berger und Hinnerk nutzten die Gelegenheit, den Besprechungsraum zu verlassen, als Kai den Anruf von Jonas Busch
entgegennahm. Kai guckte ein wenig gequält. Man war nicht
gern der Überbringer schlechter Nachrichten. Lukas stand auf
und stellte sich ans Fenster.

»Herr Busch, vielen Dank für Ihren Anruf. Es geht um Ihre Mutter … Nein, sie hatte keinen Unfall. Es ist etwas komplizierter.«

Lukas betrachtete die Aussicht, während Kai sich darum bemühte, dem jungen Mann in möglichst freundlichen Worten
nahezubringen, dass eine Frau tot aufgefunden wurde, bei der es
sich vermutlich um seine Mutter handelte. Er wandte sich nicht
um, weil er sich schon denken konnte, dass Kai auf eine Gelegenheit wartete, den Hörer an ihn zu übergeben. Dabei machte er das
gar nicht mal schlecht. Als sie mit den Todesumständen durch
waren, wollte Kai etwas mehr über Maria Busch erfahren, aber
offenbar wollte Jonas Busch darüber nicht am Telefon sprechen,
denn kurz darauf unterhielten sich die beiden über die beste Zug-

verbindung und darüber, wann Jonas Busch in Hamburg ankommen würde.

»Mann, ey«, sagte Kai, als er auflegte. »Das ist echt heavy.«

Lukas legte ihm die Hand auf die Schulter. »Das Gespräch führen wir gemeinsam.«

Es war kurz nach zweiundzwanzig Uhr, als der Empfang mitteilte, dass Jonas Busch eingetroffen sei. Lukas entschied sich dafür, das Gespräch in ihrem Büro und nicht in einem der unkomfortablen Vernehmungsräume zu führen. Maria Buschs Sohn musste schon genug verarbeiten, dann war es nicht nötig, dass sie es ihm noch unangenehmer machten. Kai fuhr mit dem Fahrstuhl nach unten und nahm ihren Besucher in Empfang. Lukas nutzte die Zeit, um eine Kanne grünen Tee aufzugießen, wobei ihm bewusst war, dass er Kai damit keine große Freude machte. Er begegnete den beiden auf dem Flur.

Jonas Busch war nicht besonders groß, höchstens eins sechzig, und recht kompakt gebaut. Dabei hatte er breite Schultern und war ziemlich muskulös, so als würde er viel Zeit beim Hanteltraining verbringen. Er trug Jeans und schmuddelige Turnschuhe, bei denen sich rechts die Sohle löste. Unter einer blauen Trainingsjacke war ein graues Shirt zu sehen, und über der linken Schulter verlief der Gurt eines Rucksacks.

»Lukas, das ist Herr Busch.«

Er begrüßte den jungen Mann, dessen Händedruck wie erwartet ziemlich kraftvoll war. »Herr Busch. Es tut mir leid, dass wir uns unter diesen Umständen kennenlernen.«

»Ich weiß gar nicht, was passiert ist.«

»Kommen Sie.« Lukas fasste den jungen Mann an der Schulter und führte ihn in ihr Büro. »Setzen Sie sich. Ich habe grünen Tee aufgesetzt. Oder möchten Sie lieber etwas anderes?«

Jonas Busch stellte den Rucksack neben seinem Stuhl auf den Boden. »Nein, grüner Tee ist in Ordnung.«

»Sie nehmen vermutlich keinen Zucker, wie?«, fragte Lukas, als er zwei dampfende Teebecher auf den Tisch stellte.

»Ich nehme zwei Teelöffel.«

Wie man sich irren konnte. Lukas gab zwei Löffel Zucker in Jonas' Becher.

»Also, was ist denn nun passiert?«, fragte Busch und rieb sich über die Oberschenkel.

»Herr Busch, wir stehen noch ganz am Anfang unserer Ermittlungen, und ich muss zugeben, dass die Tote aus dem Hirschpark bisher nicht identifiziert wurde. Ihre Mutter ist seit zwei Tagen nicht zur Arbeit erschienen, eine Kollegin hat sie auf einem Foto in der Zeitung erkannt, und ein Nachbar hat bestätigt, dass er sie seit dem Morgen vor drei Tagen nicht mehr gesehen hat. Das hat Ihnen mein Kollege ja bereits am Telefon erklärt.«

Busch, der eben nach seinem Teebecher greifen wollte, zog die Hand zurück und rieb sich erneut über die Beine. Entweder ein Tick, oder der junge Mann war nervös, was unter diesen Umständen allerdings verständlich wäre. »Heißt das, dass ich diese Frau, also meine Mutter, dass ich diese tote Frau ansehen muss?«

»Es würde uns sehr helfen. Ich würde als Erstes gern mit Ihnen in die Rechtsmedizin fahren. Vielleicht können Sie uns vorher ein paar Dinge über Ihre Mutter sagen.«

»Okay.« Busch nahm einen Schluck Tee. »Fragen Sie.«

»Wann haben Sie zuletzt mit Ihrer Mutter gesprochen?«, fragte Lukas.

»Weiß gar nicht so genau. Wir telefonieren immer mal so zwischendurch. Wenn es einem passt, ruft er den anderen an.«

»Und wann das war, erinnern Sie nicht?« Lukas schlug das schwarze Notizbuch auf. Inzwischen war er nicht mehr zufrieden mit der Farbe. Sie bot ihm so wenig Möglichkeit, Ideen zu entfalten. Vermutlich war das der Grund dafür, dass er der Zeichnung mit dem Baum und dem Laubhaufen noch weitere Skizzen hinzugefügt hatte.

»Nein, nicht so ganz genau. Ist schon eine Weile her.« Jonas Busch lächelte schief. »Bin ich nicht besonders stolz drauf. Von wegen, du sollst Vater und Mutter ehren und so.«

Lukas musterte den jungen Mann. »Haben Sie Ihre Mutter nicht geehrt?«

»Bisschen veraltet, dieser Begriff. Aber natürlich bin ich meiner Mutter mit Respekt begegnet.«

»Respekt«, murmelte Lukas und notierte den Begriff. »Und wie ist es mit Liebe?« Er sah auf.

»Klar habe ich meine Mutter geliebt. Hören Sie, was soll das alles? Müssen wir nicht erst mal wissen, ob diese tote Frau wirklich meine Mutter ist?«

»Haben Sie in den vergangenen zwei Tagen mit Ihrer Mutter gesprochen?«

»Wie gesagt, es ist schon eine Weile her.«

»Also nicht.« Lukas stand auf und griff nach seiner Jacke. »Dann kommen Sie.«

Vom Polizeipräsidium bis zur Rechtsmedizin war es eine Viertelstunde Fahrzeit. Lukas ließ den jungen Mann in Ruhe. Zum einen musste er sich auf den Verkehr konzentrieren, und ihm wären seine Reaktionen auf gestellte Fragen entgangen, zum anderen wollte er Jonas Busch vor diesem schwierigen Gang nicht unnötig mit Fragen quälen. Auf dem kleinen Besucherparkplatz vor dem Gebäude gab es einen freien Stellplatz. Im Eingangsbereich des Instituts wies Lukas sich aus und führte Jonas Busch in den Keller. Während der sich einen Kittel anzog und eine Schutzhaube aufsetzte, suchte Lukas einen Mitarbeiter, um sich anzumelden.

Wenig später standen sie in einem hellblau gekachelten Raum und warteten darauf, dass die Metallbahre mit dem Leichnam hereingebracht wurde. Jonas Busch sah ein wenig grün aus im Gesicht.

»Brauchen Sie etwas?«

Jonas presste die Lippen aufeinander und schüttelte den Kopf. Als einer der Ärzte die Bahre hereinschob, trat Schweiß auf seine Oberlippe. Lukas hoffte, dass er nicht umkippte.

Nachdem der Arzt sich mit einem Blick auf Jonas vergewissert hatte, dass er beginnen konnte, hob er das weiße Tuch vom Gesicht der Frau.

Mit unsicherem Schritt trat Jonas näher an die Bahre. »Das ist meine Mutter«, flüsterte er.

Im angrenzenden Universitätskrankenhaus gab es auf der Galerie ein Selbstbedienungscafé. Jonas Busch verschwand auf der Herrentoilette, und Lukas besorgte zwei Becher Kaffee. Es blieb ihm die Zeit, seinen Becher halb zu leeren und dabei den Menschen zuzusehen, die eine Etage tiefer durch die Eingangshalle strömten. Die Ankommenden erkundigten sich entweder am Empfangsschalter nach dem Weg oder musterten mit zusammengekniffenen Augen die Hinweisschilder.

Jonas Busch rieb sich die feuchten Hände an der Jeans trocken, ehe er sich setzte.

»Gehts wieder?« Lukas schob ihm das Glas mit den Zuckersticks hin.

Er nickte. »Ich musste mich nicht übergeben, aber ein bisschen kaltes Wasser ins Gesicht klatschen.« Jonas sah Lukas an. »Das ist echt meine Mutter.«

»Es tut mir wirklich leid.«

Jonas Busch riss zwei Zuckertütchen auf und ließ den Zucker in seinen Kaffee rieseln. »Also, ich hab das auch gar nicht kapiert, was der Weißkittel gesagt hat.«

»Der wollte Ihnen erklären, dass Ihre Mutter bei einem Sturz einen Genickbruch erlitten hat.«

»Aber wie ist das passiert?«

»Das wissen wir nicht.« Lukas war nicht begeistert gewesen, als der Rechtsmediziner die Todesursache mitgeteilt hatte. Sein Gefühl war noch zu diffus, um beurteilen zu können, ob Jonas Busch an dem Tod seiner Mutter schuld war. Vielleicht hatten die beiden miteinander Streit gehabt und Jonas war nicht gerade erst aus Heidelberg angereist, sondern schon eine Weile in Hamburg und an dem Tod seiner Mutter nicht ganz unschuldig. Aber jetzt war das Kind schon in den Brunnen gefallen.

»Herr Busch, Ihre Mutter ist bei einem Sturz ums Leben gekommen. Ist sie regelmäßig gejoggt?«

»Wie?« Jonas zerknüllte ein Zuckertütchen. »Nein, sie war nie
sportlich.«

»Und wäre es denkbar, dass sie jetzt damit begonnen hat? Vielleicht wollte sie einen Mann beeindrucken.«

»Oh Scheiße.« Jonas fummelte das Papier aus dem Kaffee. »Einen Mann?«

»Sie sagen das so, als sei das eine absonderliche Vorstellung.«

Er schnippte das Papierkügelchen auf die Untertasse. »Meine
Mutter hatte bisher Pech mit Männern. Ich war fünf, als meine
Eltern sich scheiden ließen, und dann hatte sie einen Freund,
als ich zehn war. Das war ein Arsch, aber meine Mutter hat das
erst sehr spät geschnallt. Mir ist der Penner schon viel früher
auf die Nerven gegangen, weil er sich als mein Erziehungsbe-
rechtigter aufgespielt hat. Und von meiner Mutter hat er sich
von vorn bis hinten bedienen lassen.« Jonas seufzte. »Und an
dem war noch nicht mal was dran. Der sah noch nicht mal gut
aus.«

»Warum hat Ihre Mutter dennoch an der Beziehung festgehalten, was meinen Sie?«

Jonas hob die Schultern. »Ich weiß nicht. Sie war so auf Mär-
chenprinz programmiert. Sie hat immer gemeint, dass ein gut
aussehender reicher Mann vorbeikommen und ihr ein schönes
Leben bieten wird.«

»Und was war die Realität?«

»Die Realität war, dass Hannes, so hieß ihr Freund, sie ausge-
nutzt hat.«

»Wann hat Ihre Mutter sich von Hannes getrennt?«

»Muss so vor fünf Jahren gewesen sein. Es war kurz, bevor ich
nach Heidelberg gegangen bin. Ich hätte auch in Hamburg studieren können, aber ich wollte hier weg. Ich hab das nicht mehr
ausgehalten, wie sie sich total aufgegeben hat, nur damit sie Hannes alles recht macht.«

»Hat sie Sie denn einfach so gehen lassen?«

Jonas Busch rieb sich wieder über die Oberschenkel. »Es gab ein furchtbares Theater, als ich gesagt habe, dass ich weggehe. Sie hat Hannes dann rausgeworfen.«

»Und Sie sind trotzdem gegangen.«

Jonas verbarg das Gesicht in den Händen. »Mann, da war was los. Jeden Tag hat sie angerufen und gejammert. Sie hat gesagt, es wird wieder alles wie früher, nur wir beide, bla, bla, bla.« Tränen traten in seine Augen. »Und jetzt ist sie tot.«

»Kann es sein, dass Ihre Mutter wieder einen Mann kennengelernt hat?«

Sein Gegenüber ließ die Hände sinken. »Einen Mann?«

Lukas blies die Backen auf. »Es steht fest, dass Ihre Mutter kurz vor ihrem Tod mit einem Mann – zusammen war.« Jetzt wand er sich schon genauso wie der Rechtsmediziner.

»Sie meinen, sie hat mit einem Kerl gepoppt?«

Lukas atmete aus. »Meine ich.«

»Das ist doch …« Jonas schüttelte den Kopf.

Lukas fragte sich allmählich, warum sich bei diesem Thema alle so anstellten. Er selbst konnte dazu wenig beisteuern, jedenfalls nicht aus jüngster Zeit. »Gut, sie hat Ihnen also nichts von einem neuen Freund erzählt. Gibt es jemanden, mit dem sie darüber gesprochen hätte?«

Jonas schüttelte den Kopf. »Glaube ich nicht. Sie hatte mal eine beste Freundin, eine alte Schulfreundin, aber von der hat sie schon länger nichts mehr erzählt.«

»Sagt Ihnen der Name Julia Sagmeister etwas?«

Jonas schüttelte wieder den Kopf.

Julia Sagmeister war mehr als zehn Jahre jünger als Maria Busch. Sie konnte jedenfalls nicht diese Schulfreundin sein.

»Herr Busch, sind Sie damit einverstanden, dass wir in die Wohnung Ihrer Mutter gehen und nachsehen, ob wir einen Hinweis darauf finden, was geschehen ist?«

Jonas Busch wurde blass. »In ihre Wohnung?«, flüsterte er.

»Ja, das ist sehr wichtig. Wir müssen wissen, ob es dort geschehen ist. Vielleicht gab es dort einen Streit, in dessen Verlauf sie gestorben ist.«

»Oh Scheiße.«

Die Kollegen der KTU waren nicht sehr erfreut darüber, so spät am Abend noch ausschwärmen zu müssen, um die Spuren in der Wohnung der Toten zu sichern. Aber jetzt, wo feststand, dass die Tote Maria Busch war, wollte Lukas keine Zeit mehr verlieren. Außerdem hatte Jonas Busch auf Lukas' Mitteilung, dass er selbstverständlich nicht in der Wohnung seiner Mutter übernachten könne, so merkwürdig reagiert. Ein polizeiliches Siegel würde ihn vermutlich nicht davon abhalten, die Wohnung zu betreten. Wenn er es denn vorhatte. Lukas konnte den jungen Mann noch nicht so richtig einschätzen. Im Augenblick saß er schweigend neben ihm auf dem Beifahrersitz und guckte stur geradeaus. Lukas war zu übermüdet und zu durcheinander, um das Verhalten des jungen Mannes zu deuten. Es konnte bedeuten, dass Jonas Busch sich etwas vorzuwerfen hatte, aber auch, dass er einfach schockiert war. Immerhin war seine Mutter gestorben, und es war schon schwer genug, den Anblick eines Toten zu verkraften. Das galt insbesondere für einen nahen Angehörigen.

Kai war natürlich ebenfalls nicht erbaut davon, dass er keinen Feierabend machen konnte, und so traf sich eine Gruppe schwer genervter Beamter vor dem Hauseingang in Dulsberg.

»Haben wir jetzt eigentlich einen Durchsuchungsbeschluss?«, fragte Kai auf der Treppe.

»Haben wir nicht, und den brauchen wir auch nicht«, erklärte Lukas und zog an ihm vorbei.

»Aha«, machte Kai.

Lukas ließ sich von Jonas Busch den Wohnungsschlüssel geben, während die Spurensicherer in ihre Schutzkleidung stiegen. Natürlich blieb ihr Auftritt im Treppenhaus nicht unbeachtet, und Kai ging zu den geöffneten Wohnungstüren und bat die Nachbarn, in ihren Wohnungen zu bleiben.

Hinnerk steckte den Schlüssel ins Schloss und öffnete die Wohnungstür. Jonas Busch wollte sich an ihm vorbeidrängeln, aber Lukas hielt ihn zurück. »Wir müssen uns einen Augenblick gedulden. Die Kollegen müssen erst ihre Arbeit machen, bevor wir sie zerstören können. Kommen Sie.« Er deutete auf den Treppenabsatz. »Wir setzen uns so lange hierher.«

Sie saßen eine Weile nebeneinander auf der Treppenstufe, dabei konnten sie es eigentlich beide nicht abwarten, die Wohnung zu betreten.

»Ist Ihnen eingefallen, wann Sie zuletzt mit Ihrer Mutter gesprochen haben?«

Jonas Busch stützte die Ellenbogen auf die Oberschenkel. »Nein. Oder warten Sie mal. Ich hab sie gefragt, ob sie zu Lisas Geburtstag kommen will.«

»Lisa ist Ihre Freundin?«

»Ja. Wir hatten uns ja schon Weihnachten nicht gesehen.«

Lukas lehnte sich zurück. »Woran lag das?«

»Wir hatten ein bisschen Streit. Bin ich nicht sehr stolz drauf.«

»Und worum ging es bei Ihrem Streit?«

»Wir haben immer zusammen Weihnachten gefeiert, auch seit ich in Heidelberg lebe. Und letztes Jahr hat sie so komisch herumgeredet, und als ich sie gefragt habe, was los ist, hat sie gemeint, dass ich an Heiligabend kommen soll.«

»Was ist daran schlimm?«

»Dass ich am nächsten Morgen wieder wegfahren sollte.«

Lukas lehnte sich vor. »Und was war der Grund dafür?«

Er hob die Schultern. »Keine Ahnung. Sie wollte nicht mit der Sprache rausrücken, und darüber haben wir gestritten.«

»Das verstehe ich. Haben Sie eine Idee, warum sie wollte, dass Sie am ersten Weihnachtstag wieder abfahren?«

»Nein. Und ich hatte auch keine Lust, das herauszufinden. Ich war nicht scharf darauf, mich mit ihr darüber abzusabbeln, wann ich nach Hause kommen darf und wann nicht. Und abgesehen davon passte es mir an Heiligabend nicht, weil ich bei Lisas Eltern in Heidelberg eingeladen war. Ich wäre am ersten Weihnachtstag nach Hamburg gefahren und am zweiten wieder zurück. So haben wir es immer gemacht.«

»Weihnachten liegt jetzt ein paar Monate zurück, und Sie haben erst jetzt wieder miteinander gesprochen?«

»Natürlich haben wir mal telefoniert, aber wir haben nicht gesprochen.« Jonas wandte sich Lukas zu. »Verstehen Sie?«

»Verstehe ich«, antwortete Lukas und dachte an seine Schwierigkeiten, das passende Notizbuch für diesen Mordfall zu finden.

»Ich fand, dass wir uns nicht mehr so nah waren wie früher. Lisa meinte, das sei normal. Ich sei erwachsen geworden, und wir würden uns entfremden.« Jonas sah ihn wieder an. »Frauen.«

Lukas grinste.

»So, ihr könnt jetzt reinkommen.« Hinnerk stand in der offenen Tür und wies in die Wohnung.

Hedwig schloss ihre Wohnungstür auf, hängte ihren Hut an die Garderobe und zog ihren Mantel aus. Es war ein wenig kühl in der Wohnung, deshalb drehte sie die Heizung im Wohnzimmer höher und schenkte sich einen Lütten ein. Mit dem Glas in der Hand ging sie zu Karls Foto hinüber und strich über den Silberrahmen.

»Ach, mein Karl. Wie schön wäre es, wenn du noch da wärst.« Hedwig trank einen Schluck. »Andererseits.« Sie schob den Silberrahmen ein Stück zurück. »Andererseits würdest du das alles nicht gutheißen. Dass ich wieder arbeite, dass ich meine Nase in einen Kriminalfall stecke.« Ihr Blick fiel auf das halb volle Glas. »Und dass ich von deinem Whiskey trinke.« Sie fuhr erschrocken zusammen, als das Telefon läutete. Sie stellte das Glas neben den Fotorahmen und ging zum Telefon.

»Fröhlich.«

»Moin, Frau Fröhlich, Yildirim hier.«

»Herr Yildirim. Hallo.« Hedwigs Herz begann zu klopfen. »Haben Sie was rausgefunden?«

»Habe ich. Die Angelique in der Kfz-Zulassung war so freundlich, mir noch kurz nach Feierabend zu helfen.«

»Angelique. Das ist ein hübscher Name. Gut, also?«

»Also, dieser Ford Focus ist auf eine Maria Busch zugelassen. Sagt Ihnen das was?«

Jonas Busch tastete sich so vorsichtig in die Wohnung seiner Mutter, als erwartete er darin eine Bombe – oder jedenfalls unliebsame Familienmitglieder. Lukas folgte ihm dicht auf den Fersen. Er rechnete zwar nicht mit einer Gefahr, nachdem die Spurensicherung alles auf den Kopf gestellt hatte, aber es war ihm trotzdem unangenehm, die Wohnung der Frau zu betreten, die er tot und nackt auf der Bahre der Gerichtsmedizin gesehen hatte. Daran, so intensiv in das Leben Verstorbener einzudringen, würde er sich nie gewöhnen.

Jonas betrat als Erstes die Küche, die gleich links vom Flur abging. Vermutlich war es die Macht der Gewohnheit, und Jonas ging immer zuerst in die Küche, wenn er die Wohnung seiner Mutter betrat. Die Wohnung, in der er bis zu seinem Wegzug nach Heidelberg selbst gewohnt hatte. Lukas blieb in der Küchentür stehen und sah dem jungen Mann zu. Vielleicht ging er auch immer erst mal zum Kühlschrank und nahm eine Flasche aus der Tür. Jetzt blieb er unschlüssig in der Mitte des Raumes stehen und sah sich um.

Es war eine gemütliche Küche mit einem quadratischen Tisch in der Mitte, auf dem eine blaue Glasvase mit Tulpen stand. Einige Blütenblätter waren abgefallen und lagen auf der weißen Decke, auf der der Blütenstaub gelbe Flecken hinterlassen hatte. Auf der Arbeitsfläche stand ein Teller mit einer angebissenen Scheibe Brot. Die Käsescheibe darauf war angelaufen und bog sich an den Rändern nach oben. Daneben stand ein Glas Wasser. Ansonsten war die Küche ordentlich. Auf der Fensterbank stand ein kleines Körbchen mit Post.

Jonas warf ihm einen kurzen Blick zu, bevor er sich an ihm vorbeidrückte und in den Flur ging. Gegenüber der Küche lag das Bad, aber Jonas beachtete es nicht und betrat den danebenliegenden Raum, das Schlafzimmer. Das Doppelbett war gemacht, darauf lag eine lilafarbene Tagesdecke, am Kopfende ein Stapel Kissen. Neben dem Fenster stand eine chamoisfarbene Frisierkommode, etwas, was Lukas noch nie im wirklichen Leben gesehen hatte. Jonas ging zu der Kommode und zog die linke Schublade auf. Er nahm einen Stapel Fotografien heraus und setzte sich auf die Bettkante. Lukas blieb auf der anderen Seite des Bettes stehen und versuchte, auf den Aufnahmen etwas zu erkennen. Die Bilder waren ein wenig gelbstichig, aber Lukas entdeckte darauf eine jüngere, lebendige Maria Busch. Sie trug einen damals modernen Haarschnitt und hielt einen kleinen Jungen im Arm.

Lukas ließ Jonas allein und ging durch die übrigen Räume. Es gab ohnehin nur noch zwei. Das Wohnzimmer war der größte Raum mit einer gemütlichen Eckcouch mit Blick auf den Fernseher. Vor einem großen Fenster stand ein Schreibsekretär. Lukas, der normalerweise alle Unterlagen sofort durchgesehen hätte, fühlte sich ein wenig befangen. Solange Jonas Busch hier war, würde er das nicht tun. Stattdessen sah er aus dem Fenster auf den kleinen Balkon, in dessen Balkonkästen Stiefmütterchen blühten. Maria Busch hatte sich hier ein gemütliches kleines Reich geschaffen, und dennoch war sie nicht glücklich gewesen. Offenbar hatte ihr etwas gefehlt. Ein Mann an ihrer Seite, jemand, der sie in eine bessere Zukunft führte, obwohl sie doch hier eigentlich alles hatte. Die ewige Unzufriedenheit des Menschen. Ein Charaktermangel biblischen Ausmaßes.

Lukas rieb sich über das Gesicht. Er war total übermüdet und begann schon, merkwürdige Dinge zu denken. Er drehte sich um und warf einen Blick durch den Raum. In dieser Wohnung war kein Mord geschehen, auch kein tödlicher Unfall. Abgesehen davon, dass alle Räume ordentlich waren und es keinen Hinweis auf einen Streit oder eine Auseinandersetzung gab, spürte Lukas auch nichts. Diese Räume waren unberührt von jeglicher Gewalt. Die Bewohnerin war möglicherweise unzufrieden mit ihrem Leben gewesen, aber sie war hier nicht zu Tode gekommen. Allerdings schien sie in Eile aufgebrochen zu sein. Ein Käsebrot im Stehen, und dann hatte sie die Wohnung verlassen. Zum Joggen? Er musste noch mal im Obduktionsbericht nachlesen, was Dr. Berger zum Mageninhalt festgestellt hatte. Und er musste Jonas fragen, welche Kleidungsstücke fehlten.

Er fand Maria Buschs Sohn in dem letzten Raum der Wohnung, den er noch nicht besichtigt hatte. Es war Jonas' altes Kinderzimmer, das seit seinem Auszug offenbar nicht verändert worden war. Jonas stand in der Mitte des Raumes und drehte sich zu Lukas um. In seinen Augen standen Tränen.

Vielleicht hätte Hedwig den Rest Whiskey nicht in einem Zug hinunterkippen sollen. Ihr war ein wenig schwindelig. Vermutlich war sie betrunken. Oder jedenfalls ein wenig beschwipst. Herr Yildirim schien jedenfalls durch ihre Euphorie angesteckt worden zu sein, denn er wollte sofort mit ihr zu Maria Busch fahren, um sie zu dem Unfall vom 11. März zu befragen. Genau genommen war es schon viel zu spät, aber sie konnten ja wenigstens mal vorbeifahren und sehen, ob die Fenster der Wohnung noch erleuchtet waren. Und wenn, dann konnten sie läuten oder jedenfalls morgen noch einmal hingehen. Sie war so aufgekratzt, dass sie ohnehin nicht schlafen konnte, und fürs Puzzeln brachte sie im Augenblick auch nicht die notwendige Geduld auf.

Mustafa Yildirim musterte sie im Rückspiegel, als sie auf die Rückbank rutschte. »Ist es nicht ein bisschen spät für Sie, Lady?«

Hedwig zog die Tür zu. »Sie haben mich ganz wuschig gemacht mit Ihrem Anruf. Ich will jetzt auch wissen, was Maria Busch zu sagen hat.«

Der Taxifahrer deutete auf die Uhr an seinem Armaturenbrett. »Es ist bald dreiundzwanzig Uhr.«

»Aber Sie wollten doch noch bei ihr vorbeifahren.« Hedwig schob ihren Hut zurecht.

»Ja, weil Sie mich neugierig gemacht haben. Was soll diese Frau denn mit der Toten zu tun haben?«

»Habe ich doch gesagt. Sie war die Fahrerin des Wagens, der auf dem Foto auf der Zeitung auf Julia Sagmeisters Couchtisch zu sehen war.«

»Schon, aber auf dem Foto waren doch eine Menge anderer Leute zu sehen.«

»Aber das war das einzige Autokennzeichen, das zu erkennen war.«

Yildirim bog ab. »Merkwürdige Theorie.«

»Na, irgendwas wird sie ja bei dem Unfall gesehen haben.«

»Meinen Sie nicht, dass die Frau etwas komisch gucken wird, wenn wir beide spätabends bei ihr läuten, um sie zu einem Verkehrsunfall zu befragen, der ein halbes Jahr her ist?«

»Ihre Reaktion wird uns viel verraten.«

»Wenn Sie meinen.« Yildirim verlangsamte das Tempo und blieb stehen. »Oh, oh«, machte er.

»Was denn?« Hedwig versuchte, zwischen den Rückenlehnen der beiden Vordersitze auf die Straße zu sehen.

Dort waren mehrere Polizeiwagen zu sehen, und Blaulicht zuckte durch die Dunkelheit.

»Oh«, sagte sie.

Theresa fuhr ihren Wagen in die Garage, stieg aus und betätigte die Fernbedienung für das Garagentor. Sie sah zu, wie sich das Tor langsam herabsenkte, dann warf sie einen Blick auf ihr dunkles Haus. Theresa wandte sich um und sah zum Nachbarhaus hinüber. Sie hoffte sehr, dass Nicolas nicht zu Hause war. Als sie durch den Vorgarten zum Gehweg ging, schaltete sich durch den Bewegungsmelder die Beleuchtung wieder ein, die sich ausgeschaltet hatte, nachdem sie unbeweglich vor der Garage gestanden hatte. Sie kam sich vor wie auf einer Bühne. Vielleicht sollte sie außer der Alarmanlage auch die Beleuchtung ausbauen lassen. Die Nachbarn beschwerten sich häufig genug. Der Weg zum Nachbarhaus dagegen war stockduster, sodass Theresa irgendetwas, was auf den Platten lag, nicht sehen konnte und stolperte. Sie zog ihr Jackett glatt und stieg die Stufen zum Haus hinauf. Nachdem sie geläutet hatte, dauerte es eine Ewigkeit, bis die Tür geöffnet wurde.

Friedelinde hielt in der einen Hand einen Muffin, unter dem anderen Arm klemmte ihr Kater Cäsar, der ebenfalls den Eindruck machte, zugenommen zu haben. »Hi, Theresa. Komm rein.« Friedelinde wandte sich um und ging den Flur hinunter in die Küche. »Ich probiere gerade meine Schokomuffins. Willst du auch einen?«

Theresa schloss die Haustür und folgte ihr. Die Küche sah aus wie ein Schlachtfeld. Auf dem Küchentisch befand sich ein Durcheinander aus Kuchenformen, Messbechern, Schüsseln, einem Sieb, Löffeln und einem Schneebesen, geöffneter Mehl- und Zuckerpackung, und alles war bedeckt von einer dünnen Schicht Kakaopulver. Friedelinde ließ sich auf einen Stuhl plumpsen, legte die Beine auf einen anderen Stuhl und griff nach ihrem Teller. Sie deutete auf ein Backblech auf dem Herd. »Bedien dich. Kaffee habe ich nicht gekocht, aber ich kann mit Fencheltee dienen.«

»Nein, vielen Dank.« Theresa zog ein Taschentuch aus ihrer Handtasche und wischte die Kakaoschicht von der Sitzfläche eines Stuhls. »Wie gehts?«

»Eigentlich ganz gut«, erklärte Friedelinde mit vollen Backen. »Weißt du, seitdem ich akzeptiert habe, was los ist, klappts besser. Vorher hatte ich Probleme, weil ich nicht hinnehmen wollte, dass ich schwanger bin und täglich etwa drei Kilo zunehme. Aber jetzt läufts wie geschmiert. Ich futtere zu meinen automatisch hinzukommenden drei Kilo täglich noch ein weiteres hinzu, was den Vorteil hat, dass es mir auch noch schmeckt. Verstehst du?«

Theresa runzelte die Stirn. »Ich bin nicht ganz sicher.«

»Na ja, ich kann im Augenblick alles essen, was mir schmeckt. Dadurch nehme ich zwar zu, aber das ist immer noch weniger als das, was ich automatisch zunehme. Verstehst du jetzt?«

»Nein.«

»Nicolas versteht das auch nicht.«

Theresa grinste.

»Aber ich kann jetzt backen. Das heißt, backen konnte ich natürlich schon, bevor ich schwanger war, aber jetzt habe ich auch noch die notwendigen Lebensmittel dafür im Haus. Der Supermarkt vorn an der Hauptstraße hat diesen praktischen Lieferdienst, weißt du? Wenn ich morgens aufwache und denke, heute backe ich mal Schokomuffins, rufe ich dort an, bestelle die Zutaten und noch ein bisschen mehr, und mittags wird es schon geliefert.«

Theresa sah ihre Freundin über den chaotischen Esstisch hinweg an. Friedelinde war in jeder Hinsicht das totale Gegenteil von ihr, und es hatte eine Weile gebraucht, bis sie mit ihr warm geworden war. Aber nach einem Tag wie diesem war es einfach wunderbar, in diese warme, gut riechende Küche zu kommen und sich Friedelindes merkwürdige Gedankengänge anzuhören.

»Und du willst wirklich nichts?«

»Jedenfalls nichts essen. Ich wollte dich etwas fragen. Hattest du schon Gelegenheit, mit den Eheleuten Krug zu sprechen?«

»Hatte ich. Nette Frau, diese Frau Krug. Wir haben eine ganze Weile miteinander gesprochen.«

»Ach, und was hat sie erzählt?«

»Nicht viel. Sie hat mir Löcher in meinen dicken Bauch gefragt. Wie es mir geht, was es wird, was ich esse, was ich trinke, ob ich schlafen kann, ob ich einen netten Mann habe. Lauter so Sachen. Ich hatte den Eindruck, dass sie lieber über mich sprach als über ihre tote Tochter. Ihre Tochter, die erschlagen wurde. Vielleicht von ihrem Mann. Oder vielleicht von einem anderen, bisher nicht gefassten Täter.« Friedelinde sah sie über den Tisch hinweg an.

Theresa zog die Unterlippe ein und sah sie schuldbewusst an. »Ich habe dir gesagt, dass die Frau erschlagen wurde und dass der Täter noch nicht gefasst wurde.«

»Richtig. Was du nicht gesagt hast, ist, dass ihr Vater dement, ihre Mutter überfordert und ihre Schwester ein raffgieriges Wesen ist.«

Theresa hob die Hände. »Ich habe dir gesagt, dass du das doch nicht machen sollst, weil es gefährlich sein könnte.«

Friedelinde zog eine Grimasse. »Es ist garantiert nicht so gefährlich wie der Zuckerschock, den ich mir täglich verpasse.«

»Wirklich?« Theresa wollte besorgt gucken, aber sie musste doch lachen.

»Ja, und das ist viel einfacher, weil der Zucker ins Haus kommt.«

»Jetzt mal im Ernst«, sagte Theresa, als sie sich wieder gefangen hatte. »Gibt es irgendetwas, was dir merkwürdig vorkommt?«

»Du meinst einen Mann, der mit der Axt in der Hand herumläuft? Oder eine Schießerei? Oder Menschen, die nicht normal sind?«

»Ja, so was in der Art.«

»Nein, tut mir leid. Ich fürchte, die Schwangerschaftshormone haben meinen Kriminalitätsradar außer Kraft gesetzt. Vielleicht war es aber auch nur der Zucker.«

»Egal, was es war, aber es ist beruhigend. Das heißt, du hast dich nett mit Frau Krug unterhalten?«

»Sehr nett. Sie hat mir von ihren Töchtern erzählt und von ihrem Mann.«

»Was hat sie von ihren Töchtern erzählt?«

»Dass sie wie alle anderen Schwestern miteinander umgehen. Sie lieben sich, und sie streiten sich.«

»Worüber streiten sie?«

»Was?« Friedelinde, die gerade nach einem Muffin greifen wollte, hielt in der Bewegung inne.«

»Worüber die Schwestern streiten. Also, gestritten haben.«

Friedelinde blinzelte. »Wenn ich es richtig sehe, versuchst du mich hier gerade danach auszufragen, ob die Schwester deine Mandantin abgemurkst hat, oder wie?«

»Nein, natürlich nicht. Es interessiert mich nur.«

»Aha.« Friedelinde nahm sich den Muffin und gab einen Klecks Schlagsahne darauf. »Möchtest du die lange Version, oder soll ich dir eine Zusammenfassung mit meinem persönlichen Fazit abliefern?«

»Letzteres.«

»Tja, Ariane ist die Ältere von beiden und war offenbar nicht begeistert davon, die Eltern künftig mit einer Schwester teilen zu müssen. Sie war wohl immer ein bisschen eifersüchtig auf ihre kleine Schwester Julia, auch wenn Frau Krug meint, dass sie sich alle Mühe gegeben haben, beide Kinder gerecht zu behandeln.« Friedelinde betrachtete nachdenklich ihren Bauch. »Spricht für ein Einzelkind, aber da besteht natürlich die Gefahr, dass man es zu sehr verwöhnt. Ich muss mir unbedingt noch einen Erziehungsratgeber zu dieser Frage besorgen. Also, wo war ich stehen geblieben? Ach so, ja, aber sie haben sich trotzdem geliebt und immer miteinander Kontakt gehalten und sich alles erzählt.«

»Hm. Alles?«

»Meint ihre Mutter. Müsste man mal im Einzelnen checken, ob das auch stimmt. Vielleicht ist das auch nur eine glorifizierte Sichtweise nach dem Tod ihrer Jüngsten. Ich glaube, dass es nicht stimmt, denn Julia soll sich auch vieles von der Seele geschrieben haben. Offenbar hatte sie ein kleines Kästchen, in dem sie alles aufbewahrte. Ihre Tagebücher, Erinnerungsstücke, so etwas.«

»Und wo ist dieses Kästchen jetzt?«

Friedelinde warf ihr einen Blick zu. »Das weiß ich nicht? Warum müssen wir das denn jetzt wissen?«

»Nur so.«

»Ich habe allmählich das Gefühl, dass mein kriminalistischer Spürsinn ein Haus weitergewandert ist. Ermittelst du hier irgendwie, oder was?«

»Nein, tue ich nicht. Also seid ihr ins Geschäft gekommen, du und die Eheleute Krug?«, fragte Theresa.

»Sind wir. Ich kümmere mich um die Beerdigung. Und wenn das Haus von der Polizei freigegeben wird, lasse ich es räumen. Viel mehr ist eigentlich nicht zu erledigen. Der Erbscheinsantrag ist ein Klacks. Die Scheidung ist doch durch, oder?«

»Na ja, zur Scheidung ist es nicht mehr gekommen. Ihr Ehemann ist jetzt Witwer, aber du weißt ja selbst, dass er nicht erbberechtigt ist.«

»Und wie ist es mit Unterhaltsansprüchen?«

»Darüber könnten wir noch sprechen. Aber es wird nicht leicht sein, die Ansprüche durchzusetzen. Die Eheleute Sagmeister haben keinen schlechten Lebensstil geführt. Da könnte noch was rauszuholen sein.«

»Ich glaube, das will ihre Mutter gar nicht. Sie will keinen Streit mit ihrem Schwiegersohn, und sie will auch kein Geld. Sie möchte einfach nur, dass ihre Tochter anständig unter die Erde kommt und ihr Nachlass geregelt wird.«

»Verstehe. Du wirst das schon machen. Und wenn du anwaltliche Hilfe brauchst, weißt du ja, wo du mich findest.«

Friedelinde nahm sich einen weiteren Muffin. »Und du willst wirklich keinen?«

»Nein danke.« Theresa verspürte das dringende Bedürfnis nach einem Salat, jedenfalls aber etwas mit vielen Vitaminen. »Danke, dass du das machst.«

»Für mich gar kein Problem. Einfache, ungefährliche Sachen sind genau mein Ding.« Friedelinde lächelte freundlich und nahm sich noch einen Klacks Sahne.

»Ich finde allein raus.«

Kater Cäsar lag ausgestreckt im Flur. Theresa stieg über das Tier und verließ das Haus.

In ihrem Haus streifte sie die Pumps von den Füßen. Im Kühlschrank fand sie eine Avocado, die zusammen mit einer Orange einen formidablen Salat ergeben würde. Sie lief nach oben, hängte ihren Hosenanzug auf einen Bügel und zog sich eine Jogginghose und ein Shirt an. Sie war froh darüber, dass sie beim Umbau des Hauses auf einer Fußbodenheizung bestanden hatte, denn jetzt konnte sie barfuß durchs ganze Haus laufen, ohne kalte Füße zu kriegen. Mit dem Salat setzte sie sich vor den Fernseher und versuchte, auf Friedelindes chaotisches Heim nicht neidisch zu sein.

Kapitel 10

Der Staatsanwalt war groß, schlank, hatte beneidenswert dichtes Haar mit attraktiven grauen Schläfen, und er war ein unangenehmer Typ. Neben ihm wirkte selbst der Polizeipräsident wie ein freundlicher älterer Herr.

»Also, ich wüsste gern, wie Sie ausschließen wollen, dass diese beiden Frauen einem Serientäter zum Opfer gefallen sind. Und dann wüsste ich auch gern, warum der Fall Julia Sagmeister noch nicht abgeschlossen ist. Die Presseabteilung sitzt uns im Nacken, und mir liegt nichts vor, worauf ich eine Anklage stützen könnte.« Der Staatsanwalt krempelte die Ärmel seines – vermutlich maßgeschneiderten – Oberhemdes auf, dessen Brusttasche seine Initialen zierten. PD Patrick Degen.

Der Polizeipräsident nickte zustimmend, hielt sich aber mit einem eigenen Wortbeitrag zurück.

Lukas hatte den Tag mit seinen üblichen Yogaübungen begonnen, weshalb er noch einigermaßen entspannt war. »Es gibt keine Anhaltspunkte für einen Serientäter. Einfach nur zwei Tote. Und es würde uns die Arbeit enorm erleichtern, wenn unsere Abteilung nicht so unterbesetzt wäre.«

Dr. Mühlenbeck schien aus seiner Trance aufgewacht und zog sich den Schuh sofort an. »Kampmann, woher soll ich die Leute

246

denn nehmen? Sie wissen doch, dass wir aufgrund der Personaleinsparung nicht genug Leute haben.«

»Das ist schon seit Jahren der Fall. Ich weiß nicht, warum wir uns praktisch jede Woche darüber unterhalten müssen.« Lukas spürte die entspannende Wirkung des Yoga verfliegen. »Und deshalb wäre es auch schön, wenn ich die Arbeit meiner Mordkommission nicht verteidigen müsste. Ich bin heute Nacht um drei ins Bett gekommen.« Er sah demonstrativ auf seine Armbanduhr. »Ich war um sechs Uhr hier. Macht zwei Stunden Schlaf.«

»Ist ja gut, ist ja gut. Verschieben wir die Personaldebatte auf einen späteren Zeitpunkt.« Dr. Mühlenbeck zupfte die Ärmel seines Jacketts glatt. »Berichten Sie dem Herrn Staatsanwalt lieber, was Ihre Ermittlungen ergeben haben. Sie werden doch auch zu zweit etwas herausgefunden haben«, stellte der Polizeipräsident ungeachtet des Umstandes fest, dass Kai noch nicht erschienen war. Als sie sich nachts voneinander verabschiedet hatten, hatte Lukas Kai vorgeschlagen, seinen Wecker auf eine spätere Uhrzeit zu stellen.

»Also, gibt es Hinweise auf eine Verbindung zwischen den Toten?«, fragte der Staatsanwalt.

»Wir haben erst mal herausgefunden, wer unsere zweite Tote ist. Ihr Sohn hat sie gestern identifiziert, und wir haben in der Wohnung Spuren gesichert.«

Der Staatsanwalt hob die Augenbrauen. »Ich hab doch noch gar keinen Durchsuchungsbeschluss beantragt. Oder ist mir da was durchgerutscht?«

»Wir haben die Wohnung gemeinsam mit dem Sohn betreten. Mir erschien die Beantragung eines Durchsuchungsbeschlusses in dieser Situation als ein zu umständlicher Formalismus, der die Ermittlungen nur unnötig aufhält.« Lukas lächelte Degen an. »Und ich hätte Sie ja auch nachts aus dem Bett holen müssen dafür.«

»Okay, okay.« Patrick Degen hob die Hände. »Handelt es sich um die Vermisste, von der Sie gesprochen haben?«

»Ja, Maria Busch, achtundvierzig Jahre alt, geschieden, ein Sohn. Sie arbeitet in einem Baumarkt.«

Die beiden Männer sahen Lukas an. »Und wie ist sie ums Leben gekommen?«

»Sie hat einen Genickbruch erlitten. Der Unfall- oder Tatort ist uns noch nicht bekannt. Der Fundort im Hirschpark kommt als Tatort nicht in Betracht. Ach so.« Lukas sah den Staatsanwalt an. »Ich brauche einen Durchsuchungsbeschluss für das Kavaliershaus im Hirschpark.«

»Kavaliershaus? Was ist das denn?«

»Kai wird Ihnen nachher die Details rübermailen. Das Kavaliershaus kommt als Unfallort oder Tatort in Betracht.« Lukas hatte keine Lust, sich jetzt mit Ausführungen zum Kavaliershaus aufzuhalten. Der Staatsanwalt konnte sich gern selbst über die hamburgische Geschichte kundig machen. »Ihr Handy war zuletzt am Dienstagnachmittag in einer Funkzelle der Innenstadt eingeloggt. Seitdem ist die Leitung tot. Wir haben die Verbindungsdaten vom Telefonanbieter noch nicht erhalten. Und wir wissen noch nicht, wo sich ihr Auto befindet. Ein grauer Ford Focus. Da wir keine Leute haben, haben wir die Suchmeldung an die Kollegen des Streifendienstes rausgegeben. Ob wir das Fahrzeug finden werden, hängt wohl von einem Zufall ab.« Lukas lächelte zufrieden, weil keiner der beiden Männer auf diese Bemerkung reagierte.

»Und es gibt keine Verbindung zu Julia Sagmeister?«

»Das will ich nicht ausschließen, aber es gibt im Augenblick keine konkreten Hinweise.«

Der Staatsanwalt und der Polizeipräsident wechselten einen Blick, schwiegen aber.

Lukas nahm die Tageszeitung, die er sich vom Kiosk am Bahnhof mitgenommen hatte, und faltete sie auseinander. »Und dass die Pressestelle sich Sorgen über die Berichterstattung macht, dürfte überflüssig sein.«

Er genoss die Reaktion der beiden Juristen auf das Titelbild.

Das Foto zeigte das Mehrfamilienhaus, in dem Maria Busch gewohnt hatte. Die Aufnahme war nachts gemacht worden, als die Straße voller Polizeiwagen, dem Transporter der Spurensicherung und dem Leichenwagen gewesen war. Lukas hatte schon eine Mail an Matthias Fischer geschickt. Wenn das Foto wieder von Felix Schüttler stammte, würde er ihn einbuchten. Egal, weshalb.

»Maria B. Die wissen ja schon, wie die Tote heißt!«, empörte sich Dr. Mühlenbeck.

»War ja nicht allzu schwierig, das herauszufinden. Die mussten in dem Haus ja nur einen noch lebendigen Nachbarn befragen.« Lukas schlug die Akte vor sich auf dem Tisch auf. »So, und ich müsste dann jetzt auch mal wieder an die Arbeit.«

»Ja, natürlich.« Staatsanwalt und Polizeipräsident machten einige Schritte rückwärts. »Selbstverständlich.«

Lukas sah den beiden hinterher, bis die Tür hinter ihnen zufiel. Dann schlug er den Aktendeckel wieder zu. Kai sammelte darin die Speisepläne der Kantine, und die interessierten ihn im Augenblick wenig.

Als Theresa die Kanzlei am Freitagmorgen betrat, war der Empfangstresen verwaist. Sie hatte ein grässliches Déjà-vu. Hedwig würde zwar nicht schwanger, aber vielleicht krank sein. Oder sie war in Gefahr, weil sie auf eigene Faust in einem Mordfall ermittelte. Theresa stellte ihre Handtasche auf den Tresen und ging erst mal in die Teeküche, um den Kaffeeautomaten zu aktivieren. Sie brauchte dringend einen doppelten Espresso. Tim hatte gestern Abend angerufen, um mit ihr über die Scheidung zu sprechen. Offenbar konnte es ihm jetzt nicht schnell genug gehen. Darüber hatte sie sich so furchtbar aufgeregt, dass sie kaum schlafen konnte. Am liebsten hätte sie sich heute Morgen die Decke über den Kopf gezogen und wäre den ganzen Tag im Bett geblieben. Aber das entsprach nun mal nicht ihrer Natur, und deshalb war sie todmüde und völlig gerädert.

»Hallo? Theresa? Bist du schon da? Entschuldige, ich war heute Morgen so vollkommen durcheinander, dass ich mich erst mal setzen musste, nachdem ich die Zeitung von der Fußmatte genommen habe. Theresa?«

Theresa sah aus der Teeküche in den Empfangsbereich und entdeckte ihre Tante. »Guten Morgen, Hedwig. Was ist denn passiert?«

»Hier!« Hedwig, die noch in Hut und Mantel war, legte die Zeitung auf die Computertastatur. »Eine Tote. Maria Busch.«

Theresa betrachtete das Titelfoto mit dem Polizeiaufgebot vor einem Mehrfamilienhaus, las die Bildunterschrift und überflog den Artikel, der allerdings wenig Inhaltliches zu bieten hatte. Außer freundlichen Worten der Nachbarn über die Tote war darin nichts enthalten.

»Woher weißt du, dass die Tote Busch heißt? Hier steht nur Maria B.«

»Tja, weil Maria B. dieselbe ist wie die Frau auf dem Foto in der Zeitung.«

»In welcher?«

»In der Zeitung auf dem Couchtisch bei deiner Mandantin Julia Sagmeister.«

»Aha.« Theresa hatte das Gefühl, dass ihr auch ein doppelter Espresso nicht auf die Sprünge helfen würde. »Und das weißt du woher?«

»Hach«, machte Hedwig. »Ich muss jetzt auch dringend mal mit der Arbeit beginnen. Bin ja sehr spät dran.« Sie nahm ihren Hut ab und eilte zur Garderobe.

»Woher, Hedwig?«

Die alte Dame ordnete ihre Frisur vor dem Spiegel. »Der Herr Yildirim hat mir geholfen.«

»Geholfen hat er dir? Wie denn?«

»Ach, diese Taxifahrer haben offenbar häufiger mal Probleme mit anderen Autofahrern, und da hat er eine gute Verbindung zum Verkehrsamt.«

»Eine so gute, dass er herausfinden konnte, wem das Unfallauto auf dem Foto vom März gehört?«

»Nicht das Unfallauto. Das Auto einer Unfallzeugin.«

Theresa sah ihrer Tante nach, die in der Teeküche verschwand, um Kaffee aufzusetzen. »Und was bedeutet das?«

»Das weiß ich nicht.«

Theresa lehnte sich in die Türöffnung zur Teeküche. »Hedwig.«

»Hm?«

»Was bedeutet das alles?«

Hedwig ließ sich Zeit mit dem Abzählen der Kaffeelöffel. Zum Schluss gab sie eine Prise Salz auf das Kaffeepulver im Filter und goss ein wenig kochendes Wasser darauf. »Weiß ich auch nicht so genau.«

»Und woher weißt du überhaupt, dass diese Maria Busch in diesem Haus wohnt? In der Zeitung steht die Adresse nicht. Und du kanntest sie offenbar über diese Verbindung von Herrn Yildirim zur Zulassungsbehörde.« Theresa fasste sich an die Stirn. Das bekam ihr alles nicht. Sie hatte ohnehin schon Kopfschmerzen, und Hedwig kreuzte jetzt auch noch mit weiteren Rätseln auf. Sie ließ ihre Tante in der Teeküche zurück und ging zum Empfangstresen. Maria Busch war tot. Sie war die bis gestern unbekannte Tote aus dem Hirschpark. Und sie war die Frau, die einen tödlichen Verkehrsunfall im März mit angesehen hatte. Und von diesem Unfall befand sich ein Zeitungsartikel bei ihrer ebenfalls toten Mandantin Julia Sagmeister auf dem Couchtisch. Auch ein dreifacher Espresso würde das Gedankenchaos in ihrem Kopf nicht lösen.

»Liebes, du siehst gar nicht gut aus. Geh ruhig in dein Büro. Ich bringe dir in einer Minute einen schönen Kaffee. Kleines Kekschen auf der Untertasse?«

Theresa rieb sich die Schläfen. »Kaffee ja, Keks nein. Danke.« Sie ging in ihr Büro, schloss die Tür hinter sich und setzte sich auf ihren Drehstuhl. Den drehte sie zum Fenster und sah hinaus. Wie konnte es angehen, dass aus einem misslungenen Scheidungstermin plötzlich ein Kriminalfall mit zwei Toten wurde und ihre Tante sich mittendrin befand. Und nicht nur ihre Tante. Theresa drehte den Stuhl zum Tisch und griff zum Telefonhörer. Die Nummer kannte sie inzwischen auswendig.

»Kampmann.«

Die Stimme des Kommissars klang ein wenig gehetzt, und vermutlich kannte er ihre Nummer inzwischen auch und hatte nur aus Pflichtbewusstsein den Hörer aufgenommen.

»Herr Kampmann, Theresa Sommer hier. Ich kann es kurz machen.«

»Schade. Sie sind der erste Lichtblick an einem trüben Morgen.«

Oh Gott, jetzt war er wieder so nett. »Danke, sehr freundlich. Ich wollte Ihnen nur mitteilen, dass Sergej Novok mich gestern wieder angerufen hat. Er lässt nicht locker wegen des angeblichen Schmucks seiner Großmutter.«

»Und was haben Sie zu ihm gesagt?«

»Ich habe im Grunde das wiederholt, was ich ihm schon bei unserem ersten Telefonat gesagt habe. Tatsächlich habe ich zwischenzeitlich mit Frau Engel gesprochen. Sie hat mit den Eltern von Julia Sagmeister gesprochen, die sie damit beauftragt haben, den Nachlass abzuwickeln.« Theresa wurde unterbrochen, als ihre Tür leise geöffnet wurde und Hedwig eine Tasse Kaffee auf den Tisch stellte. »Danke, Hedwig«, flüsterte sie. »Also, Frau Engel wird auch das Haus räumen lassen. Ich werde ihr sagen, dass sie ein besonderes Augenmerk auf den Schmuck legen soll. Natürlich erst, wenn das Haus freigegeben wurde.«

»Hm. Unsere Spurensicherung hat bereits alles auf den Kopf gestellt und nichts gefunden. Diese Frau Engel, ist sie vertrauenswürdig?«

»Ist sie. Der Nachlasspfleger als solcher ist schon ehrlicher als ein betender Mönch, und Friedelinde toppt das noch locker.« Theresa schüttelte den Kopf. Was redete sie denn da schon wieder. Sie griff nach der Tasse und trank einen Schluck Kaffee. »Ja, sie ist sehr ehrlich«, sagte sie schließlich.

»Gut. Die Räumung wird sie ja nicht selbst durchführen. Die Firma oder die Personen, die sie beauftragt, wie sieht es mit deren Integrität aus?«

»Äh, gut, nehme ich an. Wenn etwas fehlt oder jemand schlechte Arbeit leistet, fällt das auf sie zurück. Ich würde deshalb sagen, dass die Räumungsfirma integer ist. Vielleicht sollten Sie das aber lieber selbst mit ihr besprechen. Möchten Sie ihre Nummer haben?«

»Nein«, antwortete der Kommissar nach kurzem Zögern. »Ich halte es für besser, wenn der Kontakt in dieser Sache über Sie läuft.«

»Gut. Das können wir machen.«

»Ich werde nachher mit der Spurensicherung sprechen, und melde mich dann, wenn das Haus geräumt werden kann. Es wäre schön, wenn das dann möglichst bald passieren könnte, damit wir Gewissheit haben. Vielleicht können Sie das mit Frau Engel besprechen.«

»Okay, mache ich.«

»Und noch etwas. Kann Frau Engel vielleicht Julia Sagmeisters Mutter fragen, wo sie etwas verstecken würde?«

»Ja, sicher, das kann sie.« Theresa hatte die ganze Zeit mit dem kleinen Amarettini auf der Untertasse herumgespielt, jetzt stellte sie fest, dass das Ding verschwunden war. Hatte sie es womöglich in den Mund gesteckt und gegessen? »Entschuldigung, ich war kurz abgelenkt. Tatsächlich hat sie so eine Information schon erhalten. Offenbar hat Julia Sagmeister eine Schachtel gehabt, in der sie ihr Tagebuch und Andenken aufbewahrte. Ich weiß ja nicht, wie groß diese Schachtel ist, aber vielleicht hätte da noch ein bisschen Schmuck reingepasst.«

»Ein Tagebuch, interessant. Die Spurensicherung hat meines Wissens keines gefunden. Für den Fall, dass wir den Schmuck selbst nicht finden, kann Frau Engel vielleicht die Augen nach einem Beleg offen halten, falls der Schmuck verkauft wurde. Oder Julia Sagmeister ihn ins Pfandhaus gebracht hat.«

Theresa schrieb eifrig mit. »Kann ich alles machen. Sie wollen wirklich nicht selbst mit Frau Engel sprechen?«

»Möglicherweise würde ich auch mit Frau Engel zurechtkommen, aber ich überrasche Sie vielleicht nicht mit der Mitteilung, dass ich auch gern mit Ihnen plaudere.«

Theresa schloss die Augen und zählte bis drei. »Vielen Dank, also, ich muss dann auch mal wieder.«

»Natürlich. Vielen Dank für Ihren Anruf.«

Sie legte den Hörer auf und senkte die Stirn auf die lederne Schreibtischunterlage. Oh Mann!

Lukas legte den Hörer auf und lächelte fein. Wie nett. Abgesehen von vielleicht wichtigen Hinweisen hatte er jetzt auch wieder einen Anlass, mit Theresa Sommer zu telefonieren.

»Du lächelst so entrückt. Ist was?« Kai war vor zehn Minuten im Büro eingetroffen und seither damit beschäftigt, auf seinem Tisch herumzuräumen. »Neue Freundin? Oder wem flötest du da ins Ohr?« Er platzierte seine Kaffeetasse auf einem gefährlich hohen Aktenstapel. Lukas hätte es nur gerecht gefunden, wenn die Tasse umgekippt und über seine Papiere gelaufen wäre. Seit wann hatte er so gehässige Gedanken?

Erst jetzt fiel ihm auf, dass Kai ihn breit grinsend ansah. »Lass mich raten. Sie ist Juristin? Und ruft immer abends an, wenn du gerade aus dem Haus bist? Und ich sag ihr dann jedes Mal, wo du dich rumtreibst.«

»Vielen Dank. Was wissen wir über den Mageninhalt von Maria Busch?«

Kai grinste noch breiter. »Themenwechsel? Okay.« Er drehte sich schwungvoll um, verfehlte mit seinem Ellenbogen haarscharf die Kaffeetasse und griff zum Tablet. Er wischte eine Weile auf dem Display herum. »Muschelsuppe, Gnocchi in Tomatensoße und Créme brûlée.«

»Im Ernst?«

Kai wandte sich wieder um. »Nein, war eine freie Interpretation von mir. Aber von Muscheln, Tomatensoße und Zucker konnten Rückstände festgestellt werden.«

»Wie weit war der Verdauungsprozess fortgeschritten?«

Kai verzog das Gesicht. »Findest du nicht, dass die Retourkutsche ein bisschen ausufert?«

»Also?«

Kai studierte den Obduktionsbericht. »Berger meint, dass der Verzehr nicht länger als eineinhalb Stunden vor ihrem Tod war.«

»Verzehr?«

»Steht hier.« Kai tippte aufs Display.

»Check mal die Speisekarte vom Witthüs, ob sie da etwas anbieten, was dem nahekommt.«

»Wir haben aber schon gefragt, ob Maria Busch dort zu Abend gegessen hat. Und die Antwort war negativ. Und Felix Schüttler hat an dem Abend auch nicht dort gekellnert.«

»Alternativ kannst du die Speisekarten aller in Blankenese gelegenen Restaurants filzen. Und wenn du dort nicht fündig wirst, erweiterst du den Radius und …«

»Ist gut, ist gut.«

»Steht da auch was von Käsebrot?«

»Nee, passt auch nicht so gut zu Muschelsuppe, finde ich.«

»Warum hat Maria Busch im Stehen ein Käsebrot gegessen und ist in Joggingkleidung, die ihr nicht passt, aus der Wohnung gegangen, um dann wenig später mit einem halb verdauten Menü tot im Hirschpark zu enden?«

»Du hast immer so eine Art, die Dinge auf unappetitliche Weise zusammenzufassen.«

»Haben wir eigentlich schon einen Durchsuchungsbeschluss für das Kavaliershaus?«

»Wenn ich bloß wüsste, was das ist.« Kai blies die Backen auf und wühlte sich durch die Papiere auf seinem Tisch.

»Google einfach den Begriff Kavalier. Da kannst du noch was fürs Leben lernen. Was macht die Befragung der Nachbarn?«

»Die habe ich doch gestern alle befragt. Die wussten nichts über Maria Busch.«

»Nein, die Befragung der Nachbarn von Julia Sagmeister.«

Kai sah ihn überrascht an. »Wie? Das haben wir doch schon.«

Lukas lehnte sich zurück und verschränkte die Arme vor der Brust. »Zeig den Leuten das Foto von Maria Busch, und frag sie, ob sie die Frau schon mal gesehen haben. Und dann zeigst du das Foto von Julia Sagmeister Maria Buschs Nachbarn und fragst die dasselbe. Also umgekehrt natürlich.«

»Glaubst du, dass die beiden Fälle zusammenhängen?«, ächzte Kai.

Nachdenklich betrachtete Lukas seine beiden Notizbücher. Wenn er das nur wüsste. Es war einfach so ein Gefühl, aber das schwarze Notizbuch enthielt bisher nur ein paar krause Gedanken, das hellblaue mit den roten Blumen war zwar gefüllt, bot aber nicht genug Informationen, um daraus ein Fazit zu ziehen. Die beiden Frauen waren in jeder Hinsicht verschieden. Sie waren unterschiedlich alt, die eine hatte einen Sohn, die andere nicht. Keine Gemeinsamkeit, aber doch vergleichbar war der Umstand, dass die eine bereits geschieden war, die andere in Scheidung lebte. Aber es gab keinen Hinweis darauf, dass die beiden sich gekannt hatten. Genau genommen gab es keinen Hinweis darauf, dass die beiden Fälle miteinander zusammenhingen.

»Verstehe«, sagte Kai und zog seine Jacke an. »Du musst darüber noch eine Weile meditieren.«

Lukas sah auf. »Ich bin nicht richtig drin in dieser Sache. Mir fehlt noch der Zugang. Es ist nur so ein Gefühl, aber ich glaube, dass irgendeine Verb…« Sein Telefon läutete, und er nahm ab. »Hinnerk.«

»Moin, Lukas. Ich dachte, dass dich das hier interessiert.«

»Was?«, fragte Lukas ruhig.

»Wir haben uns mal den Spaß gemacht, die Fingerabdrücke in Julia Sagmeisters Haus ein zweites Mal zu überprüfen, und es gab einen Treffer. Und zwar mit Abdrücken, die wir erst jetzt ins System übernommen haben.«

Lukas stand auf und ging, mit dem Hörer in der Hand, zum Fenster. »Maria Busch?«, fragte er.

»Ja. Interessant, oder?«

»Das ist sehr interessant. Wo befanden sie sich?«

»Es gibt einen Abdruck von Zeige-, Mittel- und Ringfinger auf dem Couchtisch und auf der Türklinke auf der Innenseite der Haustür. Ach so, und an der Kühlschranktür.«

»Gut.«

»Bericht folgt natürlich.«

»Habt ihr noch die Schlüssel zum Haus?«

»Haben wir«, bestätigte Hinnerk. »Ich wollte dich deshalb ohnehin anrufen. Hier hat sich eine Frau Engel gemeldet und gefragt, wann sie ins Haus kann. Sie soll sich wohl um den Nachlass von Julia Sagmeister kümmern.«

»Ja, ich weiß. Hab vergessen, dich zu informieren. Müsst ihr noch mal rein, um eure Untersuchungen abzuschließen?«

»Nein, wir haben alles. Es sei denn, dir fällt aufgrund der neuen Erkenntnisse noch etwas ein.«

»Ich möchte noch mal ins Haus gehen. Anschließend kann Frau Engel rein. Wenn du willst, gebe ich ihr die Schlüssel. Kann ich sie gleich abholen?«

»Natürlich. Komm vorbei.«

Nachdenklich wandte sich Lukas um und legte den Hörer auf.

Kai stand mit hochgezogenen Augenbrauen neben ihm. Die Arme steckten in den Jackenärmeln, aber er hatte die Jacke noch nicht über die Schultern hochgezogen. »Was!«

»Wir fahren jetzt zu Julia Sagmeisters Haus.«

»Aha. Keine Befragung der Nachbarn?«

»Doch, aber mit einer anderen Fragestellung.«

Natürlich klingelte heute unentwegt das Telefon, Herr Florian wollte alle fünf Minuten frischen Kaffee, und außerdem schien Weihnachten zu sein, denn die Paketboten gaben sich praktisch die Klinke in die Hand. Um zwölf Uhr mittags schwirrte Hedwig der Kopf. Vielleicht konnte sie sich mit ein bisschen Zeitungslektüre ablenken. Beispielsweise indem sie den Artikel über Maria Busch zum hundertsten Mal las. Aber außer, dass eine nette Frau in den besten Jahren zu Tode gekommen war und ihr Ende von ihrem Sohn und ihren Nachbarn betrauert wurde, gab es darin nichts Spannendes zu erfahren. Wer hatte denn diese langweilige Geschichte verfasst? Matthias Fischer. Vielleicht könnte sie Herrn Fischer mal anrufen und ihn fragen, ob er nicht doch noch mehr wusste. Obwohl, wenn das der Fall wäre, hätte er es wohl geschrieben.

Die studentische Hilfskraft betrat das Büro. »Moin, Frau Hedwig.«

»Guten Morgen, Matthias.«

»Tobias.«

»Richtig. Entschuldigung. Möchten Sie einen Kaffee?«

»Sehr gern. Mit Keks.« Tobias schlenderte mit der Hose in den Kniekehlen zu seinem Büroraum.

Hedwig stemmte sich am Tisch hoch und ging in die Teeküche. Eventuell hatte Herr Yildirim eine Idee, was man machen könnte, um die Ermittlungen voranzutreiben.

Nachdem alle mit Kaffee versorgt waren und ein wenig Ruhe im Büro eintrat, stellte Hedwig den Anrufbeantworter ein und rief Mustafa Yildirim an.

»Frau Fröhlich«, begrüßte sie der Taxifahrer.

»Huch? Woher wissen Sie, dass ich es bin?«

»Ihre Nummer. Ich habe sie eingespeichert, und im Display steht Ihr Name.«

»Ach, ich vergesse immer, was die Technik so alles möglich macht. Arbeiten Sie?«

»Hab meine Schicht gerade begonnen.«

»Wie dumm.«

»Was gibt es denn?«

»Na, Sie sind witzig. Wir wollten doch diese Maria Busch aufsuchen.«

»Lady, ich sags nur ungern, aber dieses Polizeiaufgebot gestern
Abend bedeutet, dass Frau Busch tot ist. Steht heute in der Zeitung.«

»Das weiß ich, das weiß ich, Herr Yildirim. Ich habe mich unklar ausgedrückt. Wir wollen natürlich nicht Frau Busch aufsuchen, sondern ihre Nachbarn. Vielleicht haben die etwas Spannendes mitzuteilen.«

Es klang ein wenig, als würde der Taxifahrer seufzen. »Okay.
Wann machen Sie Feierabend?«

»Fünf.«

»Ich hole Sie um fünf ab.«

»Prima. Danke.«

Kai saß am Steuer, Lukas sah aus dem Beifahrerfenster, in jeder
Hand eines seiner Notizbücher. Lukas wusste, dass Kai vor Neugier platzte, was sich auch in seinem Fahrstil ausdrückte, aber er
musste selbst erst mal klarsehen. Obwohl es zweifelhaft war, dass
er in naher Zukunft den Durchblick haben würde. Damit hatte
Mühle also recht. Kai brachte den Wagen mit einer Vollbremsung
vor dem Haus von Julia Sagmeister zum Stehen, als würde er in
einem amerikanischen Gangsterfilm mitspielen.

»Okay, zweite Durchsuchung, diesmal auf Spuren nach Maria
Busch«, erklärte Kai.

Lukas wollte das Haus lieber erst einmal allein betreten. Die
Spuren waren nun wirklich häufig genug gesichert worden. Jetzt
würde er gern herausfinden, ob sich seine unklare Gefühlslage
bei seinem ersten Besuch im Haus mit seinem jetzigen Wissen
auflöste.

Kai warf ihm einen Blick von der Seite zu. »Hab schon verstanden. Ich besuch erst mal Herrn Hildebrandt und zeig ihm das

Foto von Maria Busch. Du kannst schon mal eine Runde meditieren.«

»Danke.« Lukas öffnete die Beifahrertür.

Während Kai den Nachbarn aufsuchte, ging Lukas zur Haustür von Julia Sagmeisters Haus, ritzte das Polizeisiegel durch, das neu angebracht worden war, und schloss auf. Immerhin war das Siegel unversehrt. Wenn Michael Sagmeister noch einmal hier gewesen war, um nach dem angeblichen Schmuck seiner Großmutter zu suchen, musste er durchs Kellerfenster hineingelangt sein. Obwohl bei seiner Körperfülle fraglich war, dass er das überhaupt schaffen würde.

Lukas betrat das Haus, ging in die Küche und von dort ins Wohnzimmer. Er setzte sich auch auf die Couch, auf der er schon das letzte Mal gesessen hatte, und sah sich um. Eine halbe Stunde saß er dort und ließ seinen Gedanken freien Lauf.

»Lukas? Lukas!« Kai stand in der Mitte des Wohnzimmers und sah ihn an. »Hallo? Jemand zu Hause?«

Lukas hob den Blick. »Hm.«

Kai ließ sich in einen Sessel fallen und streckte die Beine aus. »Diesen verklärten Blick kenne ich. Und? Wie lautet die Lösung?«

»Du bist schon wieder da?«

Sein Kollege legte den Kopf in den Nacken und starrte an die Decke. »War schnell durch. Es waren nur drei Nachbarn zu Hause, und die kennen Maria Busch nicht.«

»Die Frau auf dem Foto.«

»Richtig.« Kai setzte sich richtig hin, beugte sich vor, stützte die Ellenbogen auf die Oberschenkel und sah Lukas wieder an. »Damit habe ich die letzte halbe Stunde zugebracht. Und du?«

»Welches war die Nachbarin, die an dem Abend, an dem Julia Sagmeister umgebracht wurde, eine dunkle Gestalt auf dem Gehweg gesehen hat?«

»Rita Kegel. Die wohnt schräg gegenüber.« Kai hatte sein Tablet zurate gezogen.

»Warst du da eben auch schon?«

»War ich. Kannst du mir jetzt mal was erzählen, anstatt ständig zu fragen?«

»Hinnerk hat dir doch seine Ergänzung zum Spurenbericht gedingst, oder?« Lukas machte eine Handbewegung.

»Richtig. Landläufig sagt man, per eMail zugesendet.«

»Komm mal mit.«

Wie ein widerspenstiger Schüler folgte Kai Lukas zur Haustür. Dort schob Lukas seinen Kollegen nach draußen. »Ich mache jetzt die Tür zu, und du klingelst.«

»Ja, klar«, beschwerte sich Kai. »Und was spielen wir dann? Bin ich Vertreter, oder was?«

»Mach mal.« Lukas zog die Haustür zu.

Eine Sekunde später läutete es. Lukas öffnete die Haustür. »Guten Abend.«

Kai zog die linke Augenbraue hoch. »Wie lautet mein Text?«

»Das weiß ich nicht ganz genau. Vielleicht so etwas wie: Sie kennen mich nicht, aber ich muss mit Ihnen sprechen. Auf keinen Fall drängst du dich uneingeladen ins Haus hinein.«

»Hatte ich nicht vor.«

Lukas zog die Tür weiter auf und deutete ins Innere des Hauses. »Bitte, kommen Sie herein.«

Kai betrat das Haus, und Lukas schloss die Tür.

»Was wollen Sie? Ich wollte mir gerade noch ein Glas Wein holen. Möchten Sie auch eines?« Lukas ging in die Küche und schenkte sich ein imaginäres Glas ein. Er sah Kai an, der ihm gefolgt war.

»Äh, nein.«

»Und du stehst da so mitten in der Küche?«, fragte Lukas.

»Ja, oder wie?«

Lukas deutete auf den Kühlschrank. »Hinnerk hat Fingerabdrücke von Maria Busch am Kühlschrank gefunden. Hier unten. Wenn du mich fragst, hat sich Maria Busch gegen die Kühlschranktür gelehnt, und als Julia Sagmeister aus der Küche ging, hat sie sich davon abgedrückt.«

Folgsam führte Kai diese Bewegungen aus.

»Und dein Text?«

»Tja, ich würde sagen, so etwas wie: Ich will das, was du hast.«

Lukas grinste. »Schon nicht schlecht, aber ich glaube nicht, dass Maria Busch Julia Sagmeister geduzt hat.«

Kai hob die Hände. »Ich will gar nicht wissen, warum du das glaubst. Wir folgen hier ja nur einer Eingebung. Dann sag ich also: Frau Sagmeister, Sie haben da etwas, was mir gehört.«

»Hm.« Nachdenklich blieb Lukas mit seinem Glas aus Luft in der Hand stehen. »Da fand ich den Text: Ich will das, was du hast, schon besser. Einigen wir uns auf eine Variante: Frau Sagmeister, Sie haben etwas, was nicht Ihnen gehört.«

»Okay.« Kai wiederholte den Text.

Lukas verließ die Küche. »Und warum sollte ich es Ihnen geben? Es gehört auch nicht Ihnen.«

»Nicht?«, fragte Kai.

Lukas blieb stehen, und Kai rempelte ihn an. »'tschuldigung.«

»Nein, es gehört mir auch nicht. Ich glaube, ich habe es kurz vorher aus dem Schließfach meines Mannes genommen.«

»Tatsächlich?« Kai bekam große Augen.

»Aber das verrate ich dir nicht. Stattdessen sage ich: Ich weiß nicht, wovon Sie sprechen.«

»Aha, Sie sollten mich nicht für dumm verkaufen, Frau Sagmeister. Es ist mir ernst.« Kai schien Gefallen an seiner Rolle zu finden.

»Nicht schlecht, Kai.« Lukas tat so, als stellte er sein Weinglas auf den Couchtisch, und nahm die Fernbedienung in die Hand. »Aber hier weiß ich zugegebenermaßen nicht mehr genau, was gesprochen wird. Feststehen dürfte wohl, dass Julia sich geweigert und Maria darauf beharrlich bei ihrem Anspruch geblieben sein dürfte.« Lukas deutete auf den Fernseher. »Julia hat den Fernseher ausgeschaltet, weil die beiden Frauen miteinander gesprochen haben. Oder gestritten. Und dann hat Julia Maria sogar den Rücken zugekehrt, weil sie irrtümlich davon ausgegangen ist, dass von dieser Frau keine Gefahr ausgeht.«

»Und dann?«

»Dann hast du das Tatwerkzeug rausgeholt, das du unter deinem Mantel versteckt hast, und es mir über den Schädel gezogen.«

»Okay.« Kai rieb sich das Kinn. »Hinnerk sagt, sie haben hier auf dem Couchtisch auch Fingerabdrücke von mir gefunden. Wie kommen die da hin?«

»Das weiß ich auch nicht. Oder doch. Dort liegt etwas, was du dir ansiehst oder was du an dich nimmst.«

Kai grübelte eine Weile. »Und warum ist dann das Schlafzimmer durchwühlt? War das später dein Ehemann?«

»Dort haben sie keine Fingerabdrücke von dir gefunden, oder? Ich meine, von Maria Busch?«

»Nein«, antwortete Kai, nachdem er den Bericht noch einmal überflogen hatte.

»Ich hätte gedacht, dass du, nachdem du mich erschlagen hast, nach oben gelaufen bist und mein Schlafzimmer durchwühlt hast.«

»Vielleicht habe ich Handschuhe getragen«, erklärte Kai mit einem Blick auf seine Hände.

»Ja, vielleicht. Nach den Fingerabdrücken zu urteilen, bist du nach dem Mord an mir allerdings zur Haustür gerannt, hast dort noch einmal Abdrücke auf der Klinke hinterlassen und bist aus dem Haus, wo dich diese Rita Irgendwas gesehen hat.«

»Kegel.« Kai sah sich um. »Dann habe ich hier aber nicht besonders viel ausgerichtet, und vor allem habe ich immer noch nicht das, weshalb ich hergekommen bin. Womöglich war ich nicht allein.« Er sah Lukas an. »Möglicherweise bin ich zusammen mit Michael Sagmeister gekommen.«

»Könnte sein, aber woher kennst du ihn? Was verbindet dich mit ihm? Und warum hat Herr Hildebrandt nur Sagmeister, aber nicht dich gesehen?«

263

»Klingt, als müssten wir meinem guten alten Freund Michael Sagmeister noch einen Besuch abstatten.«

»Ja, das klingt so. Aber vorher müssen wir noch mal zu Rita Kegel und Alfons Hildebrandt.« Lukas ließ sich auf das Sofa fallen. »Ich bin noch nicht zufrieden.«

»Dabei haben wir ein echt gutes Theaterstück aufgeführt.« Kai war stehen geblieben und sah auf Lukas hinunter. »Und was heckst du jetzt wieder aus?«

»Wir müssen nach diesem Kästchen suchen, in dem Julia Sagmeister ihre kleinen Schätze verwahrte. Vielleicht hat der Täter nur den Inhalt herausgenommen. Ich weiß ja nicht, wie groß das Ding ist, aber ich schätze, es ist so etwas wie eine Zigarrenkiste.«

»Womit hab ich dich eigentlich erschlagen? Das Ding muss ich ja wohl auch mitgebracht haben, denn auf dem Weg von der Haustür hierher habe ich nichts Geeignetes entdeckt.«

»Mit einem Kuhfuß. War doch deine Idee, und Maria Busch hat in einem Baumarkt gearbeitet. Klär mal auf, ob dort einer fehlt. Kann natürlich auch ihr eigener gewesen sein.«

Jetzt setzte Kai sich ebenfalls. »Wir kriegen das nicht allein aufgeklärt, Lukas. Wir brauchen Unterstützung.«

»Die haben wir schon bisher nicht gekriegt, und wenn wir jetzt auch noch verraten, dass es sich womöglich nur um einen Fall handelt, stehen die Chancen noch schlechter.«

»Dann sagen wir es eben nicht.« Kai klang trotzig.

Lukas machte eine Grimasse. »Es steht in unserem Bericht. Und im Bericht der Spurensicherung. Ganz schwer, diese Erkenntnis unter diesen Umständen geheim zu halten. Komm, wir gehen erst mal nach oben.«

Zentimeter für Zentimeter durchsuchten sie noch einmal das chaotische Schlafzimmer. Aber darin gab es nichts. Weder Schmuck noch eine Zigarrenkiste, noch irgendetwas, was sich zu stehlen lohnte. Lukas sammelte alle Handschuhe ein, dann verließen sie das Haus.

Um kurz nach siebzehn Uhr stand Hedwig vor dem Bürogebäude und wartete auf Mustafa Yildirim. Zehn Minuten später traf er endlich ein. Er wollte aussteigen, vermutlich, um ihr die Beifahrertür zu öffnen, aber Hedwig hatte die Tür schon selbst geöffnet. »Das wurde aber auch Zeit«, erklärte sie.

»Ich opfere meine Pause für Ihr merkwürdiges Vorhaben, Lady.«

»Ja, tut mir leid.« Hedwig griff nach dem Sicherheitsgurt. »Ich weiß, dass ich undankbar bin. Ich bin nur so schrecklich neugierig.«

»Von mir aus, aber die Frage ist doch, was Sie eigentlich ausrichten wollen. Was wollen Sie den Leuten sagen, wenn wir da aufkreuzen?«

»Oh, da improvisieren wir. Mir wird schon etwas einfallen.«

Der Taxifahrer schwieg, bis sie vor dem Haus eintrafen, in dem Maria Busch gewohnt hatte. Das war Hedwig ganz recht, auch wenn sie noch keinen blassen Schimmer hatte, welche Geschichte sie den Hausbewohnern auftischen wollte, um etwas zu erfahren.

Mustafa Yildirim trug eine ausgewaschene Jeans und ein fadenscheiniges T-Shirt.

»Sie haben wohl keine Jacke dabei?«

»Wieso? Mir ist nicht kalt.«

Hedwig trat einen Schritt auf ihn zu. »Haben Sie eine in Ihrem Wagen?«

»Mann, Sie rauben mir manchmal den letzten Nerv.« Er wandte sich um und holte eine dunkelblaue Strickjacke aus dem Kofferraum.

»Wunderbar.« Hedwig lächelte zufrieden. »So sehen Sie gleich viel solider aus.« Sie wandte sich um und läutete auf dem untersten Klingelknopf auf dem Tableau.

»Was soll das denn heißen?«

»Schsch.« Hedwig legte ihre Hand auf Yildirims Unterarm.

»Ja, bitte?«, fragte eine weibliche Stimme aus der Gegensprechanlage.

»Ach, guten Tag. Fröhlich ist mein Name. Ich wollte zu Frau Busch, aber die scheint nicht da zu sein.«

Statt einer Antwort erklang der Türsummer, und Hedwig gab dem Taxifahrer ein Zeichen. Er schob die Tür auf und ließ ihr den Vortritt.

»Ach, das ist nett, dass Sie uns reinlassen.« Hedwig stieg die drei Stufen ins Hochparterre hinauf, wo eine alte Dame stand.

»Zu Frau Busch wollen Sie?«, fragte die Frau.

Hedwig warf einen Blick auf das Namensschild an der Wohnungstür der Frau. »Ja, ich bin Hedwig Fröhlich. Nett, dass Sie uns reingelassen haben, Frau Meier.«

»Bei Frau Busch werden Sie kein Glück haben. Sie ist tot.«

»Tot?« Dieses Wort zu hören, war so schrecklich, dass es Hedwig nicht schwerfiel, erschrocken zu reagieren. »Ach, du meine Güte.« Sie sah zur Haustür hinunter, in der Mustafa Yildirim immer noch stand und so wirkte, als wünschte er sich weit weg. »Haben Sie das gehört, Herr Yildirim?«

Mustafa Yildirim blies die Backen auf und nickte stumm.

»Aber was ist denn passiert?«, fragte Hedwig und kam sich ein klein wenig schäbig vor.

Frau Meier lehnte sich an die Türlaibung. »Das ist eine ganz schreckliche Sache.« Sie verschränkte die Arme vor der Brust. »Sie wurde wohl umgebracht. Es stand auch in der Zeitung. Sie ist die Tote aus dem Hirschpark.«

Hedwig legte die Faust auf ihr Brustbein. »Ach du Schreck. Na ja, da kommen wir natürlich mit unserem Anliegen zu spät.«

Hedwig sah die Neugier in den Augen der Frau. »Was wollten Sie denn von ihr?«

»Ach, eine dumme Sache. Ist auch schon eine Weile her. Wissen Sie, der Herr Yildirim leidet unter einer posttraumatischen Belastungsstörung.«

Im Augenblick sah Mustafa Yildirim eher aus, als leide er unter einem unterdrückten Fluchtreflex.

»Er war Zeuge eines Verkehrsunfalls. Das ist zwar schon ein

halbes Jahr her, aber eines der Unfallopfer starb, und Herr Yildirim verliert dieses schreckliche Bild nicht aus dem Gedächtnis. Und deshalb dachte ich, es wäre vielleicht hilfreich, wenn er mit einem weiteren Beteiligten über dieses Erlebnis sprechen kann.«

Frau Meier blinzelte. »Ein Autounfall? Wurde Frau Busch verletzt?«

»Nein, nein, sie war ebenfalls Zeugin. Ich glaube, sie war mit ihrem Mann unterwegs.«

»Das wohl kaum. Frau Busch war geschieden.«

»Ach, na ja, dann ein Bekannter oder so.«

»Im März, sagen Sie? Ich wüsste nicht, dass sie im vergangenen Jahr überhaupt einen Freund hatte. Sie lebte eigentlich immer sehr zurückgezogen und allein.«

»Nun, vielleicht eine Folge dieses schrecklichen Erlebnisses. Na ja, wie auch immer, wir werden nicht mit ihr darüber sprechen können. Aber sagen Sie, dass sie jetzt selbst das Opfer eines Mörders wurde, ist ja schrecklich. Was ist denn passiert?«

Frau Meier schüttelte den Kopf. »Mehr, als in der Zeitung steht, weiß ich auch nicht. Sie wurde wohl erschlagen.« Sie deutete die Treppe hoch. »Die Polizei war schon da. Ihre Wohnung ist versiegelt, und ich glaube, sie haben auch ihren Sohn angerufen. Der lebt ja schon eine Weile nicht mehr hier.«

»Also, das ist ja alles furchtbar.« Hedwig warf einen Blick auf Mustafa Yildirim und sah dann Frau Meier an. »Vielen Dank für Ihre Zeit, meine Liebe. Wir werden Sie dann jetzt in Ruhe lassen.«

»Nichts für ungut.« Frau Meier deutete in Mustafas Richtung. »Und alles Gute für Ihre Störung.«

Hedwig schenkte Mustafa Yildirim ein Lächeln und stieg die Treppe hinunter.

»Also wissen Sie«, sagte Yildirim auf dem Gehweg und machte damit seiner Empörung Luft. »Sie schaffen es, dass die Leute mich für gestört halten.«

Hedwig zog ihn am Ärmel weiter. »Los, steigen Sie ein.«

Yildirim zog seine Strickjacke aus und warf sie in den Kofferraum, ehe er einstieg.

Hedwig hielt ihm die heutige Zeitung unter die Nase. »Hier.« Sie deutete auf den Artikel. »Maria Busch hat in einem Baumarkt in Wandsbek gearbeitet.«

Yildirim nahm ihr die Zeitung aus der Hand und hielt sie weiter weg von seinen Augen. »Und?«

»Und dieses Auto, das auf sie zugelassen ist, ist doch ein ziemlich großes, oder?«

»Ford Focus. Nicht ganz klein.«

»Was kostet so ein Ding?«

»Keine Ahnung. Ich schätze, dass Sie dafür zwanzigtausend hinlegen müssen. Vielleicht hatte sie ein altes Modell. Eines, das billiger war.«

Hedwig öffnete ihre Handtasche und nahm die Zeitung mit dem Verkehrsunfall als Aufmacher heraus. »Ist das ein altes Modell?«

Yildirim kniff die Augen zusammen. »Keine Ahnung. Sieht aber eher neu aus.«

Hedwig guckte zufrieden. »Und woher hatte sie dann das Geld für so ein teures Auto? Ich glaube nicht, dass man als Kassiererin im Baumarkt so viel verdient.« Sie deutete auf die Hausfassade. »Und sehen Sie sich die Häuser an. Dulsberg ist nicht gerade beste Lage.«

»So einen Wagen kann man auch leasen oder günstig finanzieren«, gab Mustafa Yildirim zu bedenken. »Aber vermutlich ist ihre Bonitätsauskunft bei dieser Postleitzahl nicht besonders gut. Und was glauben Sie? Hat Frau Busch geklaut?«

»Wäre eine Möglichkeit.«

Yildirim legte die Hände aufs Lenkrad und sah sie von der Seite an. »Und was wäre die andere?«

Hedwig schob ihm die Zeitung mit dem Unfallfoto hin und tippte auf den hageren Mann, der mit dem Rücken zur Kamera stand. »Ein reicher Liebhaber.«

»Der trägt Hut und Mantel. Wie wollen Sie den erkennen?«

Sie nahm die Zeitung wieder an sich und steckte sie zurück in ihre Handtasche. »Das ist das Problem. Ich wette, dass er sie nie hier zu Hause besucht hat, denn dann wüsste Frau Meier Bescheid. Sie ist so etwas wie die Concierge hier im Haus. An ihr kommt so leicht niemand vorbei. Und sie geht auch durchs Treppenhaus. Sie wusste beispielsweise, dass die Wohnung versiegelt ist, obwohl sie da oben ja eigentlich nichts zu suchen hat.«

»Vielleicht hat sie einen Nachbarn in einem der oberen Stockwerke besucht.«

»Ja, vielleicht«, sagte Hedwig wenig überzeugt. »Und dann gibt es da noch etwas. Warum sollte diese Frau, die hier im Osten der Stadt wohnt und arbeitet, ihre Joggingsachen anziehen und sich auf den weiten Weg in den Hirschpark machen, um dort zu joggen?« Sie schlug mit der Faust der rechten in die Handfläche der linken Hand. »Zu dumm, dass wir erst so spät auf die Idee gekommen sind, das Kennzeichen ihres Autos zu überprüfen. Wir hätten vielleicht wichtige Informationen von ihr erhalten.«

Yildirim ließ den Wagen an. »Vielleicht. Vielleicht hätten wir auch ihren Tod verhindern können.«

Rita Kegel war Mitte fünfzig, und aus ihrem Haus strömte ein verlockender Duft direkt in Lukas' Nase.

»Lorbeer, Wacholderbeeren?«, riet Lukas.

Frau Kegel sah sich unsicher um. »Ja, Burgunderbraten. Ich wollte ihn gerade wenden.«

»Wir wollen Sie auch nicht lange aufhalten. Sie haben ja eben schon kurz mit meinem Kollegen gesprochen.«

Frau Kegel nickte Kai zu. »Richtig. Ich kann ja auch nicht viel sagen.«

Nun war es ja so, dass viele Menschen mehr wussten, als sie meinten. Das Unterbewusstsein speicherte Eindrücke, die einem in der Erinnerung unwichtig erschienen.

»Sie hatten gesagt, dass Sie diese Gestalt an dem Abend, an dem Julia Sagmeister umgebracht wurde, nicht erkennen konnten. Sie haben also gesehen, dass dort jemand stand. Konnten Sie Umrisse sehen?«

»Also, nicht direkt Umrisse. Eher etwas wie einen dunklen Schatten. Also, eine Gestalt eben.«

»Darf ich fragen, von wo aus Sie hinausgesehen haben?«

»Von oben. Aus dem Schlafzimmer. Ich gehe immer so gegen einundzwanzig Uhr hoch und stelle die Heizung ein wenig runter. Und ich weiß gar nicht, warum, aber bei der Gelegenheit habe ich hinausgesehen.«

Sie kam Lukas' Bitte zuvor, indem sie anbot, in das obere Stockwerk zu gehen. Sie deutete auf Lukas' Schuhe. »Vielleicht könnten Sie …«

»Natürlich. Kein Problem.« Lukas stieg auf den Schmutzabtritt vor der Haustür und schob sich mit dem linken Fuß den Schuh vom rechten.

Rita Kegels Haus war ein Musterbeispiel für einen ordentlichen Haushalt. Es roch nicht nur gut, sondern war auch noch sauber und picobello aufgeräumt. Im Schlafzimmer lag eine Tagesdecke auf dem Doppelbett, am Kopfende waren einige Zierkissen mit Knick aufgetürmt. Die Hausherrin lotste Lukas und Kai zum Fenster und schob die Gardine ein wenig beiseite. »Sehen Sie? Das da drüben ist das Haus von Johannes Krug. Also, das Haus, in dem die Frau Sagmeister wohnte, aber für mich ist das immer noch das Haus vom alten Krug. Auf Höhe der Grundstücksgrenze zu Alfons, also Alfons Hildebrandt, steht eine Straßenlaterne auf dem Gehweg. Die steht da völlig beknackt, weil sie weder den Zugang zu dem Grundstück von Herrn Krug noch zu dem von Alfons erleuchtet. Weiß nicht, was die da oben sich dabei gedacht haben. Aber egal, jedenfalls endet der Lichtschein einige Meter neben der Gartenpforte. Und diese Gestalt, die ich gesehen habe, die stand eben vor der Gartenpforte vom Herrn Krug. Sie war nicht besonders groß und trug einen weiten Mantel oder einen Umhang oder so etwas.«

Lukas lächelte. Das war doch schon eine viel detailliertere Beschreibung als der Begriff Gestalt. »Und hat sie sich bewegt? Konnten Sie sehen, aus welcher Richtung sie kam oder wohin sie ging?«

»Wohin, nicht, weil in der Blickrichtung die Thujahecke steht. Ich habe meinem Mann schon so oft gesagt, dass er sie schneiden soll. Man sieht auch so schlecht, wenn man aus der Auffahrt fährt.«

»Haben Sie länger hinausgesehen?«

»Nein, nur einen Augenblick. Es gab ja nichts zu sehen.«

»Ihr Nachbar Alfons, Alfons Hildebrandt, hat gesehen, dass gegen einundzwanzig Uhr der Ehemann von Julia Sagmeister das Haus betrat. Haben Sie ihn gesehen?«

»Sie meinen, ob diese Gestalt ihr Mann war?« Rita Kegel schob die Lippen vor. »Also, den habe ich nur ein einziges Mal gesehen, aber ich glaube, so kleidet sich kein Mann.«

»Sie haben also nur eine Person vor dem Haus gesehen?«

»Ja.« Rita Kegel rückte den Topf mit einem blühenden Kaktus zurecht. »Ich kann mich nur an eine Gestalt erinnern.«

»Haben Sie sonst mal Besucher bei Julia Sagmeister gesehen, also, abgesehen von dem Tag, an dem sie starb?«

»Nein, eigentlich nicht. Ich habe von ihr ohnehin nicht viel gesehen. Sie hat ja nie so richtig Kontakt zu den Nachbarn aufgenommen. Na ja.« Rita Kegel zog die Gardine zu. »Hat sich vermutlich geschämt, weil sie dem alten Herrn Krug das Haus weggenommen hat.«

»Möglich. Wir wollen Sie jetzt nicht länger aufhalten. Sie müssen Ihren Braten wenden.« Sie liefen die Treppe hinunter und zogen ihre Schuhe an.

»Mann, jetzt habe ich echt Hunger gekriegt«, erklärte Kai, als sich die Haustür hinter ihnen schloss.

»Kein Problem. Zur Feier des Tages lade ich dich zum Essen ein, und wir versuchen mal, unsere Erkenntnisse zu sortieren.«

Lukas wusste aus ihren gelegentlichen Besuchen im Burgerrestaurant, dass Kai sich immer erst mal ein Menü, bestehend aus einem Burger, Pommes und einem Getränk, bestellte, und dann noch zweimal losging, um sich erst einen Hamburger und dann einen Cheeseburger zu holen. Irgendwie liebte Lukas solche merkwürdigen Gewohnheiten. Er selbst begnügte sich mit einem Veggieburger und Pommes.

»Wie groß ist Maria Busch?«, fragte Lukas und stippte eine Pommes in Kais Mayonnaise.

»1,73«, antwortete Kai mit vollem Mund.

»Und Dr. Berger glaubt, dass die Person, die Julia Sagmeister erschlagen hat, etwa 1,75 war. Also käme das hin. Wir haben die Fingerabdrücke von Maria Busch im Haus, und wir haben heute nachgestellt, was sich dort abgespielt haben könnte.«

»Sehr schön. Dann haben wir einen Mordfall aufgeklärt, nur dummerweise ist die Mörderin tot. Und nun?« Kai verspeiste den letzten Bissen seines Burgers.

»Und nun stellen sich ein paar Fragen. Rita Kegel hat die Gestalt, von der wir jetzt mal annehmen, dass es sich um Maria Busch handelt, gegen neun Uhr abends gesehen, als sie ihre Heizung runterdrehte. Gegen neun Uhr war auch Michael Sagmeister bei seiner Frau. Er wurde von Alfons Hildebrandt gesehen. Die Frage lautet also: Haben sich die beiden getroffen? Haben sie den Mord vielleicht gemeinsam verübt? Während Maria Busch Julia erschlug, durchsuchte Michael Sagmeister das Schlafzimmer? Ging es dabei um die Dinge aus Michael Sagmeisters Schließfach, die Julia an sich genommen haben soll? Wollten Sagmeister und Maria Busch diese Sachen gemeinsam zurückholen oder jeder für sich? Und wer hat Maria Busch umgebracht?«

Kai sah Lukas ausdruckslos an. »Ich glaube, ich hole mir noch einen Hamburger.«

Die Sättigung führte offenbar zu einer gewissen Trägheit bei Kai. Er fuhr wie eine Schnecke. Lukas war das recht. Er konnte in aller Ruhe nachdenken. Und der Wagen kam anders als sonst am Ziel auch sanft zum Halten. Sogar beim Aussteigen war Lukas schneller, was in Anbetracht der drei Burger, die Kai sich einverleibt hatte, keine Überraschung war.

»Gibst du mir mal den Schlüssel?«, fragte Lukas.

»Moment.« Kai zog den kleinen Ring mit den beiden Schlüsseln aus der Hosentasche und nutzte die Gelegenheit, um seinen Gürtel etwas weiter zu stellen.

Lukas öffnete die Haustür und stieg die Treppe hinauf. Das Siegel an der Tür von Maria Buschs Wohnung war unversehrt. Er fragte sich, ob das bedeutete, dass noch niemand auf den Gedanken gekommen war, dass sich das, was Maria Busch von Julia Sagmeister herausverlangt hatte, noch in der Wohnung befand. Oder seinen Weg gar nicht erst hineingefunden hatte. Es war zum Verrücktwerden.

Jonas Busch war, als sie die Wohnung gemeinsam betreten hatten, direkt zum Frisiertisch im Schlafzimmer gegangen. Das tat Lukas jetzt auch. Er zog die Schublade auf und nahm einen Stapel Fotos heraus. Darauf war eine junge Maria Busch zu sehen. Auf einer Aufnahme mit dem kleinen Jonas trug sie eine Mähne wie aus den Achtzigern. Jonas sah niedlich aus. Lukas breitete alle Fotos auf der Bettdecke aus und sortierte sie chronologisch, wobei er sich an der Mode und den Haarschnitten orientierte. Auf den Bildern, auf denen Jonas ein Säugling und später im Kleinkindalter war, war ein Mann zu sehen, der eine gewisse Ähnlichkeit mit ihm hatte. Maria Busch wirkte auf den meisten Aufnahmen glücklich, jedenfalls aber zufrieden. Dann folgten einige Bilder mit Maria und Jonas allein, später einige mit Maria, einem etwa zehnjährigen Jonas und einem neuen Mann. Das musste dieser Hannes sein. Auf den folgenden Bildern tauchte Jonas immer seltener auf. Und irgendwann verschwand auch dieser Hannes. Die Frage war, was aus ihrem geschiedenen Ehemann geworden war. Und sie sollten auch diesen Hannes überprüfen. Lukas zog die Schublade noch ein Stück weiter heraus, aber er förderte nur ein wenig Modeschmuck, Haarspangen und eine Bürste zutage.

Nachdenklich sank er auf die Bettkante. Welcher Platz wäre besser geeignet für das Aufbewahren von Liebesbriefen? Mit einem kräftigen Ruck zog er die Schublade weiter heraus, bis sie ihm entglitt und auf den Boden knallte. Die Briefumschläge ganz hinten in der Ecke waren ihm bisher entgangen. Sie sahen auf den ersten Blick nicht gerade wie Liebesbriefe aus. Die Umschläge waren aus recyceltem Papier und rochen nach Zigarettenqualm. Dieser Hannes hatte auf den Fotos geraucht. Lukas warf einen Blick auf die Rückseite des obersten Umschlags. Der Absender lautete H. Dröge und hatte freundlicherweise seine Adresse angegeben. Lukas zog den Briefbogen heraus.

»Liebe Maria«, las er. »Dies ist mein letzter Versuch, dich zurückzugewinnen. Wenn du nicht endlich einsiehst, dass ich der Richtige für dich bin, werde ich mich zurückziehen und dich deinem Schicksal überlassen. Ich bin es leid, dir immer wieder vorzubeten, dass du einen großen Fehler gemacht hast. Wir hatten es sehr gut, und auch für den Jungen ist es besser, wenn ein Mann im Haus ist. Er tanzt dir auf der Na…«

»Weißt du was?«

Lukas sah auf und wandte sich um. Kai stand mit verschränkten Armen in der Tür und schien vor Mitteilungsdrang zu platzen.

»Was denn?«

Kai deutete mit dem Daumen über seine Schulter. »Ich habe eben mit dem Nachbarn von gegenüber gesprochen. Wir haben ein bisschen geschnackt, und er sagt, dass sein Sohn es bedauert hat, dass er Jonas Busch Ostern nicht getroffen hat. Aber sein Sohn habe noch an einem Biathlon in Bayern teilgenommen. Deshalb ist er erst am Sonntagabend eingetroffen. Da war Jonas Busch schon wieder weg.«

»Ach.« Lukas zog sein Knie auf die Bettkante. »Dann hat er mich doch glatt angelogen.«

Kai grinste. »So ein Bösewicht.« Er löste die Arme und betrat das Zimmer. »Kluge senior sagt, dass er überrascht war, als Jonas

274

am Ostersonntag hier auftauchte, weil Maria Busch ihm noch vorher erzählt hat, dass sie bedauert, dass Jonas nicht kommen wird. Am späten Nachmittag habe er dann ein Poltern auf der Treppe gehört, und Frau Meier hat ihm später erzählt, dass sie Jonas gesehen hat, der wutschnaubend das Haus verlassen hat.« Er deutete auf die Fotos. »Und was machst du? Schwelgst du in Erinnerungen?«

»So ähnlich. Bestell Jonas Busch mal aufs Präsidium. Er hat sich für diese Geschichte von dem angeblichen Streit über Weihnachten sehr viel Mühe gegeben. Warum sollen wir nicht wissen, dass er seine Mutter an Ostern gesehen hat?«

»Das weiß ich auch ni…« Kais Handy läutete. Er zog es aus der Innentasche seiner Jacke und nahm ab. »Hinnerk … Tatsächlich? … Wo? … Okay, danke.« Er steckte das Handy zurück. »Ich schätze, aus meinem Badmintontraining wird heute Abend nichts. Sie haben den Ford Focus von Maria Busch gefunden. Ausgebrannt.«

Theresa fuhr den Wagen in die Garage und lehnte die Stirn gegen das Lenkrad. Sie wohnte noch nicht einmal ein Jahr in diesem Haus, das sie so aufwendig umgebaut hatten, und jetzt kam sie schon nicht mehr gern hierher. Als sie eingezogen waren, war ihr Leben noch vollkommen anders gewesen. Sie und Tim hatten sich geliebt, jedenfalls hatte sie das gedacht. Und obwohl sie bis dahin nie mit dem Gedanken gespielt hatte, Kinder zu bekommen, stellte sie irgendwann fest, dass sie zumindest darüber nachdachte. Sie war sogar dem irrwitzigen Irrtum erlegen, dass Tim ein guter Vater sein würde. Wie gut, dass er noch rechtzeitig festgestellt hatte, dass er unter Geschmacksverirrung litt. Wie gut, dass keiner deine Gedanken lesen kann, dachte sie. Was ist denn schlimmer: Wegen einer jüngeren, gut aussehenden oder wegen einer älteren Frau mit grässlicher Frisur verlassen zu werden? Oder ist es der Umstand, überhaupt verlassen zu werden? Sie stieg aus und warf die Wagentür mit mehr Schwung zu als nötig. Früher war sie ein Ausbund an Stil und Selbstvertrauen gewesen. Bei ihrem Telefonat mit dem Kommissar heute Vormittag hatte sie sich nicht nur zum wiederholten Mal wie eine Stalkerin aufgeführt, sondern auch einen Fleck auf ihrer Bluse entdeckt. Sie ließ in jeder Hinsicht nach.

Im Haus ließ sie die Pumps auf dem Weg zum Bartisch im Flur liegen, warf ihren Blazer über einen Sessel und schenkte sich einen doppelten Whiskey ein. Sie stellte sich ans Fenster und sah zu Friedelindes Haus hinüber. Dort waren alle Fenster erleuchtet, und sie entdeckte ihre Nachbarin in der Küche. Seit sie schwanger war, mutierte Friedelinde zu einer echten Hausfrau. Theresa hoffte, dass ihr dieses Schicksal erspart blieb. Sie hatte kaum an dem Glas genippt, und stellte es zurück auf die Bar.

Eine Stunde später hatte sie einige Yogaübungen gemacht, geduscht und sich mental erholt. In ihrer Jogginghose legte sie sich aufs Sofa und schaltete den Fernseher ein. Warum nicht eine Komödie mit Sandra Bullock sehen?

Nach dem Happy End befasste sie sich noch eine Weile mit dem Gutachten. Sie hatte mit Florian und Mark verabredet, dass sie am nächsten Morgen besprechen wollten, wo sie mit ihrem Gutachten standen. Theresa hatte das Gefühl, dass sie ganz gute Fortschritte machten, aber sie wollte wissen, ob das auch für Florian und Mark galt. Besonders für Florian. Die beiden hatten manchmal einfach mehr Lust, sich mittags beim Italiener einen Teller Spaghetti und ein Glas Rotwein zu gönnen, als zu arbeiten. Außerdem sah sie mit einiger Sorge, dass Hedwig inzwischen nicht nur wegen des Mordes an Julia Sagmeister ermittelte, sondern auch wegen des Todes dieser Maria Busch. Zum Teufel.

Theresa ging ins Internet und gab den Namen Maria Busch ein. Es gab keine Treffer, aber die Suchmaschine bot ihr mehrere Artikel zu einer Maria B. an. Das war die Frau aus dem Hirschpark. In einem jüngeren Artikel gab es ein Foto von Maria Busch, einer Frau in den Vierzigern, die ein wenig mitgenommen aussah. Theresa versuchte, sich daran zu erinnern, ob sie den Namen im Zusammenhang mit dem Scheidungsverfahren von Julia Sagmeister schon einmal gehört hatte, aber es klingelte nicht. Was zum Teufel sollte ihre Mandantin auch mit einer Kassiererin aus einem Baumarkt zu tun haben. Sie lebten in zwei völlig verschiedenen Welten und in verschiedenen Stadtteilen. Vielleicht kannten sie sich aus einem früheren Leben, aber wenn man die Artikel auf das Wesentliche eindampfte, stocherte selbst die Polizei im Dunkeln, was eine mögliche Verbindung zwischen den beiden Frauen anbetraf.

Nachdenklich schenkte sie sich ein Glas Wasser ein. Ihr schwirrte noch eine andere Sache im Kopf herum. Sie verstand einfach nicht, warum Novok, dieses Ekel, ständig nach diesem Schmuck fragte. Ob das etwas war, das Novok aus der Welt haben wollte für den Fall, dass Julias Erben Zugewinnausgleichsansprüche geltend machten? Damit sie nicht womöglich Grundlage für eine Auseinandersetzung waren? Vielleicht gehörte der Schmuck tatsächlich nicht Michael Sagmeister, sondern Julia, und Novok wollte verhindern, dass Julias Erben Ansprüche geltend machten? Sie schüttelte den Kopf. Das war alles dummes Zeug. Novoks Geschichte war so schlecht, dass es ihr schwerfiel, zu erraten, was dahintersteckte.

Kapitel 11

Kai nahm es noch hin, dass sie Samstag vormittags arbeiteten, aber je weiter die Zeit voranschritt, desto schlechter wurde seine Laune. Lukas hatte deshalb vorgeschlagen, dass sie sich sehr früh treffen sollten, und was am Mittag noch nicht erledigt war, würde er allein machen. Diese Ermittlungen waren ohnehin nicht in angemessener Zeit abzuschließen, und vielleicht war es ganz gut, wenn er mal allein und in Ruhe daran arbeitete. Lukas traf als Erster ein, legte eine Tüte mit frischen Croissants auf Kais

Schreibtisch und ging wenige Minuten später mit einer Tasse grünem Tee zu seinem Schreibtisch.

Als Erstes ging er ins Einwohnermelderegister und suchte nach dem Freund von Maria Busch. Hannes Dröge wohnte in Steilshoop, und als Lukas seine Nummer wählte, verstand er den Angerufenen nur, weil er den Namen, mit dem er sich meldete, kannte. Dem Namen folgte ein übler Hustenanfall und schließlich die ungehalten vorgebrachte Frage, wer so früh am Morgen störte.

»Kampmann, Kripo Hamburg.«

»Ach du Scheiße!«

Die Reaktion veranlasste Lukas zu der Notiz »Vorstrafen?«.

»Ihnen auch einen guten Morgen. Tut mir leid, dass ich so früh störe, aber ich habe ein paar Fragen. Ich kann auch vorbeikommen. Oder besser noch, Sie kommen ins Präsidium.«

»Ey, was denn los?«

Lukas hörte, wie der Mann einen tiefen Zug von seiner Zigarette nahm. Er würde im Präsidium, in dem Rauchverbot herrschte, keine zehn Minuten durchhalten.

»Wie gesagt, ich habe einige Fragen.«

»Augenblick.«

Lukas hörte, wie der Hörer beiseitegelegt wurde und sich Dröge einem ausufernden Hustenanfall hingab. Dann wurde Flüssigkeit in ein Behältnis gegossen, und ein Feuerzeug klickte. Einige Sekunden später war Dröge mit etwas klarerer Stimme wieder am Apparat. So ein Raucher hatte morgens eine Menge zu erledigen, bis er in der Lage war zu sprechen.

»Also, was gibts?«

»Es geht um Ihre frühere Lebensgefährtin Maria Busch.«

»Maria? Was ist mit ihr?«

Lukas fragte sich, was der Mann den ganzen Tag tat, dass er noch nichts von der Toten im Hirschpark mitbekommen hatte. Aber vielleicht lag das daran, dass sich sein gesamtes Leben nur um ihn selbst drehte.

»Tut mir leid, dass ich Sie an einem Samstag so früh stören muss. Aber Sie scheinen nicht zu arbeiten heute.«

»Zurzeit nicht. Hatte ein paar Probleme.«

Lukas unterstrich das Wort Vorstrafen. »Sie sind arbeitslos? Oder, wie man heute sagt, Arbeit suchend?«

»Im Augenblick, ja. Also, was ist denn nun mit Maria?«

»Sie ist tot.«

»Tot?« Dröge nahm wieder einen Zug von seiner Zigarette.

»Wann haben Sie zuletzt Kontakt mit ihr gehabt?«

»Weiß nicht. Ist schon eine Weile her.«

»Wie lang war diese Weile?«

»Hören Sie, wozu ist das wichtig?«

»Für meine Ermittlungen, Herr Dröge.« Lukas machte sich eine weitere Notiz. Kai würde später eine Menge zu tun haben. »Also?«

»Weiß nicht. Hab sie hin und wieder angerufen, um ein bisschen zu quatschen.«

»Und worüber haben Sie gesprochen?«

»Wie es ihr geht, über den Jungen, so etwas.«

»Hm, verstehe. Woran ist denn Ihre Beziehung gescheitert?«

Offenbar hatte Dröge die nächste Zigarette in null Komma nichts runtergeraucht und zündete sich eine neue an. »Sie wollte immer mehr. Mehr Geld, mehr Reisen, ein großes Haus, viele Kinder. Mann, ich war Busfahrer, ich konnte ihr kein Schloss bauen.«

Lukas fand es interessant, dass Dröge trotzdem geglaubt hatte, dass Maria Busch es mit ihm besser haben würde als ohne ihn.

»Hat Maria damals schon als Kassiererin im Baumarkt gearbeitet?«

»Hm, hat sie. Ist ja nicht so, dass sie auf der obersten Stufe der Karriereleiter stand.«

»Und was war mit dem Jungen, mit Jonas?«

»Was sollte mit ihm sein? Der Bengel war immer frech zu seiner Mutter. Und zu mir.«

»Haben Sie die Trennung bedauert?«

Dröge brummte. »Nein, kann ich nicht sagen. Ich bin ganz gern allein. Da quakt mir jedenfalls nicht ständig einer rein.«

»Gut, danke, Herr Dröge. Das war es erst mal. Ich melde mich wieder, wenn ich noch Fragen habe.«

»Ja, gut, wenn Sie meinen.« Der Mann schien ein wenig enttäuscht darüber zu sein, dass die Fragestunde schon vorbei war.

Lukas legte den Hörer auf und sah Kai an, der zwischenzeitlich eingetroffen war. Er hatte sich ein Croissant aus der Tüte genommen und knabberte daran herum.

»Wer war das?«, fragte Kai.

»Ein Idiot. Nimm dir mal die Liste mit den Telefonverbindungen von Maria Busch vor.« Lukas las Kai die Telefonnummer von Dröge vor.

»Ich hab nur die Verbindungen von August. Die Nummer taucht am dritten Achten auf. Sie haben drei Minuten miteinander gesprochen.«

»Gerade so viel, dass er sie belabern und ihr ins Ohr husten konnte, bis sie wütend aufgelegt hat«, sagte Lukas.

»Wer?«

»Hannes Dröge. Ihr Ex.«

»Oder um sich mit ihr zu verabreden.«

»Kann sein, aber der zeitliche Abstand ist zu groß. Die verabreden sich ja nicht einen Monat vor ihrem Tod.«

»Und was heißt das jetzt?«

»Dass wir ihn trotzdem überprüfen. Er war mal Busfahrer und ist jetzt arbeitslos. Er sagte etwas von Problemen. Ex-Mann von Maria Busch. Also, du machst das. Hast du schon jemanden losgeschickt, um Jonas Busch abzuholen?«

»Hab ich.« Kai schaltete seinen Computer ein, um sich in den verschiedenen Datenbanken nach Hannes Dröge und Konrad Busch umzusehen.

Lukas schlug das schwarze Notizbuch auf und schrieb: »Unzufriedenheit, hohe Ziele, Ballast abwerfen.« Am liebsten hätte er mit Kai darum gewettet, dass Konrad Busch im Leben gestrauchelt war. Maria Busch hatte ganz andere Ziele gehabt, viel höhere, und dafür waren weder Konrad Busch noch Hannes Dröge die Richtigen gewesen. Nur, wer war der Richtige?

Lukas sah auf, als jemand an die Tür klopfte.

»Herr Kommissar?« Ein uniformierter Kollege erschien in der Tür. »Wir haben hier Busch, Jonas. Wo möchten Sie ihn sprechen?«

»Im Vernehmungsraum.« Lukas erhaschte einen Blick auf den ungläubigen Gesichtsausdruck von Jonas Busch, der hinter dem Kollegen stand. »Wir kommen dann.«

»Ich bin noch nicht so weit«, murrte Kai.

»Gar kein Problem. Jonas Busch hat im Augenblick nichts Wichtiges vor. Haben wir inzwischen den Bericht über den ausgebrannten Wagen von Maria Busch?«

»Weiß ich nicht. Guck in deinen Posteingang.« Das Croissant klemmte zwischen Kais Zähnen.

Kai hatte ja recht. Er konnte schließlich nicht alles machen. Also ging Lukas die Mails durch. Interessant, dort fand sich auch eine Nachricht von Mühle. An der Betreffzeile war zu erkennen, dass der Polizeipräsident auf Lukas' Brandmail wegen des Personalbedarfs antwortete. Das würde er sich später ansehen. Vor Montagmorgen würde sich ohnehin kein neuer Kollege vorstellen.

Eine der jüngsten Nachrichten stammte von Hinnerk. Lukas mochte nicht am Bildschirm lesen und druckte den Bericht aus. Maria Buschs Wagen war auf einer Brachfläche im Osten der Stadt gefunden worden. Der Ford Focus war vollständig ausgebrannt. Die Sitze waren verbrannt, die Innenraumverkleidung war vollständig geschmolzen und die Scheiben geborsten. Von dem Wagen war nichts übrig geblieben außer einem Haufen verbrannten Schrotts. Lukas verlor schon nach dem ersten Absatz die Geduld und griff zum Telefonhörer.

»Hinnerk, wo bist du?«

»Ich gieße den Rasen.«

»So gut hätte ich es auch gern.«

»Nur kein Neid. Ich habe gestern Abend bis halb zehn an der Untersuchung des Wracks und meinem Bericht gesessen. Hast du ihn gelesen?«

»So gut wie. Könntest du mir noch ein paar Fragen beantworten?«

»Also hast du ihn nicht gelesen. Dann fasse ich mal für dich das Wichtigste zusammen: Der Wagen wurde nicht kurzgeschlossen, der Schlüssel steckte noch im Zündschloss. Also das, was davon übrig war. Es wurde Brandbeschleuniger benutzt. Wie du sicher gelesen hast, sind meine Ermittlungen dazu noch nicht abgeschlossen, aber ich gehe davon aus, dass einfach Benzin benutzt wurde. Jemand hat es im Innenraum und vermutlich auf den Reifen verschüttet und es dann in Brand gesteckt.«

»Und warum?«

»Na, ich vermute doch, damit es brennt.«

»Brennt so ein Wagen nicht von allein? Ich meine, wenn man an ein brennbares Teil ein Streichholz hält?«

Hinnerk lachte leise. »Manchmal denke ich, du bist wirklich zu unbedarft für deinen Beruf. Autos explodieren oder brennen nur im Film in null Komma nichts. Tatsächlich braucht ein Wagen mehr als vierzig Minuten, um vollständig zu brennen. Man hat immer genug Zeit, um rechts rauszufahren und zu löschen oder wenigstens auszusteigen.«

»In dem Wagen saß doch niemand mehr, oder?«

»Nein, Lukas. Das hätte ich in meinem Bericht geschrieben.«

»Dann hat jemand den Wagen angezündet, um Spuren zu zerstören?«

»Das nehme ich an. Üblicherweise werden kurzgeschlossene Wagen abgefackelt, wenn der Dieb eine Weile damit herumgefahren ist. Danach wird es gefährlich, weil das Auto möglicherweise zur Fahndung ausgeschrieben wurde und man in eine Polizeikontrolle geraten kann.«

»Aber unser Täter hatte den Schlüssel.«

»Richtig.«

»Steht sonst noch etwas Wichtiges in deinem Bericht?«

»Das weißt du doch, Lukas. Du hast den Bericht doch gelesen. Schönes Wochenende.«

»Dir auch.« Lukas legte auf.

Diesen Wagen hatte jemand abgebrannt, um vielleicht seine eigenen Spuren zu zerstören, aber möglicherweise auch Leichenspuren von Maria Busch. Die Frage war allerdings, warum ihre Leiche im Westen und ihr Auto im Osten der Stadt gefunden worden waren. Nach Maria Buschs Tod hatte sich jemand die Mühe gemacht, einmal quer durch die Stadt zu gurken.

Mustafa Yildirim stand am Samstagvormittag um zehn Uhr frisch rasiert und nach Aftershave duftend vor Hedwigs Wohnungstür. Mit vor der Brust verschränkten Armen musterte er sie, und Hedwig nutzte die Zeit, seinen beachtlichen Bizeps zu bewundern.

»So, schöne Frau, wo gehts denn heute hin?«

»In den Baumarkt.« Hedwig nahm ihren Mantel vom Haken und hielt ihn Yildirim hin.

»Was wollen Sie denn im Baumarkt?«, fragte er, während er ihr in den Mantel half.

»Wir wollen ja nicht in einen Baumarkt, um in den Baumarkt zu gehen, sondern in einen bestimmten Baumarkt.« Hedwig kontrollierte den Inhalt ihrer Handtasche und setzte dann vor dem Flurspiegel ihren Hut auf. »So, habe ich alles? Glaube schon. Wir können los.«

»Und bin ich da auch wieder ein Gestörter oder eher so ein Immobilienhai oder was?«

»Ich würde sagen, Sie sind heute einfach mal Sie selbst. Wir müssen ja nicht inkognito bleiben.«

»Na, da bin ich aber froh. Ich komm schon ganz durcheinander mit meinen Identitäten.« Sie waren am Taxi angekommen, wo er ihr die Tür aufhielt.

Hedwig hoffte, dass Frau Siebenkötter am Fenster stand und sie beobachtete. Die Frau war so dermaßen neugierig, und Hedwig fand es immer amüsant, wie ihre Nachbarin sich um eine direkte Frage herumdrückte und sich der eigentlichen Frage auf Umwegen näherte. »Das Taxameter können Sie gern anstellen, Herr Yildirim. Ist für Sie ja auch Arbeit.«

»Nö, lassen Sie mal, Frau Fröhlich. Ich finds inzwischen ja auch spannend.«

»Wie Sie meinen«, sagte Hedwig und nahm sich vor, ihm nachher noch einen Schein zuzustecken.

Als sich eine halbe Stunde später die gläserne Schiebetür vor ihnen öffnete, stellte Hedwig fest, dass sie noch nie im Leben in einem Baumarkt gewesen war. »Donnerwetter. Die haben hier ja allerhand Krams.«

»Krams«, wiederholte Yildirim empört. »Wir brauchen praktisch nur noch ein paar Mauersteine, und ich baue Ihnen ein Haus.«

»Och Sie«, machte Hedwig und knuffte ihm gegen den Arm. »So, jetzt muss ich mich konzentrieren. Wir müssen mit jemandem sprechen, der Frau Busch näher kannte.« Sie sah sich um. »Gucken Sie mal, ob Sie einen Kollegen finden, den Sie fragen können.«

»Geht auch eine Kollegin?«, fragte Yildirim und fasste eine schlanke Blondine in einem T-Shirt mit dem Aufdruck des Baumarkts ins Auge.

»Geht auch«, antwortete Hedwig und steuerte einen älteren Verkäufer an, der ebenfalls ein T-Shirt des Baumarktes trug. »Guten Tag.«

»Guten Tag.« Der Mann nahm seine Brille ab und musterte Hedwig. »Wie kann ich Ihnen helfen?«

»Ach, wissen Sie, ich habe hier letzte Woche einen Satz Schraubenschlüssel gekauft, und da bin ich mit der Kassiererin so ins Schnacken gekommen, dass sich hinter mir schon eine lange Schlange gebildet hat.« Sie beugte sich vertraulich zu dem älteren

Mann hinüber. »Es ging um Männer, wissen Sie, eigentlich kein Thema für zwischendurch.«

Der Verkäufer lächelte immer noch, auch wenn er vielleicht allmählich Bedenken wegen ihrer Zurechnungsfähigkeit bekam.

»Na ja, wir haben dann beide festgestellt, dass Liebe durch den Magen geht und dass man einen Mann immer mit einem guten Essen locken kann.« Sie beäugte seine nicht ganz schlanke Körpermitte, und er lächelte ein wenig gequält.

»Dann wollten wir Rezepte austauschen.« Sie klopfte auf ihre Handtasche. »Ich hab meines jetzt dabei, aber ich kann sie nicht entdecken. So eine Brünette, um die fünfzig. Sie wurde dann auch von einem großen schlanken Mann abgeholt.«

Das Lächeln im Gesicht des Mannes verschwand. »Äh, tja, da meinen Sie eventuell die Frau Busch.«

Hedwig bemühte sich, keine Miene zu verziehen. »Ja, vielleicht. Ist sie denn da?«

»Hm, nein, sie ist nicht mehr bei uns.«

»Ach so? Davon hat sie gar nichts gesagt. Wo arbeitet sie denn jetzt? Dann kann ich sie dort vielleicht aufsuchen.«

»Das ist mir nicht bekannt, leider. Kann ich sonst noch etwas für Sie tun?« Der Verkäufer setzte seine Brille wieder auf.

»Nein, vielen Dank.«

So ein Mist. Der Mann war verschlossen wie eine Auster. Hedwig sah sich nach einem weiteren geeigneten Kandidaten um. Oder besser noch einer Kandidatin. Die Dame hinter dem Informationsstand, die gerade einen jungen Mann bediente, machte einen guten Eindruck. Hedwig wartete ab, bis der Kunde zufrieden abzog, und stellte sich dann vor den Informationsstand, um ihre kleine Geschichte loszuwerden. Als der Verkäuferin Tränen in die Augen traten, kam sie sich ein wenig schäbig vor.

»Ach, die Maria.« Die Verkäuferin schnäuzte sich. »Die ist tot, wissen Sie?«

»Tot? So eine junge Frau. War es ein Unfall?«

Ihr Gegenüber lehnte sich über den Tresen und stützte die Ellenbogen auf. »Stand in der Zeitung. Sie ist ermordet worden.«

»Nein!«, sagte Hedwig.

Die Verkäuferin nickte. »Ermordet und im Park abgelegt.« Sie schüttelte den Kopf. »Furchtbar. Ganz furchtbar.«

»Aber wer macht denn so was?«

»Tja, weiß man noch nicht.«

»Vielleicht wurde sie von einem Fremden überfallen«, mutmaßte Hedwig.

»Glaube ich nicht.«

»Dann meinen Sie, es war ein naher Bekannter? Womöglich ihr Mann?«

»Verheiratet war die Maria nicht. Nicht mehr. Ich glaube ja, sie hatte einen Freund, aber den hat hier nie einer zu sehen gekriegt.« Sie richtete sich auf. »Hat sie auch nie drüber gesprochen. Na, nu is' auch egal. Soll sie in Frieden ruhen.«

»Ja, natürlich. Vielen Dank, meine Liebe.« Etwas widerwillig machte Hedwig Platz für einen neuen Kunden, der sich für Holzschrauben interessierte.

Es war doch zum Mäusemelken. Kein Mensch wusste etwas über den Freund von Maria Busch, aber alle waren der Meinung, dass sie einen gehabt hatte. Hedwig sah sich nach Herrn Yildirim um, konnte ihn aber nirgends entdecken. Deshalb ging sie den Mittelgang entlang und sah in jede Regalreihe. Endlich fand sie ihn vor einem Regal, in dem Autozubehör angeboten wurde.

»Ach, hier sind Sie. Wenn Sie wollen, können wir gehen.«

Yildirim griff sich eine Dose Autolack. »Okay.«

Er bezahlte, und sie verließen den Baumarkt.

»Also, das war ja eine totale Pleite«, erklärte Hedwig, als sie sich anschnallte. »Dieser Freund von der Busch ist ein Phantom. Keiner weiß was.«

»Kann man so nicht sagen.« Yildirim setzte den Wagen zurück.

»Na ja, abgesehen vielleicht von Ihrer Dose da.«

»Und von den Informationen.«

Hedwig sah ihn erstaunt an. »Welche Informationen?«

»Kein Name, so weit ging das Vertrauen dann doch nicht, aber der Typ, den ich gefragt habe, wusste, wo sie ihr Auto gekauft hat.«

»Aha?«

»Und dass sie nicht allein beim Autohändler war.« Yildirim lenkte den Wagen zur Ausfahrt des Parkplatzes und fädelte sich in den Verkehr ein. »Die Busch hat dem Kollegen erzählt, wie viel die Karre gekostet hat, und als er sie gefragt hat, woher sie so viel Kohle hat, hat sie ihm erzählt, dass man nur die richtigen Leute kennen muss.«

»Wie viel hat das Auto denn gekostet?«

»Einundzwanzigtausend.«

»Dann muss also der Mann ziemlich reich sein.«

»Richtig. Der Typ hat gemeint, es sei so ein Baulöwe.«

»Ach nein, aber nicht Michael Sagmeister.«

»Sie haben doch gesagt, dass ihr Kerl lang und dünn ist. Sagmeister ist ein ziemlich kleiner Mops.«

»Gut, dann müssen wir jetzt die Inhaber von Baugeschäften checken.«

»Auf Größe und Gewicht?« Yildirim warf ihr einen entsetzten Blick zu. »Ich hab noch was vor an diesem Wochenende.«

»Gut. Dann suchen wir heute nur noch den Autohändler auf. Wissen Sie, welcher das ist?«

»Lady, wir sind schon auf dem Weg dorthin.«

Für Hedwig sahen die Wagen, die frisch poliert und glänzend in einer Reihe standen, alle gleich aus, aber da die Kaufpreise verschieden waren, musste es wohl Unterschiede geben. Yildirim steuerte auch gleich einen ziemlich großen pechschwarzen Wagen an. »Fettes Teil«, erklärte er.

»Soso«, sagte Hedwig und sah sich nach einem Verkäufer um. Aus dem gläsernen Bunker trat auch tatsächlich ein junger Mann, der durchaus als Bankbeamter hätte durchgehen können.

»Sie interessieren sich für unser Schmuckstück?«, fragte er Mustafa Yildirim.

»Wie viele Zylinder?«

»Vier. 290 PS. Geht ab wie Schmidts Katze.«

Hedwig wollte jetzt kein Fachgespräch über Autos führen, sondern einen Namen hören. »Wissen Sie, meine Nichte war kürzlich hier und hat sich einen Ford Focus gekauft. So etwas wollten wir eigentlich jetzt auch kaufen, nicht, Herr Yildirim?«, fragte sie mit Nachdruck.

»Richtig. Die Maria hat sich ein grundsolides Auto geholt, das wollte ich auch haben.«

»Maria?«

»Maria Busch heißt sie«, erklärte Hedwig. »Sie war ganz begeistert von Ihrer Beratung und dem Service. Und sie sagte, das mit der Anmeldung und der Bezahlung sei auch gar kein Problem gewesen. Haben Sie den Ford, den sie ausgewählt hat, noch ein zweites Mal da?«

»Äh …«

»Das können Sie natürlich nicht so auswendig wissen. Wir warten gern, wenn Sie kurz nachsehen möchten.«

Der Verkäufer machte zwar nicht den Eindruck, als wollte er nachsehen, aber er ging tatsächlich in sein gläsernes Büro.

»Und nu?«, fragte Yildirim.

»Wenn er rauskommt, löchern Sie ihn wegen dieses Autos mit den vier Zylindern.«

Der Verkäufer kehrte kurz darauf zurück und nannte das Modell, das Maria Busch ausgewählt hatte. Yildirim fasste ihn an der Schulter und drehte ihn zu dem Wagen, den er selbst ins Auge gefasst hatte. Hedwig nutzte die Gelegenheit und eilte schnell in den Glascontainer. Sie fühlte sich zwar inzwischen mit der Bedienung eines PC nicht mehr überfordert, aber ob sie hier tatsächlich etwas ausrichten konnte, bezweifelte sie. Sie durchquerte das kleine Büro, in dem sich glücklicherweise kein weiterer Mitarbeiter aufhielt, und ging zu dem Schreibtisch aus Chrom.

Es begann schon mal damit, dass der Bildschirm des Laptops schwarz war, aber Hedwig wusste inzwischen, dass sich solche Geräte schlafen legten, wenn man sie nicht bediente. Sie rüttelte ein wenig daran herum, und tatsächlich verschwand das Schwarz, und auf dem Bildschirm waren eine Menge Zahlen und Buchstaben zu sehen.

»Ach du je«, murmelte sie und beugte sich dicht über das Gerät. Zu ihrem Glück hatte der junge Mann die Datei nicht geschlossen, nachdem er den Verkauf an Maria Busch aufgerufen hatte. Hedwig las den Namen der jungen Frau, dann lauter Hieroglyphen zu dem Fahrzeug, die Adresse, die Hedwig bereits kannte, und schließlich den Preis. Ihr Blick wanderte zum Feld Zahlungsweise. So ein verdammter Mist. Das Auto war in bar bezahlt worden. Hedwig drehte sich um und sah durch die Glasfassade nach draußen, aber wenn es nach den beiden Männern gegangen wäre, hätte sie vermutlich die gesamten Daten in Ruhe studieren können. Die beiden wanderten von einem Fahrzeug zum nächsten und zählten dabei vermutlich lauter unwichtige Eigenschaften wie Zylinder und PS auf. Hedwig ging nach draußen und gesellte sich zu den beiden.

»Vermutlich war Maria ja mit dem Harry hier«, sagte sie. »Das ist ihr neuer Freund, und der versteht auch mehr von Autos als sie.« Sie rieb Daumen und Zeigefinger gegeneinander. »Und er hat ja auch das Geld.«

»Ich erinnere mich wieder an Ihre Nichte«, sagte der Verkäufer. »Sie hat sich ganz auf die Beratung von dem Herrn verlassen.« Er grinste. »Und wenn ich mich recht entsinne, hat er auch bezahlt.«

»Ja, so ist er, der Harry. Der Schlaks.«

»Na, der fuhr ja auch selbst einen Ford. Vermutlich hat er ihr gleich dieselbe Marke empfohlen.«

»Das wusste ich gar nicht, dass er so ein Freund Ihrer Automarke ist. Aber ist ja auch ein schönes Auto.« Hedwig sah sich um. »Jaja, der Harry.«

Harry, das Phantom.

»Wenn ich Ihnen da noch was zeigen kann?« Der junge Mann machte eine einladende Bewegung.

»Oh, schon so spät. Wir müssen dann auch los, Herr Yildirim, nicht wahr? Wir danken Ihnen aber für Ihre Zeit.« Hedwig hakte sich bei Yildirim ein. »Kommen Sie, mein Lieber.«

»Die hatte einen Kerl«, stellte Mustafa Yildirim fest, als sie wieder im Taxi saßen. Sein Blick ging sehnsüchtig über die Reihe glänzender Ausstellungswagen.

»Ja«, bestätigte Hedwig. »Einen langen Dünnen mit viel Geld. Und er will im Verborgenen bleiben.«

»Der hat das Geld in bar auf den Tisch des Hauses gelegt, damit man nicht rauskriegen kann, dass er die Karre bezahlt hat.«

»Ja, damit es hier keiner mitkriegt, aber vielleicht auch bei ihm zu Hause«, stellte Hedwig fest. »Wenn die Ehefrau den Kontoauszug sieht, auf dem zwanzigtausend Euro für ein Auto abgebucht wurden, aber kein neuer Wagen in der Garage steht, stellt sie eventuell Fragen.«

»Zwanzig Riesen, Alter. Der muss die Frau echt geliebt haben.«

Hedwig sah den Taxifahrer überrascht an. Das war beinahe eine philosophische Bemerkung. »Aber, ob er sie dann auch umgebracht hat? Aus Liebe, meine ich?«

»Tja, weiß man nicht.« Yildirim wandte den Blick nicht von den Autos ab.

»Ihnen gefällt dieses Auto, wie?«

»Lady, ein Ford Mustang ist nicht einfach nur ein Auto.«

»Aha«, sagte Hedwig, die mit einer Erklärung rechnete, dass es sich dabei mindestens um eine Zeitreisemaschine oder ein James-Bond-mäßiges Gefährt handelte, mit dem man andere Autofahrer ausschalten konnte.

»Das ist ein Lebensgefühl. Als wenn Butter über die Straße gleitet.«

»Soso.« Hedwig konnte einem Auto außer als Fortbewegungsmittel recht wenig abgewinnen. »Wir könnten vielleicht trotzdem fahren.«

Yildirim brachte sie nach Hause, und sie gab ihm Geld, wie sie es vorgehabt hatte. »Als Anzahlung für diesen Ford Dingsbums«, erklärte sie. »Ach so, und haben Sie am Montag Zeit?«

Yildirim grinste sie an. »Was steht auf dem Programm?«

»Ich denke, Sie sollten noch einmal in Ihre Rolle als Herr Fontaine schlüpfen.«

Mit zwei Bechern Kaffee bewaffnet betraten Lukas und Kai den Besprechungsraum. Jonas Busch sah ein bisschen mitgenommen aus. So als hätte er schlecht geschlafen, aber das hatte Lukas auch. Zu kurz und zu schlecht.

»Guten Morgen, Herr Busch. Wie ist die Pension, in der Sie untergekommen sind?«

»Äh, was? Geht so. Kostet ja auch nicht viel.«

Lukas setzte sich, und Kai installierte sein Tablet, um die Vernehmung zu protokollieren.

»Herr Busch, wir haben eigentlich nur eine Frage an Sie. Mein Kollege und ich haben heute noch eine ganze Menge zu erledigen. Von Wochenende kann keine Rede sein.«

Busch rutschte auf die vordere Stuhlkante. »Ich hab eigentlich auch gar nicht viel Zeit. Ich muss zurück nach Heidelberg. Mein Zug geht heute Nachmittag.«

»Es geht ganz schnell. Die Frage lautet: Warum haben Sie mich angelogen? Sie haben Ihre Mutter am Ostersonntag zuletzt gesehen.«

»Was? Nein!«

Lukas blies die Backen auf. »Ich dachte, ich hätte mich klar ausgedrückt. Wir wissen, dass Sie in Hamburg waren. Sie waren auch in der Wohnung Ihrer Mutter. Sie sind von zwei Nachbarn Ihrer Mutter gesehen worden. Herr Kluge hat Sie gesehen. Und was noch wichtiger ist: Frau Meier aus dem Hochparterre hat Sie das Haus am Nachmittag wutschnaubend verlassen sehen. Das war das Wort, das sie benutzt hat. Wutschnaubend.« Lukas sah Jonas Busch an.

291

Jonas Busch warf Lukas einen wütenden Blick zu und rutschte auf dem Stuhl zurück. Mit verschränkten Armen lehnte er sich an die Rückenlehne und wirkte wie ein trotziges Kind. »Das ist aber das falsche Wort.«

»Soll das heißen, dass Sie tatsächlich bei Ihrer Mutter waren?«, fragte Kai, und Lukas legte ihm eine Hand auf den Unterarm.

»Ich war in der Wohnung meiner Mutter. Das ist etwas anderes.«

»War Ihre Mutter nicht da?«

»Nein.«

»Es ist Ihr Zug, der nachher fährt.« Aus Kais Stimme war deutlich herauszuhören, dass er seinen Feierabend in Gefahr sah.

»Wir haben an Gründonnerstag telefoniert, und ich habe gesagt, dass ich ein günstiges Zugticket bekommen habe. Ich wollte einen alten Freund in Hamburg besuchen, nachmittags bei ihr vorbeischauen und dann am Abend zurück nach Heidelberg fahren. Meine Mutter hat gesagt, okay. Und als ich dann nachmittags bei ihr war, war sie nicht da.«

»Wo war sie?«

»Das weiß ich nicht. Ich habe sie auf dem Handy angerufen und gefragt, wo sie steckt. Sie hat gesagt, es sei ihr was dazwischengekommen, und ich könnte ja in ihrer Wohnung bleiben, bis mein Zug fährt.«

»Sie waren verständlicherweise wütend. Was haben Sie zu ihr gesagt?«

Jonas löste die Arme und faltete die Hände auf der Tischplatte. »Weiß ich nicht mehr. Ich fand das bescheuert, weil wir verabredet waren. Und ich hatte extra dieses günstige Zugticket gekauft. Das konnte ich nicht umbuchen.«

»Hat Ihre Mutter vorgeschlagen, dass Sie sich noch am Ostermontag sehen können?«

»Nein. Sie hat gemeint, dass ich zurückfahren soll. Wir könnten dann die Tage mal telefonieren.«

»Sie hat Sie also abgefertigt wie eine lästige Person, die um einen Termin nachsucht.« Lukas sah Jonas Busch an. »Nicht wie ihren einzigen Sohn.«

»Ph«, machte Jonas. »Ich bin kein kleiner Junge. So kann man mit mir nicht umgehen.«

»Sie waren verständlicherweise verärgert. Aber nachdem sich der Rauch gelegt hat, Jonas. Sie haben sich doch Gedanken gemacht, und vermutlich haben Sie auch mit Lisa über Ihre Mutter gesprochen. Oder wissen Sie inzwischen, was Ihrer Mutter am Ostersonntag dazwischengekommen ist?«

Jonas schob den Stuhl zurück und stand auf. Mit den Händen in den Hosentaschen ging er im Vernehmungsraum auf und ab. »Das weiß ich nicht. Ich hatte eigentlich keinen Bock mehr, sie noch mal anzurufen. Aber Lisa hat gemeint: ›Sie ist deine Mutter, du musst dich um sie kümmern‹, und so.« Er seufzte. »Wir haben uns dann wieder vertragen, aber ...«

»Aber?«

Jonas wandte sich vor der Wand um und zog mit der Schuhspitze die Linie zwischen zwei Linoleumplatten nach. »Es war nicht mehr so wie früher. Irgendetwas stand zwischen uns.« Er sah trotzig auf. »Ich bin kein Muttersöhnchen, aber so behandelt man seinen Sohn nicht.«

»Nein, das verstehe ich.«

»Herr Busch, es ist ein bisschen unglücklich, dass Sie uns diesen Streit verschwiegen haben. Er bietet eigentlich ein Motiv. Wir werden jetzt Ermittlungen dazu anstellen müssen, ob Sie sich am Tag des Todes Ihrer Mutter tatsächlich in Heidelberg aufgehalten haben.«

»Ja, klar.« Er klang ein wenig verzagt. »Scheiße.«

»Warum haben Sie uns nichts von dem Streit gesagt?«

Jonas hob die Schultern. »Kam mir ein bisschen dämlich vor. Und ich hab meine Mutter nicht umgebracht. Ehrlich.«

»Sie können heute Nachmittag nach Heidelberg zurückfahren, aber ich nehme an, dass Sie noch mal herkommen müssen, um sich um den Nachlass Ihrer Mutter zu kümmern. Sie haben sie doch beerbt?«

»Ich weiß gar nicht.«

»Nun, die Wohnung muss ohnehin erst noch versiegelt bleiben, bevor Sie sie betreten können. Wir werden Sie unterrichten, wenn Sie Ihre Mutter beisetzen können.«

»Kann ich jetzt gehen?«

»Nein, bitte setzen Sie sich noch einmal. Ich habe noch zwei Fragen an Sie.« Lukas legte die Beweismitteltüte mit den Kleidungsstücken auf den Tisch und nahm das Shirt, die Sweatshirtjacke mit dem eingerissenen Kragen, die Jogginghose und die Socken heraus. Zuletzt stellte er die Sportschuhe auf den Tisch. »Kennen Sie diese Kleidungsstücke?«

Der junge Mann setzte sich und fasste mit spitzen Fingern den Jackenkragen an. »Nein. Soll sie darin gejoggt sein?«

»Sie wurde darin gefunden. Ja.«

»Ich glaube nicht, dass meine Mutter mit so einer zerrissenen Jacke unterwegs gewesen wäre.« Er hob die Schultern. »Aber was weiß ich schon von ihr? Sie hat mir ja nichts mehr erzählt. Vielleicht war das ein neues Hobby von ihr: Mit zerrissenen Klamotten durch die Gegend joggen. Sie haben doch gesagt, sie hätte einen neuen Kerl gehabt und mit dem rumgemacht.«

Lukas blinzelte. Das waren nicht exakt seine Worte gewesen. »Aber es wäre doch möglich, dass Ihre Mutter am Ostersonntag bei ihrem neuen Märchenprinzen war.«

»Davon hat sie mir aber nichts erzählt.«

»Sie hatten doch gesagt, dass sie eine Schulfreundin hatte. Meinen Sie, dass sie ihr vielleicht etwas von einem neuen Mann erzählt hätte?«

»Keine Ahnung. Ich erinnere mich ja nicht mal mehr, wie diese Freundin hieß. Ich glaube auch nicht, dass sie noch so eng gewesen sind, dass sie sich über solche Sachen unterhalten hätten.« Er sah Lukas an. »Ich hätte mir vorstellen können, dass sie Hannes anruft.«

»Tatsächlich?«

»Ja, einfach, um ihn eifersüchtig zu machen.«

»Gut. Sie können jetzt gehen. Wir melden uns wieder bei Ihnen.«

Lukas sah Jonas Busch nach, der den Raum mit hängenden Schultern verließ.

»Wollte der uns auf den letzten Metern noch einen potenziellen Täter präsentieren?«, fragte Kai.

»Wen meinst du? Hannes Dröge?« Lukas schüttelte den Kopf. »Glaube ich nicht. Wenn Maria Busch den geheimnisvollen Märchenprinzen schon Ostern kannte, wird er seine Eifersucht nicht ein halbes Jahr lang zügeln. Er klang ohnehin nicht wie ein eifersüchtiger Ex-Liebhaber.«

»Sondern?«

»Sondern wie ein Kettenraucher kurz vorm Abnippeln.« Lukas deutete auf Kais Tablet. »Was hat eigentlich die Spurensicherung im Kavaliershaus ergeben?«

»Ich denk, du hast deine eMails heute schon gecheckt?«

»Aber darauf habe ich nicht geachtet. Also?«

»Hinnerk sagt, dass im Kavaliershaus keine Spuren von Maria Busch zu finden sind. Abgesehen davon gibt es nur drei Leute, die einen Schlüssel zu diesem Haus haben, und die haben ihren Schlüssel alle noch.«

»Und du hattest noch keine Gelegenheit zu prüfen, ob diese drei in irgendeiner Verbindung zu Maria Busch standen.«

»Und ich hatte noch keine Gelegenheit zu prüfen, ob diese drei in irgendeiner Verbindung zu Maria Busch standen.«

»Was ist denn mit der DNA von Maria Buschs Sexpartner?«

»Hinnerk sagt, wenn wir ihm den passenden Mann dazu bringen, ist der Fall gelöst.«

»Sagt er das? So ein Scherzkeks.« Lukas verstaute die Kleidungsstücke wieder in der Tüte. »Wir essen jetzt unsere Croissants auf und versuchen, unsere Gedanken klarzukriegen.«

»Bei den Croissants bin ich dabei. Mit den Gedanken bin ich noch nicht sicher.«

Sie schlenderten über den Flur zurück zu ihrem Dienstzimmer.

»Als Erstes brauchen wir einen großen Plan, auf dem wir die wichtigen Orte markieren, um Maria Buschs Wege nachzuverfolgen. Mühle hat mir übrigens eine Mail geschrieben. Vielleicht kommt ja am Montagmorgen Verstärkung. Dann können wir auch versuchen herauszufinden, welchen Weg der Ford Focus genommen hat.«

Lukas öffnete die Tür und ließ Kai den Vortritt, aber der blieb verblüfft stehen. An der Wand zwischen den beiden Fenstern hing ein großer Plan, davor stand eine junge Frau mit Markierungsnadeln in der Hand. Sie wandte sich um. »Oh, hi. Ich dachte, es wäre eine gute Idee herauszufinden, welchen Weg der Ford Focus der Toten zurückgelegt hat. Die Überprüfung der Blitzanlagen läuft bereits.«

Theresa schloss die Bürotür ab und schaltete den Alarm scharf. Dann fuhr sie mit dem Fahrstuhl in die Tiefgarage und setzte sich in ihren Wagen. Ihre Laune hatte sich nach der Besprechung deutlich gebessert. Die beiden Jungs hatten gut gearbeitet, und sie kamen mit ihrem Gutachten erfreulich gut voran. Sie wollte noch ein wenig einkaufen und dann den Rest des Tages auf dem Sofa herumlümmeln. Das gehörte auch zu ihrem neuen Leben: einfach mal undiszipliniert sein und den Tag vertrödeln.

Sie hatte gerade ihr Haus betreten und trug die Einkäufe in die Küche, als es an der Tür läutete. Draußen stand ihr Nachbar.

»Hi«, sagte Nicolas Sander.

»Hallo. Ist etwas passiert? Geht es Friedelinde gut?«

»Oh, wenn du unter ›gut gehen‹ verstehst, dass sie pro Stunde ein Kilo zunimmt und die Tiefkühltruhe voller vorgekochter Mahlzeiten ist, die dazu ausreichen, die ganze Straße über den Winter zu bringen, dann geht es ihr gut.«

»Das freut mich. Also auch, dass sie an ihre Nachbarn denkt.«

Theresa grinste Nicolas an. Er war ein gut aussehender Bursche, und er hatte selbst ein bisschen zugelegt, was ihm aber gut stand.

»Wir machen gerade ein zweites Frühstück, und Friedelinde meinte, dass du vielleicht Lust hast, dazuzukommen.«

»Ja, gern. Ich muss nur kurz meine Einkäufe einräumen und etwas anderes anziehen, dann komme ich rüber.«

»Gar kein Problem. Lass dir Zeit. Ich schätze, dass wir in einer halben Stunde ein drittes Frühstück machen.«

Eine Viertelstunde später ging Theresa in Jeans und Pullover zu ihren Nachbarn hinüber. Als Nicolas ihr öffnete, empfing sie im Haus ein herrlicher Duft.

»Komm rein«, lud Nicolas sie ein. »Friedelinde hat gerade ein Blech Rosinenbrötchen in den Ofen geschoben.«

Der Kater Cäsar saß auf der Fensterbank und sah hinaus in den Garten. Theresa kraulte ihn und gab Friedelinde einen Kuss auf die Wange. »Vielen Dank für die Einladung.«

»Ich habe gesehen, wie du nach Hause gekommen bist. Warst du im Büro? Setz dich.« Friedelinde zog ein Blech aus dem Ofen und warf die heißen Brötchen in einen Korb. »Möchtest du ein Omelett, Rührei oder ein hart gekochtes Ei? Ich habe gestern Minibuletten gemacht, die schmecken super mit ein bisschen Ketchup. Oder ich könnte dir ein Stück von der Quiche warm machen.«

Theresa setzte sich. Sie hatte das Gefühl, dass sie seit Betreten des Hauses zugenommen hatte. »Nein danke, ein Rosinenbrötchen reicht mir.«

»Gut. Kaffee oder Tee?«

Da in der Kaffeemaschine Kaffee vor sich hin blubberte, entschied sich Theresa für eine Tasse. »Gehts euch gut?«, fragte sie.

»Wunderbar«, antwortete Friedelinde und setzte sich mit lautem Ächzen. »Ich werde gleich ein gepflegtes Nickerchen machen und anschließend ein paar Himbeertörtchen backen. Wenn du willst, bringe ich dir welche rüber.«

»Wenn überhaupt, reicht eins. Danke.« Theresa sah auf, weil die beiden sie mit einem merkwürdigen Blick ansahen. »Ich bin ja jetzt allein.«

»Richtig. Vergesse ich immer wieder.«

Nicolas bedachte Friedelinde mit einem nachdenklichen Blick und widmete sich dann einem Brötchen.

»Ich schätze, dass seine neue Agentin ihn in mehr als einer Hinsicht zu neuen Ufern leitet.« Wenn Nicolas nicht dabei gewesen wäre, hätte sich Theresa vielleicht dazu hinreißen lassen, sich über Alter und Aussehen ihrer Nebenbuhlerin auszulassen. »Er will mit ihr ein neues Leben beginnen.«

»Ach du Schreck«, sagte Friedelinde. »Wenn er sich das mal gut überlegt hat.«

Theresa musste lachen. »Was meinst du?«

»Na, sie wird ihn verschlingen und von ihm jedes Jahr einen Bestseller erwarten. So ein Erfolgsdruck kann ganz schön an den Nerven zehren. Manche kompensieren das mit zu viel Essen.« Friedelinde nahm sich ein Stück Melone mit Schinken.

»Gewichtsprobleme hat Tim bisher eher nicht.« Theresa warf Nicolas nachdenklich einen Blick zu. »Hat Friedelinde dir erzählt, dass ich ihr einen Auftrag vermittelt habe?«

»Hat sie. Ist okay, weil sie das im Homeoffice macht.«

»Und? War dein Herr Müller schon in Julia Sagmeisters Haus?«

Friedelinde warf ihr einen ungewöhnlich strengen Blick zu. »Nein. Aber ich kann dich beruhigen, dieser Kommissar hat mir gestern eine Mail geschickt, dass ich jetzt reinkann. Herr Müller wird sich am Montag den Schlüssel abholen.«

Theresa spürte eine gewisse Ungeduld. Sie hätte gern vorher gewusst, was es mit diesem Kästchen auf sich hatte und ob es irgendeinen Hinweis auf etwas gab, wofür sich Michael Sagmeister interessierte. Wenn auch nicht für den Schmuck seiner Großmutter.

»Früher gehts nicht«, stellte Friedelinde fest und biss von einem Brötchen ab. »Aber Herr Müller geht gleich am Montagmorgen rein.«

»Natürlich. Tut mir leid. Du gehst mit diesen Dingen cool um, aber mich macht diese ganze Sache nervös.«

»Welcher Kollege ermittelt denn in diesem Mordfall?«, fragte Nicolas.

»Kampmann, heißt der. Lukas Kampmann.«

»Lukas. Netter Kerl, oder?«

Theresa nickte. Nett war er. Das stimmte.

Sie plauderten noch eine Weile über dies und das und die Nachbarn, und als Friedelinde anfing zu gähnen, verabschiedete sich Theresa. Zu Hause fiel sie auf die Couch und schlief eine Stunde lang tief und fest.

Mit einer Tasse Kaffee machte Theresa sich anschließend wieder wach und klappte ihren Laptop auf. Eigentlich wollte sie an dem Gutachten weiterarbeiten, aber dann ging sie doch in die Scheidungsakte Sagmeister. Sie fand den Hinweis auf die Eltern und gab Namen und Adresse der Eltern ins Onlinetelefonbuch ein. Leute aus dieser Generation hatten glücklicherweise noch einen guten alten Telefonbucheintrag. Theresa wählte die Nummer in Hannover und ließ es eine Weile läuten.

»Krug.«

»Guten Tag, Frau Krug. Hier spricht Theresa Sommer. Ich war die Scheidungsanwältin Ihrer Tochter.«

»Ach, Frau Sommer. Ich weiß, wer Sie sind. Sie haben mir ja freundlicherweise diese nette Frau Engel vermittelt. Die kümmert sich in Hamburg um den Nachlass meiner Tochter.«

»Es freut mich, wenn Sie mit ihr zufrieden sind. Kümmert sie sich eigentlich auch um die Beisetzung?«

»Sie hat das alles in die Wege geleitet. Eigentlich wollte mein Schwiegersohn sich darum kümmern. Das war wohl auch nett gemeint, aber mir war es doch lieber, dass das eine unbeteiligte Person macht.«

»Frau Krug, ich habe einen Grund, weshalb ich anrufe.«

»Ist etwas passiert? Haben sie den Mörder?«

»Nein, Frau Krug, bitte beunruhigen Sie sich nicht. Deshalb rufe ich nicht an. Ich wollte Sie etwas fragen. Sie hatten Frau

Engel erzählt, dass Julia immer ein kleines Kästchen hatte, in dem sie wohl ihre Schätze und Geheimnisse aufbewahrte. Haben Sie eine Ahnung, ob sie so ein Kästchen auch in Hamburg hatte?«

»Natürlich. Das hatte sie noch. Als sie ausgezogen ist, hat sie mir erzählt, dass sie das von zu Hause mitgenommen hat. Dort hatte sie es wohl auch vor Michael versteckt.«

»Hm. Aber Sie wissen nicht, wo sie es in ihrem Haus aufbewahrt hat?«

»Nein, das weiß ich nicht. Hat die Polizei es denn nicht gefunden?«

Heikler Punkt. Die Polizei hatte es nicht gefunden, was bedeuten konnte, dass sie es einfach nur noch nicht gefunden hatte oder dass der Mörder es mitgenommen hatte. Theresa entschied sich für die kurze Antwort. »Nein.«

»Ich könnte meinen Schwager fragen, ob es in seinem Haus oder auf dem Grundstück ein geeignetes Versteck gibt.«

»Würden Sie das tun, Frau Krug?«

»Das kann ich gleich tun, Frau Sommer, aber was glauben Sie denn, was sich darin befindet?«

Offenbar hatten weder Michael Sagmeister noch Sergej Novok Julias Mutter das Märchen vom gestohlenen Schmuck aufgetischt. Und da Theresa den beiden diese Schmuckgeschichte nicht abnahm, ging es um etwas anderes, und damit würde sie die alte Dame nicht behelligen.

»Wenn das Haus geräumt wird, wollen wir doch auf gar keinen Fall, dass etwas zurückbleibt, oder?«

»Da haben Sie recht. Ich rufe gleich Johannes an und melde mich wieder.«

Eigentlich wollte Theresa die Stunde zum Arbeiten nutzen, aber sie war unkonzentriert. Also stellte sie den Fernseher an und sah eine Samstagnachmittagsschnulze. Als das Telefon eine Stunde später läutete, fuhr sie erschrocken zusammen, weil der junge Mann auf der Mattscheibe gerade einen Plan ersann, wie er wieder geradebiegen konnte, was er bei seiner Angebeteten verkackt hatte.

»Sommer.«

»Gisela Krug, hallo, Frau Sommer. Ich hab mit dem Johannes telefoniert. Hat ein bisschen länger gedauert, wir haben uns eine Menge zu erzählen gehabt. Tut mir leid.«

»Ist doch kein Problem.« Theresa hatte den Fernseher auf stumm geschaltet und sah zu, wie der junge Mann einen Strauß roter Rosen kaufte und seine Freundin auf ein Schiff auf der Donau führte. Selbst im Fernsehen waren die Männer nicht besonders einfallsreich. Oh Gott, ob sie sich zu einer Männerhasserin entwickelte? »Es eilt ja auch nicht.«

»Also, Johannes sagt, dass auf dem Dachboden eine Latte oberhalb eines Dachbalkens lose ist. Wenn man die Steigeleiter hochkommt, gleich rechts. Und dann steht hinten im Garten ein Apfelbaum, der Stamm teilt sich in zwei Metern Höhe, und dort gibt es wohl eine Öffnung. So etwas wie ein Astloch. Kommt mir ja ehrlich gesagt ein bisschen vor wie eine Geschichte von Pippi Langstrumpf, aber womöglich ist etwas dran.«

»Ich hoffe, ich habe Sie nicht beunruhigt mit meinem Anruf.«

»Nein, machen Sie sich keine Sorgen. Vielen Dank. Ich wünsche Ihnen einen schönen Nachmittag.«

Theresa legte auf und sah zu, wie die junge Frau ihrem Geliebten um den Hals fiel. Offenbar brauchte es nicht mehr als rote Rosen und eine Donaukreuzfahrt, um sie auf Kurs zu bringen. Nur Theresa hatte sich in eine blöde Situation gebracht: Sie verfügte über Wissen, das sie der Polizei nicht vorenthalten durfte. Ob sie das herausgefunden hatte, um einen Grund zu haben, Lukas Kampmann anzurufen? An einem Samstagnachmittag? Nachdem sie einen Liebesfilm gesehen hatte? Vielleicht brauchte sie einen Psychologen.

»Ist das die Nichte vom Chef?«, flüsterte Kai.

»Was? Wieso soll das Mühles Nichte sein?«, fragte Lukas, wandte den Blick von der jungen Frau mit dem blonden Pferdeschwanz ab und sah seinen Kollegen an. In einem Comic würde man ihn mit einer Kinnlade, die auf dem Boden hing, zeichnen.

»Na, in diesen Filmen ist es doch immer die Nichte vom Chef«, raunte Kai.

Lukas schüttelte den Kopf und gab der jungen Frau die Hand. »Sehr gute Idee. Könnte von mir sein. Lukas Kampmann, mein Kollege Kai Lehmann. Und Sie sind?«

»Jessica Stiehl.«

»Schön.« Lukas deutete auf Kai. »Wie gesagt, das ist der Kollege Lehmann. Und Sie verstärken unser Team?«

Sie wurde ein wenig rot. »Sie haben gefragt, wer die Backgroundarbeit in der Mordkommission unterstützen will, und ich hab mich gemeldet.«

»Das finde ich toll. Dass Sie sich gemeldet haben.« Lukas setzte sich an seinen Platz. »Und wo wurde diese Frage gestellt?«

»Ich hab die Akademie gerade beendet und arbeite im PK 12. Und weil ich darüber nachdenke, ob ich nicht ein Studium anhängen sollte, um bei der Kripo anfangen zu können, dachte ich, ich schnupper mal rein.«

»Wunderbar.« Lukas bemühte sich, seiner Stimme einen zuversichtlichen Tonfall zu verleihen. Übermotivierte Anfänger ohne Erfahrung waren oft das Gegenteil einer Unterstützung, aber ihre Idee war immerhin nicht schlecht.

Kai schien sich mittlerweile wieder geerdet zu haben und schlenderte betont cool an seinen Platz. Lukas rollte innerlich mit den Augen. Er hoffte nicht, dass das Ganze hier auch noch eine zwischenmenschliche Note bekommen würde.

»Gut, Frau Stiehl, dann lassen Sie mal hören.« Lukas deutete auf die Karte.

»Ich bin noch nicht ganz fertig.«

»Das macht ja nichts. Beenden wir einfach gemeinsam.« Lukas warf Kai einen aufmunternden Blick zu. Zu seiner Überraschung war das gar nicht erforderlich, denn Kai, sonst ein Feind von Neueinsteigern, die alles auf den Kopf stellten, hatte sich lässig auf die Ecke seiner Tischkante gesetzt und spielte mit einem Bleistift.

»Ja, okay, also. Ähm, könnten Sie vielleicht Jessica zu mir sagen?«

»Gar kein Problem. Was Sie wollen, Jessica.«

»Also okay, ja.«

Lukas zählte innerlich bis zehn.

Kai schien das Gestammel nichts auszumachen.

Jessica deutete auf eine rote Fahne im Stadtteil Dulsberg. »Hier hat die Tote gewohnt. Sie soll sich am Dienstag in Joggingkleidung geworfen und das Haus verlassen haben. Was dann geschehen ist, weiß kei…«

»Und von ihrem Käsebrot abgebissen.«

»Was?« Jessica sah Kai irritiert an.

»In ihrer Wohnung stand ein Teller mit einem angebissenen Brot. Vielleicht hat sie vor der Joggingrunde zur Stärkung noch einmal abgebissen.« Kai krempelte die Ärmel seines Hemdes auf. Sah auch wirklich cooler aus.

»Oh, okay, das muss ich überlesen haben.« Jessica wirkte niedlich verlegen.

»Ich weiß ohnehin nicht, wann Sie die Akte gelesen haben. Lassen wir das Käsebrot erst mal beiseite«, wandte Lukas ein.

»Hm, ja, also, wann Maria Busch das Haus verlassen hat, wissen wir nicht. Die Befragung der übrigen Hausbewohner hat dazu nichts ergeben. Wir wissen deshalb auch nicht, ob sie in ihr eigenes Fahrzeug, einen Ford Focus, eingestiegen ist. Sie hat am Dienstagabend um siebzehn Uhr in ihrem Baumarkt Feierabend gemacht. Wenn man den Heimweg, die Zeit, die sie fürs Umziehen brauchte, und vielleicht noch diese merkwürdige Käsestulle einbezieht, hat sie vielleicht um Viertel vor sechs, eher noch um sechs das Haus verlassen.«

Lukas ging erst nach einer Weile auf, dass sie ihn fragend ansah. Er war ganz in Gedanken, weil irgendetwas in ihrem Vortrag ihn stutzig machte, aber er konnte diesen Gedanken nicht fassen.

»Machen Sie ruhig weiter. Ich bin ganz Ohr.«

»Also: Variante eins: Maria Busch steigt in ihr Auto und fährt irgendwohin zum Joggen. Beispielsweise in die Nähe des Fundortes ihres Autos. Dort wird sie angegriffen, stürzt unglücklich, der Täter gerät in Panik, zündet das Auto an und verschleppt die Leiche.« Jessica deutete auf die Fahne, die den Fundort des Pkw markierte, und eine Fahne im Hirschpark, wo sie die Leiche gefunden hatten.

Lukas hörte Kai schwer atmen.

»Wollen Sie die Schwachstellen dieser Variante selbst aufzählen?«, fragte Lukas.

»Ähm?« Jessica blinzelte. »Also, sie hatte ja wohl ein ziemliches Menü im Magen. Das kommt in dieser Variante nicht vor.«

Obwohl er ihn nicht ansah, konnte Lukas Kai schäbig grinsen sehen. »Und in dieser Variante kommt auch noch was anderes nicht vor.«

»Oh?«

»Das Nümmerchen, das sie geschoben hat.«

»Ach. Und wenn sie vielleicht vergewaltigt wurde?«, fragte Jessica.

»Dr. Berger schreibt dazu nichts in seinem Bericht. Es gibt offenbar keine Hinweise darauf, dass der Akt nicht einvernehmlich vollzogen wurde.« Lukas schlug die Beine übereinander und lächelte Kai an.

»Dann hat sie das Nümmerchen vielleicht mit einem Bekannten in ihrem Auto geschoben, dabei ist sie unglücklich gestürzt, der Täter ist in Panik geraten und hat das Auto angezündet«, schlug Kai vor.

»Klingt schon besser, aber es fehlt das Menü«, sagte Lukas.

»Dann hat der Täter mit ihr ein Picknick gemacht«, erwiderte Kai.

»Hm. Das wäre aber nur logisch, wenn derjenige wusste, dass sie zum Joggen geht. Soweit ich weiß, ist sie aber bis dahin nicht regelmäßig laufen gegangen«, wandte Jessica ein.

»Und wenn sie an ihrem Arbeitsplatz jemandem erzählt hat, dass sie gleich heute Abend mit dem Sport beginnen will, und ihr jemand eine Freude machen wollte?«

»Indem er sie umbringt?«, fragte Jessica entsetzt.

»Indem er ihr ein leckeres Menü vorbeibringt«, erwiderte Kai.

Nachdenklich betrachtete Jessica die Karte. »Und dann sitzen die da in ihrem Auto auf diesem hässlichen Gelände und essen irgendetwas mit Muscheln, Tomaten und Zucker?«

»Muschelsuppe, Gnocchi in Tomatensoße und Crème brûlée, sag ich doch.«

»Aber das ist nichts, was man durch die Gegend schleppt und auf dem Beifahrersitz verschnabuliert.«

Diese Jessica gefiel Lukas immer besser. »Hast du die Speisekarte vom Witthüs auf diese Bestandteile überprüft?«, fragte er Kai.

»Bin ich noch nicht zu gekommen.«

»Also, ähm, die Muschelsuppe bieten sie an, aber weder Gnocchi noch Crème brûlée.«

Lukas grinste Kai an. Da war doch jemand schneller gewesen als sein Kollege.

»Ich dachte, ich checke die Lokale in der Gegend um den Fundort des Autos und den Fundort des Leichnams.« Jessica spielte mit ihrem Pferdeschwanz. »Das dauert schon eine Weile. Vielleicht nehme ich mir erst mal die mit einem Liefer- oder Abholdienst vor.«

»Gut. Und dass Maria Busch mit jemandem zum Joggen verabredet war, kann nicht sein?«, fragte Lukas.

»Es gibt keinen Anruf auf der Telefonliste an diesem Tag, der für so eine Verabredung in Betracht kommt.« Jessica nahm die Akte vom Tisch und blätterte darin herum. »Sie hat überhaupt nur wenig telefoniert. Am Dienstag hat sie selbst einen Friseur angerufen und einen Termin für nächsten Mittwoch ausgemacht. Da hat sie ihren freien Nachmittag. Außerdem hat jemand von der Hausverwaltung angerufen wegen eines Termins für die Rauchmelderwartung.«

»Was heißt, sie hat wenig telefoniert?«, fragte Lukas.

»Ähm, ja, sie hat keine regelmäßigen Telefonkontakte. Hat man ja sonst eigentlich. Eine Gruppe von Leuten, mit denen man regelmäßig telefoniert, aber sie scheint noch nicht mal einen Freund gehabt zu haben. Sie hat auch keine Messengerdienste genutzt. Dieser Hannes Dröge ist offenbar ein Ex, dann gibt es eine Handynummer, die zu einem Prepaidhandy gehört, aber mit dieser Nummer hat sie so selten telefoniert, dass es keine ihr nahestehende Person sein kann.«

»Ich frage mich wirklich, wann Sie das alles gelesen haben.« Lukas kratzte sich am Kinn.

»Sie waren ja eine Weile weg zur Besprechung.«

»Vernehmung«, korrigierte Lukas. »Mit dem Sohn des Opfers. Er hat uns von einer Schulfreundin berichtet, mit der sie jedenfalls früher Kontakt hatte. Können Sie versuchen herauszufinden, wer das war?«

Jessica nahm sich einen Stift und machte sich eine Notiz. »Mach ich.«

»Und dann habe ich noch eine Frage an Sie.« Lukas legte die Beweismitteltüte mit den Kleidungsstücken der Toten auf seinen Tisch und breitete die Sachen aus. »Gucken Sie sich das mal an. Darin wurde Maria Busch gefunden.«

Sie kam zu seinem Tisch und inspizierte die Sachen genau. »Hm«, machte sie schließlich. »Also, ähm, sie war ja wohl keine große Joggerin. Diese Söckchen hier sind völlig ungeeignet. Viel zu dünn, und dann enden sie unter dem Knöchel. Da scheuert doch der Schuh am Knöchel.« Sie drehte einen Schuh um. »Einundvierzig«, murmelte sie und ging zur Fensterbank, wo die Akte lag, und blätterte darin herum. »Also Dr. Berger hat festgestellt, dass sie Schuhgröße 40 hat. Die Schuhe sind zu groß.« Jessica kehrte zu Lukas' Schreibtisch zurück und nahm auch die anderen Sachen in die Hand. »Ich würde ja eher sagen, dass das Schlabberklamotten für die Couch sind.«

»Sie meinen Kleidung, in der man ein Käsebrot vor dem Fernseher isst?«

Jessica nickte.

»Sind das denn überhaupt ihre Sachen?«, fragte Lukas.

»Wie jetzt?«, fragte Kai.

»Was ist denn, wenn Maria Busch schick gekleidet zum Abendessen gefahren ist, Muschelsuppe und den ganzen anderen Summs gegessen hat, und danach ist etwas passiert?«

»Und warum zieht ihr dann jemand diese Klamotten an? Und woher hat er sie überhaupt?«

Lukas lächelte Kai an. »Das weiß ich nicht. Ich weiß nur, dass diese Sache mit dem Joggen allen seltsam vorkommt. Ausgerechnet kurz vor ihrem Tod soll sie damit begonnen haben, und dann endet dieser Versuch nach einem luxuriösen Abendessen mit dem Tod? Und mal davon abgesehen weiß ich auch nicht, wie wir das abgebrannte Auto und den Fundort des Leichnams damit in Einklang bringen sollen.«

»Tja, ähm, also, das wäre meine Variante zwei gewesen«, erklärte Jessica. »Nicht, dass ihr jemand die Sachen anzieht, aber dass sie schick zum Abendessen verabredet war, etwas ist schiefgegangen, irgendwas ist mit ihren Klamotten passiert, und der Täter musste improvisieren und ihr irgendetwas anziehen.«

Lukas sah Jessica an. »Sind Sie bereit, am Wochenende zu arbeiten?«

»Klaro, ähm, ich meine, natürlich.«

»Prima. Dann schlage ich vor, dass Sie sich auf die Suche nach den infrage kommenden Restaurants machen, versuchen, die Schulfreundin zu finden, und gucken, ob Maria Buschs Wagen vielleicht geblitzt oder aufgeschrieben wurde. Ich werde mal zu dieser Brachfläche fahren, wo der Wagen gefunden wurde. Vielleicht gibt es dort einen Hinweis darauf, was passiert ist.«

Jessicas Augen glänzten. »Mach ich.«

»Wir können uns dann morgen Vormittag kurz zusammensetzen und unsere Ergebnisse abgleichen.«

»Hm«, kiekste sie.

»Und was mach ich?«, fragte Kai.

Lukas sah auf seine Uhr. »Du hast jetzt Wochenende.«

Nachdenklich fuhr Lukas in den Osten der Stadt. Er war allein unterwegs und saß deshalb selbst am Steuer. Kai hatte plötzlich seine Motivation wiedergefunden, Simone angerufen und ihr erklärt, dass er noch arbeiten müsse. Jetzt arbeitete er gemeinsam mit Jessica. Das sollte ihm recht sein, denn Lukas konnte ein wenig Ruhe gut gebrauchen. Bei ihrem Brainstorming vorhin war ihm etwas aufgefallen, jetzt bekam er die Idee nicht mehr zu fassen. Deshalb gondelte er in aller Ruhe durch die Straßen und war schon zweimal von ungeduldigen Autofahrern angehupt worden. Solche Reaktionen genoss er. Man konnte jemanden anhupen, solange man wollte, es änderte nichts.

Er war etwas irritiert über die Bezeichnung der Spurensicherung für den Fundort des ausgebrannten Wagens. Brachfläche schien ihm ein Begriff aus der Landwirtschaft zu sein, und es wäre ihm neu, dass es auf dem Stadtgebiet in einer solchen Größenordnung einen landwirtschaftlichen Betrieb gab. Und warum konnte dort in aller Ruhe unbemerkt ein Auto ausbrennen? Es sei denn, ein Bauer oder seine Nachkommen waren so schlau gewesen, in aller Ruhe abzuwarten, bis die Immobilienpreise in die Höhe schossen, und verkaufte die Fläche jetzt an einen Investor, der dort fünfhundert neue Wohnungen baute. Dann wäre er reich.

Lukas hatte einige Schwierigkeiten, die richtige Adresse zu finden. Genau genommen war es auch keine Adresse. Hinnerk hatte nur die Namen der beiden Straßen genannt, zwischen denen die Fläche lag. Die erste der beiden Straßen war auf der rechten Seite mit Mehrfamilienhäusern bebaut, auf der linken Seite sah er lediglich eine hohe Hecke. Nach etwa fünfhundert Metern bog er am Ende der Hecke links ab. Dort stand ebenfalls eine hohe Hecke, die sich entlang der Straße über fünfhundert Meter erstreckte. Offenbar hatte er die Brachfläche gefunden, und seine Vermutung, dass dort ein Haufen Gold vergraben war, traf zu. Die Bebauung auf der anderen Straßenseite wurde dünner, und als er wiederum links abbog, um das Gelände zu umrunden, lag gegenüber der hohen Hecke ein sandiger Parkplatz, hinter dem sich eine Wiese anschloss. Beinahe übersah er auf der linken Seite die Lücke in der Hecke. Darüber war eine halbrunde Holztafel angebracht, auf der »Gartenfreunde e. V.« stand. Lukas stellte seinen Wagen auf den Parkplatz neben einen alten Opel und ging unter dem Schild hindurch auf das Gelände. Vor ihm lag ein Schotterweg etwa in der Breite eines Autos. Die Hecken hier waren nur hüfthoch und umschlossen einzelne Parzellen. In der ersten stand eine ziemlich ramponiert wirkende Hütte, auf der Veranda davor stapelten sich leere Bierkisten, und jemand hatte auf die grün gestrichene Holzwand »Nieder mit den Kapitalisten« gesprayt. Im nächsten Garten daneben stand ein hübsches, dunkelrot gestrichenes Häuschen im Schwedenstil, davor blühten Dahlien und Tagetes. Nur die leeren Bierflaschen störten die Optik. Im dritten Garten wuchsen Wildblumen in die Höhe und ließen vermutlich die Herzen der Schmetterlinge höherschlagen. Falls Schmetterlinge überhaupt ein Herz hatten. Allerdings taten das eingebrochene Dach der Hütte und die eingeschlagenen Fenster der Idylle Abbruch.

Lukas blieb stehen und ließ den Blick über die Parzelle schweifen. Man konnte die frühere Ordnung und Schönheit der Gärten erahnen, aber davon war nichts mehr übrig. Er kannte sich mit Kleingärten nicht aus, aber soweit er wusste, galten dort strenge Regeln, es gab eine Satzung, und einmal im Monat trafen sich alle und räumten den Müll weg, ehe sie sich eine Kiste Bier teilten und einige Würstchen grillten. Wo waren all diese Menschen hin? Und warum, verdammt noch mal, bezeichnete die Spurensicherung das Kleingartengelände als Brachfläche?

»Kann ich mal wissen, was Sie da tun?«

Lukas drehte sich zur Seite. Von dem Gelände kam mit energischen Schritten ein älterer Mann auf ihn zu. Er trug ein kariertes Hemd, darüber eine blaue Windjacke, auf dem Kopf eine Prinz-Heinrich-Mütze.

»Lukas Kampmann, Kripo Hamburg.«

Der Alte blieb abrupt stehen. »Jetzt schicken sie schon die Kripo?«

»Mich schickt niemand, Herr …«

»Helmut Becker.«

»Herr Becker. Ich bin aus eigenem Antrieb hier.«

»Nanu? Ach so, es geht wohl um den Wagen, den hier irgendwelche Verrückten abgefackelt haben.«

»Richtig, deshalb bin ich da. Warum meinen Sie, dass es mehrere und dass sie verrückt waren?«

»Na, ich bitte Sie. Wer brennt mitten in einem Wohngebiet ein Auto ab? Da muss man doch verrückt sein.«

»Soweit ich weiß, gibt es keine Zeugen. Oder wissen Sie mehr?«

»Kommen Sie mal mit.«

Lukas folgte dem Mann, der einen Kopf kleiner war als er, in den ersten Weg, der links abbog.

»Was ist los mit Ihrem Kleingarten?«, fragte Lukas.

»Was damit los ist?« Becker sah ihn von unten herauf an. »Dass es kein Kleingarten mehr ist. Der Verein ist schon im Register gelöscht, hier kommt bald die Abrissbirne, und das wars.«

»Und warum?«

»Weil dieses schöne Fleckchen Erde so etwas wie ein Ölfeld ist.« Becker blieb stehen und breitete die Arme aus. »Siebzig Hektar. Wissen Sie, was das bedeutet? Die bauen hier mehr als dreitausend Wohnungen. Das wird ein ganz neuer Stadtteil. Die müssen hier Straßen anlegen, und es ist schon die Rede von einer eigenen U-Bahn-Station.«

»Verstehe. Und Sie hatten hier eine eigene Parzelle?«

»Natürlich.« Becker deutete nach rechts. »Dahinten. Vierzig Jahre lang. Hab ich zusammen mit meiner Ilse gleich nach der Hochzeit gepachtet. Und die letzten zehn Jahre war ich hier der Vorsitzende.«

»Wem gehört das Gelände?«

»Der Stadt. Sie haben das Areal für viel Geld an Investoren verkauft mit der Auflage, dass ein Anteil von zehn Prozent Sozialwohnungen werden. Nach dem Verkauf haben die Investoren neu verhandelt, jetzt werden es fünf Prozent.«

»Und der Rest?«

»Und der Rest Eigentumswohnungen. Die verkaufen die Dinger für ein Heidengeld, und alle Beteiligten verdienen sich eine goldene Nase.«

Der Weg war wirklich lang, und Lukas wollte gerade fragen, wie weit es noch sei, als Becker nach links zeigte. Dort hatte jemand eine Schneise in die Hecke gefahren, dahinter waren Reifenspuren im Matsch zu sehen. Fünf Meter weiter war der Rasen verbrannt.

»Gucken Sie sich das an. Das machen doch nur Verrückte.«

»Wem gehörte diese Parzelle?«

»Ingo Schloh. Der hat den Untergang Gott sei Dank nicht mehr miterlebt. Wenn er das gewusst hätte, hätte er seine Hütte auch gar nicht erst abgebaut.«

»Und niemand hat davon etwas mitbekommen? Von dem Brand, meine ich?«

Becker deutete nach Westen. »Ich wohne da drüben. Wir waren Dienstagabend beim Geburtstag meiner Schwägerin in der Heide und haben da übernachtet. Ich kann Ihnen versichern, dass ich das mitbekommen hätte, wenn hier ein Auto brennt. Aber hier passiert seit einem Dreivierteljahr praktisch jede Nacht etwas. Die Rowdys rasen mit ihren Autos übers Gelände, die jungen Leute machen Lagerfeuer. Die Anwohner sind abgestumpft, und sie haben auch keine Lust, die Interessen der Investoren wahrzunehmen. Die bleiben lieber in ihren Betten und schlafen.«

»Verstehe. Und es kann niemand von hier sein, also, ich meine, ein ehemaliger Pächter oder ein Anwohner? Es muss doch jemand wissen, dass diese Fläche ungenutzt ist.«

»Also, das wissen unzählige Leute. Hier finden regelmäßig Begehungen statt, weil es um die Bebauung geht. Große Trupps von Klugscheißern, die jedes Mal erzählen, was alles wegmuss, und wie toll es hier mal sein wird.«

»Herr Becker, würde es Ihnen viel Arbeit machen, mir eine Liste der letzten Pächter zur Verfügung zu stellen? Und vielleicht könnten Sie mir noch die Kontaktperson der Behörde nennen.« Lukas gab ihm seine Visitenkarte.

Becker schnipste gegen die Ecke der Karte. »Sie können aber wohl nichts dagegen ausrichten, oder?«

»Nein, das kann ich nicht. Und ich verstehe, dass Sie hier viel verlieren. Aber ich fürchte, das ist der Lauf der Dinge, und den können wir beide nicht aufhalten.«

Becker klopfte ihm auf die Schulter, so als sei Lukas der Traurigere von ihnen beiden. Wortlos gingen sie zurück zum Hauptweg.

»Wann ist denn dieser Herr Schloh gestorben?«, fragte Lukas.

»Oh, Ingo ist nicht tot. Es geht ihm aber nicht gut.« Becker senkte die Stimme, dabei war weit und breit kein anderer Mensch zu sehen. »Prostatakrebs, wissen Sie. Sieht nicht gut aus. Ingo hatte schon vorher wegen seiner Erkrankung das Pachtverhältnis gekündigt. Dabei war die Gurkenzucht sein liebstes Hobby.«

Lukas wusste nicht, ob er diesen Ingo wegen seines Hobbys beneiden oder bemitleiden sollte. »Sagt Ihnen der Name Maria Busch etwas?«

»Nee. Nie gehört.«

»Und hat der Ingo Schloh eine Frau oder Familie?«

»Tja, wissen Sie, in der Stunde der Not zeigt sich, ob eine Frau was taugt. Seine Hannelore hat die Biege gemacht, als er die Diagnose bekam, dass der Krebs unheilbar ist.« Becker blieb stehen, weil sie am Zugang zum Kleingarten angekommen waren. Er hatte das Gesicht in Falten gelegt. »Schlimm ist so was.«

»Und hat er vielleicht eine neue Frau kennengelernt?«

»Das weiß ich nicht. Wüsste auch nicht, wo.« Becker bückte sich und sammelte eine leere Bierdose auf. Das war in etwa so wirkungsvoll, als würde er auf der Müllkippe Mülltrennung betreiben. »Vielleicht beim Arzt.«

»Und im Baumarkt?«

Becker sah ihn verständnislos an. »Im Baumarkt? Möglich. Frickelt ja immer an seinem Häuschen herum, wenn es ihm einigermaßen geht.«

»Wo wohnt Herr Schloh denn?«

»In Rahlstedt.« Becker nannte ihm die Adresse.

»Vielen Dank, Herr Becker.« Lukas deutete auf den Kleingarten. »Tut mir leid, mit Ihrer verloren gegangenen Idylle.« Und das meinte er tatsächlich so.

Er setzte sich in den Wagen und fuhr zu der Adresse von Ingo Schloh.

Lukas wollte den kranken Mann nicht beunruhigen. Er sah tatsächlich nicht besonders gut aus. Deshalb verkniff sich Lukas eine Beschreibung des Zustands des Kleingartens und befragte ihn nur danach, ob er Maria Busch kannte, was Schloh verneinte. Und das Material für seine Heimarbeiten kaufte er auch in einem anderen Baumarkt.

Als er wieder in seinen Wagen stieg, läutete sein Telefon. Die angezeigte Nummer war ihm unbekannt. »Kampmann.«

»Sommer.« Die Rechtsanwältin räusperte sich. »Es tut mir wirklich leid, dass ich Sie jetzt auch schon am Samstagnachmittag anrufe. Ich habe nur eine kurze Mitteilung. Ich habe eben mit Frau Krug gesprochen. Ich hatte sie angerufen, weil ich wissen wollte, ob es im Haus ein Versteck gibt, in dem Julia Sagmeister dieses Kästchen mit ihren Schätzen versteckt, und sie hat mir zwei Stellen genannt. Ich wollte Ihnen das nur mitteilen, damit

Sie selbst dort nachsehen können. Wenn Sie damit einverstanden sind, nenne ich Frau Engel diese beiden Stellen. Sie will dort am Montag mit der Räumung beginnen. Tja, das wollte ich nur mitteilen. Schönes Wochenende.«

Lukas schmunzelte. Allmählich beschlich ihn das Gefühl, dass die taffe Anwältin in besonderen Situationen ein kleines bisschen unsicher wurde. »Welche Stellen?«

»Wie?«

»Die beiden Verstecke.«

»Ach so, auf dem Dachboden und im Apfelbaum.«

Lukas' Hand fuhr in seine Jackentasche. War es ein Zufall, dass er vergessen hatte, Hinnerk den Schlüssel zu Julia Sagmeisters Haus zurückzugeben? »Haben Sie gerade etwas vor?«

Sie schien sich verschluckt zu haben und bekam einen Hustenanfall. »Ähm«, machte sie.

»Ich könnte in einer Dreiviertelstunde bei Ihnen sein.«

Theresa legte den Hörer auf, schaltete den Fernseher aus und klappte ihren Laptop zu. War sie eigentlich verrückt geworden? War sie gestört? War sie womöglich doch eine Stalkerin? Oder war sie einfach nur irre? Sie sah an sich hinunter. Und vielleicht sollte sie sich etwas anderes anziehen, weil sie im Augenblick aussah wie ein frustrierter Couchpotato.

Eine halbe Stunde später fiel ihr auf, dass sie sich keinen Deut intelligenter benahm als die junge Frau im Film. Die Hälfte ihres Kleiderschranks lag ausgebreitet auf dem Bett, und sie trug ihren dunkelblauen Lieblingsanzug von Chanel. Die geeignete Kleidung, um in einen Apfelbaum zu klettern. Sie zog den Anzug aus, hängte ihn wieder auf den Bügel und zog sich Jeans, Sneaker, Shirt und eine Strickjacke an. Jetzt sah sie aus wie jemand, der auf Apfelbäume klettern konnte, obwohl sie das noch nie im Leben getan hatte. Dann ging sie ins Bad, um den Kajal zu erneuern und Lippenstift aufzulegen. Anschließend begann sie, die Klamotten wieder in den Schrank zu räumen, nach der

Hälfte ging sie ins Bad und wischte den Lippenstift ab. Nachdem sie auch den Rest weggeräumt hatte, ging sie ins Bad und zog sich die Lippen noch mal nach. Als sie den Stift in die Hülle schob, läutete es an der Tür. Ganz kurz stützte sie sich auf dem Waschbeckenrand ab und schloss die Augen. Dann öffnete sie sie wieder, wischte den Lippenstift ab und flitzte die Treppe hinunter.

Lukas Kampmann sah aus, als käme er von einer Expedition in unwägbarem Gelände. Seine Schuhe waren voller Matsch, und die Jacke wies eine Reihe von Flecken auf. Seine Haare standen zu Berge, aber er lächelte. Theresa war froh, dass sie ihren Chanelanzug ausgezogen hatte, aber vermutlich sah sie aus wie jemand, der sich gekleidet hatte wie jemand, der sich die passende Kleidung für eine Klettertour vorstellte. Sie musste verrückt sein.

»Hallo. Wollen wir los?«

»Ja, klar«, sagte sie und nahm ihre Tasche.

Wie sie erwartet hatte, hielt Kampmann ihr die Beifahrertür seines Wagens auf. Als sie kurz stutzte, weil sie auf dem Sitz zwei Notizbücher entdeckte, nahm er sie schnell weg. Für einen Kommissar fuhr er ziemlich langsam. Man konnte nur hoffen, dass er niemals einen Verdächtigen verfolgen musste. Sie schlichen über die Straßen, sie wurden praktisch von jedem Hintermann überholt, die Wagen auf der linken Spur zogen ohnehin zügig an ihnen vorbei. Diese Schleicherei machte sie erst nervös, dann genoss sie die Gemächlichkeit und die Ruhe, die der Mann neben ihr ausstrahlte.

»Es wäre eigentlich nicht eilig gewesen, glaube ich. Wenn überhaupt etwas in diesen Verstecken liegt, und wenn es der Schmuck ist, also das, was man uns glauben machen will, dass es Schmuck ist, obwohl wir wohl beide nicht an dieses Märchen glauben.« Theresa warf ihm einen Seitenblick zu. »Glauben wir doch nicht, oder?«

Er lächelte sie an. »Nein, das glauben wir nicht. Aber als ich gehört habe, dass ich Gelegenheit habe, in einen Apfelbaum zu klettern, zusammen mit Ihnen, da konnte ich mir nichts Schöneres vorstellen.«

Theresa sah schnell weg und aus dem Seitenfenster. Jetzt sprach er wieder so nett mit ihr.

»Ist bei Ihnen doch sicher auch schon eine Weile her, oder?«

»Wie?« Sie sah ihn erschrocken an.

»Dass Sie in einen Apfelbaum geklettert sind.«

Theresa schloss die Augen und murmelte etwas in der Hoffnung, dass er schlecht hörte.

»Außerdem sehe ich ohnehin schon so aus, als hätte ich mich im Dreck gewälzt.« Sie hielten an einer roten Ampel, und Kampmann sah sie an. »Glauben Sie immer noch, dass der Ehemann von Julia Sagmeister sie umgebracht hat?«

»Das weiß ich wirklich nicht, aber Novok ruft ja nicht zum Spaß ständig in meiner Kanzlei an und fragt nach diesem mysteriösen Schmuck.«

»Also geht es um etwas, das Sagmeister immer noch im Haus vermutet?«

»Nein, das glaube ich nicht. Er weiß inzwischen, dass sich das Gesuchte nicht im Haus befand. Von uns will er wissen, wo es ist.«

»Ich verrate Ihnen ja kein Geheimnis, wenn ich Ihnen erzähle, dass besonders das Schlafzimmer im Haus durchsucht wurde. Das wird Frau Engel ohnehin feststellen. Soweit ich gehört habe, hat sie ein besonderes kriminalistisches Gespür und wird sich ihre Gedanken machen.«

Kampmann schwieg, und Theresa beschlich der Verdacht, dass er darauf wartete, dass sie etwas sagte. Dann tat sie ihm den Gefallen. »Und Sie glauben, dass das nur eine nahestehende Person gewesen sein kann, weil die weiß, dass Julia ihre Geheimnisse im Schlafzimmer versteckt.« Okay, man hätte das etwas geschickter formulieren können. Theresa sah aus dem Beifahrerfenster und wartete ab, bis die Röte aus ihren Wangen verschwunden war. »Jemand Nahestehendes wie ein Ehemann.«

»Richtig. Wie Sie selbst festgestellt haben, war Sagmeister an jenem Dienstagabend bei seiner Noch-Ehefrau. Wir vermuten, dass sie zu diesem Zeitpunkt bereits tot war, und dass er die Gelegenheit genutzt hat, das Schlafzimmer zu durchwühlen.«

»Ohne etwas zu finden.«

»Genau. Und jetzt hat er ein Problem. Er hat keine Zugriffsmöglichkeit auf ihre Sachen, und deshalb haben er und sein Anwalt offenbar den offiziellen Weg gewählt.«

»Um an etwas Illegales zu gelangen?«

»Illegal.« Lukas Kampmann wiegte den Kopf. »Das will ich gar nicht mal sagen, aber etwas, das er nicht bezeichnen kann oder will.«

»Aber wenn er uns mit dem Märchen vom Schmuck kommt, muss er doch irgendwann Farbe bekennen, wenn ihm alle sagen, dass sie keinen Schmuck gefunden haben.«

»Ich vermute, dass er darauf spekuliert, dass sie ihm einfach genervt Zugang zum Haus gestatten, damit er in Ruhe weitersuchen kann. Irgendwo muss das, was er sucht, ja sein. Vielleicht traut er den Fähigkeiten der Polizei und der anderen Beteiligten nicht.«

»Dann kann das, was er sucht, aber nichts Auffälliges sein. Also nichts, von dem ein Dritter überhaupt die Brisanz erkennt.«

»Richtig. Und es muss etwas sein, das in einem Schließfach Platz hat.«

»Und Julia hat kein eigenes Schließfach bei der Bank?«

»Nein«, antwortete der Kommissar. »Abgesehen vom Apfelbaum fällt mir keine Versteckmöglichkeit mehr ein.«

Eine Viertelstunde später schloss Lukas Kampmann die Haustür auf. Die Luft im Haus war abgestanden, und Theresa betrat das Innere des Hauses etwas zögerlich. Sie war nur einmal hier gewesen, und da hatte sie die Leiche ihrer Mandantin im Wohnzimmer identifiziert. Sie durchquerte den Flur und stellte mit Erleichterung fest, dass nur noch unschöne Spuren auf dem

Laminat zu sehen waren, aber keine tote Julia Sagmeister. Das Rotweinglas, die Flasche und die Zeitung waren verschwunden. Natürlich, weil die Polizei alles untersuchte.

»Wir müssen uns hier nicht aufhalten, wenn es Ihnen schwerfällt.« Der Kommissar legte ihr die Hand auf die Schulter. »Eigentlich wollen wir ja auf den Dachboden.«

Theresa machte einen Schritt zur Seite, sodass er seine Hand von ihrer Schulter nehmen musste. Dummerweise konnte sie ihn jetzt nicht wegen der Zeitung auf dem Tisch ansprechen, weil sie anderenfalls Hedwigs Einmischung verraten musste, die bis zur Kfz-Zulassungsstelle reichte. Sie drehte sich zu ihm um und lächelte ihn an. »Gut, dann gehen wir nach oben.«

Im oberen Stockwerk warf sie einen kurzen Blick ins Schlafzimmer, das tatsächlich reichlich chaotisch aussah. Der Kommissar nahm die Stange mit dem Haken aus der Ecke neben dem Geländer und zog die Klappe herunter. Vorsichtig klappte er die Leiter aus und stieg nach oben. Theresa folgte ihm. Lukas Kampmann reichte ihr die Hand, als sie auf der letzten Stufe stand, und half ihr hoch. Hier oben war es staubig und muffig.

»Die Kollegen von der Spurensicherung waren natürlich auch hier oben, haben aber außer einer vorsintflutlichen Antenne nichts Sehenswertes entdeckt.« Kampmann klopfte sich Staub von der Hose, was bei seinem mitgenommenen Outfit auch nicht mehr viel ausrichtete. »Allerdings wussten die auch nichts von einem Geheimversteck. Wo sollte das gleich wieder sein?«

»Rechts über dem Dachbalken soll eine Latte locker sein.«

Kampmann zog sich Latexhandschuhe an und ging zu der Stelle, auf die sie deutete. Dort tastete er die Dachverkleidung ab. Tatsächlich konnte er wenig später ein Brett abheben und beiseiteschieben.

»Wer sagts denn.« Er fummelte eine Weile herum und drehte sich dann zu ihr um. »Könnten Sie mal? Ich habe zu dicke Finger.«

Theresa nahm das Paar Latexhandschuhe, das er ihr reichte, und versuchte dann, mit den Fingern zwischen die Verkleidung zu gelangen. Sie bekam tatsächlich etwas zu fassen und konnte ein Stück Papier herausziehen. Es war ein Foto. Die Aufnahme eines jungen Paares, aufgenommen in den Sechzigern oder Siebzigern. Sie reichte das Foto an den Kommissar weiter, der sich damit unter das Dachfenster stellte. Besonders viel Licht kam nicht durch das schmutzige Fensterglas.

»Ist ja ein Ding«, sagte Kampmann.

»Was denn?«, fragte Theresa alarmiert. Sollte sie auf einem staubigen Dachboden des Rätsels Lösung gefunden haben, ohne es zu schnallen?

»Wissen Sie, wer das ist?«

»Nein«, antwortete Theresa ungeduldig.

»Das sind die junge Gisela Krug und der junge Johannes Krug.«

»Julia Sagmeisters Eltern.«

Kampmann grinste. »Nicht ganz. Julia Sagmeisters Mutter. Der Mann ist der Bruder ihres Ehemannes. Würde man sich normalerweise wohl nichts dabei denken, aber wenn jemand so ein unscheinbares Foto so aufwendig versteckt, ist das doch verräterisch.«

Theresa sah ihn fragend an. »Aha?«

»Ich fürchte, wir haben hier eine lange unerfüllte Liebe entdeckt. Aber nicht die Lösung eines Mordfalls.« Er gab ihr das Foto zurück. »Können Sie das wieder zurückstecken? Oder ist dort sonst noch was?«

»Nein, das wars.«

»Gut. Dann nehmen wir uns jetzt den Apfelbaum vor.«

Sie verschlossen die Dachbodenluke und gingen in den Garten, wo sie den Apfelbaum betrachteten.

»Räuberleiter?«, fragte der Kommissar.

»Zu hoch«, antwortete Theresa.

Der Stamm teilte sich in einer Höhe von fast zwei Metern, und dort kam man ohne Leiter nicht hinauf.

»Haben wir einen Schlüssel für den Schuppen?«

»Mal sehen.« Kampmann probierte die Schlüssel aus und zog schließlich die Schuppentür auf. Wenig später kehrte er mit einer Holzleiter zurück. »Vielleicht können Sie die festhalten, wenn ich raufklettere.«

Theresa hielt die Leiter, während der Kommissar hochstieg.

»Also, hier ist tatsächlich ein Astloch. Ich hab zugegebenermaßen ein bisschen Angst, meine Hand da reinzustecken. Eichhörnchen sind doch ziemlich bissig, oder?«

»Ein Kommissar mit Angst? Sie sind doch bewaffnet.«

»Ich kann keine wehrlosen Tiere erschießen.«

»Soll ich meine Hand da reinstecken?«

»Nein, nein, ich überwinde einfach meine Ängste.« Der Kommissar schob den Ärmel seiner Jacke bis zum Ellenbogen hoch und griff in Zeitlupe in das Astloch.

Wenn man mit ihm zu tun hatte, musste man sehr viel Geduld mitbringen. Sowohl was das Autofahren anbetraf als auch das Hineinstecken von Händen in Astlöcher, wobei Letzteres vermutlich nicht so häufig vorkam.

»Also außer einem betagten Vogelnest und einigen nicht sonderlich appetitlich aussehenden Eicheln ist hier oben nichts.«

»Dann kommen Sie wieder runter.«

Sie verstauten die Leiter wieder im Schuppen, den sie bei der Gelegenheit ebenfalls durchsuchten, und stiegen in den Wagen.

»Hm«, machte Theresa.

»Sie sind doch Rechtsanwältin.«

Sie sah den Kommissar fragend an.

»Also ein unabhängiges Organ der Rechtspflege.« Er wandte sich ihr zu. »Ich darf nichts über meine Ermittlungen an Dritte weitergeben.«

»Dann tun Sie es nicht.«

»Ich habe Hunger.« Lukas Kampmann ließ den Wagen an. »Und ich glaube, wir finden ein Lokal, wo es keinen Fisch gibt.«

Sie fanden ein gemütliches Steakhaus, wo Theresa sich ein Steak mit Salat bestellte und der Kommissar eine Fischpfanne.

»Sie essen kein Fleisch, oder?«, fragte Theresa und mahlte Pfeffer auf ihr Steak.

»Nein.« Er lächelte verlegen, was Theresa ziemlich niedlich fand.

»Dann sind wir jetzt quitt, oder?«

»Sind wir.« Lukas Kampmann hob sein Wasserglas und stieß mit ihrem Rotweinglas an. »Zum Wohl. Freut mich, dass wir noch mal zusammen zu Abend essen. Also, was ich vorhin sagen wollte, ist, dass ich Sie für eine integre Persönlichkeit halte.«

Theresa setzte das Weinglas an die Lippen und trank einen Schluck.

»Sagt Ihnen der Name Maria Busch etwas?«

Theresa verschluckte sich und bekam einen Hustenanfall. »Was?«

»Oh, Entschuldigung. Tut mir leid, dass ich Sie erschreckt habe.«

Theresa stellte ihr Glas ab und griff zur Serviette.

»Sie kennen diese Frau?«

»Nein. Es ist etwas komplizierter.«

»Aha.« Lukas Kampmann spießte eine Garnele auf. »Klingt interessant.«

Theresa säbelte an ihrem Steak herum. Dann legte sie ihr Besteck ab. »Ich muss Ihnen ein Geständnis machen.«

»Und es wird immer noch interessanter.«

»Sie wissen doch, dass meine Tante die Leiche von Julia Sagmeister gefunden hat.«

»Lassen Sie sich Zeit. Wenn ich das hier aufgegessen habe, bestelle ich mir noch einen Nachtisch.«

»Ja, und wenn Sie gewusst hätten, dass ich hier um den heißen Brei herumrede, hätten Sie sich noch eine Vorsuppe bestellt.« Theresa stützte die Ellenbogen auf den Tisch und verschränkte die Hände über dem Teller. »Sie, also meine Tante, hat für ihr Alter ein phänomenales Gedächtnis, und sie kann noch sehr gut sehen.«

»Das ist sehr schön. Vielleicht waren auch die Fotos hilfreich, die dieser Herr Yildirim gemacht hat.«

Theresa verzog das Gesicht. »Sie wissen das?«

Lukas Kampmann grinste. »Bisher wusste ich es nicht. Na, macht nichts. Sie sind ja keine Strafverteidigerin.« Er deutete mit der Gabel auf ihren Teller. »Ich habe den Eindruck, dass Ihr Vortrag etwas länger dauert. Wollen Sie nicht zwischendurch etwas essen?«

Theresa aß ein Stück des zarten Steaks. »Also, Herr Yildirim hat in aller Eile Fotos gemacht. Unter anderem auch von dem Couchtisch, und Hedwig, also meine Tante, ist an der Zeitung, die dort auslag, hängen geblieben.«

Er sah sie überrascht an. »Das bin ich auch. Was hat sie herausgefunden?«

»Sie hat herausgefunden, dass es sich um eine Ausgabe vom 11. März handelt, und dass auf der Titelseite von einem Verkehrsunfall an der Kreuzung Martinistraße/Tarpenbekstraße berichtet wird. Der Fahrer eines der beteiligten Fahrzeuge kam dabei ums Leben, dem anderen Fahrer ist nichts passiert.« Theresa sah auf. »Sie wussten das schon, oder?«

»Das macht nichts, Frau Sommer. Erzählen Sie weiter.«

Theresa pickte mit der Gabel in ihrem Salatteller herum. »Hedwig hat sich weniger für den Unfall interessiert.«

»Als für …?«

»Als für die Unfallzeugen.«

Er brach ein Stück Brot ab. »Eine kluge Frau.«

»Fragen Sie mich bitte nicht, wie sie es herausgefunden hat, aber sie hat eine Unfallzeugin identifiziert.«

Jetzt sah er sie überrascht an. »Maria Busch?«

»Maria Busch.« Theresa machte sich weiter über ihr Steak her, um sich gegen bohrende Fragen zu wappnen.

Aber Kampmann aß schweigend weiter. »Jetzt verstehe ich. Also, ein wenig verstehe ich, aber bei Weitem nicht alles. Auf dem Couchtisch befanden sich neben der Zeitung Fingerabdrücke von Frau Busch. Möglich, dass sie sich dort abgestützt hat, um einen Blick auf die Zeitung zu werfen.«

»Auf der sie selbst zu sehen ist.«

»Können Sie schwören, dass Sie nichts von dem, was ich Ihnen sage, an eine dritte Person weitergeben? Auch nicht an Ihre Tante?«

Theresa hob die Hand und streckte Zeige- und Mittelfinger aus. »Pfadfinderehrenwort.«

»Wir haben von Maria Busch Fingerabdrücke an der Kühlschranktür und der Türklinke auf der Innenseite der Haustür gefunden.«

»Sie glauben, dass Maria Busch die Mörderin von Julia Sagmeister ist?«

Lukas Kampmann schenkte aus der kleinen Karaffe Rotwein in ihr Glas. »Es gibt keine Zeugen für ihren Besuch an dem Abend, an dem Julia Sagmeister ermordet wurde. Nur die Aussage einer Nachbarin, die sie eventuell gesehen haben könnte. Und dann ist das Motiv ein Problem. Es gibt keinerlei Verbindung zwischen den beiden Frauen. Jedenfalls haben wir keine gefunden.«

»Ich weiß auch nicht. Der Name war mir nicht bekannt, bis …, also, bis er aufgetaucht ist. Kann nicht dieser Unfall die Verbindung sein?«

»Tja, Julia Sagmeister wiederum scheint mit dem Unfall nicht in Verbindung zu stehen. In der gesamten Unfallermittlungsakte taucht ihr Name wiederum nicht auf.«

»Dann waren beide Frauen am Unfallort. Vielleicht hat Maria Busch Julia Sagmeister erpresst, weil die den Unfall ebenfalls gesehen, aber keine Zeugenaussage gemacht hat.« Theresa schüttelte den Kopf. »Vergessen Sie's. Schwache Theorie. Dann hat sie vielleicht den Unfall verursacht?«

Lukas Kampmann wischte die Soße auf seinem Teller mit einem Stück Brot auf. »Auch das nicht.«

»Tja, und fragen können Sie sie jetzt auch nicht mehr, weil sie ja tot ist.«

»Das wissen Sie auch schon?«

»Äh.« Theresa schluckte. Sie sollte nicht so viel trinken.

»Die Tote aus dem Hirschpark. In der Zeitung stand nur Maria B.« Kampmann sah sie an. »Ihre Tante?«

Theresa schnalzte mit der Zunge.

»Vielleicht sollte ich Ihre Tante fragen, ob sie ein bisschen Zeit hat, bei uns mitzumachen.«

»Tun Sie das bloß nicht. Sie ist imstande und sagt Ja.«

Er grinste. »Das vermute ich auch. Nachtisch?«

»Nein, vielen Dank. Vielleicht könnten Sie mich wieder nach Hause bringen?«

»Mach ich.« Kampmann nahm sein Portemonnaie aus der Jackentasche. »Ich muss auch nach Hause und meine Klamotten waschen. Es wundert mich, dass die mich hier überhaupt reingelassen haben.«

Lukas setzte Theresa ab und fuhr anschließend nicht nach Hause, sondern noch einmal ins Präsidium. Er wusste, dass ihm ein Gedanke keine Ruhe lassen würde und an Schlaf ohnehin nicht zu denken war. Er grüßte die Kollegen der Eingangskontrolle und lief, immer zwei Stufen auf einmal nehmend, die Treppe hinauf. Er schaltete das Licht in seinem Dienstzimmer an und ging zur Fensterbank hinüber, wo immer noch die Unfallermittlungsakte über den Verkehrsunfall vom 11. März lag. Er knipste die Schreibtischlampe an seinem Platz an und blätterte die Akte Seite für Seite durch. Aber eine Zeugenaussage von Maria Busch fand er nicht. Nach einigem Suchen fand er auch den Zeitungsartikel über den Verkehrsunfall. Mit einer Lupe in der Hand betrachtete er das große Foto. Tatsächlich. Dort stand als zweiter Wagen an der Ampel der inzwischen ausgebrannte Ford Focus, und in der geöffneten Fahrertür stand Maria Busch. Diese alte Dame war wirklich gut. Lukas klappte die Akte zu. Die Frage war nur, ob er würde schlafen können. Denn jetzt stellte er sich die Frage, weshalb es keine Aussage von Maria Busch gab, die offenkundig Unfallzeugin war.

Kapitel 12

Jessica Stiehl sah am Montagmorgen bedeutend frischer aus als Kai, der herzhaft gähnte.

»Ich würde auch einen Kaffee nehmen«, erklärte Jessica und zog das Whiteboard so in den Raum, dass beide Kommissare etwas sehen konnten.

»Ich nehme ausnahmsweise auch einen, danke.« Lukas sortierte seine Unterlagen auf dem Schreibtisch.

Kai verkniff sich eine Erwiderung und stand tatsächlich auf, um in die Küche zu gehen. Offenbar hatte Jessica während ihrer gemeinsamen Sonntagsarbeit ein paar Dinge klargestellt.

»Okay, ähm«, begann Jessica. »Kai und ich haben die Kollegen von Maria Busch aus dem Baumarkt befragt. Die haben da vierunddreißig Beschäftigte ohne die Aushilfen. Davon haben drei …«

»Jessica, ich glaub, wir brauchen keine Statistik.« Kai rührte in seinem Kaffee. »Gib uns die Kurzfassung.« Kai meinte offenbar, sich revanchieren zu müssen.

Jessica fuhr relativ unbeirrt fort: »Davon haben drei engeren Kontakt zu Maria Busch gehabt, zwei allerdings nicht so eng, dass sie etwas Persönliches wüssten. Eine Kollegin sagt, dass sie sich mal mit Maria Busch darüber unterhalten hat, dass sie mehr Sport machen will. Frau Bergmann hat ausgesagt, dass Maria an dem Dienstag pünktlich um siebzehn Uhr Feierabend gemacht hat. Sie hat erzählt, dass sie kurz einen Happen essen wollte, weil sie verabredet sei. Leider hat sie nicht verraten, mit wem.«

»Siehste, geht doch«, lobte Kai.

Jessica zog eine Grimasse und fuhr fort: »Dann hab ich mal versucht, die Schulfreundin von Maria Busch ausfindig zu machen, mit der sie jedenfalls zeitweilig Kontakt gehabt haben soll. Das war echt eine Scheißarbeit, ähm, also ich meine, das war gerade am Wochenende sehr zeitaufwendig, und hat leider auch nicht viel gebracht. Sie heißt Sybille Drageser und hat seit einigen Jahren keinen Kontakt mehr zu Maria Busch gehabt. Sie hat gesagt, Moment ...« Jessica blätterte in ihren Notizen. »›Die war mir auf Dauer zu anstrengend, weil sie sich immer Problembären gesucht hat.‹«

»Was soll das denn heißen?«, fragte Kai.

»Na, dass sie sich die falschen Männer aussucht.«

Kai hatte die Beine übereinandergeschlagen, jetzt stellte er beide Füße auf den Boden. »Was sind denn falsche Männer?«

»Solche, die Probleme machen.« Jessica Stiehls Stimme klang direkt ein wenig ungeduldig.

»Und wieso machen die Männer Probleme und nicht die Frauen?«

Jessica stöhnte genervt. »Die machen auch mal Probleme, aber im Augenblick geht es ja um die Männer.«

»Ja, aber warum? Vielleicht war Maria Busch in Wahrheit das Problem. Immerhin ist sie ja auch umgebracht worden.«

»Weil sie Probleme gemacht hat?«

»Warum, das wissen wir ja nicht. Wir ermitteln ja noch.«

»Okay, Frau Drageser hatte also nichts Aktuelles zu Maria Buschs derzeitigem Freund zu berichten«, unterbrach Lukas die Diskussion.

»Wie? Ja, richtig. Aber sie hat noch etwas Interessantes fallen lassen, nämlich dass Maria Busch über Leichen geht, wenn sie etwas will. Es gab wohl ein paar unschöne Vorkommnisse zwischen den beiden. In der Schule hat Maria Busch dieser Sybille mal den Freund ausgespannt. Sie hat gesagt, dass sie immer auf den Richtigen gewartet hat.«

»Das verstehe ich ja«, sagte Lukas. »Aber nach dem, was ich bisher über ihre Männerwahl gehört habe, hat sie sich dabei nicht besonders schlau angestellt. Sie war geschieden, dann hatte sie Hannes mit dem Raucherhusten, der sich von ihr bedienen ließ. Was ist denn eigentlich aus ihrem Ex-Mann geworden?«

»Der ist vor drei Jahren gestorben. Hat nicht wieder geheiratet.«

»Können Sie mal einen Ingo Schloh überprüfen?« Lukas nannte Jessica die Adresse des ehemaligen Kleingartenpächters. »Er sagt, dass er nicht in Verbindung stand mit Maria Busch, aber ich möchte das gern bestätigt wissen. Machen Sie erst mal weiter.«

Jessica spielte mit ihrem Pferdeschwanz. »Ich hab schon mal angefangen, die Restaurants abzuklappern. Das ist eine ähnliche Scheiß… aufwendige Sache wie die Suche nach der Schulfreundin. Also, dass Maria Busch wirklich Muschelsuppe und diesen ganzen anderen Kram gegessen haben soll, ist ja eher eine Vermutung von Kai.« Jessica deutete in Kais Richtung. »Es gibt allerdings ein Restaurant, das eine Speisekarte hat, die in Betracht kommt. Da wollen wir nachher mal hinfahren. Wenn die aufgemacht haben.«

»Gut. Sie waren ziemlich fleißig, Jessica. Und was hast du so rausgefunden, Kai?«

Kai brummte nur missmutig.

»Okay, dann wollen wir mal zusammentragen, was wir haben. Maria Busch ist von der Arbeit nach Hause gegangen, hat tatsächlich einen Happen gegessen, nämlich von ihrem Käsebrot abgebissen.«

»Und sich in ihre Sportklamotten geworfen«, warf Kai ein.

»Das wissen wir nicht, das ist nur eine Vermutung.«

Kai warf ihm einen bösen Blick zu und lümmelte sich auf seinem Stuhl.

»Ich glaube nicht, dass sie zum Sport wollte, sondern dass sie mit jemandem verabredet war, um schick auszugehen.«

»Und dann pfeift sie sich vorher noch 'ne Stulle rein?«, maulte Kai.

»Vielleicht hatte sie tierischen Hunger und wollte nicht mit knurrendem Magen in einem schicken Restaurant sitzen und sich da alles reinschaufeln. Macht ja keinen guten Eindruck«, gab Jessica zu bedenken.

»Lassen wir als These mal so stehen. Sie zieht sich also schick an, steigt in ihr Auto und fährt los.« Lukas deutete auf Jessica. »In dem Restaurant müsste sie etwa zwischen sieben oder halb acht angekommen sein, oder?«

Jessica wiegte den Kopf. »Wenn es in der Innenstadt lag, ja.«

»Tja, und danach ist der Ford Focus entweder von ihr oder einer unbekannten Person nach Wandsbek gefahren worden. Vielleicht gab es einen Streit zwischen ihr und dem Fahrer oder Beifahrer, jedenfalls ist der Wagen ab durch die Hecke und in der Parzelle von diesem Ingo Schloh stehen geblieben.«

»Wie, Parzelle?«

»In der Parzelle eines Kleingartenvereins. Gartenfreunde e. V. So leid es mir tut, Jessica, dem müssen wir auch noch mal nachgehen.«

Ihr schien es gar nicht leidzutun, denn Jessica machte sich bereits eifrig Notizen.

»Das Gelände gehört der Stadt, die dem Verein den Pachtvertrag gekündigt hat, weil sie dort eine ganze Menge Wohnungen bauen wollen. Das dürfte für eine Menge Ärger und Verdruss gesorgt haben.«

»Ist Maria Busch auch Mitglied im Verein?«

»Nein, der Vorsitzende kennt sie nicht, und Ingo Schloh, dem die Parzelle gehört, auf dem ihr Wagen gefunden wurde, sagt ja auch, dass er sie nicht kennt.«

»Also ein Zufall?«

Lukas lehnte sich zurück und streckte die Arme. Er glaubte ja nicht an Zufälle. »Fahren die beiden, also Maria Busch und der Täter, von der Innenstadt raus nach Wandsbek, und dann fackelt das Auto zufällig in dieser Parzelle ab?«

»Na, irgendwo muss es ja abbrennen.« Kai stellte seine Tasse ab.

»Auch wieder richtig. Und in der Innenstadt wäre es früher aufgefallen. Was wir bei alldem nicht vergessen dürfen, ist, dass Maria Busch auch Täterin ist. Sie hat Julia Sagmeister erschlagen.«

»Ähm, das habe ich zwar kurz angelesen, aber ich hatte noch keine Zeit, die Akte Sagmeister zu lesen.«

»Das glaube ich Ihnen, Jessica. Kein Problem. Kai wird Sie später kurz ins Bild setzen. Also, hat jemand den Mord an Julia Sagmeister gerächt?«

»Oh Mann, wir kommen wirklich keinen Schritt weiter«, beschwerte sich Kai.

»Du sollst nicht motzen, sondern denken.«

»Ja, wer soll sie denn gerächt haben? Ihre Schwester? Ihre Eltern, ihr Ex?«

Lukas lächelte. »Siehst du. Das war doch schon mal eine gute Aufzählung all derjenigen Personen, die dafür nicht in Betracht kommen.«

»Und damit ist deine Theorie hinfällig.«

»Und damit steht fest, dass wir weiter nach jemandem suchen müssen, für den Maria Busch eine solche Tat begangen hat.«

»Also doch Michael Sagmeister«, sagte Kai. »Aber Maria Busch hat doch kein Verhältnis mit dem gehabt. Der Typ ist klein und dick.«

Jessica kicherte.

»Kai«, tadelte Lukas seinen Kollegen. »Können wir das sachlich abhandeln?«

»Tu ich doch.«

»Also, wenn nur Paare derselben Gewichtsklasse zusammenfinden, passt das doch. Maria Busch war ja auch nicht ganz dünn.« Jessica grinste keck.

»Und abgesehen davon, dass diese Überlegung politisch nicht korrekt ist, ist sie auch nicht zielführend«, wandte Lukas ein. »Sagmeister hat seinen Anwalt damit beauftragt, Frau Sommer wegen des Schließfachinhalts auf die Nerven zu gehen. Angeblich soll der Schmuck seiner Großmutter darin gewesen sein, aber dabei dürfte es sich um ein nicht veröffentlichtes Märchen der Gebrüder Grimm handeln. Julia Sagmeister war an dem Schließfach, weil Sagmeister es offenbar verpennt hat, ihre Vollmacht zu widerrufen. Aber wir wissen nicht, was sie aus dem Fach geholt hat.« Lukas stand auf und ging zum Fenster. Dieses Abendessen mit Theresa Sommer hatte ihn auf eine Idee gebracht. »Wir haben doch die Zeitung auf dem Couchtisch von Julia Sagmeister gefunden.«

Als er Kai aufstöhnen hörte, wandte Lukas sich um.

»Ich weiß, dass dich diese Zeitung tierisch abnervt, aber ich glaube, dass es damit etwas auf sich hat, und dass darin die Lösung für unser Rätsel liegt.« Lukas wandte sich an Jessica. »Haben Sie die Zeitung schon angesehen?«

»Äh, nein?«

»Die gehört auch eher zum Fall Sagmeister.« Lukas zeigte Jessica die Tageszeitung. »Die Akte Sagmeister können Sie noch in Ruhe ansehen. Ich erzähle Ihnen mal, was es mit der Zeitung auf sich hat. Diese Ausgabe vom 11. März lag auf Julia Sagmeisters Couchtisch. Und …« Lukas lächelte Kai an. »Neben der Zeitung haben wir Fingerabdrücke auf der Tischoberfläche gefunden. Maria Busch hat am Dienstagabend die Zeitung auf dem Couchtisch gesehen und sich auf dem Tisch abgestützt, um sie besser lesen zu können. Vermutlich, um sich auf dem Foto genauer betrachten zu können.«

»Aha. Und warum hat sie die Zeitung nicht mitgenommen, wenn die so gefährlich ist?«, fragte Kai.

Lukas verschränkte die Arme vor der Brust. »Ja, warum wohl?«

»Weil es etwas noch viel Wichtigeres gab, das sie stattdessen mitgenommen hat«, antwortete Jessica.

»Richtig. Etwas, was sich in Sagmeisters Schließfach befand. Vielleicht hat sie gedacht, dass die Zeitung für Dritte nicht verdächtig ist.«

Kai stand auf und beugte sich über die Zeitung. »Dann hat die Busch doch etwas mit dem Unfall zu tun? Und Sagmeister hat sie in der Hand gehabt?« Er richtete sich wieder auf. »Sagmeister wollte Maria Busch damit erpressen, sie hat Wind davon bekommen und sich die Beweismittel zurückgeholt.«

»Und woher konnte sie wissen, dass jemand diesem Sagmeister das Erpressungsmaterial aus dem Schließfach geklaut hat?«, fragte Jessica.

»Weiß ich nicht«, maulte Kai genervt und setzte sich wieder.

»Es muss auch noch anders gewesen sein. Abgesehen davon, dass Maria Busch das wirklich nicht wissen konnte, gibt es auch keinen Hinweis darauf, dass sie an dem Unfall beteiligt war.« Lukas wiegte den Kopf. »Abgesehen von dem Umstand, dass sich in der Ermittlungsakte keine Zeugenaussage von Maria Busch befindet.«

»Oder die beiden Frauen haben gemeinsame Sache gemacht und Michael Sagmeister zusammen erpresst. Dann gab es Streit zwischen ihnen, und Maria Busch hat Julia Sagmeister umgebracht.«

»Auch eine gute Idee«, lobte Lukas Jessica. »Ich würde sagen, dass wir uns Sagmeister noch mal vornehmen.«

Kai stand auf und machte sich gerade. »Da bin ich dabei. Von wegen Solarleuchten.«

Jessica plierte irritiert.

»Sie können inzwischen die Akte Sagmeister lesen«, schlug Lukas vor. »Dann wird sich Ihnen erschließen, was es mit den Solarleuchten auf sich hat.«

Um den Eindruck einer solventen Bauherrin zu machen, hatte Hedwig sich für ihren schicken Wollmantel mit dem Kragen aus Kunstpelz entschieden. War zwar ein bisschen zu warm, wirkte aber mondän. Am Vormittag musste sie ohnehin etwas bei der Post erledigen und einen wichtigen Schriftsatz zum Gericht bringen, den man nicht mit diesem modernen Elektronikdingens versenden konnte. Bei der Gelegenheit würde sie gleich einen kleinen Abstecher zu Michael Sagmeister machen. Um ihre Arbeit zu schaffen, war sie bereits in aller Herrgottsfrühe im Büro gewesen und hatte ordentlich etwas weggearbeitet. Anschließend hatte sie die Anwälte mit Kaffee versorgt und das Telefon auf den jungen Herrn Mark umgestellt, damit es gerecht zuging und nicht immer

Theresa das Telefon überwachte. Jetzt stand sie vor dem Bürogebäude und wartete auf Herrn Yildirim, den sie ganz offiziell über die Taxizentrale angefordert hatte, damit er keine Schwierigkeiten bekam. Einige Minuten später stieg sie bei ihm ein.

»Donnerwetter«, sagte er. »So schick heute?«

»Man tut, was man kann. Auch wenn mir schrecklich warm ist in dem Ding. Und denken Sie dran, dass Sie heute wieder der Herr Fontaine sind. Mein Vermögensberater.«

Aber das hatte Herr Yildirim offenbar im Blick, denn er trug ein schwarzes Shirt, und vielleicht hatte er in seinem Kofferraum ein Jackett.

»Als Erstes müssen wir zur Post.«

Yildirim, der gerade den Gang einlegte, sah sie irritiert an. »Post?«

»Ja, mein Lieber, auch die einfachen Dinge des Lebens müssen erledigt werden. Und anschließend fahren wir zum Gericht. Und dann kommt der Herr Sagmeister dran. Stellen Sie das Taxameter an.«

Als sie die Eingangshalle der MSB Michael Sagmeister GmbH betraten, hatte Hedwig das Gefühl, dass sich etwas verändert hatte. Es sah nicht so rummelig aus wie beim ersten Mal, als Kartons herumstanden. Heute stand auf dem Empfangstresen ein großer Strauß Blumen, und ansonsten war der Eingang aufgeräumt und sauber.

»Guten Tag, wie kann ich Ihnen helfen?«, fragte die freundliche Mitarbeiterin.

»Ich würde gern ganz kurz mit dem Herrn Sagmeister sprechen«, sagte Hedwig. Und bevor sie abschlägig beschieden werden konnte, fügte sie hinzu: »Es geht um mein Bauprojekt. Hedwig Fröhlich, mein Name.«

»Frau Fröhlich, ich fürchte, dass Herr Sagmeister furchtbar beschäftigt ist. Er hat heute Nachmittag noch einen wichtigen Termin, wissen Sie?«

»Ach, da bin ich aber froh, dass der Herr Fontaine …« Hedwig legte Mustafa Yildirim, der sich ein Jackett angezogen hatte, die Hand auf den Unterarm. »Das ist mein Vermögensberater, müssen Sie wissen, jedenfalls ist es da ja gut, dass wir noch am Vormittag gekommen sind. Dauert auch nicht lang.«

Hedwig tat es ein wenig leid, dass sie die arme Frau mit ihrer Lüge unter Druck setzte, aber es war ja für einen guten Zweck. Allerdings stellte sie fest, dass sie seit einer Weile ihre Fantasie reichlich strapazierte. Aber es machte Spaß. Sie schenkte der jungen Frau ein Lächeln, die daraufhin das Chefzimmer ansteuerte, anklopfte und eine Weile mit Herrn Sagmeister sprach.

»Kommen Sie, Herr Sagmeister kann ein paar Minuten erübrigen.«

Michael Sagmeister sah für Hedwigs Begriffe nicht besonders überarbeitet aus. Vor ihm auf dem Tisch lag ein Text, den er las und offenbar korrigierte. Bei ihrem Eintreten legte er den Bleistift beiseite, stand auf und knöpfte sein Jackett zu.

»Frau Fröhlich, wie nett.« Sein Tonfall klang ein wenig bemüht, aber schließlich waren sie ja potenzielle Kunden. »Setzen Sie sich gern, ich muss Ihnen allerdings sagen, dass wir uns ein wenig kurzfassen müssen, weil ich gleich außer Haus muss.«

»Gar kein Problem, es geht nur noch mal um mein Wohnprojekt.« Hedwig griff nach der Stuhllehne des Besucherstuhls. »Huch, ist mir doch ein wenig schwindelig.«

Yildirim fasste nach ihrem Ellenbogen, aber sie machte sich frei. »Ich glaube, wenn ich einen Schluck trinke, geht es gleich besser. Und vielleicht kann ich mich ein bisschen langmachen. Dieser Stuhl dort, die Lehne lässt sich doch sicher zurückstellen, oder?« Sie deutete auf Sagmeisters Chefsessel.

»Wie? Äh, natürlich.«

»Gut.« Hedwig umrundete den Schreibtisch und nahm in dem Drehstuhl Platz. Sie betätigte den Hebel und lehnte sich zurück. »Vielleicht einen kleinen Schluck Cognac?« Sie deutete auf die Flaschen auf dem Schränkchen. »Nur ganz wenig.«

Sagmeister sah sie entgeistert an, besann sich aber dann seiner Gastgeberpflichten und ging zum Schrank hinüber. Hedwig beugte sich schnell vor und versuchte, einen Blick auf das Papier zu werfen. Was ohne Lesebrille verdammt schwierig war. Sie gab Yildirim ein Zeichen und machte eine Kopfbewegung zur Bar hin. Endlich schien er zu verstehen, stellte sich neben Sagmeister und nahm eine Flasche in die Hand.

»Hey, guter Tropfen. Zwölf Jahre sind das Mindeste für einen Single Malt.«

»Ja, meinen Sie?« Sagmeister stellte die Cognacflasche ab. »Ich verstehe nicht viel von Whiskey, müssen Sie wissen.« Er betrachtete die Whiskeyflasche. »Ich habe ihn geschenkt bekommen. Bisher dachte ich, dass das nur ein billiger Fusel ist. Oder meinen Sie, der ist was wert?«

Hedwig lobte im Stillen ihren Begleiter, der sich offenbar mit Whiskey auskannte und zu einem weitschweifigen Vortrag über das Wasser des Lebens anhob. Mit einem Griff zum Hebel brachte Hedwig sich in eine bequeme Sitzposition und beugte sich über den Text. Obendrauf lag Seite 3, und sie verstand kein Wort. Es war von einem zukunftsweisenden Projekt die Rede, von Glück und Fügung und dem Versprechen, das Unmögliche möglich zu machen. Wenn sie nicht gewusst hätte, dass Sagmeister Häuser baute, konnte man meinen, dass er Flüge zum Mars organisieren wollte. Hedwig warf einen Blick zu den beiden Männern hinüber. Yildirim erläuterte gerade ausführlich die Herstellung von Whiskey, und Hedwig nutzte die Gelegenheit, um die erste Seite unter dem Stapel hervorzuziehen. Mit Interesse las sie die Überschrift. Schnell brachte sie die Seiten wieder in die richtige Reihenfolge.

Abrupt stand sie auf. »So, ich glaube, es geht mir schon viel besser. Vielen Dank für Ihre Mühe, Herr Sagmeister, wir wollen Ihnen gar nicht mehr von Ihrer Zeit stehlen. Sie haben uns sehr geholfen.«

Die beiden sahen sie irritiert an.

»Kommen Sie, Herr Yil… Herr Fontaine. Ich muss nach Hause und mich hinlegen.«

»Natürlich.« Mustafa Yildirim stellte die Flasche ab. »Entschuldigen Sie bitte, Herr Sagmeister.«

»Tja, alles Gute dann.«

Das Taxi hatten sie wieder um die Ecke parken müssen, um nicht darin gesehen zu werden, und Hedwig kam auf dem Weg dorthin furchtbar ins Schwitzen. »Ich muss diesen Mantel ausziehen.«

Yildirim half ihr und legte ihn zusammen mit seinem Jackett auf die Rückbank.

»Und was war das jetzt wieder für eine Nummer?«, fragte der Taxifahrer, als er ihr die Beifahrertür aufhielt.

»Die MSB Michael Sagmeister GmbH ist eine von vier Baufirmen, die am größten Großprojekt der Stadt mitwirken.«

»Aha.« Yildirim schlug die Tür zu und ging zur Fahrerseite. »Und das bedeutet was?«, fragte er, als er einstieg.

»Darüber denken wir beiden Hübschen jetzt bei einer schönen Tasse Kaffee nach. Sie haben doch noch Zeit?«

Yildirim warf einen Blick auf die Uhr am Armaturenbrett. »Eine halbe Stunde.«

Hedwig kuschelte sich in ihren Sitz. »Ist geritzt.«

Auf die Schnelle fanden sie nichts Besseres als einen Bäcker, der im Vorraum eines Supermarktes ein paar Stehtische aufgestellt hatte. Der Kaffee, den der Taxifahrer vom Tresen holte, schmeckte furchtbar, aber deshalb waren sie ja auch nicht da.

»Ich habe über dieses Bauprojekt in der Zeitung gelesen«, erklärte Hedwig Yildirim, der gar nicht wieder aufhörte, den Zucker in seinem Kaffee umzurühren. »Das ist eine sehr große Sache. Ich schätze, dass da eine Menge Geld drinsteckt. In der Zeitung stand, dass sie dreitausend Wohnungen bauen wollen. Macht für jede der vier Baufirmen, Moment, wie viele Wohnungen?«

»Siebenhundertfünfzig«, sagte Yildirim.

»Siebenhundertfünfzig«, wiederholte Hedwig. »Was kostet eine Wohnung durchschnittlich? Dreihunderttausend Euro? Macht über zweihundertzwanzig Millionen. Und wenn man die Kosten abzieht, bleibt doch sicher noch eine ganz schöne Menge Gewinn über, oder was meinen Sie?«

»Ich habe keine Ahnung, Frau Fröhlich, aber ich denke nicht, dass Baufirmen Wohnungen bauen, um mit Verlust aus dem Geschäft rauszugehen.«

»Sehen Sie, das ist auch meine Vorstellung. Herr Sagmeister hat also ein hübsches Projekt an Land gezogen, bei dem er so richtig absahnen kann.«

»Und was genau hat das mit seiner Frau zu tun?«

»Das wollen wir uns ja gerade überlegen. Aber Sie zäumen das Pferd von hinten auf. Fest steht doch, dass Herr Sagmeister sich einiges einfallen lässt, um an so ein Geschäft zu kommen.«

»Vermutlich.«

»Aber seine Frau umbringen hilft da eigentlich nicht weiter.«

»Hab ich doch gerade gesagt.«

»Und Theresa hat mir auch gesagt, dass seine Frau von dem Geschäft gar nichts gehabt hätte. Abgesehen davon, dass sie ja von ihm geschieden werden wollte.«

»Es sei denn, dass sie auf den letzten Metern Wind von der Sache gekriegt und es sich anders überlegt hat.«

Hedwig, die gerade nach ihrer Kaffeetasse griff, hielt inne. »Sie sind wirklich ein kluges Kerlchen, Herr Yildirim. Ich finde nur, dass Ihre Theorie einen Haken hat.«

»Nämlich?«

»Sie hätte dann nicht nur das Geld, sondern auch immer noch ihren Ehemann an der Backe, den sie ja nun definitiv nicht mehr haben wollte.«

»Also wollte sie ihn loswerden.«

»Und an das Geld kommen.« Hedwig stellte fest, dass sie auch schon die ganze Zeit in ihrer Tasse rührte. »Aber Julia Sagmeister war keine Bauunternehmerin.«

»Aber vielleicht kannte sie einen Bauunternehmer.«

»Dem sie den Auftrag zuschanzen wollte?«, fragte Hedwig.

»Beispielsweise.«

»Wie spät ist es?«

Yildirim sah auf die Uhr. »Spät. Ich muss dringend weiterfahren.«

»Gut, dann bringen Sie mich in die Kanzlei zurück. Was bekommen Sie?«

»Nichts. Sie sind eingeladen.«

»Danke. Los jetzt, wir haben es eilig. Und dann holen Sie mich bitte um halb vier wieder in der Kanzlei ab.«

»Äh.«

»Keine Angst. Eine bezahlte Fahrt. Fühlen Sie sich ab halb vier für den Rest des Tages gebucht.«

»Also wissen Sie, so langsam stellen die in der Zentrale schon komische Fragen.« Yildirim brachte die Tassen zum Geschirrwagen. »Nicht, dass die mir noch was andichten.«

»Na, das wäre doch eine echte Ehre für mich, wenn man uns beiden Hübschen was unterstellt«, sagte Hedwig und stieß ihn mit dem Ellenbogen an.

Lukas war ein wenig schlecht, als Kai den Wagen vor dem Gebäude der MSB Michael Sagmeister GmbH zum Stehen brachte. Die Stoßstange berührte beinahe die Hausmauer. Kai sprang aus dem Wagen, und Lukas war überrascht, dass er nicht die Handschellen aus dem Hosenbund holte und die Waffe zog.

»Kai? Kai!«

Sein Kollege blieb in der geöffneten Eingangstür stehen. »Was!«

»Gemach, gemach. Das Suchen von Solarleuchten ist nicht strafbar.« Lukas drängte sich an ihm vorbei in die Eingangshalle und überhörte das empörte Schnauben. »Ach, hallo«, sprach er eine junge Frau an, die am Kopierer stand.

»Hallo. Was kann ich für Sie tun?«

Lukas zeigte seinen Dienstausweis. »Wir müssen dringend mit Herrn Sagmeister sprechen.«

Die junge Frau verzog das Gesicht. »Oh, ganz schlechter Zeitpunkt. Seine Laune hat gerade ein Tagestief.«

»Und warum?«

Die Mitarbeiterin schien sich darauf zu besinnen, dass sie ihren Chef vor der Polizei schlechtmachte. »Schwierige Geschäfte. Augenblick.« Sie ging zu Sagmeisters Zimmer hinüber, klopfte an und steckte den Kopf durch den Türspalt.

Lukas konnte Sagmeister motzen hören, aber die junge Frau schob die Tür weiter auf und machte eine einladende Geste.

»Guten Tag, Herr Sagmeister. Wir haben da noch ein paar Fragen«, verkündete Lukas, als sie vor dem Schreibtisch des Inhabers standen. Sagmeister schien wirklich einen schlechten Tag zu haben. Vor ihm standen ein halb volles Cognacglas und eine halb leere Flasche.

»Nur herein, wir haben hier heute Tag der offenen Tür, und wir beantworten alle Ihre Fragen. Was wollen Sie wissen?« Er hob die Flasche an. »Auch ein Schlückchen?«

»Nein danke.« Sie setzten sich. »Vielleicht wäre es auch ganz gut, wenn Sie Ihren Konsum ein wenig einschränken, während wir uns unterhalten.«

Sagmeister sah Lukas aus zusammengekniffenen Augen an und griff dann nach dem Glas. »Ich hab eine nervtötende Besprechung hinter mir. Ich brauch jetzt einen.«

»Herr Sagmeister, wo waren Sie am Dienstagabend?«, fragte Lukas.

»Na, in der Sauna, das wissen Sie doch.«

»Ihre Saunabesuche kennen wir. Die enden immer mit einer Toten.«

Sagmeister hatte das Glas an die Lippen gesetzt und hielt jetzt inne. »Was wollen Sie denn damit sagen?«

»Dass in der Nacht vom Dienstag auf den Mittwoch wieder eine Frau umgebracht wurde.«

»Ach, und immer, wenn dienstags 'ne Frau stirbt, bin ich es gewesen, oder wie?«

»Also, wir hatten ja bei der Überprüfung des Alibis zum Zeitpunkt des Mordes an Ihrer Frau ein paar Anlaufschwierigkeiten. Es wäre schön, wenn Sie uns heute gleich das vollständige Alibi präsentieren, und das am besten ohne Solarlampen«, warf Kai ein.

Sagmeister nahm einen kräftigen Schluck und sah dann Kai an. »Ich war mit den Jungs von sieben bis neun in der Sauna, dann haben wir bis zehn noch einen an der Bar des Fitnesscenters gezwitschert, und dann bin ich ab in die Heia.« Sagmeister machte eine Handbewegung mit der flachen Hand, um seinen Vortrag zu untermalen.

»Und ich nehme mal an, dass Jan und Hein und Klaas und Pit das wieder bestätigen können?«, erkundigte sich Kai, während er die Aussage in sein Tablet aufnahm.

»Hä?«

»Ihre Saunakumpels«, erklärte Lukas. »Edwin, Horst und …«

»Peter«, ergänzte Kai.

»Richtig. Das können die.« Sagmeister schenkte sich großzügig ein. »Und wer hat denn nun das Zeitliche gesegnet?«

»Die Frau heißt Maria Busch«, sagte Lukas, ohne den Blick von Sagmeisters Gesicht zu nehmen. »Kennen Sie sie?«

Sagmeister ließ sich viel Zeit damit, die Cognacflasche zu verkorken und nach seinem Glas zu greifen. Lukas hatte den Eindruck, dass er sich große Mühe gab, keine Reaktion zu zeigen.

»Busch, sagen Sie?«

»Sagt er.« Kai klang gereizt.

»Hm.« Sagmeister schüttelte den Kopf. »Nee, so auf Anhieb nicht.«

»Dann wissen Sie auch nicht, dass sie Ihre Frau kannte, und dass sie an dem Abend, an dem Sie Ihre Frau das letzte Mal besucht haben, ebenfalls bei ihr war.«

»Moment mal, was soll das denn heißen? Soweit ich verstanden habe, war meine Frau, also meine Noch-Frau, die einzige Tote an dem Dienstagabend.«

»Richtig. Frau Busch ist ja auch eine Woche später umgebracht worden.«

»Und das soll ich jetzt auch wieder gewesen sein?«

»Das Wort wieder ist gar nicht nötig. Für den Mord an Ihrer Frau gehören Sie derzeit nicht zu den vorrangig Verdächtigen. Wir gehen vielmehr davon aus, dass Ihre Frau von Frau Busch erschlagen wurde.«

Sagmeister schob das Cognacglas auf der ledernen Schreibtischunterlage hin und her. »Jetzt komm ich nicht mehr mit.«

»Tja, sehen Sie, und jetzt kommen Sie wieder ins Spiel. Herr Sagmeister. Wir haben die Konten Ihrer Frau überprüft und festgestellt, dass sie noch über eine Vollmacht für Ihr Schließfach verfügte.« Lukas hatte sich für diese leicht abgewandelte Variante der Realität entschieden, um Theresa Sommer nicht reinzureiten. Novok hatte sie schließlich gebeten, die Polizei rauszuhalten. »Und von dieser Vollmacht hat Ihre Frau kurz vor ihrem Tod noch Gebrauch gemacht. Was hat sie aus Ihrem Schließfach geholt?«

Kai murmelte leise etwas, das wie Solarlampen klang.

Aber Sagmeister reagierte einigermaßen gefasst auf diese Frage. »Ja, wissen Sie, das ist eine etwas delikate Sache. Ich hatte schon meinen Anwalt gebeten, deshalb ein wenig vorzufühlen.«

Sagmeister war gewieft. Er gab immer so viel zu, wie man ihm nachweisen konnte. Vermutlich ahnte er, dass Theresa der Polizei von den Anrufen seines Anwalts berichtet hatte.

»Ich habe im Schließfach ein wenig Schmuck meiner Großmutter aufbewahrt. Julia wusste das und wollte mir wohl noch eins reinwürgen.«

»Also wollten Sie an dem Abend keine Solarleuchten, sondern den Schmuck Ihrer Großmutter abholen?«

»Sie hat ihn mir aber nicht gegeben, deshalb hat der Herr Novok noch mal freundlich bei Julias Anwältin nachgefragt.«

»Herr Sagmeister, Frau Sommer wird Ihnen mitgeteilt haben, dass nirgendwo Schmuck zu finden war. Glauben Sie, dass Frau Busch ihn gestohlen hat?«

»Ähm, ja, wieso nicht?« Sagmeister fuhr mit dem dicken Zeigefinger an der Kante seines Glases entlang.

Offenbar fand er Lukas' Variante gar nicht mal schlecht, um sich selbst zu entlasten.

»Was waren denn das für Schmuckstücke? Wir haben bei Frau Busch Schmuck gefunden. Möglicherweise war Ihrer dabei.«

Sagmeisters Blick wurde unruhig. »Möglich, ja. Also, meine Großmutter hatte so Goldketten, und dann war da wohl noch ein Paar Manschettenknöpfe vom Opa dabei und so.«

»So, Herr Sagmeister. Wir haben echt 'ne Menge auf dem Zettel, und mir schwirrt der Kopf«, motzte Kai. »Nachdem Sie diesmal mit dem Alibi gleich rübergekommen sind, machen Sie jetzt mit diesem Scheißschließfach solche Zicken. Also. Was war wirklich drin?«

Sagmeister drehte das Cognacglas mit beiden Händen und machte einen spitzen Mund. »Ist wie gesagt ein wenig heikel. Es war noch ein bisschen Geld drin.«

Kai sah auf und bedachte ihn mit einem Blick, der nichts Gutes verhieß. »Wollen Sie uns verarschen, Mann? Erst sind es Solarleuchten, dann ist es Schmuck, dann ist es Schwarzgeld.«

»Na, die Solarleuchten waren aber nicht im Schließfach.«

»Herr Sagmeister, mein Kollege hat recht. Sie tischen uns eine Geschichte nach der anderen auf. Was war drin in dem Fach?«

»Sag ich doch. Fünfzigtausend, die die Alte sich unter den Nagel gerissen hat. Damit konnte ich ja wohl schlecht im Gericht auftrumpfen, wenn noch nicht mal das Finanzamt etwas davon ahnt.«

Lukas glaubte ihm kein Wort. Das hieß, die Sache mit dem Schwarzgeld glaubte er, aber in dem Fach war noch etwas anderes. Etwas, das für ihren Fall viel wichtiger war.

»Herr Sagmeister, wo waren Sie am 11. März?«

»Wieso? War das auch ein Dienstag?«

Humor hatte er auch. »Also?«

»Augenblick.« Sagmeister fummelte auf der Tastatur seines PC herum. »Auf der Baustoffmesse in Köln.«

»Wir brauchen Zeugen und Nachweise. Haben Sie dort übernachtet?«

»Äh, Augenblick, ja, habe ich. Im Dorint. Zusammen mit der Meike. Also, nicht mit der Meike, aber die war mit zur Messe. Am nächsten Tag haben wir uns noch mit irgendwem getroffen. Wer war das noch gleich?« Er ging dichter mit der Nase an den Bildschirm. »Ach, der Hagenkötter, der Idiot. Wollte ein Angebot für ein Mehrfamilienhaus, ist aber nichts draus geworden.«

»Gut.« Lukas stand auf. »Sammeln Sie die Nachweise für Ihren Aufenthalt in Köln zusammen und schicken Sie uns Beschreibungen von dem Schmuck Ihrer Großmutter.«

Kai verließ das Gebäude ziemlich schnell und wartete auf dem Parkplatz beim Wagen. »Der Typ macht mich irre. Der lügt uns doch die Hucke voll.«

Lukas öffnete die Beifahrertür. »Ja, man sollte Bankschließfächer gesetzlich verbieten. Die Leute können darin einfach alles aufbewahren, ohne dass wir wissen, was.«

»Und nu?«, fragte Kai.

»Und nun fährst du zu den Kollegen in der Troplowitzstraße. Ich habe da noch eine Frage.«

Kai stellte den Wagen auf dem Besucherparkplatz des PK 23 ab. »Soll ich mit reinkommen?«

Das bedeutete wohl, dass er keine große Lust dazu hatte.

»Nein, wenn du willst, gehe ich allein. Wird auch nicht lange dauern.«

Lukas stieg aus und betrat das kleine Polizeikommissariat. »Moin, ich möchte gern mit dem Kollegen Zimmermann sprechen.«

Die Beamtin hinter dem Tresen sah ihn irritiert an.

»Ich bin KHK Kampmann. Es geht um eine Verkehrsunfallsache, in der Ihr Kollege ermittelt hat.«

»Oliver? Ich geh ihn mal holen.«

Der Kollege Zimmermann war in den Vierzigern, nicht besonders groß und untersetzt. Und ein fröhlicher Mensch.

»Moin, Herr Kommissar, was gibts?«

»Können wir uns kurz unterhalten?«

»Ja, klar. Kommen Sie.« Zimmermann führte ihn in einen Besucherraum.

Lukas legte die Akte und die Zeitung auf den Tisch. »Ich hoffe, Sie können sich an diese Sache noch erinnern. Es handelt sich um einen Unfall vom 11. März. Sie haben anschließend die Zeugen vernommen.«

»Uh.« Zimmermann verzog das Gesicht. »Hab ich was falsch gemacht?«

»Das glaube ich eigentlich nicht. Es gibt nur eine merkwürdige Sache. Vielleicht können Sie mir helfen.«

Lukas legte die Hand auf die Akte. »Das ist die Ermittlungsakte. Es gibt insgesamt 48 Zeugenaussagen. Sie haben davon 26 Aussagen aufgenommen. Ihr Kollege Helmbrecht die restlichen.« Er drehte die Zeitung so, dass Zimmermann das Foto sehen konnte, und deutete auf den Ford. »Das hier ist Maria Busch, und das ist ihr Auto. Frau Busch ist Zeugin des Unfalls gewesen, hat aber keine Aussage gemacht.«

Zimmermann verzog das Gesicht. »Muss mir durchgerutscht sein.«

»Können Sie sich an die Frau erinnern? Haben Sie überhaupt mit ihr gesprochen?«

»Hm.« Zimmermann lehnte sich zurück. »Ist schon 'ne Weile her. Ich erinnere mich nicht mehr besonders gut an diese Sache.«

»Aber Sie erinnern sich.«

»Na, an den Unfall erinnere ich mich. Ich hab damals gedacht: ›Wieder so ein Verrückter, der mit dieser kleinen Flitzekugel noch schnell über die rote Ampel will.‹ Immerhin ist der junge Mann dabei ums Leben gekommen. Aber seither habe ich natürlich bei zig Unfällen Ermittlungen angestellt. Zeigen Sie noch mal die Zeitung, bitte.«

Lukas gab sie ihm, und der Kollege hielt sich das Titelfoto dicht unter die Nase.

»Ich hätte hier auch eine Lupe.« Lukas zog die Lupe aus der Jackentasche und reichte sie ihm.

Zimmermann legte die Zeitung auf den Tisch und betrachtete das Foto mit der Lupe, als würde er ein altgriechisches Artefakt untersuchen. Ohne ein Wort zu sagen, richtete er sich auf und trommelte mit den Fingern auf die Tischplatte. Lukas ließ ihn in Ruhe nachdenken, weil er sich offenbar an etwas erinnerte. Amüsiert sah er zu, wie Zimmermann noch mal in der Ermittlungsakte blätterte, anschließend das Foto betrachtete und dann aufstand, um den Tisch einmal zu umrunden. »Irgendwas ist da, aber ich komm nicht drauf. Ich muss den Kollegen, der dabei war, fragen. Wer war das noch gleich?«

»POM Helmbrecht.«

»Ah, der Tom. Der hat heute Spätschicht. Ich frag ihn nachher mal und ruf Sie dann an, wenn das okay ist.«

»Das ist okay.« Lukas nahm Akte, Zeitung und Lupe und stand auf. »Ich will Sie auf gar keinen Fall unter Druck setzen, Herr Zimmermann, aber es wäre echt toll, wenn Ihnen etwas einfällt.« Lukas seufzte. »Ich weiß, es klingt verzweifelt, aber ich will einfach wissen, was an dieser Sache nicht stimmt.«

»Ich auch. Ich mein, die Frau war Zeugin eines Unfalls, wir haben allen Leuten gesagt, dass sie bleiben sollen, bis wir ihre Zeugenaussagen aufgenommen haben. Und die Frau war dicht dran, ich weiß also gar nicht, warum sie uns durch die Lappen gehen konnte. Die hat sich einfach um die Aussage gedrückt.« Zimmermann schüttelte ungläubig den Kopf. »Das kann ich gar nicht glauben.«

Hedwig fuhr mit dem Fahrstuhl nach oben, eilte in die Garderobe und hängte ihren Mantel auf. Dann musste sie sehr eilig die Toilette aufsuchen. Das war wirklich ein ziemlich aufregender Montag gewesen. Natürlich stapelte sich an einem Tag wie diesem die Arbeit an ihrem Platz, die Post wartete darauf, eingetütet zu werden, und die Eingangspost war auch noch nicht bearbeitet. Hedwig setzte sich an ihren Platz und schaltete den PC ein. Als sie sich durch die grauen Locken fahren wollte, stellte sie fest, dass sie noch ihren Hut trug. Herrje. Schnell setzte sie ihn ab und griff zum Telefon. Sie wählte die Nummer von Tobis Apparat.

»Hi.«

»Äh, hi, Tobias, hätten Sie Zeit, etwas für mich zu erledigen?«

»Ist das eilig?«

»Ist es.«

»Okay, was solls sein?«

»Ich muss wissen, wie die Geschäftsführer aller Hamburger Baufirmen aussehen.«

»Was ist?«

»Ich muss wissen, wie die Geschäftsführer aller Hamburger Baufirmen aussehen.«

»Ja, das habe ich schon verstanden, aber wozu?«

»Ich hatte doch gesagt, dass es eilig ist. Sehr eilig. Sie können alle kleinen Dicken gleich aussortieren. Ich brauche die großen Schlanken.«

In der Leitung war es merkwürdig still, aber Tobi musste noch dran sein, denn sie hörte ihn atmen.

»War das nicht verständlich?«

»Doch, schon, aber …«

»Es ist sehr eilig. Und ich habe hier zu tun. Danke.« Hedwig legte auf, nahm den Brieföffner, schlitzte die Eingangspost auf, versah sie mit dem Eingangsstempel, notierte Fristen und sortierte sie auf drei Stapel. Anschließend tippte sie in Windeseile alle Diktate, was dank ihrer Tätigkeit bei Dr. Hansen-Obendrauf

keine große Sache war, und verteilte anschließend die Unter-
schriftenmappen und die Eingangspost an die Anwälte, deren
Raum sie verließ, bevor die überhaupt zu Wort kamen.

»Wie siehts aus?«, fragte sie Tobi, als sie in sein Zimmer sah.

»Ich hab schon einen Packen von den Typen ausgedruckt.«
Tobi legte die Hand auf einen Stapel Papier neben seinem PC.
»Können Sie damit was anfangen?«

»Eigentlich müsste ich auch etwas über ihre Familienverhält-
nisse und die Größe ihrer Baufirmen wissen, aber dazu ist keine
Zeit.«

»Wozu ist keine Zeit?« Wie aus dem Nichts stand Theresa in
der Tür. Sie hatte die Arme vor der Brust verschränkt und guckte
ein bisschen streng.

Vielleicht wäre es besser gewesen, ein paar freundliche Worte
mit ihr zu wechseln, anstatt ihr die Unterschriftenmappe auf den
Tisch zu knallen. Hedwig sah von Tobi zu Theresa und zurück zu
Tobi. Der hob entschuldigend die Hände. »Ich hab nur getan, was
man mir sagt.«

»Man?«, fragte Theresa und hob die Augenbraue.

»Liebes, Tobi hat nur gemacht, worum ich ihn gebeten habe.«
Theresa kam herein und nahm den Stapel Ausdrucke vom
Tisch. Sie sah sich alle an und legte sie zurück. »Und warum hast
du Tobi darum gebeten?«

»Weil einer von denen der Geliebte von Maria Busch ist. War.«

»Jetzt komme ich nicht mehr mit.«

»Liebes, das ist eine lange Geschichte. Aber es ist meine einzige
Theorie. Kennst du einen davon?«

»Nein. Woher auch.«

»Na, ich bin auch noch nicht fertig. Vielleicht ist es einer von
denen, die ich noch nicht ausgedruckt habe.« Tobi nahm einen
weiteren Ausdruck aus dem Drucker.

»Man wünschte sich, dass du mit demselben Enthusiasmus an
unserem Gutachten arbeitest.« Theresa nahm den Ausdruck und
gab ihn an Hedwig weiter. »Ist es der?«

Hedwig schüttelte den Kopf. »Ich weiß es nicht. Das sind doch keine normalen Fotos. Die grinsen alle so grässlich in die Kamera, und dann haben sie denen doch offenbar die Zähne gerichtet und Haare implantiert, oder wie?«

»Photoshop. Wenn man die in echt zeigen würde, würde sich keiner von denen ein Haus bauen lassen.«

»Ja, aber das ist doch keine Empfehlung, wenn man sich ein Haus von jemandem bauen lässt, der über seine Haarfülle täuschen will.«

»Tante Hedwig?« Theresa fasste ihren Ellenbogen. »Kann ich dich mal ganz kurz unter vier Augen sprechen?«

»Ungern. Also, natürlich jederzeit, aber jetzt habe ich gleich einen sehr wichtigen Termin. Ich werde abgeholt.« Hedwig wandte sich zu Tobi um. »Und dann sind die alle frontal aufgenommen. Ich bräuchte ein Foto, das von hinten links aufgenommen wurde, bei dem man eher den Rücken sieht.«

»Sie erkennen die Leute am Rücken?«

»Hedwig.«

»Ja, Liebes. Ich versuche, es dir zu erklären.« Hedwig legte die Fäuste auf ihr Brustbein. »Also, wo soll ich anfangen. Maria Busch war am 11. März mit einem von diesen Kerlen unterwegs, als dieser Verkehrsunfall geschah. Dieser Mann ist nicht ihr Mann, sondern ihr Geliebter. Und vielleicht ist er zugleich auch der Geliebte von Julia Sagmeister, aber das ist eher eine ungesicherte Vermutung. Wie auch immer. Die Baufirma von Herrn Sagmeister hat den Zuschlag für ein großes Bauprojekt in Wandsbek bekommen. Dort findet heute Nachmittag eine Veranstaltung statt, auf der die Baufirmen große Töne spucken.«

Theresa schien diese Information nicht zu überzeugen. Sie verschränkte erneut die Arme vor der Brust und sah sie strafend an. »Ich habe kein Wort verstanden.«

»Liebes, ich würde es dir wirklich gern in aller Ausführlichkeit erzählen, aber ich habe keine Zeit.«

»Weil?«

»Weil ich dringend dorthin muss.«

»Wohin?«

»Zu dieser Veranstaltung. Dort wird dieser Mann möglicherweise auftauchen. Entweder hat er ebenfalls einen der Aufträge ergattert, oder er ist sauer, weil er keinen ergattert hat.«

»Gut. Nimm diese Ausdrucke, und dann fahren wir gemeinsam.«

»Du kommst mit?«

»Natürlich. Ich lasse dich doch nicht allein in Gefahr bringen. Da bin ich lieber dabei. Ich muss nur noch kurz aufs Klo.«

»Ich gehe, glaube ich, besser auch noch mal.«

Eilig liefen sie beide zum Klo.

Jessica Stiehl saß mit roten Wangen an Kais Schreibtisch. Dabei fiel Lukas ein, dass sie dringend einen dritten Schreibtisch brauchten, wenn Jessica nicht dauerhaft auf der Fensterbank oder an Kais Schreibtisch arbeiten sollte, solange er unterwegs war.

»Mann, ich brauch erst mal einen Kaffee.« Kai warf seine Jacke über die Stuhllehne hinter Jessica und verschwand in Richtung Teeküche.

Lukas sah Jessica an. »Ist alles in Ordnung?« Er betrachtete Kais Schreibtisch, sonst ein Muster an Ordnung, im Augenblick ein einziges Chaos.

Ihre neue Kollegin schien vor Mitteilungsdrang zu platzen. »Ich hab die Akte Julia Sagmeister gelesen.«

»Und, was haben Sie herausgefunden?«

»Das ist nicht so leicht zu sagen.«

Lukas schob ein paar Papiere beiseite und setzte sich auf die Ecke des Schreibtischs. »Schießen Sie los.«

»Sie denken doch, dass Julia Sagmeister etwas aus dem Schließfach ihres Mannes geklaut hat, und dass das nicht der Schmuck der Großmutter war.«

»Richtig.«

»Und dass Maria Busch den Inhalt des Schließfachs an sich genommen hat, als sie Julia Sagmeister zu Hause aufgesucht hat. Also, bevor sie sie umgebracht hat.«

»Auch richtig.«

»Ich glaube, dass der Schließfachinhalt auf dem Couchtisch lag. Zusammen mit der Zeitung. Julia ist vor ihrem Tod bei der Bank gewesen und hatte das, was sie dort rausgeholt hat, noch dabei. Das war irgendwas und diese Zeitung. Alles zusammen hat sie auf den Couchtisch gelegt und sich ein Loch darüber in den Bauch gefreut, dass sie ihrem Ex eins ausgewischt hat. Und dann hat sie angefangen, darüber nachzudenken, was sie mit dem, was sie dort gefunden hat, anstellen soll.«

»Aber sie hat Maria Busch nicht angerufen, falls Sie das meinen. Wir haben jedenfalls keinen entsprechenden Anruf feststellen können.«

»Nein, das hat sie auch nicht. Julia Sagmeister hat überhaupt nichts gemacht. Sie war über das, was sie gefunden hat, überrascht und musste darüber nachdenken. Aber Maria Busch wusste davon. Sie wusste, was es ist, und sie wusste, dass es aus Sagmeisters Obhut verschwunden ist.«

»Und woher wusste sie das?«

»Weil Michael Sagmeister es ihr gesagt hat.«

»Erklären Sie mir das.«

»Na ja.« Jessica lehnte sich zurück und spielte mit einem Bleistift. »Ich glaube, dass Sagmeister jemanden erpresst hat. Frau Busch kann er nur erpresst haben, wenn er wollte, dass sie etwas für ihn tut. Oder er wollte einen Dritten erpressen, der mit Maria Busch in Kontakt stand. Vielleicht hat sie ihm geliefert, was er wollte, und hat dafür als Gegenleistung das von ihm herausverlangt, womit er sie oder den anderen erpresst hat. Und dann musste Sagmeister Farbe bekennen.«

»Das würde bedeuten, dass Maria Busch wie eine Löwin für die erpresste Person gekämpft hat. Immerhin hat sie dafür sogar einen Mord begangen.«

»Deshalb glaube ich auch, dass es ein Mann war, für den sie das alles getan hat. Sie haben doch gesagt, sie sei auf der Suche nach einem Märchenprinzen gewesen und hätte bisher immer danebengelegen. Diesmal wollte sie verhindern, dass er ihr durch die Lappen geht.«

»Und diese Zeitung?«

»Tja, die Zeitung.« Jessica zog die Ausgabe aus dem Papierstapel vor sich. »Ich schätze, die lag ebenfalls im Schließfach, und Maria Busch hat sie einfach übersehen. Sie war vielleicht aufgebracht und hat sich auf die anderen Gegenstände konzentriert, die darauf lagen. Die hat sie an sich genommen und dabei auch die Fingerabdrücke auf dem Tisch hinterlassen. Aber dass sie auf der Zeitung zu sehen ist, hat sie in der Aufregung gar nicht bemerkt.«

Lukas nahm sich die Zeitung und tippte auf den großen schlanken Mann, der mit dem Rücken zu demjenigen stand, der die Aufnahme gemacht hatte. »Dieser Mann?«

»Möglich.« Es läutete, und Jessica nahm ab. Nachdem sie sich gemeldet und eine Weile zugehört hatte, übergab sie den Hörer an Lukas. »Für Sie. Ein Kollege Zimmermann aus dem PK 26.«

»Herr Yildirim«, begann Theresa, nachdem Hedwig ihr nach und nach von ihren sogenannten Ermittlungen berichtet hatte.

»Sagen Sie Mustafa.«

»Ich sage lieber Herr Yildirim.«

Er nahm diese Reaktion gelassen hin.

»Herr Yildirim, sind Sie bewaffnet?«

»Ich bin Taxifahrer.«

»Ich weiß, dass Sie Taxifahrer sind«, antwortete Theresa in Anbetracht des Umstandes, dass sie in einem Taxi saßen und Mustafa Yildirim am Steuer saß. »Sind Sie ein bewaffneter Taxifahrer oder ein unbewaffneter?«

»Unbewaffnet.«

»Aha.« Theresa versuchte, sich nicht aufzuregen, und sah aus dem Beifahrerfenster. »Und wenn Sie mit meiner Tante durch die Gegend ziehen und ermitteln, dann sind Sie auch unbewaffnet.«

»Liebes.« Hedwig, die auf dem Rücksitz saß, zog sich an den Rückenlehnen der Vordersitze nach vorn und sah dazwischen hindurch. »Wir waren im Baumarkt und beim Autohändler. Da muss man sich doch nicht bis an die Zähne bewaffnen.«

»Und ihr wart bei Michael Sagmeister, den ihr für den Täter haltet«, entgegnete Theresa.

»Das ist so nicht richtig. Wir halten ihn nicht für den Mörder.«

»Gut, ihr haltet ihn nicht für den Mörder, aber ihr glaubt doch, dass er den Mörder erpresst hat.«

»Tja.« Hedwig setzte sich wieder zurück. »Entweder den Mörder von Maria Busch oder Maria Busch selbst.«

Theresa seufzte. »Ich gebs auf. Diese Aktion ist jetzt die letzte ihrer Art. Danach wird nicht mehr in diesen Mordfällen ermittelt.« Ihr entging nicht, dass der Taxifahrer sie kurz von der Seite ansah, bevor er wieder auf die Straße blickte. »Und vermutlich will ich auch gar nicht wissen, was ihr bei Michael Sagmeister gemacht habt. Oder wie ihr herausgefunden habt, was er heute Nachmittag vorhat. Womöglich ist das auch dasselbe.«

»Diese Dinge aus dem Schließfach sind wohl nicht wieder aufgetaucht, wie?«, fragte Hedwig.

Für einen kurzen Augenblick dachte Theresa, dass ihre Tante wusste, dass sie am Samstag zusammen mit dem Kommissar auf dem Dachboden von Julia Sagmeister herumgekrabbelt und auf einen Apfelbaum geklettert war. Na ja, geklettert war nur der Kommissar. Aber sie hatte die Leiter gehalten. Sie machte zwar kein Strafrecht, aber im übertragenen Sinne bedeutete das, dass sie Beihilfe geleistet hatte. Aber da der Täter Polizeibeamter war, handelte es sich wohl nicht um eine Straftat. Wie auch immer. Sie hoffte wirklich, dass diese Sache bald abgeschlossen war und sie nicht mehr auf so dumme Gedanken kam, wie am Samstagnachmittag einen Kommissar anzusehen.

»Liebes?«

»Was? Nein, sind sie nicht.«

»Auch nicht bei Maria Busch«, sinnierte Hedwig. »Wenn aber das, womit sie jemanden erpresst hat, nicht mehr da ist, kann es doch nur bei ihrem Mörder sein.«

»Jetzt habe ich doch das Wort Mörder gehört. War es nicht vor einer Minute noch so, dass die Sache völlig ungefährlich ist?« Theresa drehte sich so, dass sie Yildirim und Hedwig im Blick hatte. »Passt mal auf, ihr beiden. Wir gehen jetzt zu …« Sie machte eine Handbewegung. »Dorthin, wohin wir jetzt gehen, und danach ist Feierabend. Sie, Herr Yildirim, werden meine Tante ausschließlich zu kulturellen Veranstaltungen oder nach Hause bringen, und dir, Hedwig, werde ich so viele Puzzles schenken, dass du zu nichts anderem mehr kommen wirst, als zu puzzeln. Verstanden?«

»Sicher, sicher, du hast es ja laut genug gesagt.« Hedwig war ein wenig verschnupft. Aber nicht so verschnupft, dass sie nicht auf ihre Armbanduhr sah und zur Eile mahnte.

Lukas nahm den Hörer. »Herr Zimmermann? Lukas Kampmann hier.«

»Herr Kampmann, ich habe mit Tom, also meinem Kollegen Helmbrecht, gesprochen, und wir haben noch mal versucht zu rekonstruieren, wie das damals bei dem Verkehrsunfall am 11. März war. Ihm ging es genau wie mir, dass er sich sehr gut an das Unfallgeschehen, aber nicht an das Drumherum erinnerte. Aber wir haben uns an dem orientiert, woran wir beide uns erinnerten und …«

»Ja, eine sehr gute Taktik«, warf Lukas ein, der ein wenig ungeduldig wurde. »Und konnten Sie beide sich erinnern?«

»Ja.«

Das nannte Lukas mal eine gute Nachricht.

»Ich habe diesen langen Lulatsch befragt, der dem Fahrer des Smarts helfen wollte. Der hatte es ein wenig eilig, weil er zurück in sein Büro musste. Ich habe ihn gebeten, seine Frau zu mir zu bringen, damit sie auch eine Aussage macht, aber sie hat gemeint, sie hätte irgendetwas, vermutlich ein Schleudertrauma oder so, und müsste dringend zum Arzt. Ich habe beide gebeten, am nächsten Tag ins Präsidium zu kommen und ihre Aussage zu unterschreiben. Also, im Falle der Frau, erst mal überhaupt eine Aussage zu machen.«

»Erinnern Sie sich an den Namen des Mannes?«

»Leider nein. Aber Sie hatten mir doch das Foto vom Wagen gezeigt, den die Frau fuhr. Anhand des Kennzeichens muss sich ihr Name ja feststellen lassen, und dann können Sie auch den Namen des Mannes feststellen.«

»Wie das?«

»Na, das war ja ihr Ehemann.«

»Tatsächlich.«

»Ja, Tom meint, dass er sie gefragt hat, ob sie schon eine Aussage gemacht hätte, und sie hat ihm erklärt, dass ich ihre Angaben schon aufgenommen hätte.«

»Prima. Sie haben mir sehr geholfen. Vielen Dank.« Lukas legte auf. »Jessica, die Verkehrsunfallakte. Geben Sie mal her.«

Auf Hedwigs Geheiß hatte Mustafa Yildirim ordentlich Gas gegeben, und es war fünf Minuten vor vier, als er sein Taxi in eine Parklücke auf einem langen sandigen Parkstreifen stellte.

»Du meine Güte«, sagte Hedwig, als sie aus dem Wagen kletterte. »Hier gehts ja zu.«

Theresa sah sich um. Vor einer langen Hecke stand eine Gruppe Menschen mit Transparenten, auf denen Sachen standen wie »Für die Natur und gegen Beton« oder »Wir wurden aus unserem Paradies vertrieben«. Neben einem Durchlass in der Hecke, über dem ein Schild mit der Aufschrift »Gartenfreunde e. V.« hing, war eine Gruppe Handwerker damit beschäftigt, eine große Plakatwand aufzustellen. Darauf war ein futuristisch anmutendes Bild einer Wohnanlage mit mehrstöckigen Gebäuden, kleinen

Straßen, Bäumen und fröhlichen Menschen zu sehen. Es fiel Theresa schwer, diese Zukunftsprognose mit der Realität in Einklang zu bringen, die in einer heruntergekommenen Kleingartenanlage bestand.

Ein Mann im schicken grauen Anzug trat zu Hedwig. »Sind Sie geladen?«

Theresa schmunzelte, als sie Hedwig leise murmeln hörte. »Ja, und wie.« Laut sagte sie jedoch: »Das sind wir. Dies ist mein Vermögensberater Herr Fontaine, und das meine Rechtsanwältin Frau Sommer. Ich bin Kundin von Herrn Sagmeister, dem Geschäftsführer einer der Baufirmen, die diesen, äh, Bau in die Tat umsetzen werden.«

»Sehr schön, dann kommen Sie bitte. Einfach geradezu. Dort finden Sie eine alte Hütte, dabei handelt es sich wohl um das frühere Vereinsheim. Die Herren werden dort ein paar Worte sprechen.«

»Prima.« Hedwig hakte sich bei Yildirim ein, fasste Theresas Hand und zog beide mit erstaunlicher Kraft mit sich.

Vor einem grün gestrichenen Gebäude lag eine gemähte Rasenfläche, die inmitten der verwilderten Anlage wie eine Oase wirkte. Dort hatten sich in mehreren Gruppen gut gekleidete Herrschaften eingefunden, die angeregt miteinander plauderten. Auf einem Tisch waren Sektgläser und Flaschen aufgestellt, und es gab sogar kleine Häppchen. Ein Rednerpult auf dem befestigten Weg zum Eingang des Vereinsheims ließ vermuten, dass noch Reden gehalten werden sollten. Theresa hatte große Lust, einen Schluck Sekt zu trinken, um ihre Nerven zu beruhigen, aber das Büfett war offenkundig noch nicht freigegeben.

»Was genau haben Sie eigentlich bei dem Autohändler herausgefunden?«, fragte sie Yildirim, der in seinem schwarzen Jackett an der Seite stand und wie ein Bodyguard aussah.

»Dass irgendein Kerl Maria Busch den Wagen gekauft und bezahlt hat, den sie fuhr.«

»Ah, und wie findet man so etwas heraus?«

»Indem man den Verkäufer ausfragt.«

»Tatsächlich?«

»Ja, und ich glaube, Ihre Tante hat auch ein bisschen im Büro geschnüffelt.«

»Herr Yildirim!«

»Entschuldigung, ich sagte, Ihre Tante. Sie müssen mit ihr sprechen, wenn Ihnen was nicht gefällt.«

Theresa sah sich um. Das würde sie auch gern tun, aber Hedwig war verschwunden.

Hedwig hatte sich möglichst unauffällig zwischen den Anwesenden herumgedrückt und die Männer betrachtet. Die zu groß gewachsenen hatte sie gleich gedanklich aussortiert, den anderen näherte sie sich, wenn es möglich war, von hinten links, um ihre Optik mit der auf dem Foto aus der Zeitung zu vergleichen. Dummerweise war heute das Wetter gut, und keiner der Männer trug einen Mantel. Sie sah nur Anzüge in allen möglichen Grau- und Blautönen. Und sie kannte hier auch keinen Menschen. Es schien sich um die sogenannte bessere Gesellschaft zu handeln, deren Gesichter sie aber in ihren einschlägigen Illustrierten bisher nicht entdeckt hatte. Sie war ein wenig enttäuscht, weil sie wirklich gehofft hatte, hier des Rätsels Lösung zu finden.

Hedwig wollte sich gerade wieder zu Theresa und Herrn Yildirim gesellen, als ihr Blick auf Michael Sagmeister fiel. Er ging gerade über den Rasen, wobei sein Gang ein wenig unsicher wirkte. Vermutlich hatte er sich von Mustafa Yildirims Vortrag zu einer Whiskeyprobe animieren lassen. Oder er hatte einfach selbst von seinem Cognac probiert, den er ihr angeboten hatte. In der Brusttasche seines schlecht sitzenden grauen Jacketts steckten einige aufgerollte Seiten Papier. Vermutlich hatte er vor, die Anwesenden mit seiner schwülstigen Rede über Glück und Fügung zu langweilen. Vielleicht konnte er Häuser bauen, aber Reden schreiben gehörte nicht zu seinen Fähigkeiten. Wie ein Star auf dem roten Teppich grüßte er die Gäste mit huldvoller

Bewegung, blieb aber bei niemandem stehen, sondern ging auf dem Rasen zur Rückseite des Gebäudes.

Hedwig stellte sicher, dass niemand sie beachtete, und folgte ihm über den gekiesten Weg. Allerdings mit gebührendem Abstand, denn auf keinen Fall wollte sie miterleben, wie der Mann in die Hecke pieselte. Aber damit rechnete sie nicht, denn das Gelände war weitläufig genug, um das unbeobachtet zu tun. Als Sagmeister hinter dem Gebäude verschwand, ging Hedwig bis zur Ecke und spähte in den hinteren Bereich des Gartens. Sagmeister war neben einer Regentonne stehen geblieben und begrüßte jemanden, den Hedwig dummerweise nicht sehen konnte, weil ein Strauch im Weg war. Und hören konnte sie aus dieser Entfernung auch nichts. Ha! Es war zum Verzweifeln.

Zu ihrer Überraschung dauerte die Unterhaltung von Sagmeister mit dem anderen nicht lange. Und sie verlief offenbar ohne Streit oder böse Worte. Sagmeister scherzte ein wenig, lachte kurz und kam dann fröhlich pfeifend in Hedwigs Richtung. Sie drehte sich schnell um und bückte sich, um sich unsichtbar zu machen. Tatsächlich ging Sagmeister an ihr vorbei, ohne sie zur Kenntnis zu nehmen, und steuerte jemanden an, um ihn überschwänglich zu begrüßen. Ächzend fasste Hedwig nach der Fenstereinfassung und richtete sich wieder auf. Plötzlich spürte sie, dass jemand hinter ihr stand.

»Nanu, Frau Fröhlich. Was machen Sie denn hier?«

Kai hielt dem Kerl am Eingang zur Anlage des Kleingartenvereins seinen Dienstausweis vor die Nase. »Kripo«, sagte er und rempelte den Mann leicht an, als er auf das Gelände ging.

»Nur ein kurzer Einsatz«, erklärte Lukas und hoffte, dass das stimmte. Er spürte, dass Jessica sich dicht hinter ihm hielt. Sie war auf der Herfahrt ziemlich nervös gewesen und hatte in einer Tour geplappert, bis Kai ihr in ziemlich rüdem Ton gesagt hatte, sie solle die Klappe halten. Seitdem hatte sie kein Wort mehr gesprochen. Dabei war sie es gewesen, die in erstaunlicher Geschwindigkeit alle Informationen besorgt hatte, nachdem Lukas in der Unfallakte fündig geworden war. Sie hatte die Telefonnummer herausgefunden, telefoniert und schließlich die Auskunft zu diesem Event erhalten.

Lukas ging etwas langsamer, bis er mit Jessica auf einer Höhe war. »Sie wissen, wie der Mann aussieht?«

Sie nickte nur.

»Nehmen Sie es sich nicht zu Herzen, dass Kai Sie so angefahren hat. Wir sind alle ein bisschen nervös.« Lukas musterte die Leute, die sich vor dem Vereinshaus eingefunden hatten. Es waren etwa fünfzig Personen, Männer und Frauen. Er konnte den Kerl auch nicht finden. Aber er entdeckte Theresa Sommer. Und den muskelbepackten Türken neben ihr hatte er auch schon gesehen.

»Hallo, Frau Sommer.«

»Herr Kampmann.« Sie machte einen Schritt auf ihn zu. »Sind Sie dienstlich hier? Natürlich sind Sie dienstlich hier. Ist das ein Polizeieinsatz? Besteht Gefahr?«

Er fasste sie an den Schultern. »Es ist alles okay, und ja, wir sind dienstlich hier.«

»Wissen Sie, es ist so, ich weiß nicht, wo Tante Hedwig ist.«

»Lukas?«

Lukas wandte sich um und entdeckte Kai, der neben Michael Sagmeister stand. »Ich bin sofort wieder da«, sagte er zu Theresa.

»Also, Frau Fröhlich, was machen Sie nun hier?«

»Ich, äh, interessiere mich für dieses Bauprojekt. Das ist ja wohl auf Ihrem Mist gewachsen, ich meine, es ist wohl Ihr Verdienst, dass hier so viele schöne neue Wohnungen für Familien gebaut werden.«

»Ja, es ist mir eine Herzensangelegenheit. Wir bauen schöne, große Wohnungen für Familien.« Er fasste ihren Ellenbogen und zog Hedwig hinter das Gebäude. Dabei wäre es ihr lieber gewesen, sie würden sich zu den anderen gesellen.

»Ich nehme an, Sie standen schon eine Weile dort, wo ich Sie angetroffen habe?«

»Ach, nur ganz kurz. Ich wollte nur mal durch das Fenster in das Innere des Häuschens sehen.«

»Und ich nehme weiter an, dass Sie dabei unser Gespräch mit angehört haben?«

»Nein, ich konnte kein Wort verstehen. Wirklich nicht.«

Er rieb sich die Augen, so als sei er sehr müde. »Es nimmt kein Ende, wissen Sie? Es ist eine unheilvolle, endlose Kette sinnloser Morde.«

Hedwig schluckte. Sie hatte schon mal so dicht vor ihm gestanden, und dabei war ihr der Mann so sympathisch erschienen. Jetzt bekam sie beinahe Mitleid mit ihm, aber plötzlich nahm er die Hand herunter und sah sie aus blutunterlaufenen Augen an.

»Jetzt bin ich so weit gegangen, dass es kein Zurück mehr gibt.« Er hob beide Hände und legte sie um ihren Hals.

»Herr Sagmeister meint, er wisse nicht, wo sich unser Freund aufhält.« Kai musterte Michael Sagmeister, als hätte er keine Probleme damit, die Worte auch mit anderen Mitteln als freundlichem Zureden aus ihm herauszuholen.

»Herr Sagmeister. Sie stecken bis zur Halskrause in dieser Sache. Sagen sie uns, wo er ist, anderenfalls müssen wir Verstärkung anfordern und das Gelände absuchen. Das macht vielleicht keinen besonders guten Eindruck bei den Leuten hier.« Lukas deutete auf die Menschen um sie herum. »Ich nehme an, dass darunter auch Bankiers sind, die das Ganze hier finanzieren sollen.«

»Herrgott, Sie kommen wirklich im ungünstigsten Augenblick. Er ist hinter dieser Hütte da drüben.«

Kai stürmte als Erster los, Lukas und Jessica folgten ihm. Und wie es schien, waren sie keine Sekunde zu früh.

»Lassen Sie die Frau los!« Kai zog seine Waffe aus dem Holster, Lukas packte den Kerl und zog ihn von Hedwig Fröhlich weg, die von Jessica gestützt wurde, ehe sie in sich zusammensacken konnte.

Kai zog die Handschellen aus seinem Gürtel. »Herbert Lohmeyer, Sie sind festgenommen wegen Mordes an Maria Busch.«

Die Aktion war von den übrigen Anwesenden nicht unbemerkt geblieben, und plötzlich waren sie von der Gästeschar umringt, Theresa Sommer und Mustafa Yildirim stürzten sich auf die alte Dame, die erschöpft auf dem Rasen lag, wo Jessica ihre Beine hochhielt. Lukas hatte einige Mühe damit, die Leute zurückzuhalten, während er einen Krankenwagen rief. Die Verstärkung, die sie vorsorglich angefordert hatten, traf glücklicherweise wenige Minuten später ein, und Herbert Lohmeyer wurde zur Vernehmung aufs Präsidium gebracht, während die Kollegen die Personalien der Anwesenden aufnahmen. Hedwig Fröhlich wurde von einem Notarzt vor Ort untersucht und dann mit einem Krankenwagen zur weiteren Untersuchung ins Krankenhaus gebracht. Es schien ihr schon wieder besser zu gehen, denn von der Trage aus hielt sie Lukas den hochgereckten Daumen entgegen. Theresa Sommer war hingegen die Sorge um ihre Tante anzusehen. Sie folgte dem Krankenwagen im Taxi mit Mustafa Yildirim.

»Ach, Herr Sagmeister«, sagte Lukas zu dem Bauunternehmer, der das Gelände verlassen wollte. »Sie kommen selbstverständlich auch auf ein Pläuschchen aufs Präsidium. Ich denke, Sie haben uns eine Menge zu erzählen.«

Zunächst vernahmen sie Herbert Lohmeyer. Lukas saß ihm gemeinsam mit Jessica Stiehl gegenüber, während Kai unruhig hinter ihnen auf und ab tigerte. Erst als Lukas ihm einen Blick zuwarf, lehnte er sich mit genervter Miene gegen die Wand.

»Bitte nennen Sie uns Ihren Namen und Ihr Alter.«

»Ich heiße Herbert Lohmeyer und bin einundsechzig Jahre alt.«

»Was sind Sie von Beruf?«

»Ich bin Diplomingenieur, derzeit bin ich Leiter des Bauamts der Hansestadt Hamburg.«

»Herr Lohmeyer, möchten Sie uns erzählen, was passiert ist, oder sollen wir Ihnen Fragen stellen?«

Lukas kannte den Senator natürlich von Zeitungsfotos und Fernsehaufnahmen, wo er souverän und zuverlässig wirkte, eben wie der nächste Bürgermeisterkandidat. Im Augenblick sah er müde und krank aus. Vielleicht sollten sie einen Psychologen hinzuziehen, um abzuklären, ob Suizidgefahr bestand. Auf alle Fälle musste er in seiner Zelle ständig überwacht werden.

Lohmeyer hatte die Hände im Schoß gefaltet und den Blick gesenkt. »Es ist alles aus dem Ruder gelaufen«, sagte er mit leiser Stimme. »Dabei war es nur eine Affäre.«

Er atmete tief ein und sah Lukas aus seinen blutunterlaufenen Augen an. »Es ist etwa ein Jahr her, dass meine Frau mich anrief und sagte, dass der Abfluss in der Küche defekt sei. Es würde Wasser austreten, und sie meinte, es müsste wohl nur eine Dichtung ausgetauscht werden. Ich war gerade auf dem Rückweg von einem Termin in Lübeck.« Er lachte unfroh auf. »Es ist verrückt, aber gerade, als sie das sagte, fuhr ich an einem Baumarkt vorbei. Ich bin also auf den Parkplatz gefahren, habe die Dichtung ausgesucht, und dann bin ich zur Kasse gegangen.«

»Und an dieser Kasse saß Maria Busch.« Jessica wirkte ziemlich ernst, als sie das sagte.

»Ja, da saß Maria. Wir kamen ins Plaudern, weil sonst keine Kunden bezahlen wollten. Ich bin nach Hause und habe die Dichtung repariert. Ich würde gern sagen, dass ich den Vorfall am Abend schon wieder vergessen hatte, aber das stimmt nicht. Sie spukte mir im Kopf herum, ich weiß nicht, wieso, sie war keine Schönheit, aber sie hatte etwas. Einige Tage später hat sie in meinem Büro angerufen, wir haben uns verabredet, und schon hatte ich eine Affäre. Ich. Ausgerechnet.« Mit Daumen und Zeigefinger rieb er sich die Nasenwurzel.

»Wo haben Sie sich getroffen?«

»Immer in kleinen Hotels. Ich wollte nicht bei ihr zu Hause aufkreuzen, und ich wollte nicht mit ihr gesehen werden. Sie hat die Rechnungen in bar bezahlt und mit den Hotelangestellten gesprochen.«

»Und dann? Was ist dann passiert?«, fragte Lukas.

»Eines Tages sagte sie, wir würden beobachtet werden. Ich war sofort alarmiert, schließlich gibt es genug Neider in der Politik. Wir haben uns dann außerhalb Hamburgs getroffen und waren sehr vorsichtig. Und eigentlich dachten wir beide, damit wäre alles vorbei. Aber dann hatte ich ein Foto von Maria und mir in der Post. Zu Hause. Es war reiner Zufall, dass ich den Umschlag als Erster in der Hand hatte. Üblicherweise öffnet meine Frau die Post. Kann ich ein Glas Wasser haben?«

»Natürlich. Kai?«

Lukas hörte die Tür hinter Kai zuklappen und sah Lohmeyer an. »Ich wollte die Affäre beenden. Ich habe mir sehr viel aufgebaut, ich war auf dem Weg, Bürgermeisterkandidat zu werden. Und es war schön mit Maria, wirklich, aber ich habe sie nicht geliebt. Auch wenn ich während der Geschichte mit ihr festgestellt habe, dass ich meine Frau auch nicht mehr liebe, aber das ist unwichtig. Auf alle Fälle wollte ich kein Aufsehen, ich wollte weiter ein Bürgerlicher, verheirateter Mann sein, den sich die Leute als ihren Bürgermeister vorstellen können. Kein Ehebrecher, der von jemandem erpresst wird.«

Kai brachte eine Flasche Wasser und vier Gläser. Lohmeyer stürzte sich auf das erste, kaum, dass Kai eingeschenkt hatte.

»Aber Maria wollte die Trennung nicht. Ich weiß nicht, was plötzlich mit ihr los war. Sie sah sich offenbar als künftige Bürgermeistergattin, hat von einem schönen Haus und einem schönen Leben gefaselt. Und dann wurde mir das nächste Foto zugeschickt. Der Umschlag fiel nur deshalb meiner Frau nicht in die Hände, weil ihn jemand hinter den Scheibenwischer meines Wagens gesteckt hatte. Es folgten noch vier weitere, die immer an Orten hinterlegt wurden, die nur jemand kennen konnte, der aus meinem näheren Umfeld kam. Ich wäre nie darauf gekommen, aber als Sagmeister mit breitem Grinsen zu mir kam und sagte, er müsse dringend mit mir sprechen, weil er an diesem Bauprojekt auf dem Kleingartengelände mitmachen wolle, da wurde es mir klar. Ich habe ihm gesagt, wie sein Angebot aussehen muss, welche Ausführung in unserem Haus die größten Erfolgsaussichten hätte. Eigentlich nichts Schlimmes. Er hat angeboten, was ohnehin gewollt war. Es gab keine Zahlungen, kein gefälschtes Angebot. Nur wäre Sagmeister unter normalen Umständen nicht im Rennen gewesen, weil seine Firma eigentlich zu klein ist. Wie auch immer. Es war alles unter Dach und Fach, und ich habe gesagt, dass ich jetzt alle Fotos und Negative haben will und die Zusicherung, dass diese unschöne Angelegenheit beendet ist.«

Lukas ahnte, was jetzt kam.

»Und da sagt er zu mir, die Fotos habe er nicht mehr. Die wären im Schließfach gewesen, wo seine Frau sie rausgeholt habe. Ich dachte, ich werde wahnsinnig.«

»Und Sie haben es Frau Busch erzählt.«

Lohmeyer sah Lukas an, und in seinen Augen standen Tränen.

»Ich habe bis zu diesem Augenblick nicht gewusst, was für ein Mensch sie ist. War. Bei einer unserer Auseinandersetzungen habe ich es ihr dummerweise gesagt. Sie ist wild geworden wie eine Furie. Sie hat rumgeschrien, dass diese Schlampe jetzt alles kaputt machen würde, dass sie so niemals die Frau eines Bürgermeisters werden könne, wenn wir von irgendeiner dahergelaufenen Irren erpresst würden. Es war kein vernünftiges Wort mit ihr zu reden. Ich wollte sie beruhigen und habe gesagt, dass wir vielleicht erst mal abwarten sollten, was passiert. Da hat sie mich aus eiskalten Augen angesehen und gesagt: Willst du abwarten, bis eines dieser Fotos morgen in der Zeitung gedruckt wird? Ich wusste nicht, was sie vorhat, aber am nächsten Tag hat sie mir sämtliche Fotos hingelegt und erklärt, dass das Problem gelöst sei. Und ich schlage die Zeitung auf und lese, dass Julia S., die Ehefrau des Bauunternehmers, umgebracht wurde.«

Lohmeyer spielte mit seinem Glas. »Ich habe eine Woche lang versucht, den Kontakt mit Maria zu meiden, und ihre Anrufe ignoriert. Sie hat mich reingelegt. Sie hat mir einen Brief geschickt und gesagt, sie würde mich verstehen, und wir sollten uns aussprechen und die Sache beenden.«

Lohmeyer griff nach dem Glas und trank es gierig in einem Zug aus. Seine Hand zitterte, als er es wieder hinstellte. »Wir waren in einem Lokal hinter der Stadtgrenze essen. Maria hatte mich an unserem üblichen Treffpunkt am Bahnhof abgeholt, und wir sind mit ihrem Wagen gefahren. Der Abend verlief harmonisch.« Er schlug sich mit der Faust gegen die Stirn. »Ich war ein solches Rindvieh. Auf dem Rückweg vom Lokal hat sie mir gesagt, dass sie Julia Sagmeister für mich beseitigt habe und unserem gemeinsamen Glück nichts mehr im Wege stehe. Ich saß plötzlich mit einer Verrückten in einem Auto, und sie saß am Steuer. Verstehen Sie?«

»Und dann?«

»Dann ist sie zum Kleingartengelände gefahren und hat davon erzählt, dass nur dieses Projekt jetzt wichtig für uns ist, dass wir in die Stadtgeschichte eingehen werden, als das zauberhafte Paar, das gemeinsam Gutes tut. Und sie würde eine Wohltätigkeitsorganisation gründen.« Er schüttelte den Kopf. »Sie hatte offenbar zu viele Zeitschriften gelesen, in denen von Politikergattinnen die Rede ist, die sich für alles Mögliche engagieren. Sie hatte den Wagen vor der Zufahrt angehalten, und als ich ihr gesagt habe, dass es künftig kein Wir mehr gibt, ist sie losgerast, hat eine Hecke durchbrochen und hat dort den Wagen zum Stehen gebracht. Ich bin ausgestiegen und habe gesagt, dass ich jetzt gehe und sie mich in Ruhe lassen soll. Aber sie hat mich festgehalten, es kam zu einem Handgemenge, ich habe sie gestoßen, und sie ist mit dem Kopf gegen den Türrahmen des Wagens gestoßen.«

Lohmeyer schlug beide Hände vors Gesicht. »Sie war sofort tot. Es war schrecklich.«

Lukas nahm die Wasserflasche und schenkte ihm nach, aber Lohmeyer war zu sehr in seiner Geschichte gefangen.

»Ich habe überlegt, was ich tun soll. Auf alle Fälle durfte mich niemand mit ihr in Verbindung bringen. Ich bin zum nächsten Bahnhof gegangen, ins Büro gefahren, habe meinen Wagen geholt und bin zum Kleingarten zurückgekehrt. In einer dieser alten Hütten habe ich einige alte Klamotten geholt, die ich Maria angezogen habe. Ihre eigenen habe ich in den Wagen geworfen, Benzin aus meinem Kanister darauf verteilt und den Wagen angezündet.«

»Die Frage erscheint mir beinahe pietätlos«, sagte Lukas. »Aber warum haben Sie Maria nicht mit verbrannt? Sie hätten uns die Arbeit noch mehr erschwert.«

»Das konnte ich nicht, verstehen Sie? Wir hatten eine gemeinsame Zeit, und auch wenn sie völlig verrückt war, hatte sie das alles doch für mich getan.«

Lukas nickte.

»Ich habe ihren Leichnam in meinen Kofferraum gepackt und bin mit ihr durch die Stadt gefahren. Ich wusste überhaupt nicht, was ich machen soll. Irgendwann mitten in der Nacht habe ich sie dann in den Hirschpark gelegt und mit Laub zugedeckt, dann bin ich nach Hause gefahren.«

»Sie haben gesagt, dass Maria Busch Ihnen die Fotos, die sie aus Julia Sagmeisters Haus geholt hat, übergeben hat. Wo sind die Fotos heute?«

»Die habe ich vernichtet. Wir haben einen sehr effektiven Schredder im Büro.«

»Was haben Sie vorhin mit Herrn Sagmeister im Kleingarten besprochen?«

»Er hatte mich angerufen und wollte mich vor der Veranstaltung kurz sprechen. Ich dachte schon, dass es wieder von vorn anfängt und er mich jetzt wegen Maria erpresst, aber er hat nur gesagt, dass jetzt alles in Ordnung sei. Er wüsste alles, aber ich solle mir keine Sorgen machen. Seine Firma habe den Auftrag, und alles sei wieder okay.« Er schloss die Augen und schüttelte den Kopf. »Du meine Güte, er hat Marias Namen genannt und in aller Öffentlichkeit über all das gesprochen, dieser Trottel. Und diese nette alte Dame stand in Hörweite. Sie hat zwar gesagt, dass sie nichts verstanden hätte, aber darauf konnte ich mich schlecht verlassen. Es …« Lohmeyer schlug wieder die Hände vors Gesicht, und seine Schultern begannen zu beben.

»Gut, ich denke, wir können erst mal Schluss machen. Sie werden jetzt dem Haftrichter vorgeführt und kommen in Untersuchungshaft. Wenn Ihre Darstellung stimmt, wie Maria Busch zu Tode gekommen ist, handelt es sich möglicherweise um Körperverletzung mit Todesfolge oder Totschlag, vielleicht auch nur unterlassene Hilfeleistung. Was ich nicht verstehe, ist, dass Sie versucht haben, Frau Fröhlich umzubringen. Das war versuchter Mord.«

Lohmeyer nickte. »Es tut mir so leid«, schluchzte er.

Kai öffnete die Tür des Vernehmungsraums und bat zwei uniformierte Kollegen herein.

»Wie sind Sie auf mich gekommen?«, fragte Lohmeyer, während ihm einer der Polizeibeamten Handschellen anlegte. »Weil es das perfekte Verbrechen nicht gibt?«

»Weil Frau Busch etwas vergessen hat, als sie bei Julia Sagmeister war«, antwortete Lukas, als er aufstand und seinen Stuhl unter den Tisch schob. »Erinnern Sie sich daran, dass Sie im März gemeinsam mit Maria Busch Zeugen eines Verkehrsunfalls waren? Von dem Unfall wurde ein Foto gemacht, auf dem Sie beide, Maria und Sie, zu sehen sind. Dadurch konnten wir Ihre Spur verfolgen. Wenn man es genau nimmt, war Ihre Affäre seit März für jedermann sichtbar.«

Theresa hatte wie auf glühenden Kohlen darauf gewartet, dass Hedwig aus dem Behandlungsraum zurückkam. Herr Yildirim hatte ihr schon zwei Becher von diesem grässlichen Kranken-hauskaffee gebracht. Der war total wässrig und schmeckte scheußlich, aber sie hatte ihn trotzdem getrunken. Vielleicht weil der Taxifahrer sich ebenfalls Sorgen machte. Um Hedwig und um sie. Schon mehrmals hatte er sie gefragt, ob alles in Ordnung sei. Jetzt lief er wieder auf und ab, blieb aber stehen, als die Bahre mit Hedwig aus dem Untersuchungsraum geschoben wurde. Hedwig machte einen seltsam vergnügten Eindruck.

»Es ist alles in Ordnung. Ihr müsst mich nicht ansehen, als wäret ihr auf meiner Trauerfeier. Es geht mir gut.«

Theresa warf der Schwester, die die Bahre schob, einen fragen-den Blick zu. »Es ist wirklich alles okay. Wir behalten sie über Nacht zur Beobachtung hier, aber der Kehlkopf hat keine Schä-den davongetragen, und auch sonst scheint alles in Ordnung zu sein.«

Theresa fasste die Hand ihrer Tante, die ein wenig kalt war. Mustafa Yildirim und sie begleiteten sie in ihr Krankenzimmer, fragten sie so lange, ob sie alles habe, was sie brauchte, bis Hedwig sie schließlich aus dem Zimmer schickte. Vor der Tür ihres Kran-kenzimmers verabredeten sie, dass sie Hedwig am nächsten Tag zusammen aus dem Krankenhaus abholen würden, und dann brachte Mustafa Yildirim Theresa in die Kanzlei zurück.

Sie war am Nachmittag etwas überstürzt mit Hedwig aufgebro-chen, jetzt wollte sie nur noch ihren Schreibtisch in Ordnung bringen und nach Hause gehen. Die Türen zu den Räumen ihrer Kollegen standen offen.

»Ach, Florian«, sagte sie, als sie in seiner Tür stand, »du solltest morgen im Bauamt nachfragen, wer jetzt für das Gutachten zu-ständig ist.«

»Hm?« Florian, der in irgendetwas vertieft gewesen war, sah auf. »Wieso? Lohmeyer ist dafür zuständig.«

»Nicht mehr. Herbert Lohmeyer sitzt im Gefängnis. Ich fürchte, sie müssen sich jemand anderen suchen, der seine Aufgabe über-nimmt.«

»Wie, Gefängnis? Was soll der denn im Gefängnis?«

»Seine Strafe absitzen. Guck in die sozialen Medien, die Gegner des Bauprojekts auf dem Areal der Gartenfreunde e. V. werden es mit Freuden verbreitet haben.«

»Ich verstehe kein Wort«, sagte Florian und griff nach seinem Smartphone.

Mark erschien in der Tür seines Zimmers. »Was soll das heißen? Und was ist mit unserem Gutachten?«

»Keine Ahnung.« Theresa ließ ihn stehen und ging in ihr Zimmer.

»Hm«, machte Mark. »Darüber müssen wir noch mal reden.«

»Machen wir.« Theresa sortierte die Akten auf ihrem Schreibtisch und legte ein paar Sachen für den nächsten Tag zurecht. »Morgen.«

»Mord?«, kreischte Florian, der den entsprechenden Eintrag in den sozialen Medien offenbar gefunden hatte. »Wieso ermordet der jemanden?«

Mark war zu ihm geeilt, und gemeinsam beugten sie sich über das Display von Florians Smartphone.

»Bis morgen, Jungs«, sagte Theresa, aber die beiden hörten sie gar nicht.

Theresa fuhr nach Hause, ließ ihre Pumps, die von dem Rasen im Kleingarten verdreckt waren, achtlos im Flur liegen, warf ihre Kleidung aufs Bett, holte sich eine Flasche Rotwein und legte sich dann aufs Sofa. Sie vermisste Tim nicht, aber es wäre schön, wenn sie jetzt jemanden hätte, um mit ihm über diesen absolut grässlichen Tag zu sprechen. Aber da niemand da war, entschied sie sich dafür, zum hundertsten Mal »Während du schliefst« zu sehen. Vielleicht half das.

Drei Tage, nachdem jemand versucht hatte, sie umzubringen, saß Hedwig wieder hinter dem Empfangstresen der Kanzlei Winkler, Harms und Sommer. Theresa hatte ihrer Tante nicht ausreden können, wieder zur Arbeit zu kommen, und vielleicht war es tatsächlich das Beste für sie, wenn sie sich mit Arbeit ablenkte. Zu tun gab es genug, die Anwälte waren in heller Aufregung, obwohl eigentlich gar nichts los war. Lohmeyers Vertreter hatte sich bereits gemeldet und erklärt, dass er gegen die Arbeit seines Vorgängers überhaupt nichts einzuwenden hätte und mit dem Gutachtenkonzept durchaus einverstanden war. Theresa hatte Hedwig ein Geschenk hingelegt und einen Strauß Blumen dazugestellt. Nachdem Hedwig ihren Mantel aufgehängt und ihren Hut abgelegt hatte, öffnete sie das Geschenkpapier.

»Oh«, sagte sie. »Ein Puzzle.«

»Richtig, und zwar eines mit 2500 Teilen, damit du zu nichts anderem mehr kommst.«

Hedwig umarmte sie, und sie beide sahen auf, als jemand die Kanzlei betrat.

»Hallo«, sagte Lukas Kampmann. »Wie schön, Sie wohlauf zu sehen.«

»Ach, Herr Kampmann, Sie haben mir ja das Leben gerettet.« Hedwig kam hinter dem Tresen hervor und gab ihm die Hand.

»Nun, das war wohl eher mein Kollege Kai. Geht es Ihnen wirklich gut?«

Hedwig tätschelte seine Hand. »Es geht schon wieder. Wissen Sie, nach meiner Tätigkeit bei Dr. Hansen-Obendrauf kann mich so leicht nichts mehr erschüttern. Tässchen Kaffee?«

»Gern.« Lukas Kampmann ging zu Theresa. »Und wie geht es Ihnen?«

»Ganz gut, danke.«

Lukas sah Hedwig nach, die in der Teeküche verschwunden war. »Vielleicht können wir noch mal zusammen essen gehen?«

»Tut mir leid, ich mache mir im Augenblick nicht viel aus Verabredungen mit Männern.«

»Ah, verstehe, das ist wie mit Sushi.«

»Nein«, erwiderte Theresa. »Sushi werde ich nie mögen.«